O ROMANCE DA MINHA VIDA

LEONARDO PADURA

O ROMANCE DA MINHA VIDA

TRADUÇÃO
MONICA STAHEL

© desta edição, Boitempo, 2019
© Leonardo Padura, 2002

Traduzido do original em espanhol *La novela de mi vida* (Barcelona, Tusquets, 2002)
Published by agreement with Tusquets Editores, Barcelona, Spain

Direção editorial	Ivana Jinkings
Edição	Thais Rimkus
Tradução	Monica Stahel
Preparação	Thaisa Burani
Revisão	Sílvia Nara
Coordenação de produção	Livia Campos
Capa	Ronaldo Alves
Fotos	primeira capa: Paul Nadar, Florent Trouvé; segunda capa: Maxence Peniguet; terceira capa: Vitor Cheregati; quarta capa: Allan C. Green
Diagramação	Antonio Kehl

Equipe de apoio Ana Carolina Meira, Carolina Mercês, Clarissa Bongiovanni, Débora Rodrigues, Dharla Soares, Elaine Ramos, Frederico Indiani, Heleni Andrade, Higor Alves, Isabella Marcatti, Ivam Oliveira, Joanes Sales, Kim Doria, Luciana Capelli, Mariana Valeriano, Marlene Baptista, Maurício Barbosa, Pedro Davoglio, Raí Alves, Talita Lima, Tulio Candiotto

---

CIP-BRASIL. CATALOGAÇÃO NA PUBLICAÇÃO
SINDICATO NACIONAL DOS EDITORES DE LIVROS, RJ

P141r

Padura, Leonardo, 1955-
  O romance da minha vida / Leonardo Padura ; tradução Monica Stahel. - 1. ed. - São Paulo : Boitempo, 2019.
  336 p.

  Tradução de: La novela de mi vida
  ISBN 978-85-7559-724-8

  1. Romance cubano. I. Stahel, Monica. II. Título.

19-60831
                                              CDD: 868.992313
                                              CDU: 82-31(729.1)

Vanessa Mafra Xavier Salgado - Bibliotecária - CRB-7/6644

Esta obra ha sido publicada con una subvención del Ministerio de Cultura y Deporte de España.

É vedada a reprodução de qualquer
parte deste livro sem a expressa autorização da editora.

1ª edição: novembro de 2019

BOITEMPO EDITORIAL
Jinkings Editores Associados Ltda.
Rua Pereira Leite, 373
05442-000 São Paulo SP
Tel.: (11) 3875-7250 / 3875-7285
editor@boitempoeditorial.com.br | www.boitempoeditorial.com.br
www.blogdaboitempo.com.br | www.facebook.com/boitempo
www.twitter.com/editoraboitempo | www.youtube.com/tvboitempo

sumário

Agradecimentos 11
Primeira parte: O mar e os regressos 13
Segunda parte: Os desterros 177
Nota histórica 331

*Para meu pai, mestre maçom, grau 33,
e, com ele, para todos os maçons cubanos.*

Para Lucía, pelo mesmo de sempre.

agradecimentos

Embora baseado em fatos comprováveis e apoiado até mesmo textualmente por cartas e documentos pessoais, o romance da vida de Heredia, narrado em primeira pessoa, deve ser assumido como obra de ficção. A existência real do poeta e dos personagens que o cercaram – desde Domingo del Monte, Varela, Saco, Tanco, até o capitão-general Tacón e o caudilho mexicano Santa Anna, ou seus dois grandes amores, Lola Junco e Jacoba Yáñez – foi estabelecida em função de um discurso fictício no qual as peripécias reais e as romanceadas se entrecruzam livremente. Assim, tudo o que Heredia narra aconteceu, deve ou pode ter acontecido na realidade, mas é sempre visto e refletido a partir de uma perspectiva romanceada e contemporânea.

Na tarefa de escrever um livro como este, o autor precisa apoiar-se em juízos, buscas, leituras, colaborações e confidências de muitas pessoas ao longo do processo de pesquisa, escrita e revisão da obra. Por isso quero expressar meu agradecimento, em primeiro lugar, a minha amiga Marta Armenteros, pela inestimável ajuda na localização de bibliografia e informações, e a Ambrosio Fornet, por sua leitura esclarecedora e necessária da primeira versão do romance. Além disso, quero expressar minha gratidão a Raúl Ruiz e Urbano Martínez Carmenate, *matanceros** obcecados; a Belkis Hernández e Liliana Chirino, por seu passeio pelo palácio de Aldama; ao professor Eduardo Torres Cuevas, que me forneceu o manuscrito inédito de sua história da maçonaria em Cuba; a José Luis Ferrer, pelas análises esclarecedoras da gestação da cultura cubana nas décadas de 1820-1830; a Eliseo Alberto, por me presentear a história de Eugenio Florit;

---

* Natural da cidade ou da província de Matanzas, em Cuba. (N. T.)

a meus fiéis leitores Alex Fleites, Arturo Arango, Vivian Lechuga, José Antonio Michelena, Beatriz de Moura, Anne Marie Metèilié e Abilio Estévez, pelo tempo e pela dedicação que investiram em aprimorar este romance. E, como sempre, devo agradecer particularmente a paciência, os conselhos literários e outras satisfações necessárias – indispensáveis – a minha esposa, Lucía López Coll.

Leonardo Padura
Mantilla, verão de 2001

primeira parte
o mar e os regressos

Por qué no acabo de despertar de mi sueño?
¡Oh!, ¿cuándo acabará la novela de mi vida
para que empiece su realidad?*

J. M. H., 17 de junho de 1824

---

* "Por que não consigo despertar do meu sonho?/ Ó, quando terminará o romance da minha vida/ para que comece sua realidade?" (N. T.)

– Um café duplo para mim, irmão.

    Tantas vezes sua mente repetiu aquela frase, durante dezoito anos, que as palavras gastaram seu valor de uso na memória e no paladar, até soarem vazias, como uma ordem dita num idioma incompreensível. Porque, apesar do esquecimento que tentou impor-se como melhor alternativa, Fernando Terry sofreu demasiadas vezes aquelas rebeliões imprevisíveis de sua consciência e, com uma assiduidade ingovernável, dedicou algum pensamento ao que teria desejado sentir no instante exato em que, depois de tomar um café duplo na frente do cabaré Las Vegas, acenderia um cigarro para atravessar a rua Infanta e descer pela Veinticinco, disposto a reencontrar o melhor e o pior de seu passado. Da melancolia ao ódio, da alegria à indiferença, do rancor ao alívio, em suas viagens imaginárias Fernando jogara com todas as cartas da nostalgia, sem pressentir que na manga escura, arregaçada, podia permanecer aquela tristeza agressiva que se cravara em sua alma, com uma interrogação: você tinha mesmo que voltar?

    No início de seu exílio, nos meses de incerteza vividos sob uma barraca asfixiante nos jardins do Orange Bowl de Miami, sem saber ainda se obteria residência norte-americana, Fernando começara a pensar num retorno breve, mas necessário, que o ajudaria a estancar as feridas ainda sangrentas provocadas por uma traição demolidora e talvez, até, a curar a vertiginosa sensação de se achar descentrado, fora do tempo e em outro espaço. Depois, com o passar dos anos e a persistência da barreira de leis e disposições que dificultavam qualquer regresso, tentara acreditar que o esquecimento era possível, que até podia ser o melhor remédio, e aos poucos começou a sentir seu alívio benéfico, e a ansiedade por voltar foi se diluindo, até se transformar numa angústia adormecida, que sorrateiramente subia à tona em certas noites insubornáveis, quando na solidão do sótão madrileno seu cérebro insistia em evocar algum instante dos trinta anos vividos na ilha.

Mas desde que chegara a carta de Álvaro com a notícia mais inquietante e que já não esperava receber, a necessidade de regressar deixou de ser um pesadelo furtivo, e Fernando sentiu-se compelido a abrir novamente o baú das mais perigosas lembranças. Então dedicou-se a ler, pela primeira vez desde que saíra de Cuba, os velhos papéis de sua malograda tese de doutorado sobre a poesia e a ética de José María Heredia, enquanto sua mente insistia em traçar cada um dos passos que o conduziriam até a casa de Álvaro, para enfrentar aquelas escadas sempre escuras e cansativas e cair de chofre no próprio vórtice de seu passado. Em seus percursos imaginários costumava alterar a ordem, o ritmo, a intenção de suas ações e de seus pensamentos, mas o início imutável tinha que ocorrer diante do balcão do Las Vegas, onde lado a lado com bêbados, trabalhadores da emissora de rádio próxima, algum motorista de ônibus apressado e os vagabundos de praxe, tomaria o café fraco e melado que costumavam coar na velha cafeteira que agora, com ardor infinito, ele descobriu que só continuava existindo em sua memória persistente e em alguma literatura da noite havanesa: a cafeteria Las Vegas e seu invencível balcão de mogno polido tinham se esfumado, como tantas outras coisas da vida.

Como se o empurrassem, Fernando fugiu daquele fracasso desconcertante e, ao pé do edifício escalavrado em que morava o amigo, entre latas de lixo transbordantes, paredes desgastadas pelo salitre e cães tristes e sarnentos, compreendeu que acabava de começar a guerra entre sua memória e a realidade e preferiu seguir até o Malecón antes de subir à casa de Álvaro, onde podiam estar à sua espera ausências e tristezas ainda mais devastadoras.

Quase com alegria verificou que àquela hora da tarde, com o sol de verão ainda em atividade, o longo muro que separava os havaneses do mar permanecia deserto, embora ao longe avistasse alguns pescadores cheios de fé que lançavam suas linhas na água, enquanto da baía saía para o mar aberto um veleiro turístico engalanado.

Dezoito anos lutando contra os detalhes daquele momento para acabar envolvido na ingrata sensação de se ver novamente perdido fizeram-no duvidar de que seu regresso tivesse algum sentido e, por isso, teve que se aferrar à carta de Álvaro e à notícia que, em letras maiúsculas, o fizera enfrentar o transe de vencer todas as reticências e pedir um mês de licença para voltar a Cuba. FERNANDO, FERNANDO, FERNANDO: AGORA, SIM, HÁ UMA BOA PISTA. CREIO QUE PODEMOS SABER ONDE ESTÃO OS DOCUMENTOS PERDIDOS DE HEREDIA. E o amigo contava que o doutor Mendoza, antigo professor de ambos, transformado depois da aposentadoria em bibliotecário da Grande Loja, resgatara várias caixas de documentos maçônicos jogados num sótão do Arquivo Nacional e, entre os papéis, encontrara um capaz de lhe cortar a respiração: tratava-se da ata em que se registrava a homenagem que, em 1921, a loja Filhos de Cuba, de Matanzas, rendera a José de Jesús Heredia, filho caçula e último procurador do poeta José María Heredia, na qual se afirmava que o velho maçom havia entregado ao Venerável Mestre um envelope lacrado contendo um valioso documento escrito por seu pai, que deveria permanecer, a partir de então e até 1939, sob a custódia daquele templo, herdeiro do que iniciara o poeta independentista em 1822... Que documento valioso pode ser?, perguntava Álvaro, e Fernando concluiu que só poderia ser o suposto romance perdido de Heredia, que por anos – e sem o menor êxito – tentara localizar. Duas semanas depois, negando suas decisões anteriores, apresentou-se no consulado cubano disposto a iniciar os trâmites para obter um visto que lhe permitisse o retorno temporário à sua pátria.

Perdido em suas elucubrações, Fernando não percebeu a proximidade do veleiro turístico, até que a brisa lhe trouxe a música de tambores e maracas tocada a bordo. Olhou para a embarcação e percebeu, debruçado no parapeito, um homem que parecia alheio à diversão dos outros turistas. De repente, o olhar do viajante se ergueu e se fixou em Fernando, como se julgasse inadmissível a presença de uma pessoa, sentada no muro, à mercê da solidão reverberante do meio-dia de Havana. Sustentando o olhar do homem, Fernando seguiu a navegação do veleiro até que a mais modesta das ondas levantadas por sua passagem fosse morrer nos recifes da costa. Aquele desconhecido, que o observava com insistência tão perscrutadora, alarmou Fernando e o fez sentir, como um óbice capaz de voar sobre o tempo, a dor que devia ter tomado José María Heredia naquela manhã, certamente fria, de 16 de janeiro de 1837, quando viu, do bergantim que o devolvia ao exílio depois de uma dilacerante visita à ilha, as ondas se afastarem em busca justamente daqueles recifes, último recanto de uma terra cubana que o poeta nunca voltaria a ver.

E eu, também tinha que voltar?, perguntou-se de novo, enquanto atravessava a avenida do Malecón, acendia um cigarro com gosto de capim seco, voltava pela rua Veinticinco e tomava os degraus estreitos que o levavam à casa de Álvaro. Com mais temor que delicadeza, bateu na velha porta de madeira, como se não desejasse fazê-lo, e seu coração acelerou quando ouviu os passos e sentiu a porta ranger.

– Finalmente, meu irmão – disse Álvaro e, sem pensar um instante, o abraçou.

– Porra, Varo. – E Fernando estreitou contra si o bafo de suor, cigarro e álcool que envolvia os ossos evidentes do homem que anos atrás considerara um de seus melhores amigos.

– Que bom te ver... Está inteiro, olha só, quase virou branco.

Álvaro sorriu com a própria ideia, e Fernando o imitou, apesar de ver algo muito pior do que tinha imaginado: os cinquenta anos de Álvaro Almazán, maldormidos e pior alimentados, tinham sido macerados por álcoois baratos e fulminantes que decerto lhe deram ao fígado o mesmo aspecto do rosto: uma máscara violácea, atravessada por sulcos perversos e veias nodosas prestes a arrebentar.

– Estava te esperando desde cedinho – comentou Álvaro e o pegou pelo braço. – Vem, entra.

Ali tudo conservava as crostas invencíveis do salitre e o aspecto de abandono que Fernando conhecera havia mais de trinta anos, quando os pais de Álvaro ainda eram vivos e a amizade deles começara. Talvez pela sensação de liberdade que podia provocar a desordem perpétua que ali reinava, o grupo de amigos aprendizes de escritores começou a se reunir naquele terraço, no que acabariam sendo as famosas tertúlias dos *Sabichões**.

– Sei do que está se lembrando. – Álvaro sorriu e deixou-se cair numa das cadeiras de ferro do terraço.

Fernando assentiu e ocupou outra poltrona.

– Aqui nada muda...

– Tenho rum.

– Aqui nada nem ninguém muda – explicitou Fernando.

– Mais do que você imagina. Mas há certas fidelidades.

Álvaro não precisou nem de um minuto para voltar trazendo dois copos com gelo e uma garrafa sem rótulo, cheia de um líquido turvo. Serviu doses excessivas e entregou um copo para Fernando.

– A que vamos brindar?

– Aos poetas mortos. A todos nós que estamos fenecidos – disse Álvaro, empregando, como sempre lhe agradara, o verbo "fenecer". Sem bater o copo, tomou o primeiro gole. – Olhe para mim... Para Enrique, nem olhe: não é fácil ficar enfiado por vinte anos embaixo da terra. E o coitado do Víctor deve estar mais ou menos do mesmo jeito... Os outros, embora continuem caminhando por aí e até recebam homenagens, também feneceram há algum tempo. E você mesmo. Às vezes pensava em você como se estivesse morto.

– Não enche o saco, Varo.

---

* No original, *Los Socarrones*. Em Cuba, *socarrón* é o sujeito irônico, com ares de autossuficiente, de sabe-tudo. (N. T.)

— Escuta, escuta – tomou um bom trago, apressado –, estou com sua carta aí. "Só me escreva por três motivos: se minha mãe estiver morrendo, se você estiver morrendo ou se encontrar os documentos de Heredia…"

— Você trapaceava e me mandava seus livros.

— Nem dedicatória eu pus, para obedecer…

— Fez bem em mandá-los – admitiu Fernando e provou o rum, que lhe deixou um gosto de querosene na boca. – Bem, me deram um mês de licença, talvez prorrogável… Acha que vai dar?

— Não tenho a menor ideia… Mas o melhor é sempre começar pelo começo, não é?… Olha, hoje os Sabichões vão estar todos juntos pela primeira vez em vinte e cinco anos. E tenho aí duas velas, uma para Enrique e outra para Víctor, os ausentes justificados…

Fernando se levantou e caminhou até a sacada. Embora o mar estivesse a menos de cem metros, só daquele ângulo e inclinando o corpo por cima do parapeito era possível ver um pedaço de seu reflexo azul. Em tempos mais poéticos aquela inconveniência lhe dava vontade de derrubar todos aqueles edifícios feios e mal localizados.

— Eu disse que não queria ver ninguém… Você, o negro Miguel Ángel e mais ninguém…

— Não enche o saco, Fernando, até quando vai continuar com isso?

— Não enche o saco você, Varo – protestou e se virou. – Alguém que me conhecia muito bem me denunciou. E, apesar de ter decidido esquecer tudo isso, prefiro não ver ninguém e deixar essa história como está.

— Pois deixe-a como está, mas não renuncie à vida. Já te ferraram bastante.

— Acho que demais… Me põe mais rum, vai.

Embora tenha demorado muitos anos para descobrir, agora tenho certeza de que a magia de Havana brota do seu cheiro. Quem conhece a cidade tem que admitir que ela possui luz própria, ao mesmo tempo densa e leve, e um colorido exultante que a distingue entre mil cidades do mundo. Mas só seu cheiro é suscetível de lhe conferir o espírito inconfundível que a faz permanecer viva na lembrança. Porque o cheiro de Havana não é melhor nem pior, não é perfume nem é fetidez e, sobretudo, não é puro: germina da mistura febril ressumada por uma cidade caótica e alucinante.

Aquele cheiro me pegou desde a primeira vez que, já com faculdade de consciência, cheguei a Havana. Beirava meus catorze anos, achava-me adulto e pude distinguir a singularidade daquele cheiro, pois conhecia as exalações de meio mundo americano: desde o fedor pantanoso de Pensacola até o eflúvio de *tortilla* e poeira seca do México, passando pelos aromas fortes das altas cidades costeiras da Venezuela – terras de emanações puras –, pelo bafo quente e adocicado de Santo Domingo ou pela fragrância de marisco fresco de Veracruz. Mas Havana me abraçou com um maravilhoso amálgama em que o cheiro incisivo dos chouriços galegos compete com o do *tasajo* montevideano; o de bosta de cavalo com o da brisa do mar; o do negro africano e suas emanações ácidas com o das senhoritas brancas (ou que passam por tal) perfumadas com doces lavandas francesas; o das águas estagnadas com o do óleo forte que queima nos lampiões; o dos panos novos, caros e europeus com o dos cães sarnentos senhores da noite e das lixeiras; o da urina das vacas leiteiras que trotam movendo seus úberes inchados com as emanações maravilhosas das casas de encontros, onde flutua um alento de aguardente e menta já misturado ao exalado pelos corpos negros, mulatos, brancos, mouros, amarelos de mulheres capazes de satisfazer a todas as exigências da imaginação viril... E, flutuando no céu, os eflúvios do jasmim e do tabaco, do breu e dos queijos, do peixe fresco e do vinho derramado, que se amalgamam com o de todas as frutas que o prodigioso clima tropical convoca nos mercados havaneses, perfumados por abacaxis, mangas, goiabas, mamões, graviolas e aquelas bananas deliciosas, dos mais diversos tamanhos e cores...

Agora mal respiro um ar vão, e meus pulmões desgastados me devolvem, sorrateiramente, aquela sensação cálida e juvenil: e o cheiro perdido de Havana me lateja no peito com a intensidade dolorosa do romance que foi minha vida, em que tudo concorreu em doses exageradas: a poesia, a política, o amor, a traição, a tristeza, a ingratidão, o medo, a dor, que se despejaram torrencialmente para moldar uma existência tormentosa que logo se apagará. Então restará apenas o esquecimento, e talvez a poesia, já livre da intensidade dos dias e dos anos, alheia até a esse minuto fulgurante em que se fez carne e sangue de um homem.

Se me permito o transe de evocar os aromas de Havana é porque devo situar o princípio feliz desta história na cidade em que, assim que cheguei, encontrei aquele cheiro que me exaltava e que, por alguma misteriosa razão, senti que já me pertencia. Já disse que completei os catorze anos ao chegar à ilha, proveniente da Venezuela, onde a família havia passado os últimos cinco anos em meio às agitações separatistas e às mais cruéis matanças a que se entregaram ambos os lados. A permanência em Havana prometia ser breve, pois nosso destino final era o México, onde meu pai, eterno funcionário real, deveria assumir o cargo de alcaide do crime*. Minha curta vida até então fora um constante vaguear, como se a sina de minha existência fosse essa: não pertencer a lugar nenhum, não ter um lugar, ser sempre um homem de passagem rumo a outro destino. Embora tivesse nascido em Cuba, na cálida Santiago, de cujos cheiros nunca tive memória, estivera na ilha por apenas três anos, todos na primeira infância, de modo que só naquele momento eu estava descobrindo o país ao qual, por nefasta ou maravilhosa circunstância, meus pais haviam arribado, depois de muitos naufrágios, para que em 31 de dezembro de 1803, dia de São Silvestre, eu abrisse os olhos para a luz.

Além do cheiro, Havana me surpreendeu com a maravilhosa descoberta de que ali se vivia com tal luxúria e desenfreamento como se no dia seguinte fosse chegar um furacão. E, pelo menos a minha vida, nos poucos meses que então passei na cidade, não um, mas vários furacões a sacudiram para tirá-la bruscamente da inocente infância e colocá-la no tortuoso caminho em cujo fim me encontro.

Talvez por um desígnio já marcado em meu destino, aconteceu que uma das primeiras visitas de cortesia que recebemos, mal nos instalamos, foi daquele senhor Leonardo, nascido em La Española, como meus pais, e antigo colega de meu progenitor na Universidade de Santo Domingo. O senhor Leonardo, alto e elegante, era na época um dos mais influentes personagens havaneses, pois detinha o cargo de assessor do governo de Havana, em reconhecimento pelos seus méritos políticos em Santo Domingo e na Venezuela, onde, como nós, viveu vários anos. Mas sua carreira burocrática, é óbvio, fora mais bem retribuída que a de meu pobre pai, homem excessivamente legal num mundo em que tudo se comprava e vendia por debaixo do pano.

Naquela ocasião, o senhor Leonardo apresentou-se acompanhado pela esposa e por um de seus vários filhos, um rapazinho da minha idade, chamado Domingo, dono de uma voz de anjo e de olhos incisivos de demônio míope. Saboreadas as cremosas *champolas* de graviola** que minha mãe fazia tão bem e tomado o café forte e amargo que, em virtude de sua mestria, meu pai insistia em preparar, chegou o momento em que os adultos começaram a trocar orgulhos com respeito a seus rebentos e veio à tona o gosto pela poesia, que, curiosamente,

---

* No original, *Alcalde del Crimen*. Tratava-se de um juiz togado que participava da sala do crime nos tribunais de Valladolid e Granada. Na época colonial, a função foi estabelecida pelo rei Felipe II nas audiências do México e do Peru. (N. T.)
** Refresco típico cubano feito com leite e frutas, especialmente graviola. (N. T.)

ambos compartilhávamos. E não estou mentindo ao dizer que Domingo e eu nos olhamos com desconfiança mais que simpatia, pois cada um de nós se achava já destinado a ser o maior poeta da Terra.

Ouvida a saraivada de elogios paternos, convidei Domingo e fomos ao meu quarto, como dois galos devem entrar na rinha. Ali lancei-lhe uma das minhas poesias recentes, aquela inocente composição dedicada à bela Julia que ficara em Caracas sem nem saber da minha existência e muito menos do meu amor desesperado. Domingo, nem tolo nem preguiçoso, tirou vários papéis do bolso e me atacou com uma romança, bem rimada e divertida, porém mais carregada de artifício que de poesia.

Agredindo-nos a versos, nada levava a prever que pudesse surgir entre ambos um vislumbre de amizade. Como se sabe, é muito difícil que dois grandes poetas sejam bons amigos... A menos que, com catorze anos, se iniciem no sexo entre as pernas propícias da mesma prostituta.

O Negro foi o último a chegar, e Fernando pensou que, em outros tempos, certamente teria sido o primeiro: porque ele sempre rivalizava, vivia competindo, buscava quase desesperadamente a perfeição, com obsessão e energia alentadas por uma necessidade de afirmação empenhada em derrotar os atavismos e preconceitos históricos sofridos pelos homens de sua cor. Fernando jamais conseguiria esquecer aquela tarde, na saída da escola, em que teve que brigar com ele aos socos depois de tê-lo vencido no concurso de espanhol para alunos do sexto grau: o negro Miguel Ángel tomara a derrota como ofensa pessoal e, com lágrimas de impotência nos olhos, desafiou Fernando, talvez tentando igualar as ações em sua guerra sem quartel pela supremacia... Mas agora, ao vê-lo entrar, Fernando descobriu nele um olhar de bagual acossado que nunca teria imaginado no mais intransigente e orgulhoso dos Sabichões.

– Abre você, camponês – pedira Álvaro a Conrado, talvez de propósito, ao mesmo tempo que acendia duas velas vermelhas, para Víctor e Enrique. Fernando havia observado que Miguel Ángel e Conrado apertavam-se as mãos com a frieza previsível: enquanto um era estigmatizado como desafeto político, o outro havia escalado os caminhos da burocracia e da confiabilidade até tornar-se diretor de uma empresa meio cubana meio espanhola, encarregada de exportar cacau e importar confeitos.

– Se alguém souber que estou aqui com esse louco, nunca mais na vida vou ver um doce, nem em fotografia. – Conrado avisara ao saber da presença certa do Negro, embora tivesse aceitado ficar no que Álvaro insistia em chamar de "a penúltima ceia dos Sabichões".

Sem falar, Miguel Ángel aproximou-se de Fernando para estreitá-lo num abraço.

– Que bom te ver, compadre.

– E você, como vai, Negro? – perguntou Fernando, quase horrorizado por se ver naquele espelho: Miguel Ángel estava ficando calvo, parecia magro, mas ao mesmo tempo estava barrigudo, e seus dentes tinham cor de café e fumo, em que os dois eram viciados.

– Acho que vou bem – disse o outro, finalmente, como se não fosse importante, e aproximou-se de Tomás e de Arcadio para lhes dar a mão. Então tirou da cintura uma pistola imaginária e a disparou em Álvaro, que lhe respondeu da mesma forma. Depois os dois sopraram o cano das pistolas e as guardaram no lugar: costumavam cumprimentar-se assim havia trinta anos.

Com angústia, Fernando passeou os olhos por aqueles espectros de seu passado: Conrado, Arcadio, Tomás, Miguel Ángel, Álvaro... Naquele terraço em ruínas e com cheiro de mar estava reunida a parte mais importante de sua vida, o que mais queria e o atormentava dela, pois sabia que um dos presentes, ou algum dos dois ausentes justificados, como Álvaro chamou os falecidos Enrique e Víctor, o acusara de saber que Enrique planejava uma saída clandestina do país.

Aquele fora o primeiro passo para o exílio. Até então, Fernando jamais havia concebido a ideia de viver em outro lugar e, embora algumas vezes, graças a suas leituras juvenis, tivesse sonhado em viajar e conhecer os lugares emblemáticos da poesia – a Nova York de Whitman e Lorca; a Paris dos simbolistas e surrealistas; a Buenos Aires de Borges; a Andaluzia de Alberti; e a Castela de Machado –, acabara por se enamorar da Havana de Heredia e Casal, de Eliseo Diego, Lezama e Carpentier, aquela cidade cheia de metáforas e revelações insondáveis, à qual viajava em suas mais árduas leituras, apropriando-se gulosamente de cheiros, luzes, sonhos e amores extraviados.

Naqueles dias de fé poética, Fernando considerava-se um homem feliz, e diante dele abria-se um futuro tranquilo e ascendente. Dois anos antes, seu trabalho de graduação sobre a invenção lírica dos símbolos e das representações da *cubanía* nas obras de José María Heredia revelara novas arestas na noção da pátria na imaginária do poeta, e a banca examinadora, além de lhe outorgar a qualificação máxima, fizera outras propostas excepcionais: o trabalho deveria ser publicado e transformado em texto de consulta para os estudantes, e Fernando Terry ficaria trabalhando como professor da faculdade de letras. Enquanto isso, ao cumprir os requisitos necessários, seria iniciado seu processo como candidato a doutor em ciências filológicas para que preparasse, como trabalho científico, uma nova edição crítica das poesias de Heredia, comentadas e anotadas a partir da nova perspectiva de seu estudo de graduação.

Aqueles dois anos como professor talvez tivessem sido os melhores de sua vida. Além de dar aulas sobre literatura cubana e de contar com um tempo para sua pesquisa, desfrutou as vantagens de seu recém-inaugurado desafogo econômico e de sua posição no terreno de que mais gostava e, segundo ele dizia, num sentido diacrônico e sincrônico, horizontal e vertical e através de todo o espectro cromático: com a capacidade de um atleta, foi recompensado por todas as damas comíveis do professorado e pelos mais requintados manjares do alunado. Viveu como um príncipe, convencido de que sua estrela fulgurante nunca se apagaria e de que, chegado o momento do despertar de sua sensibilidade, voltaria a escrever poesia, como fizera nos tempos de estudante.

Mas, sem prévio aviso, Fernando Terry descobriu que até as melhores estrelas podem se apagar e até se desintegrar na imensidão do espaço, quando a secretária da faculdade foi ter com ele na classe, no meio de uma aula, e pediu que descesse com urgência ao escritório da reitoria. Intrigado, Fernando entrou no lugar de onde fora convocado e viu-se frente a frente com um homem que o olhou com violenta seriedade e ordenou:

– Sente-se, temos que conversar.

Era um mulato robusto, vários anos mais velho que Fernando, e apresentou-se como o companheiro Ramón, tenente da Segurança do Estado que atendia à faculdade de letras da Universidade de Havana. E, sem mais preâmbulos, informou que, nas investigações realizadas a propósito da tentativa de saída clandestina do país do cidadão Enrique Arias Martínez, este havia confessado que entre as pessoas que sabiam de seu projeto estava Fernando Terry Álvarez.

– Como o senhor imagina – continuou o policial –, trata-se de uma acusação de extrema gravidade, levando em conta a responsabilidade laboral e moral de alguém que trabalha diretamente na formação das novas gerações numa faculdade em que a ideologia tem um peso tão importante...

Quando conseguiu superar o espanto daquele golpe baixo que lhe cortou a respiração, Fernando protestou, negou, deu socos na mesa e exigiu uma acareação com Enrique. Mas o oficial comunicou-lhe que no momento não era possível: além do mais, acreditava nele, afirmou, chegou a sorrir, até lhe deu um cigarro. Certamente a acusação era falsa e pretendia prejudicar um professor como ele, e aproximou dele a chama do fósforo. Fernando precisava entender e, é claro, colaborar, para que tudo se esclarecesse. Por exemplo, Ramón se aproximou, Enrique nunca lhe contou que gostaria de viver nos Estados Unidos? Nem lhe falou que estava descontente com a política do país? Alguma vez comentou se outros amigos concordavam com ele? Não achava que Álvaro Almazán ou Víctor Duarte também podiam saber dos planos de Enrique Arias? E os outros que se reuniam na casa da rua Veinticinco? O tal Conrado Peláez? Nem Tomás Hernández, nem Arcadio Ferret? Não, Ramón não podia acreditar que, sendo tão amigos, nenhum deles soubesse nada das ideias políticas de Enrique Arias.

Foi então que Fernando, quase sem pensar, deu o passo em falso que o lançou no buraco negro e sem fundo que mudaria sua vida. Durante anos se olharia no espelho tentando encontrar no próprio rosto o do Fernando Terry que, confuso, desempoeirou num rincão de sua memória aquela que talvez fosse a causa estúpida e insignificante do mal-entendido.

— Bem, não foi exatamente assim... — disse ele. — Uma vez, Enrique estava aborrecido com algo que tinha acontecido, nem me lembro o que foi, e me disse que um dia subiria numa lancha e iria embora... Era uma daquelas birras que dão nele, quando fica histérico... porque, bem, ele é veado. Por isso nem liguei.

A palavra veado lhe enchera a boca, como uma iguaria propícia, e naquele instante viu-se satisfeito por pronunciá-la. Mas o policial Ramón mexeu a cabeça, negando algo recôndito.

— Então ele lhe disse que pensava em ir embora.

— Não exatamente... mas que qualquer dia...

— Foi ingenuidade da sua parte... Como vê, o cidadão Enrique Arias estava falando sério. Queria, sim, sair do país. E o senhor sabe que deveria ter informado as instâncias cabíveis. Além do mais, sabemos que o senhor e vários amigos seus têm opiniões a respeito de algumas medidas tomadas nos últimos anos e que não vou enumerar agora, pois sabe a que estou me referindo.

— Não, não sei — disse Fernando e sentiu que suas mãos tremiam.

— Deveria saber, porque nós, sim, estamos informados de tudo... Se não bastasse, uma leitura de suas poesias mostra que o senhor não é exatamente um homem politizado. E saiba que essa opinião não é nossa: é da direção desta faculdade e de alguém do núcleo do Partido... Quanto a mim, não vejo nenhum mal em suas poesias. Quase diria que gosto delas, mas vou ser franco, o senhor me parece muito Vallejo, e prefiro os poemas de seu amigo Álvaro Almazán. É questão de gosto, como eu disse. Mas, bem, se o senhor colaborar conosco...

Fernando olhou para o policial que expunha suas acusações como se lhe fosse doloroso dizê-las, que estabelecia com cautela estética suas preferências poéticas e terminava de formular a petição para arrolá-lo como delator. Lentamente ficou em pé e por um instante pensou nas vias pelas quais o policial teria obtido suas poesias e as de Álvaro. Por que não as de Arcadio? E os contos do Negro? Sobre seu desconcerto caiu então o alívio vazio de se saber inocente, e deixaram de lhe importar os antecedentes insólitos e os resultados previsíveis de uma farsa insustentável que só podia ter como propósito a petição final do policial. Sem olhar para Ramón, sorveu seu cigarro e comprovou que suas mãos já não tremiam.

– Tem razão. Parece que sou um ingênuo político, como o senhor diz. Quanto ao mais, porém, está enganado. Porque devo mais a Gelman que a Vallejo e porque se há coisa que não sou é dedo-duro. Agora me desculpe. – E voltou à sala de aula para continuar o que seria sua última conferência na faculdade de letras da Universidade de Havana.

No dia seguinte, quando a reitora o chamou a seu escritório e informou que estava temporariamente suspenso do trabalho, Fernando recebeu a primeira fustigada do medo. Algo escuso, ainda incompreensível e sem dúvida desproporcional, se produzia ao seu redor, mas sua fé na verdade e a certeza de se saber inocente o mantiveram em pé e, com toda a dignidade que conseguiu juntar, disse à reitora que iria embora até que aquela situação se esclarecesse.

Durante várias semanas Fernando esperou o telefonema que recomporia sua vida, enquanto ansiava por ver Enrique e pedir uma explicação. Mas a ligação reparadora não aconteceu, e a conversa com Enrique teve que esperar um ano e meio, até que se cumprisse sua pena pelo delito de tentativa de saída ilegal do país.

Mais que tudo no mundo, Domingo adorava carruagens e livros. E o demonstraria amplamente quando chegou a ter um dos cabriolés mais luxuosos de Havana e a melhor biblioteca privada da ilha, povoada com as novidades impressas em Londres, Madri, Paris, Bolonha e Filadélfia. Mas naquela tarde de intenções pouco literárias, quando não era mais que um simples estudante platonicamente enamorado pela poesia e com tanto desejo quanto eu de conhecer os verdadeiros segredos da vida, decidiu que, por estar na temporada daquilo que em outras latitudes se considera inverno e por se tratar do meu primeiro passeio ao que ele chamou de verdadeira cidade, devíamos prescindir de carruagem e fazer nosso percurso a pé.

– No verão, quando chove – explicou –, é impossível andar pela cidade: o lodo alcança os joelhos e os mosquitos chegam a tirar sangue. Agora, na seca, você sai coberto de poeira, quando não atropelado por uma carroça e com os sapatos borrados de merda de cavalo, mas são males menores comparados com a lama, está entendendo?

O propósito do nosso passeio era visitar o bordel de madame Anne-Marie, o mais famoso dos muitos que então funcionavam na cidade. Contava-se que a dona, uma francesa que escapara da rebelião dos negros de Saint-Domingue, havia conseguido, à custa de espírito comercial e talvez com os favores de um benfeitor oculto, chegar ao apogeu do negócio. Alguns amigos de Domingo tinham recomendado que o visitasse quanto antes e que, mesmo que tivesse que ficar na fila, esperasse para investir seu dinheiro em uma hora de prazer com a mais solicitada das meretrizes de madame Anne-Marie, uma mulata brasileira conhecida como Betinha, já famosa nas tertúlias masculinas da cidade por seus dotes excepcionais na prática das mais ousadas e modernas estratégias do amor, conhecidas como "o estilo francês".

Eram cerca de quatro da tarde quando rumamos para a velha praça de Armas, onde, como todo 6 de janeiro, dia de Reis, acontecia um dos espetáculos mais característicos e, para mim, mais deprimentes de Havana: a dança dos cabildos de negros diante do palácio dos capitães-generais da ilha. A tradição estabelecera aquele acontecimento anual, que permitia aos negros, livres e escravos, crioulos ou natos africanos, levar suas danças às ruas pela única vez no ano, e levá-las, a ritmo de tambor, até a sede do governo colonial. Lá o capitão-general recebia a saudação dos negros, jogando para eles moedas simbólicas como presente de dia dos Reis. Os negros, enfebrecidos pelo toque rústico dos tambores e certamente afogados em aguardente, dançavam como possessos, sob o olhar sempre nervoso das guarnições destacadas para manter a ordem. Aquela dança, que no mesmo dia e em pequena escala se reproduzia em cada povoado da ilha, em cada engenho de açúcar e em cada cafezal, era como uma advertência do que não se podia permitir: porque o tráfico infamante de escravos fizera de negros e mulatos a maioria da população do país, e aquela dança dos tambores demonstrava a força pujante de homens que, encontrando um líder, poderiam reverter o destino da ilha, como alguns anos antes acontecera na próspera Saint-Domingue.

Aturdidos pela gritaria e pelo retumbar monótono da percussão, tomamos a rua do Obispo, com suas lojas engalanadas e cheias de gente obstinada em comprar tudo o que fosse comprável, e andamos em busca das muralhas, para além das quais ficava o novo passeio do Prado, que, por ser dia de festa, estava abarrotado com a fina flor da juventude havanesa, especialmente os crioulos, tão afeitos a passar longas horas na rua, sempre e quando não fizesse um pouco de frio ou calor demais, como acontecia naquela tarde reveladora em que tantas imagens diversas passariam por meus olhos e minha sensibilidade.

Desde a tenra juventude, Domingo era um dos melhores conversadores que conheci, dotado de um afiado poder de convencimento, sobretudo quando se tratava de justificar suas atitudes. Naquela época ele tinha duas ou três obsessões que logo me contou: não queria ser pobre e tinha certeza de que morreria rico; queria ser poeta e publicaria livros; e seria famoso, custasse o que custasse. Eu, mais escasso de palavras e ambições, criado longe da vida mundana de Havana, tinha um único norte na vida, ao qual dedicara infinitas noites de vigília: a poesia, razão pela qual já guardava numerosos versos, fábulas e traduções que, sem nenhuma vergonha, dispunha-me a mostrar ao primeiro leitor que encontrasse... Mas Domingo, como se não me ouvisse, açambarcava a conversa, com um turbilhão de palavras.

– Está vendo, José María, está vendo o que é este país? – E me olhou com a veemência míope de seus olhos, apontando para as charretes e carruagens brilhantes que faziam o percurso circular do passeio e os jovens elegantes que caminhavam vezes e mais vezes de um extremo a outro da alameda, vestidos com tecidos escuros e inadequados, mas de acordo com as exigências da moda europeia. – Isto é uma feira, um circo, uma mentira de país. Supõe-se que isto seja o melhor de Cuba. Mas aqui as pessoas só se importam em aparecer e ter dinheiro, em que as vejam e falem delas; caso contrário, não existem... O pior de tudo é que não querem ser o que são.

Pouco tempo levaria para que eu verificasse a verdade daquela reflexão amarga, que me parecera exagerada, deslumbrado como estava diante de tanta animação, e principalmente porque meu ânimo naquele momento não era para filosofar sobre os destinos de um país que eu mal conhecia. Mas Domingo já levava a vida muito a sério para ser um jovem de catorze anos, enquanto eu tentava deglutir tudo o que via, imaginar meu lugar naquele caleidoscópio e, sobretudo, procurava tomar o rumo do que era meu grande objetivo de jovem virgem que desejava deixar de sê-lo quanto antes.

Andando pelo Prado, subimos até a região da Iglesia del Ángel, no alto de uma pequena elevação, para procurar a rua do Empedrado, a mais bem pavimentada da cidade, e seguir até a chamada praça Vieja, onde se realizava uma das feiras que lá aconteciam habitualmente. Embora sempre consagrada a um santo, o menos importante da celebração era o padroeiro que a santificava, e por isso aquelas festas costumavam estender-se por dezoito dias, apenas com uma missa no começo e outra no fim. O resto do tempo as feiras mantinham seu ambiente carnavalesco graças ao que já se destacava como a maior diversão da cidade: os jogos de azar. Mesas nas ruas, nos alpendres, dentro das casas e das lojas davam lugar aos mais diversos jogos de cartas, dados, fichas, loterias, bilhar e qualquer forma de aposta que a imaginação humana pudesse criar. Além disso, nos pátios internos tinham sido montadas rinhas de galos em que os muitos fanáticos gritavam suas apostas. Os personagens que perambulavam por ali, brancos, negros e mulatos, todos com cara de já terem cometido mil delitos, provocavam espanto e avisavam que estávamos pisando em terreno perigoso. Por recomendação prévia de Domingo, eu tinha guardado entre a calça e a meia as moedas necessárias para pagar a famosa Betinha, mas meu amigo resolvera tentar a sorte com o efetivo restante, convencido, conforme disse, de que conseguiria aumentar nosso capital.

Numa loja que se anunciava como farmácia, Domingo se agregou a uma mesa na qual, para meu assombro, viravam cartas dois homens em trajes militares, um padre, vários negros de mau aspecto e uma mulher branca com o rosto atravessado pelo vergão de uma cicatriz recente. Do teto pendiam dois lampiões a óleo que mal iluminavam o local, e, em torno da mesa, havia jarras, garrafas de vinho e aguardente, charutos já acesos e por acender, além de um daqueles cães sarnentos que pululam por toda a cidade. Domingo me perguntou com o olhar se eu queria participar, e com o olhar respondi que não: jogo de azar nunca teve a ver com meu caráter.

Mas Domingo era um apostador nato, conforme demonstraria tantas vezes ao longo da vida, e, depois dos dois primeiros lances, dos quais saiu vencedor, virou-se para me olhar com expressão de júbilo. Imediatamente compreendi quanto era forte sua paixão pelo jogo: suas mãos tremiam, sua testa se perlava de suor apesar da brisa fresca que chegara com a noite, e sua boca engolia saliva de tanta excitação. Eu, mais aborrecido que entusiasmado, e adivinhando o fim daquela palhaçada, pensei em dar uma volta pela praça, mas, como já tinha escurecido, a prudência me fez reconsiderar a ideia. Em alguns dias ouvira falar tanto em assaltos, assassinatos e espancamentos de rua que preferi permanecer dentro da farmácia, tomar um copinho de café e esperar o desfecho previsto: quando perdêssemos tudo o que supostamente tínhamos, deixaríamos de interessar aos rufiões que rondavam pela praça e poderíamos sair à rua com menos receio.

De fato: quinze minutos depois, o rapazinho sortudo, como o batizara a mulher da cicatriz, havia perdido o que ganhara nas primeiras apostas e mais a onça e meia que desde o início destinara a seu grande pendor. No entanto, mesmo derrotado, via-se que era puro nervosismo, tensão à flor da pele.

— Vamos — disse ele, alvoroçado e triste ao mesmo tempo, e, armados com duas lanternas fornecidas pela andaluza da cicatriz, rumamos pela rua do Tenente Rey para sair de intramuros pela porta de Tierra, muito perto do Campo de Marte, por onde se chegava à casa de madame Anne-Marie.

Ainda hoje sou capaz de sentir como minhas pernas tremiam quando atravessamos o alpendre cercado por uma grade de madeira e chegamos à porta do casarão para dar de cara com uma sala abundantemente decorada com plantas e perfumada por dois incensórios fumegantes. Lampiões, velas e candeeiros criavam uma iluminação quase festiva, que beneficiava também o corredor que se perdia no fundo da casa e o pátio interno, povoado de árvores e flores. Numa cadeira de espaldar alto, envergando uma mantilha de seda, maquiada e penteada como se fosse a uma festa, estava aquela mulher que eu imaginara gorda e grosseira, que, no entanto, tinha as feições e os modos de uma musa.

— Entrem, senhores, sejam bem-vindos — disse ela, com voz gutural, num castelhano perfeito. Anne-Marie era miúda, de cabelo castanho e grandes olhos verdes, e tudo indicava que em sua juventude, não muito distante, fora de uma beleza alarmante. Ao vê-la e saber de seu ofício, era fácil concluir que se tratava de uma mulher em condições de ter aos pés dois, três ou mais amantes da fina flor da sociedade havanesa, à qual não pertencíamos, e talvez por isso tenha entrado no assunto sem muito protocolo. — Minha casa está à disposição... desde que tenham mais de quinze anos...

— Já fizemos dezesseis, madame, não se preocupe — mentiu Domingo, com desenvoltura.

— E os senhores procuram algo específico?

Domingo voltou a olhar para mim, e eu olhei para ele. Minhas pernas não paravam de tremer, mas em momentos como aquele sempre há um instante salvador no qual consigo passar por cima de meus temores.

— Queremos ver Betinha — eu disse.

Anne-Marie sorriu e meneou a cabeça.

— Dá gosto saber como a fama dessa moça está crescendo.

— Qual é o preço? — perguntei, pois temia que Domingo estivesse mal informado e que nosso capital não fosse suficiente.

— Meia onça serviço completo, por uma hora.

Finalmente respirei aliviado, pois uma onça e meia daria até para tomar algumas taças de vinho.

— Agora ela não está disponível, mas daqui a meia hora vocês poderão contar com Betinha. Desejam tomar alguma coisa enquanto esperam?

— Duas taças de vinho; três, se nos der a honra de nos acompanhar, madame. — E me senti livre de todas as apreensões que me assediaram durante o dia. Em meia hora eu conheceria uma das verdades da vida e teria, como poeta que desejava ser, uma experiência vital que algum dia transformaria em versos.

Além de bonita, Anne-Marie era extrovertida e, quando ficou sabendo que em sua casa havia dois poetas, conforme nos encarregamos de proclamar, convidou-nos para a segunda taça e travou conosco uma conversa animada. Dois clientes menos exigentes chegaram e rapidamente foram atendidos por um jovem afeminado e pálido, a quem a matrona chamava de Elizardito e que, entre reverências e olhares inquietos, conduziu-os pelo corredor para o interior da casa. Graças à loquacidade da madame, que na juventude, segundo nos contou, representara muito Racine e algo de Molière na então florescente cidade haitiana de El Cabo, naquela noite fiquei sabendo que, na ilha, a indústria da prostituição prosperava mais que a fabricação de açúcar e que o negócio era especialmente lucrativo na modalidade das escravas *fleteras**, as quais, por tarifas fixas, os patrões punham para trabalhar numa pequena casa alugada. Com seu trabalho, a meretriz deveria cobrir todos os seus gastos de manutenção e, ao fim da semana, entregar ao patrão a cota estabelecida. O resto do ganho era seu, e isso fazia com que aquelas mulheres trabalhassem com esmero e satisfizessem a uma variedade maior de clientes, o que as tornava mais rentáveis que as prostitutas brancas para brancos, pois as infelizes tinham como norte comprar sua liberdade e, se possível, montar algum dos pequenos negócios como os que as negras livres de Havana tinham.

Saboreávamos a segunda taça de vinho quando nossa conversa foi interrompida pela saída de um homem de uns quarenta anos e aspecto respeitável, com o chapéu enfiado até as sobrancelhas. A matrona se desculpou e foi até ele, pegou-o pelo braço e, falando em voz baixa, ambos saíram para a rua. Uns minutos depois, Anne-Marie voltou.

— Como veem, tenho clientes distintos...

— E pode-se saber quem é? — ousou Domingo.

Anne-Marie riu, com seu riso lento e gutural.

— Claro que sim, é boa propaganda para meu estabelecimento. É *don* Domingo Aldama, um dos homens mais ricos da ilha...

— Quer dizer que o senhor Aldama vai às putas? — comentou meu amigo, que depois me contaria que aquele homem, que tanto teria a ver com seu futuro, era um dos negreiros mais ativos do país.

---

* Em Cuba, prostitutas que percorrem as ruas em busca de clientes. (N. T.)

– Ele também tem predileção por Betinha. Vamos ver, meninos, quem vai primeiro? – perguntou então Anne-Marie, e a resposta de Domingo me provocou viva surpresa.

– Ele – disse e me indicou o corredor com a mão aberta.

Com sua decisão imprevista, aquele jovem, do qual eu chegaria a gostar como de um irmão, revelou-me naquele dia, sem que eu ainda pudesse entendê-lo, outro traço de seu caráter. Hoje sei que o fato de me mandar antes não foi cortesia com o recém-chegado: tratava-se de uma estratégia vital que consistia em lançar os outros na frente ao passo que ele permanecia na penumbra da retaguarda.

Puxou para a esquerda, depois apertou o nó e executou uma ligeira retificação para a direita, a fim de atingir a perfeição com uma última e quase imperceptível correção para a esquerda: o relógio marcava as seis da tarde em ponto quando José de Jesús Heredia terminou de ajustar a gravata. Sempre fora um preciosista e, diante do espelho meio embaçado do pequeno quarto do hotel, verificou também a limpeza de suas fossas nasais, sacudiu as lapelas do velho casaco de musselina maculadas com a neve da caspa invencível e penteou com os dedos molhados de saliva o bigode fino totalmente encanecido, cada vez mais ralo. Então se dispôs a esperar Carlos Manuel Cernuda e Cristóbal Aquino, os irmãos maçons com quem iria jantar no restaurante Neptuno antes de assistir à sessão da noite da loja Filhos de Cuba, de Matanzas. Marcaram para as seis e meia, na entrada do hotelzinho em que o tinham alojado, e se havia uma coisa que aborrecia José de Jesús era que os outros tivessem que esperar por ele.

Buscando a melhor maneira de empregar os trinta minutos seguintes, pensou em descer ao parque e observar as pessoas passarem. Nas tardes tranquilas da primavera costumavam caminhar por ali as belíssimas mulheres tão abundantes na cidade, mas de imediato resolveu que não era uma boa ideia: o espetáculo da beleza feminina alarmava seus sentimentos de frustração diante de sua já esquecida capacidade sexual. Então aproximou-se da cama em que repousavam, guardados num envelope de papel pardo, amarrados com um cordão roxo, aqueles papéis escritos por seu pai mais de oitenta anos antes e que tinham exercido uma atração doentia sobre José de Jesús desde que, dezessete anos atrás, ele os lera pela primeira vez. Só soubera da existência do manuscrito quando finalmente o recebeu das mãos de sua irmã mais velha, Loreto, a única entre os filhos do poeta que podia recordar-se de ações e gestos do pai. Justamente às lembranças de Loreto, mais que às histórias narradas por sua avó María de la Merced, José de

Jesús devia a imagem de um Heredia magro e desfigurado, que chorava abraçado à esposa Jacoba, ao voltar de sua última estadia em Cuba, em fevereiro de 1837, morto em vida, envergonhado e traído, tão derrotado que, naquele instante, nem sequer se sentia decidido a perpetrar a única vingança a seu alcance: abrir sua memória e projetá-la numa posteridade em que talvez pudesse encontrar compreensão e justiça.

Definitivamente descartada a ideia de descer ao parque, o ancião sentou-se na cama, desatou o cordão gasto e tirou os papéis para vê-los talvez pela última vez. Só a consciência assumida de que sua morte era uma ameaça próxima poderia obrigá-lo a separar-se daquelas páginas de textura áspera, em que palpitavam a energia de um homem singular e a resignação amorosa de uma esposa, cuja face decerto passava de rubor em rubor enquanto ela transcrevia o audacioso relato ditado pelo marido moribundo. Porque, tanto quanto a história devastadora que o poeta narra ao longo das pouco mais de cem páginas daquele manuscrito, o que atraía José de Jesús era a montagem das caligrafias de seu pai, José María, e de sua mãe, Jacoba, enquanto estabeleciam um dramático contraponto, como o de uma sonata executada a quatro mãos por dois pianistas que somente conseguem a perfeição no mútuo complemento sobre o ébano e o marfim do teclado.

Percorreu as folhas e voltou a observar que as primeiras páginas estavam escritas com letra viril, alta, de traços fechados, muito inclinada para a direita, que era característica do poeta; com a própria mão, Heredia coligira a parte heroica e feliz da história: a dos anos de juventude, luxúria, poesia e conspiração. Depois, com o início do desterro, a narração começava a dar mais espaço à caligrafia redonda e sutil de Jacoba, sobretudo nos episódios que decerto eram mais dolorosos para o pai. E, enquanto Heredia descrevia de próprio punho e letra a magnificência das Cataratas do Niágara e seu grande reencontro com a poesia, a entusiasmada decisão de ir para o México, ou a admiração provocada pela beleza serena da filha do magistrado Isidro Yáñez, Jacoba registrava à mão as primeiras reflexões sobre a farsa, a nostalgia, o frio e a descoberta de ter adquirido a doença incurável que quinze anos depois o mataria... Foi justamente o agravamento de seu mal que obrigou Heredia a utilizar a esposa como amanuense, envolvendo-a na escrita de uma lembrança em que desnudava seu corpo e sua alma como poucos homens ousariam fazer. O último terço da história, em contrapartida, já era terreno quase exclusivo de Jacoba, devido à incapacidade física do protagonista para ocupar uma cadeira e escrever por si mesmo a agonia da decadência final que o levaria até aquela casa escura e fria da antiga rua do hospício de San Nicolás, ao lado da magnífica catedral do México, onde assistiu à missa pela última vez, naqueles dias de reconciliação com Deus. Mas, curiosamente, quase no fim, o pai voltava a se fazer valer e, com uma letra mais inclinada ainda, de traços inseguros, intervinha pela última vez de próprio punho para rememorar o episódio de sua ansiada viagem a Cuba, quando os poucos ideais e amigos que ainda lhe restavam desmoronaram e arrastaram consigo as últimas esperanças de um homem que aos vinte anos conhecera a fama, a glória, o amor, o aplauso, a amizade e, sobretudo, dominara a poesia como jamais o fizera nenhum dos seres nascidos naquela ilha, pródiga em riquezas materiais e em misérias humanas. Daquele episódio doloroso, José de Jesús gostava de ler sempre de novo a história do momento em que, decepcionado com tudo, o pai sentia que a vida recuperava sua verdadeira dimensão quando o ator Antonio Hermosilla, desafiando todos os riscos políticos, recitava no palco de um teatro de Havana a famosa ode ao "Niágara" e os espectadores, de pé, aplaudiam o poeta pobre e humilhado, reconhecendo, pela última vez, sua grandeza literária, sua capacidade para engendrar uma beleza que nenhum tirano poderia empanar... A partir desse momento, a letra de Jacoba era a encarregada de registrar as vicissitudes finais da triste aventura: foi ela que plasmou no papel a veemência do esquecimento, a dor de uma doença que se agrava, a sensação do frio que se torna insuportável, a avalanche de uma nostalgia que de obsessiva se transforma em malsã e também a própria decisão da reparação histórica e literária de sua existência que supunha aquele relato iniciado no dia em que enfrentou sua mais dramática solidão, quando descobriu que não tinha um único amigo a quem se dirigir e, no entanto, começou a despejar sua memória, disposto a contar as vicissitudes do romance de sua vida a um filho que nunca o conheceria.

 Virando as folhas e acariciando suas bordas feridas pela umidade e pelo tempo, José de Jesús voltou a se perguntar se sua decisão era a correta. Talvez o impertinente bibliotecário Figarola, com um notário à frente, aceitasse a compra dos arquivos explosivos e admitisse a condição de mantê-los fechados e lacrados até 19 de maio de 1939. O dinheiro daquela venda o teria ajudado em muito a enfrentar os anos finais de sua vida, já nem roupa ele tinha para se vestir decentemente, e o espírito do seu pai, lá do céu, certamente o teria perdoado: Heredia sabia que o homem podia suportar tudo, ou quase tudo, menos a fome e o desprezo. E seu filho mais novo, que decerto nunca pôde segurar nos braços, vivia arruinado e à beira do desprezo. Mas José de Jesús também sabia que o sabor amargo da traição cometida não o deixaria morrer em paz: Figarola ou qualquer um dos que desejariam o mérito de exibir aqueles papéis podia violar o pacto selado no seio da família Heredia e mostrar sem recato uma história suscetível de mudar para sempre a percepção que se tinha do poeta e de vários dos homens que conviveram com ele.

Então voltou a ser perseguido pela ideia que mais o inquietava desde que entrara em contato com aqueles papéis: não seria melhor destruí-los e deixar em paz a história, a alma de seu pai, os segredos mais terríveis de sua vida e até a imagem já santificada dos homens sobre os quais o poeta lançava sua condenação? Não seria a primeira vez que José de Jesús tentaria resguardar a biografia do pai. Já o fizera, muitos anos atrás, ao destruir o original da terrível carta de 1823, na qual Heredia jurava inocência diante do juiz instrutor na causa dos conspiradores independentistas dos Raios e Sóis de Bolívar. Também fizera desaparecer uma missiva dirigida ao padre Félix Varela, mas devolvida pelo correio por não encontrarem o destinatário, na qual ele agradecia suas gestões para publicar na Filadélfia seu romance *Jicoténcal*, que deveria aparecer sem autoria, pois Heredia considerava-o literariamente fracassado. Com a destruição daquela carta, José de Jesús fizera desaparecer a única evidência que ligava o pai à autoria de um romance que, havia cem anos, intrigava os estudiosos, que tinham chegado a atribuí-lo a Varela.

José de Jesús tranquilizava-se com a convicção de que a história se escrevia dessa maneira: com omissões, mentiras, evidências armadas *a posteriori*, com protagonismos fabricados e manipulados, e não lhe causava nenhuma perturbação seu empenho em corrigir a história do pai: os donos do poder o faziam constantemente, e a verdade histórica era a puta mais complacente e mais mal paga que existia... No entanto, aqueles papéis espalhados sobre a cama do hotel escondiam a capacidade de mudar a vida de muitas pessoas inocentes e, além do mais, carregavam o peso da decisão de sua avó, a férrea María de la Merced, de se manterem ocultos no seio da família e somente serem difundidos quando chegasse o momento marcado, ao se completarem cem anos da morte do poeta.

Eram seis e vinte e sete, e o ancião deu-se dois minutos para decretar a sorte final do manuscrito. Às seis e vinte e nove deveria descer para encontrar seus irmãos maçons Carlos Manuel Cernuda e Cristóbal Aquino, mas cento e vinte segundos podiam ser suficientes para decidir o destino do legado secreto de José María Heredia.

A miséria podia ter suas compensações. Álvaro dissera: com trinta dólares, você mata no peito, e, ao calcular que se tratava de umas cinco mil pesetas, Fernando quase não conseguiu acreditar. E acreditou menos ainda quando viu o resultado da transmigração de seu dinheiro: uma mesa presidida por uma panela de um *arroz moro** brilhante e soltinho, custodiada por uma travessa cheia de *masas de puerco*** fritas, uma dúzia de pamonhas na folha, uma pirâmide de bananas maduras fritas, a farta salada de alface, tomate e pepino, além de um flã de abóbora mergulhado num mar de calda de açúcar, tudo preparado por uma vizinha de Álvaro que havia encontrado um modo de vida em sua mestria para a comida crioula, pois o salário de especialista A em planejamento mal lhe dava para sobreviver uma semana. A bebida – duas caixas de cerveja, três garrafas de rum e duas de vinho tinto – era a contribuição do camponês Conrado, que, astuto como sempre, negou-se a revelar a origem do butim.

Assim que se sentaram à mesa, Arcadio propôs um poético brinde a Fernando, e todos bateram seus copos. Foi então que o negro Miguel Ángel ficou em pé, com o copo encostado no peito, e improvisou (ou talvez não) um de seus discursos, aos quais era tão afeito em seus anos de dirigente estudantil:

– Eu também gostaria de brindar por todos nós. Gostaria de brindar pelos anos em que fomos muito amigos. Pelas boas lembranças que compartilhamos. Por todas as quadras que escrevemos pensando em lê-las neste terraço. Pela memória de Enrique e Víctor, que já não estão aqui, mas ao mesmo tempo estão. E quero brindar pelo milagre de estarmos hoje sentados em torno desta mesa, depois de mais de vinte anos, e também para que sejamos capazes de postergar os rancores e as divergências, e até esquecê-los, que é o melhor que podemos fazer...

À medida que o brinde de Miguel Ángel se construía, os outros foram se levantando. Fernando sentiu que a solenidade crescia enquanto as tensões baixavam e observou a reação de Conrado, Tomás e do belo Arcádio, talvez temerosos de ouvir algo inadequado. Mas também bateram seus copos com o Negro e os outros Sabichões sobreviventes.

Enquanto comiam e contavam lembranças agradáveis, Fernando não pôde deixar de fazer o retrato de família, espremendo a memória em busca de um sinal do passado remoto que lhe permitisse marcar um daqueles homens como o delator que mudara sua vida: diante dele, na cabeceira oposta da mesa, Álvaro falava, fisicamente devastado pelo álcool, mas com seu eterno brilho de insolência no olhar. Ao receber os dois livros que o amigo havia publicado, Fernando encontrara neles uma força irreverente, entre demoníaca e escatológica, e soube que eram o testemunho doloroso e sincero de um homem incapaz de suicidar-se

---

* Prato tipicamente cubano, à base de arroz e feijão preto misturados. (N. T.)
** Carne de porco em pedaços, temperada e frita. (N. T.)

de uma vez, mas que sabia matar-se lenta e aplicadamente, como se moldasse a ansiada chegada ao fim. Salvo aqueles poemas e uma obstinada fidelidade a seus costumes e manias, pouco mais se mantinha à tona no entorno daquele velho companheiro no qual Fernando, até nos dias mais sombrios, jamais conseguira ver alguém capaz de cometer uma traição: sempre achara Álvaro autêntico demais para ter os compartimentos secretos indispensáveis ao traidor.

Sentado ao lado de Álvaro, mas como se pertencesse a outra espécie humana e poética, estava o belo Arcadio, imune à devastação do tempo, sempre vivendo para a poesia, consagrado a ela com empenho de vestal e exibindo, como se tivesse nascido com eles, os lauréis colhidos graças à sua fanática dedicação. Fernando se lembrava dos dias longínquos em que se conheceram, recém-matriculados na universidade, quando Arcadio escrevia versos que pretendiam estabelecer uma comunicação inteligente com a realidade do país – ou com a mais visível de sua própria cotidianidade, tranquila e pautada. Mas logo aquela dependência começou a se deturpar, para que sua poesia olhasse para si mesma e se transformasse num eco visceral do trânsito humano pelos caminhos imprevisíveis e ao mesmo tempo reiterados da vida. Suas prosaicas metáforas juvenis escureciam com os anos, tal como seu olhar sobre o destino e a solidão essencial do homem, e Arcadio produziu seus melhores poemas. Aquele esforço poético já engendrara oito volumes, amplamente difundidos, premiados e comentados, e Arcadio Ferret era considerado por muitos uma das vozes mais notáveis de sua geração, e até se falava da influência exercida sobre os mais jovens: sem vaidade, mas com orgulho, Arcadio aceitava elogios, viagens, medalhas, carros à disposição e até homenagens precoces, convencido de que merecia. Aqueles triunfos mundanos percorriam caminhos paralelos aos de sua criação, cada vez mais autônoma e ensimesmada, pela qual professava o mesmo respeito devoto dos tempos de inocência em que sonhava ver impressos alguns de seus versos. Aquela atitude entre displicente e forçada, embora assumida como algo natural, era o que mais incomodava Álvaro, que se empenhava em considerar seu antigo condiscípulo um hipócrita oportunista, cheio de si e sem coragem para olhar de frente a dilacerante cotidianidade da vida, da qual Álvaro extraía a matéria de sua poesia agressiva. Aquela acirrada rivalidade humana e estética, Fernando bem sabia, nascera havia muitos anos e fazia parte da tradição poética de uma ilha em que o êxito alheio sempre despertava suspeitas e mágoas, não importa se gratuitos ou fundados.

À direita de Fernando, bebendo todo o rum que seu estômago sem fundo podia aceitar, estava Tomás, talvez o menos mudado de todos: quando a tormenta desencadeada por Enrique eliminou Fernando da faculdade de letras, Tomás saiu ileso e ainda mantinha seu trabalho como professor, sem que naqueles vinte anos sua carreira mostrasse nada do que prometia: ele recuara havia muito tempo, abandonando os romances que outrora pensava escrever e até anunciava e contava, e também não publicara os ensaios que sua inteligência exigia. Sua vida submergira na rotina da luta incessante pela tranquilidade e pelos pequenos privilégios, e Tomás, encouraçado por trás de sua pragmática filosofia de rua, driblou todos os temporais, acomodou-se em seu trabalho, herdou algumas das camas abandonadas por Fernando, enquanto continuava fiel a seu costume de correr e levantar pesos: de todos eles, era quem exibia melhor forma física, com o estômago plano, braços musculosos e o cabelo preto apenas marcado por alguns fios brancos. Fernando lembrou que desde sempre Tomás fora o cínico do grupo, o camaleão perfeito, e entre todos era a ele que outorgava mais opções de ter sido seu acusador, embora não tivesse uma única evidência para fundamentar suas suspeitas, e estas, muitas vezes, batessem contra a muralha do estrito senso de hombridade que o antigo amigo trazia tatuado na pele, como o primeiro dos ensinamentos adquiridos no quente bairro havanês em que nascera.

O caso mais interessante talvez fosse o de Conrado, pois, apesar de continuar o mesmo Conrado, o eterno camponês astuto, ao mesmo tempo deixara de ser Conrado: Fernando olhava para ele e acreditava reconhecê-lo, mas de repente a imagem da lembrança se perdia diante da evidência de uma realidade de quase cem quilos, capazes de duplicar a eterna cara de bezerro do camponês. Pouco restava do deslumbramento vitorioso do esquálido camponês de Placetas que trocara os cheiros da terra pelos bafos do asfalto no empenho de sair da lama e da miséria em que viveram seus avós canarinos e seus pais cubanos, decidido desde sempre a tornar-se Alguém na Vida, como costumava dizer. Sem dúvida Conrado havia explorado ao máximo sua ambição e sua capacidade inata para se transformar e, caçando e espremendo oportunidades, realizou seus sonhos de ascensão e, depois de ser o primeiro universitário da família paupérrima, empenhou-se com afinco em vencer todos os degraus da escalada até chegar a ser um pouco mais que Alguém na Vida, pelo menos nos terrenos mais visíveis: casa em Miramar, carro japonês climatizado, relógio suíço de ouro, mulher e duas amantes, roupa elegantemente informal e um aroma envolvente de colônias indeléveis selavam a evidência de seus triunfos. De todos os antigos companheiros, fora o único que Fernando vira durante seu longo exílio, apenas dois anos antes, quando, de passagem por Madri, o camponês o surpreendera com um telefonema. A bebedeira tinha sido memorável, Conrado pareceu feliz por recuperar o amigo e só nos copos da alta madrugada deixou escapar a informação de que visitava a Espanha pela enésima vez. Fernando entendeu, então, que alguma coisa devia ter mudado, em Conrado ou nas circunstâncias, para que o camponês calculista ousasse sair à rua com um velho colega exilado a quem nunca voltara a telefonar. Por fim Fernando tentou esquecer o deslize e outras velhas contas, em troca das horas de conversa com as quais Conrado o pôs em dia das peripécias vitais dos outros Sabichões e de tê-lo ouvido confessar que nunca acreditara que poderia ser escritor: o camponês sabia que lhe faltava alma, sinceridade e espírito de risco, e seus poemas dos vinte anos tinham sido apenas uma resposta engenhosa, definitivamente astuta, para manter o pertencimento àquele grupo de obstinados independentes que viviam convencidos de poder mudar o destino literário do país.

Sem que fosse de propósito, Fernando tinha deixado para o fim Miguel Ángel, sentado à direita de Álvaro, porque era o personagem mais inquietante: na lembrança, o Negro era uma presença ampla e permanente que o acompanhava desde os dias róseos do quarto grau, quando sua família chegou ao bairro de Fernando, onde ocupou a casa dos donos da loja de ferragens Moderna quando eles foram para o exílio. Aquele negrinho forte, mais alto que seus outros companheiros, empenhou-se desde o início em ser o chefe do destacamento pioneiro e o aluno mais destacado do grupo, e Fernando sempre o viu como uma espécie de guarda vermelho, armado de opiniões políticas irrebatíveis, tão definitivas quanto a carteira de militância que conseguiria alguns anos depois. Mas aquela convicção política, herdada de pais comunistas e sindicalistas que sofreram prisão, perseguição e até tortura nos anos da ditadura de Batista, era um componente de sua vida cotidiana que, no entanto – milagrosamente, segundo Arcadio –, nunca passou pelos textos que desde muito jovem obrigou-se a escrever. Tanto seus contos cândidos dos dias de estudante como seus dois romances publicados prescindiam de intenções políticas visíveis e muitas vezes destilavam a magia da grande literatura, embora seu alcance não fosse o que se podia esperar, talvez pela falta de uma habilidade que costumava ser adquirida depois de muitas quadras lastimáveis: para Fernando, os dois romances do Negro eram degraus de uma aprendizagem que poderia colocá-lo à beira de algo grandioso. Mas foi então que a monolítica muralha ideológica de Miguel Ángel, cimentada no fervor estalinista dos pais e na dignidade combativa com que assumia a cor de sua pele, se fez em pedaços, e toda a sua fé se dissolveu num desencanto galopante que, num sujeito como ele, não podia deixar de ser militante. A expulsão da revista em que ele trabalhava, depois de ser acusado de *perestroiko* e revisionista, foi a primeira aldravada que recebeu dos antigos camaradas, que desde aquele instante o consideraram um inimigo potencial e o julgaram como tal, sobretudo quando se soube que ele publicara fora de Cuba alguns artigos que questionavam sua posição anterior de crente convicto. Enquanto se rebelava contra si mesmo, o renegado continuou escrevendo e, como antes, conseguiu que suas convicções políticas não passassem para o terreno autônomo da letra escrita. Alguns meses antes, Fernando recebera o que o Negro considerava o primeiro rascunho de seu terceiro romance e lera apreensivo uma história do século XIX, de pessoas comuns, que se encontram e se desencontram, movidas pelos ventos da história, numa trama através da qual era possível fazer uma leitura oblíqua do presente cubano, ao qual, em contrapartida, não havia uma única referência direta. No entanto, Fernando encontrou naquele texto amargo e esperançoso, em que se revelava o trauma histórico de uma raça escravizada e discriminada, o alento de uma obra contundente com a grande virtude que sempre havia esperado da literatura: a capacidade de comover, com beleza e com paixão.

A possibilidade de rever sumariamente, de repente, o acúmulo de fidelidades, traições, mutações e consequências que a vida das pessoas vai armando provocou em Fernando uma amarga contrariedade: montar o passado sobre o presente era um exercício quase ardiloso, suscetível de pôr em incômoda evidência castrações e abandonos impossíveis de imaginar quando o presente era o futuro, enquanto o passado era algo tão breve que se resumia em duas palavras, em algum legado ambiental ou genético e em algumas poucas atitudes assumidas. Por que estou fazendo isso, porra?, perguntou-se, por que não sou capaz de desfrutar esse encontro, de rir um pouco e esquecer de uma vez por toda aquela merda?, continuou a se perguntar, despejando no copo o resto de uma garrafa de vinho e olhando as duas velas acesas num canto, nas quais palpitavam as memórias paradas de Víctor e Enrique, o herói e o mártir, as pernas que faltavam para armar aquela mesa que parecia irrecuperável, construída com base na amizade e na inocente fé juvenil na literatura e na vida.

A notícia de que Víctor tinha morrido em Angola, vítima de uma mina antitanque colocada em uma das estradas do sul, foi um dos tragos mais terríveis que Fernando teve que engolir na incerteza de seu exílio recém-iniciado. Para todos, Víctor era o melhor dos Sabichões: ninguém duvidava da bondade essencial daquele mulato alto e robusto, belo e saudável, que se destacou silenciosamente com o primeiro boletim do curso e com Delfina, a mulher a que quase todos tinham aspirado e que Fernando, depois de vinte anos sem a encontrar, talvez continuasse amando... Fernando começara a amizade com Víctor quando compartilharam a classe e o time de beisebol no secundário básico e, com os anos, descobriu que muitas vezes invejara aquele amigo, pois, enquanto ele se impunha metas, as ambições de Víctor eram tranquilas e simples: jogar beisebol assumindo-o só como jogo, escrever se pudesse escrever, amar até o fim a mesma mulher, ler os livros que gostava de ler ou beber sem ansiedade da garrafa de rum que algum dos amigos abrisse diante dele. Nunca se soube que temesse, odiasse ou competisse com alguém. Ao terminar os estudos, quis a sorte que Víctor fosse trabalhar no Instituto de Cinema e, graças a seu esforço, logo se tornou diretor de curtas-metragens. Quando o enviaram para Angola como correspondente de guerra, Víctor estava escrevendo com Miguel Ángel o que esperava que fosse o roteiro de seu primeiro longa-metragem e partiu para a frente de combate como teria ido para o fim do mundo ou como iria assistir a um jogo de beisebol no estádio de Havana: tranquilo e sem medo. Com trinta e dois anos, voou em pedaços e deixou em quem o amava a sensação de uma perda irrecuperável e uma pergunta terrível: aonde poderia ter chegado aquele homem que irradiava ternura, sensibilidade e talento?

Foi então que a vela de Enrique começou a piscar, empenhada em atrair a atenção de Fernando e em obrigá-lo a perguntar-se de novo: foi a morte que o escolheu ou fui eu que o matei?... Enrique e sua lembrança o feriam como uma obsessão, e Fernando teve que admitir que, muitos anos depois de morto, Enrique ainda mantinha sua predileção por ser o centro, o ator principal, a figura sempre visível. Tudo em sua vida, com a conclusão de sua morte antecipada, foi teatral. Fernando estava convencido de que Enrique atingira o ponto mais alto de sua excentricidade na noite em que, já nas semanas finais do primeiro ano do curso e depois das primeiras tertúlias na casa de Álvaro, pediu "um aparte na ordem do dia" e disse aos amigos, para deixar tudo claro, limpo e em ordem, que, se algum deles suspeitava de que ele era veado, tinha acertado: porque ele era veado, sim, desde os doze anos, quando seu professor de educação física do oitavo grau, um mulato esbelto e atrevido como típico mulato esbelto, comeu-lhe o cu no ginásio da escola, é claro, sem recorrer a violência ou intimidação: ele gostava do mulato professor, e o professor adorava transar com Enrique. E que, se desde sempre ele escondera suas preferências sexuais, era única e exclusivamente porque em Cuba era difícil demais viver como veado convicto e mais ainda como veado confesso – e também para poder estudar sem complicações na universidade, pois, como todos sabiam, na faculdade de letras os expurgos de homossexuais eram assoladores e cíclicos. O espanto dos amigos foi digno de uma antologia de espantos: em Cuba, ninguém – ou quase ninguém – admitia sua homossexualidade, muito menos daquele modo tão direto e isento de traumas ou de romantismo. A brutalidade da confissão foi tal que todos continuaram aceitando Enrique, talvez de modo mais franco, já sem a existência da dúvida sobre sua filiação sexual, que poderia introduzir um pingo de desconfiança na amizade. Desde então ele lhes contava suas aventuras amorosas, e os outros, entre mórbidos e divertidos, deleitavam-se ouvindo as peripécias de suas cantadas na rua ou recebendo informações sobre a veadagem oculta de personagens conhecidos do mundo da arte, da política, da televisão, que na verdade eram lânguidos veadinhos, como aquele mulato televisivo, bigodudo e refinado ou o aguerrido secretário da Juventude Comunista da faculdade, a quem desde então apelidaram "doce pássaro da Juventude". Como era de esperar, as preferências literárias de Enrique encaminhavam-se para o teatro, e durante todo o curso foi o autor das peças montadas pelo grupo da escola, no qual além disso ele atuava: porque tinha dom para o espetáculo, senso de ritmo, facilidade para dramatizar a vida e foi o primeiro a ganhar um prêmio importante, que incluía a edição do livro, lamentavelmente o único que publicaria na vida, pois, depois de cumprir o ano e meio de prisão a que foi condenado pela tentativa de sair do país, sua existência parecia a de outra pessoa, definitivamente diferente da que eles tinham conhecido. Menos de um ano depois, ao atravessar a avenida do Malecón, Enrique morreria destroçado por um caminhão, sem que nunca se soubesse se foi uma distração desastrosa ou uma intenção meditada que, naquela noite de 1979, o empurrou contra a montanha de aço do KP3 soviético. Uma brisa imperceptível, da qual a vela de Víctor não tomou conhecimento, obstinou-se em apagar a de Enrique. Uma silhueta de fumaça levantou-se do pavio e dançou por alguns segundos, antes de ser devorada pela noite.

Quando revejo minha existência, aqueles dois anos que passei em Cuba, pleno e despreocupado, febril e luxurioso, parecem vividos por uma pessoa alheia, que mal reconheço. Tinha quinze anos e dei prazer a meu corpo e liberdade a minha mente, nada me torturava, e acreditei ser o homem mais feliz da terra. Mas, como se sabe, um poeta nunca deve ter direito ao pleno gozo de sua sorte, e, depois de pensar um pouco, pareceu-me chegado o momento de criar um sofrimento para mim, e nenhum poderia ser mais adequado que um amor impossível. É justo reconhecer, a bem da honestidade, que, com sua experiência, Betinha me ajudou a conceber aquela dor de amor fingida e que, deitado em seu leito quente, as ideias fluíram-me à mente com a mesma facilidade com que a água brota do manancial.

Betinha foi, além de bela, incrivelmente sábia em mais de um aspeccto da vida, embora seus atributos máximos estivessem na habilidade de seu corpo para satisfazer às demandas de outro corpo. Por isso, desde a primeira noite de nossa relação, quando minha virgindade morreu entre suas pernas, o desejo de voltar a encontrá-la tornou-se minha obsessão. Semana após semana, o estipêndio que meu pai me entregava para a compra de livros e gastos próprios de estudante ia parar nos cofres de madame Anne-Marie, que, ao ver minha fidelidade como cliente, meu gosto prematuro pelo vinho e, sobretudo, ao conhecer alguns de meus poemas, concedeu-me privilégios salvadores, como o de me cobrar tarifas preferenciais (com a anuência de Betinha, que também se afeiçoara a exercer comigo seu esmerado magistério) ou me deixar participar do almoço de suas moças, onde eu recitava versos próprios e alheios, para depois fazer a sesta junto da cálida mulata brasileira e, no fim da tarde, sair à rua com minhas necessidades físicas bem satisfeitas.

Numa daquelas tardes, depois de desafogar minha luxúria, nobremente confessei a Betinha quanto a amava. Fiel ao estilo francês que praticava, aquela mulher magnífica não foi capaz de rir de mim, conforme merecia a confissão, mas tentou explicar-me as razões de meu amor e procurou fazer-me entender quanto lhe parecia impossível nossa relação.

– Pense assim para não sofrer – disse-me, com seu idioma estranho, tão rebuscado quanto musical, colando à minha coxa a selva úmida e escura de seu sexo. – Simplesmente não é possível. Você e eu não podemos nos amar mais que da maneira como estamos fazendo agora. Você é um menino, e eu tenho trinta e dois anos. Logo você vai embora, e o futuro há de levá-lo por caminhos que você nem imagina. A nós cabe isto – apertou mais o sexo ao meu corpo e tomou com a mão o meu membro, novamente ereto – e só isto. Sou uma meretriz e sou negra, você é branco e, além do mais, poeta, ou melhor, um grandessíssimo poeta. Seu amor impossível não pode estar num bordel, mas num palácio. Invente esse amor se não o sente, cante-o e deixe para mim sua paixão.

Com sua boca maravilhosa, Betinha aliviou, então, a turgidez sexual provocada por sua mão inquieta, pois já sabia quanto me satisfazia a maravilhosa audácia de sua língua lisa e persistente. E, naquele exato momento de prazer, decidi tornar-me um poeta infeliz em amores. Só me faltava encontrar o alvo do meu amor impossível.

Naquela época, quando não estava na casa de Anne-Marie nem na universidade, onde, por decisão de meu pai, me matriculara no primeiro ano do bacharelado em direito, costumava caminhar por Havana em busca dos segredos da cidade. Na realidade, sempre que possível eu fugia de casa, onde os assuntos familiares não andavam muito bem, pois a tuberculose de meu pai começara a fazer estragos naquele homem antes robusto, agora assediado por febres e tosses dilacerantes. Enquanto isso, continuava sendo adiada nossa mudança para o México, onde ele sonhava se recuperar em virtude do clima seco do altiplano. A casa, então, parecia uma gaiola, pois a doença e a espera tornaram iracundo aquele homem correto, magistrado em cada minuto de sua vida, tão dado a exigir silêncio, especialmente desde que passava longas horas escrevendo algo intitulado *Memórias sobre as revoluções da Venezuela, extraídas de documentos inéditos que mantém em seu poder José Francisco Heredia, ouvidor decano que foi daquele tribunal, que as escreve para seu uso e para, se convier, em algum momento recordar a Sua Majestade feitos tão singulares*, pois ainda confiava na volta dos países da Terra Firme ao domínio espanhol. Por sua vez, minha mãe, a invencível María de la Merced, tentava manter-me sob controle, como fazia com minhas irmãs e o pequeno Rafael, embora para ela fosse cada vez mais difícil me reter, pois, com a habilidade que fui adquirindo, aprendi a escapulir pela menor brecha, sempre armado com uma mentira das muitas mentiras salvadoras que meu cérebro turbulento era capaz de criar por minuto.

Para escrever poesias eu preferia me sentar em qualquer uma das praças e das calçadas da cidade. A ebulição que se respirava na rua me servia de estímulo, e foi por aqueles dias de exaltada juventude que também comecei a forjar outra de minhas decisões transcendentais: se fosse possível, escolheria Cuba como minha pátria poética, pois o país oprimido e corrupto, vital e generoso, tinha os encantos necessários para que um poeta desse rédea solta à sua criatividade. Aqui as pessoas viviam à espera de algo que ninguém sabia o que poderia ser, pois tantos eram os partidários quantos os inimigos da independência, tantos os que dançavam de júbilo com a abertura dos portos ao comércio quantos os que anunciavam a ruína que a medida traria, tantos os constitucionalistas quantos os monarquistas, tantos os que queriam ir embora quantos os que desejavam ficar... Mas, curiosamente, entre aqueles espécimes de tudo o que se possa imaginar não havia um único poeta que pudesse ser qualificado como tal: então, com a paixão poética que fervilhava em mim, não seria difícil subir ao trono de um parnaso despovoado, que eu até poderia decorar conforme desejasse.

Falei por longas horas sobre o assunto com Domingo, menos dotado que eu para o verso, porém mais hábil na hora de forjar quimeras. Devo reconhecer que foi ele quem me revelou como andava mal guarnecida a literatura cubana e como seria fácil aparecer nela, e também foi graças a ele que encontrei meu amor impossível. Estávamos saindo de sua casa naquela tarde calorenta de 16 de março de 1818, ele rumo a uma mesa de jogo e eu com os anseios dirigidos para a cama de Betinha, quando uma luxuosa charrete se deteve na entrada da morada e, depois de um cavalheiro e uma dama sem dúvida de alta categoria, pôs o pé em terra um ser maravilhoso que se assemelhava a uma boneca de porcelana. Domingo cumprimentou os recém-chegados, velhos conhecidos de seus pais, e me apresentou como seu amigo poeta, e foi naquele instante, ao ver o lisonjeiro sorriso da jovem, que decidi transformá-la no objeto de meu amor. Ela tinha apenas doze anos, mas, como minha paixão seria obviamente platônica, ninguém poderia me acusar de pervertido. Além disso, para sua idade, aquela ninfa exibia formas que nos climas temperados muitas mulheres só atingem aos dezessete ou dezoito anos, e já se anunciava a fêmea esplêndida que logo ela seria... Desde aquele dia, Isabel Rueda y Ponce de Léon se transformaria no amor impossível alojado no coração do poeta infeliz, embora ela mesma fosse demorar muito para saber disso.

Naquela tarde, usando como escrivaninha as costas da adormecida Betinha, redigi de uma tirada um soneto perfeitamente calculado, onde fervia de amor e ciúmes, pois já punha em dúvida a constância de minha amada Isabel:

Olha, meu bem, quão murcha e ressecada
Do solo ao resplendor está a rosa
Que em teu seio tão fresca e cheirosa
Deixou ontem minha mão enamorada...*

Precisei de meia hora, se tanto, para escrever os catorze versos, apesar das distrações provocadas pelo panorama opulento das nádegas de Betinha. Assim que os terminei, eu os li para ela, e aconteceu algo que jamais imaginei que pudesse acontecer: dos olhos daquela mulher curtida pela vida caíram duas lágrimas que ela tentou esconder aproximando o rosto do meu, para me beijar com uma ternura inesperada.

– Ainda que fosse de mentira, eu teria dado qualquer coisa para que alguém me escrevesse algo tão bonito. Seria muito tola, ou pior, teria que ser fria a mulher que não se apaixonasse por você depois de receber um poema assim...

E vi-a levantar-se da cama, em sua esplêndida nudez de cobre polido, e encaminhar-se ao aparador que ocupava uma das paredes do quarto. Sem me

---

* Do soneto "La desconfianza": "*Mira, mi bien, cuán mustia y desecada/ Del sol al resplendor está la rosa/ Que en tu seno tan fresca y olorosa/ Pusiera ayer mi mano enamorada...*". (N. T.)

olhar, a mulher sussurrou algumas palavras numa língua para mim desconhecida e, depois de passar várias vezes as mãos pelo rosto e pelo pescoço, abriu uma das gavetas. Então tirou um pequeno cofre e, com as duas mãos, como se carregasse uma criatura, tirou uma trouxinha de pano em que predominavam o azul escuro e o rosa. Sempre sem me olhar aproximou-se de novo da cama.

— Quero mostrar uma coisa que nenhum dos homens que entrou neste quarto viu.

E colocou o pequeno embrulho sobre a cama e desembrulhou a estranha figura de uma mulher-peixe, uma espécie de sereia de seios grandes, talhada em madeira escura com minúsculas conchas de mar incrustadas.

— É minha mãe, Iemanjá — falou, ao notar meu espanto.

Várias vezes, desde minha chegada a Cuba, tinha ouvido falar naqueles santos que os negros trouxeram de suas terras remotas, imagens de suas crenças pagãs, aos quais ofereciam toques de tambores e sacrifícios de animais. Mas sempre me senti tão distante daquele mundo que pouco me preocupara com suas existências e nem um pouco em conhecê-los.

— Eu a recebi na Bahia, aos doze anos, e ela sempre me acompanha. É a rainha dos mares azuis e ondulantes e também das águas mortas. É a mãe de tudo... Em meu país se diz que ela vive na lagoa de Abaeté, em Itapuã. Mas os negros velhos afirmam que vive no fundo do mar. Contam-se muitas histórias de Iemanjá, e todas são alegres, porque ela é a alegria, embora possa ser vingativa com quem não cumpre suas ordens... Ela me ajuda a viver e me dá forças para resistir.

E então beijou sua deusa-mãe, com devoção e ternura quase infantis, que me comoveram...

Se me lembro de que tudo isso aconteceu no dia 16 de março de 1818, não é pelo encontro com Isabel nem por ter escrito aquele soneto que serviu para mostrar a agonia de minha relação amorosa e minha qualidade de poeta romântico. Não. É pelo modo como Betinha e eu fizemos amor, talvez sob a influência mágica daquela Mãe Universal, deusa negra da fecundidade e do amor. Sem desenfreamento, sem excessos, com delicadeza e entrega total, nosso corpo e nossa mente expressaram vontades como se o estivéssemos fazendo pela última vez. E ela me ofereceu a rosa escura de seu ânus; eu, como uma fonte inesgotável, ejaculei três vezes; ela me banhou com a língua, como toalha perfumada e cálida; eu bebi até o fim os sucos de seu poço insondável; ela me augurou a imortalidade da fama; e eu lhe prometi um poema de amor...

Como os versos que naquela tarde dediquei a Isabel, concebi muitos outros naqueles dias e hoje lembro com angústia como nada era mais fácil que escrever poesia: porque eu pensava em verso, minhas ideias tomavam forma de soneto, a rima se dava a mim na simples conversa, e eu conseguia improvisar uma infinidade de hendecassílabos com minha mente pródiga. Mas, enquanto Betinha e todos os amigos me aplaudiam, em Domingo começou a se gestar uma turbulenta rivalidade juvenil, sem dúvida a semente que depois envenenou seu coração de apostador. Porque, sem jamais confessar, ele jogara numa carta o maior desejo de sua vida: ser o grande poeta da ilha.

Naquela época costumávamos dedicar longas horas, junto com outros colegas também aprendizes de bardos, a falar com entusiasmo de literatura. O lugar de tertúlia preferido era a velha praça de Armas, menos concorrida que a alameda de Paula e mais central que o novo passeio do Prado, pois ficava exatamente a meio caminho entre a universidade e o efervescente seminário e colégio de San Carlos, onde Domingo e meus novos amigos, Sanfeliú, Silvestre e Cintra, recebiam as primeiras aulas de ciência do direito civil.

Um dos nossos sonhos recorrentes era fundar uma revista, na qual publicaríamos poemas e escritos que mudassem a face das letras da ilha. Domingo começava a esboçar a certeza de que éramos iluminados, de que viemos à vida com a missão de colocar no mapa da cultura aquela colônia tão hostil à criação elevada, quase sem tradição literária e sem nenhum escritor célebre. Mas bem sabíamos que não seria fácil a tentativa de dignificar a poesia num país tão dado aos vícios e onde o que mais importava era o modo como fluía o dinheiro, a quantidade de negros que desembarcavam por ano, as caixas de açúcar vendidas, a qualidade do fumo e o preço da terra: por isso, enquanto toda a América se rebelava contra o Império espanhol, na ilha mal se vislumbravam indícios de rebeldia. O rio revolto de uma metrópole, assediada por invasões, dias de constitucionalismo e anos de absolutismo, e das terras vizinhas, envolvidas numa guerra sem retorno, trouxera uma excelente fortuna aos pescadores crioulos e peninsulares, e ninguém queria mudar aquele estado de coisas – nem mesmo eu, que me considerava, de acordo com o que meu pai me inculcara, um espanhol de ultramar, filho de uma pátria comum que nos havia dado a glória de uma religião, um idioma e uma longa história.

Foi em meio àquela febre poética que, para mostrar meu caráter de precoce, decidi reunir tudo o que escrevera na Venezuela e nos meses vividos em Cuba e preparei uma *Colección de composiciones de José María Heredia*, que identifiquei como "segundo caderno", pois tinha organizado, intencionalmente, um "primeiro caderno", no qual incluía minhas versões e traduções de grandes poetas do passado. Tal como eu esperava, não foi pouco o espanto dos meus amigos ao ver aquelas pastas de versos e traduções. E do espanto surgiu o entusiasmo, principalmente de Silvestre Alfonso, o mais puro, o mais rico, mas o menos poeta dos membros do clã, e foi dele a ideia de mostrar meus escritos a um homem com fama de sábio e aura de santo, que então era professor de filosofia no seminário e uma espécie de oráculo ao qual todos recorriam para saber a verdade. Assim, numa tarde de novembro, entramos como que em procissão numa pequena sala do seminário, onde já nos esperava aquele clérigo predestinado à santidade, ainda jovem, mas com rosto de velho, extremamente magro, dono de um olhar penetrante e de uma voz suave e autoritária, que respondia ao nome de Félix Varela.

O único desconhecido para o padre Varela era eu. Por isso Domingo, adiantando-se aos demais amigos, apresentou-me e lembrou ao professor o motivo da visita. O padre, que com os anos mostraria ser mais sábio e vidente do que todos imaginavam, olhou-me direto nos olhos, e eu sustentei seu olhar, sem nenhum daqueles tremores que me perseguiram em todos os momentos difíceis da vida: porque, se ele procurava em mim um poeta, não havia dúvida de que encontraria. Finalmente Varela sorriu, e começamos a conversa, enquanto ele ia lendo, salteadas, algumas de minhas composições, sem emitir um só julgamento. Quando passou às traduções, pareceu-lhe notável meu conhecimento de latim e francês, a ponto de me atrever com Horácio e Florián, e, ainda sem emitir julgamentos, afastou os cadernos e desviou a conversa para assuntos – para mim – menos transcendentes. Meia hora depois, Varela desculpou-se, pois tinha um encontro na diocese, e pediu-me que voltasse dali a uma semana, para ter tempo de ler meus versos.

Alarmado com a ausência de veredicto imediato, na semana seguinte, então, sim, com o habitual tremor nas pernas, apresentei-me na cela do seminário, onde encontrei o padre interpretando uma lânguida valsa ao violino. Eu tinha aproveitado os dias que mediaram nossos encontros para me informar sobre ele, e me tranquilizou saber que, por trás de sua fama de sincero e direto, havia um homem bondoso, dono de uma cultura enciclopédica e concepções filosóficas ousadas, que em outros tempos sonhara em ser um grande concertista. Mas, sobretudo, corria a fama de que era um resoluto defensor da juventude e do novo, ao mesmo tempo que amante da ordem, conforme demonstrara num recente elogio a Fernando VII, em que louvava a política real com relação à fiel ilha de Cuba.

A displicência com que Varela me recebeu naquela tarde não fez mais que me infundir novos temores. Sem deixar de tocar violino, com o olhar convidou-me a sentar e não voltou a reparar em mim até terminar a doce melodia. Por fim sorriu, acomodou o violino no estojo e foi buscar meus cadernos.

— Li com cuidado suas poesias, jovem amigo, e devo confessar algo que eu soube desde que li seu primeiro poema e que, com certeza, vai lhe agradar: o senhor é um poeta. Precisa aprender muito, precisa encontrar um estilo, evitar a rima fácil... Mas ninguém pode duvidar de que já é um poeta, e ninguém pode prever aonde chegará, embora eu saiba que vai muito longe. Surpreendeu-me tanto ler estes versos de um menino de apenas quinze anos que não sei se vale a pena lhe dar algum conselho, mas ousarei um: nunca permita que sua poesia se prostitua. Prostitua-se o senhor, se tiver que fazê-lo para viver, porque a vida é um dom que Deus nos dá e devemos conservá-la a qualquer preço. Mas a poesia é um milagre, e o senhor foi escolhido pela Providência para criar beleza... Sofrerá a inveja dos homens, ouvirá juízos devastadores, sentirá desprezo e rancor e certamente será traído muitas vezes, porém também ouvirá elogios e será querido e laureado: tente fazer ouvidos moucos a esses cantos de sereia e aos uivos dos lobos. Talvez neste momento não entenda o que estou dizendo nem por quê. Mas chegará um dia em que pretenderão usá-lo, comprar seus versos e sua inteligência, porque os déspotas, que sempre depreciam a poesia, sabem que mais vale um poeta servil que um poeta morto, e os versos podem polir as arestas terríveis da tirania. Lembre-se disso. O resto aprenderá sozinho, porque sobra-lhe talento e desejo de ser poeta...

Meus tremores, postergados enquanto ouvia Varela, reapareceram quando estendi a mão para pegar as folhas, que me pareceram pesadas e toscas, como se estivessem carregadas de lodo. O chiste, que tanto fizera Betinha dar risada, de repetir versos e ideias nos poemas dedicados à venezuelana Julia e à etérea Isabel, ou a dor fingida das elegias escritas ao sair de Caracas, quando na verdade me alegrava escapar daquele inferno, pareceram-me uma infâmia imperdoável, e desejei que a terra me engolisse, ali mesmo, diante do homem que em cinco minutos previu tudo o que me aconteceria neste triste romance que foi minha vida.

— Sim, soa a milagre. — O doutor Mendoza bateu com o nó dos dedos no papel amarelo desbotado, cheio de vincos. — Ninguém sabe como essas benditas caixas chegaram ao Arquivo Nacional.

— Então agora acredita em milagres, professor? — perguntou Álvaro, acendendo um cigarro.

O doutor Mendoza sorriu.

— Claro, ainda me lembro... Eu disse que só se acontecesse um milagre você seria aprovado no semestre, e no fim você tirou cinco.

— Nunca na minha maldita vida estudei tanto. Quer que recite *De bello gallico?*... *"Gallia est omnis divisa in partes tres, quarum unam incolunt Belgae, aliam Aquitani, tertiam qui ipsorum lingua Celtae, nostra Galli apellantur..."*

Fernando sentiu subir a maré da nostalgia, apesar de reconhecer que o doutor Mendoza não constava exatamente entre as melhores lembranças dos anos da universidade. O ancião agora magro e de aparência franzina, com a pele marcada por milhares de vincos, era então um homem corpulento, da idade que Fernando tinha no momento, e empenhava-se em ensinar-lhes a qualquer preço um idioma que para eles era absurdo. No entanto, a erosão dos anos e a certeza adquirida com o tempo de que Mendoza tinha toda razão faziam-no sentir uma cálida simpatia pelo velho professor de latim, que se tornara bibliotecário da Grande Loja.

Mendoza os esperara no vestíbulo do edifício em que Fernando estava entrando pela primeira vez na vida. Em milhares de ocasiões, de ônibus ou a pé, passara diante daquela montanha de concreto, coroada com uma esfera do mundo na qual pousavam um compasso e um esquadro enquadrando uma brilhante letra G, que invocava o Deus genérico e criador dos maçons, e Fernando sempre sentira uma curiosidade mística pelo que poderia significar aquela espécie de delegacia nacional do mistério maçônico. Mas, sendo a maçonaria estigmatizada como instituição retrógrada e burguesa, chegou a considerá-la uma tribo pré-histórica e seguramente em vias de extinção. Talvez por isso a associasse a um gueto escuro onde se refugiavam alguns poucos velhos – sempre os imaginava de terno e gravata –, obstinados em conservar um ideal e certos ritos que, como a religião, terminariam varridos pelos vendavais dos novos tempos. No fim, os maçons, assim como os religiosos, obtiveram o êxito da sobrevivência, à custa de admitir uma infinidade de transfigurações e ocultamentos sociais e, depois, de demonstrar uma fé insólita em sua fraternidade e uma tenaz capacidade de resistência.

— Professor, permita-me fazer uma pergunta... O senhor já era maçom quando nos dava aula?

Mendoza encarou Fernando e depois baixou os olhos para as folhas que podiam levar ao romance perdido de Heredia.

— Durante vinte anos deixei de ir à loja. Estive adormecido, como dizemos... Na época não havia alternativa, tinha que escolher entre a loja e a universidade.

— Entendo... E por que é tão misterioso o aparecimento dessas caixas com documentos?

— Porque os papéis das lojas são guardados nas lojas ou, quando há alguma razão especial, vêm para cá, onde fica o registro central. Em algum momento entre 1932 e 1933, alguém deve ter deixado esses papéis no Arquivo Nacional e depois se esqueceu deles ou não pôde retirá-los, sabe-se lá por quê. O curioso é que não têm registro de entrada e são maços e atas isoladas, como se tivessem sido escolhidos ao acaso... Mas tenho a impressão de que a pessoa que preparou esta caixa queria que este documento, exatamente este, não se perdesse. Porque nos outros não há nada importante, pura rotina maçônica. – Mendoza ergueu a folha datilografada e a observou, como se a visse pela primeira vez. – O mais estranho é estar datilografado numa folha solta.

– Por quê?

– Porque as atas estão nos livros de atas, que, conforme se imagina, são escritos à mão. Para complicar mais a história, comprovei que esta ata, ou seja, o original do qual esta ata é cópia, continua no livro correspondente... mas não são iguais. Esta tem detalhes que aquela não tem.

– Não estou entendendo nada – confessou Álvaro.

– É como se alguém estivesse empenhado em que se soubesse o que aconteceu naquela noite – disse Fernando.

– Exato. Já mandei fazer uma fotocópia para vocês, mas há duas ou três coisas que quero dizer. A primeira é que lidem com essa história com cuidado. Por trás de tudo isso há algo muito sério...

– Mais uma vez não estou entendendo, professor – admitiu Álvaro. – Cuidado com o quê?

– Vamos ver. Já consultei a loja Filhos de Cuba, de Matanzas, e lá ninguém sabe destes documentos. Se os maçons algum dia os tiveram porque os receberam do filho de Heredia, como é que não estão na loja? Por que ninguém voltou a falar deles? Por que continuam perdidos ou escondidos? Deve haver algo muito especial nestes papéis. Por isso creio que não é um romance...

– Talvez não seja um romance – admitiu Fernando. – Até onde me consta, ninguém sabe o que está escrito nesses papéis, se é que são o que acho. O que se conhece é uma nota da mulher de Heredia em que ela fala de um manuscrito que não devia ser publicado. A história de que Heredia estava escrevendo um romance sobre sua vida foi revelada, depois de sua morte, por um jornalista mexicano.

– Um romance que esse jornalista nunca viu. Agora lembrem-se de outras coisas. – E ele começou a enumerar com os dedos. – Primeiro, Heredia era poeta, não romancista; segundo, era um pouco mitômano, como bom poeta; e, para terminar, não há nenhuma afirmação dele, textual e comprovável, sobre algo que supostamente tenha escrito pouco antes de morrer... E, se era um simples romance, por que tanto mistério, por que o esconderam por tantos anos?

Fernando Terry começou a perambular, nervoso. Conhecia de sobra as evidências com que Mendoza trabalhava, mas os anos de estudo da vida de Heredia, sua autoria discutível, ainda que possível, do romance *Jicoténcal*, seus comentários esclarecedores e antecipados sobre o romance histórico, sempre haviam apoiado suas suspeitas. Investira vários anos na busca de alguma pista que o conduzisse àqueles documentos, dos quais existiam apenas algumas poucas notícias enviesadas que só haviam levado a novas especulações, cada vez menos confiáveis. Mas agora, com a prova da ata maçônica, pela primeira vez podia-se confirmar a existência real de um documento que ninguém parecia ter lido e que, presumivelmente, podia ser o comentado romance escrito por Heredia entre 1837 e 1839, pouco antes de sua morte. Só de pensar na possibilidade de concretizar o achado, Fernando tremia: aqueles papéis poderiam tornar-se o texto mais revelador da literatura cubana, e por isso insistiu em consolidar suas esperanças.

— Se essa ata diz que José de Jesús deixou para a loja alguns papéis do pai que não podiam ser publicados, deve ser algo muito sério, como o senhor mesmo disse, para ele não ter vendido os documentos, porque o homem vendia até a mãe, se encontrasse comprador...

— Por isso mesmo continua me soando estranho — insistiu o bibliotecário.

— Porque é estranho, professor — interveio Álvaro, depois de acender outro cigarro. — E é isso que tem de bom... Diga-me outra coisa, quem mais sabe o que diz essa ata?

— Dei uma cópia para a universidade e outra para um pesquisador do Arquivo Histórico de Matanzas. E também para a loja, claro. Porque não se trata de um assunto privado. Porém confio mais em vocês. Sabem de uma coisa? Vocês podiam ser metidos a sabichões, mas, apesar disso, nunca voltei a ter um grupo de alunos como aquele. Desde que comecei a lhes dar aula, sabia que não eram gente comum. O que foi feito da vida de Delfina?... Pena que Víctor e Enrique tenham morrido tão jovens, e é lamentável que tenham feito com você o que fizeram — afirmou, olhando para Fernando.

— Já nem me lembro disso, professor — mentiu Fernando, descaradamente. — No fim das contas, eu não dava para professor.

— E do que está vivendo em Madri?

Fernando balançou a cabeça, sorrindo. Não era fácil atrever-se com o doutor Mendoza.

— Sou professor.

— Lamentei muito tirarem você da faculdade... Achei um disparate e disse isso à reitora, embora eu não tenha ousado fazer nada. O que poderia fazer? Mas sinto que deveria ter feito alguma coisa. Enfim, agora também sou um velho de merda, com uma aposentadoria que não dá nem para começar a viver e, se tomo leite e como carne, é porque meu filho caçula, o que não estudou, tem uma banca num mercado rural e ganha cerca de quinhentos pesos por dia vendendo carne de porco e roubando deus e o mundo. Ganha num dia quase três vezes minha aposentadoria do mês.

– Agradeço por ter se lembrado de nós quando encontrou esse papel. – Fernando voltou a sentar-se. – O senhor sabe o que toda essa história significa para mim.

– Tomara que encontrem alguma coisa – disse e, finalmente, olhou outra vez nos olhos de Fernando.

– O que o senhor acha que devemos fazer?

Mendoza voltou a olhar para o arquivo.

– Se você veio procurar esses papéis, pois comece a procurá-los. O filho de Carlos Manuel Cernuda foi muitas vezes Venerável Mestre da Filhos de Cuba. Aqui está o endereço dele. Esse pode ser o início, acho. Não é?

Carlos Manuel Cernuda deixou cair sobre a mesa o peso sólido do maço, e o som, transformado em ordem, percorreu o templo, desde o Oriente até as Vigilâncias colocadas a Ocidente e ao Meio-dia, e os oitenta e seis homens puseram-se de pé. O Olho da Providência, sobre o trono do Muito Venerável Mestre, parecia observar de seu triângulo com sete luzes a decoração alegórica da loja, resumo do universo: o teto de abóbada celeste, os quatro pontos cardeais e as estátuas branquíssimas de Minerva, Hércules e Vênus banhadas pela luz das altas colunas salomônicas da Fortaleza e da Estabilidade, iluminadas em seu ápice de mármore com as bolas de cristal decoradas com a esfera terrestre e a esfera sideral. Três círios beneficiavam o Altar dos Juramentos onde descansavam os mais altos emblemas da Fraternidade: o código maçônico sobre o compasso e o esquadro dos velhos artífices de cúpulas e ogivas. Junto deles uma Bíblia, que é a Lei do Grande Arquiteto do Universo, aberta no salmo 133, para que cada Mestre, Companheiro e Aprendiz lembrasse para sempre aquele "Cântico das subidas", recitado por Davi nos dias das origens.

> Olha como é bom e agradável
> irmãos viverem unidos em harmonia!
> É como a unção perfumada sobre a cabeça, a escorrer
> pela barba, a barba de Aarão; a escorrer pela
> gola de suas vestes. Como o orvalho do Hermon

é a influência que cai sobre os montes de
Sião; porque ali Jeová dá a bênção,
a saber, a vida para sempre.

De seu trono no Oriente, ao qual se subia pelos sete degraus da sabedoria – Gramática, Retórica, Lógica, Aritmética, Geometria, Música e Astronomia –, Carlos Manuel Cernuda saudou com a cabeça José de Jesús Heredia, sentado à sua direita, como se lhe solicitasse vênia para iniciar o rito. O ancião fez um breve gesto de aprovação, e o Venerável Mestre acomodou com cuidado o maço dos talhadores de pedras. Sua voz, de gravidade quase cavernosa, percorreu o templo com a autoridade de sua hierarquia.

– Irmão Primeiro Vigilante, és maçom?

– Meus irmãos me reconhecem como tal, Venerável Mestre – respondeu do Ocidente Ramiro Junco, primeiro atalaia do templo, homem magro, no qual o traje parecia grande e o avental de mestre, prestes a cair-lhe pelas cadeiras.

– Irmão Segundo Vigilante, que idade tens? – inquiriu agora o Venerável, olhando para o pequeno promontório do Meio-dia, de onde lhe respondeu, com sua voz de negro quitandeiro, o Segundo Vigilante.

– Quinze anos, Venerável Mestre – disse Cándido Alfonso, referindo-se a sua idade maçônica.

– Qual é teu primeiro dever na loja, irmão Segundo Vigilante?

– Proteger o templo da indiscrição de estranhos.

– Empenha-te em cumpri-lo – ordenou Cernuda e imediatamente tomou um gole da água com sais biliares que tinha a seu lado, para aliviar os efeitos de um de seus excessos favoritos: comera no restaurante Neptuno o condimentado bacalhau à biscaia, mesmo sabendo de antemão a resposta vingativa de sua vesícula.

Enquanto isso, o Segundo Vigilante dava ordens a seus súditos.

– Irmão Segundo Diácono, vê se estamos protegidos.

Ricardo Junco, situado junto da entrada da oficina, bateu três vezes na porta com o pomo de sua brilhante espada, para receber, vinda do outro lado, resposta semelhante: três golpes secos na madeira.

– Irmão Segundo Vigilante, o templo se acha devidamente protegido – anunciou Ricardo Junco, e o Segundo Vigilante, voltando novamente o rosto para o Oriente, informou o resultado da sondagem.

– Venerável Mestre, com carinho e amor fraternal, um irmão, espada na mão, guarda o interior da porta e outro cuida do exterior do mesmo modo, para que ninguém se aproxime e ouça...

Os oitenta e seis homens, de pé, ataviados com as joias e os aventais de suas respectivas dignidades, tinham seguido o rigoroso rito de abertura da sessão da loja maçônica Filhos de Cuba, correspondente a 11 de abril de 1921. O zelo infinito dos maçons procurava manter, dentro daquelas paredes, os segredos de uma irmandade cujas origens eles remetiam aos dias da construção do templo de Salomão, o mais sábio dos reis judeus e o primeiro hierarca que temeu o poder paralelo daquela confraria de homens livres, juramentados para obedecer aos desígnios de seu Mestre Construtor.

– Sentai-vos, irmãos – disse, finalmente, o Venerável Mestre, voltando-se para José de Jesús, como se lhe oferecesse assento com especial deferência. O rumor dos corpos e das cadeiras impôs-se por um instante entre as paredes do recinto, e só o Mestre de Cerimônias, no promontório do Oriente, permaneceu em pé, aguardando a volta do silêncio. Serafín del Monte era um homem rubicundo, com feições de camponês, mas ataviado com um traje feito sob medida, por cujas mangas apareciam o relógio, a pulseira e as abotoaduras de ouro.

– Muito Venerável Mestre, respeitáveis irmãos – disse e usufruiu de uma pausa dramática. – Desejou o Grande Arquiteto do Universo que nesta noite nossa loja se reunisse por um motivo muito especial. Aqui, sobre o Oriente, está um dos irmãos que mais deu prestígio a nossa instituição ao longo de seus sessenta anos de vida maçônica. Por isso a loja-mãe Filhos de Cuba, que o viu iniciar-se no longínquo ano 1861, tem hoje o privilégio de conceder o grau de Venerável Mestre *ad vitam* ao respeitabilíssimo irmão José Jesús de Heredia y Yáñez.

Os oitenta e seis homens voltaram a se pôr de pé para ovacioná-lo. Carlos Manuel Cernuda desceu, então, da altura máxima do templo, aproximou-se do homenageado e, com gentileza, estendeu-lhe a mão. José de Jesús, apoiado no braço do Venerável e segurando contra o peito um envelope amarelo amarrado com um cordão roxo, tomou impulso para conseguir se levantar e recebeu o abraço de Cernuda, que, num gesto de inusitada deferência, despojou-se da joia do veneralato e a pendurou no pescoço do ancião: o esquadro de prata, pendente de uma faixa de seda azul-celeste, adornada com sete estrelas também de prata, brilhou no peito do último sobrevivente da prole de José María Heredia.

– Respeitável irmão Heredia – disse Carlos Manuel. Peço que, na condição de Venerável Mestre *ad vitam*, nos conceda a honra de presidir à sessão desta noite.

José de Jesús, que fora Venerável Mestre pela última vez em 1906, aceitou o convite cortês e, cuidando para que as pernas não lhe falhassem, subiu ao ponto mais alto do Oriente maçônico. Carlos Manuel Cernuda notou naquele instante que o traje do velho estava com os fundilhos desgastados, certamente pelo uso prolongado. Uma vez acomodado no trono, José de Jesús acariciou o maço no qual havia anos não tocava e bateu três vezes para dar continuidade aos trabalhos.

Foi então que o irmão Orador, homem alto e robusto, de aspecto afável, ocupou o centro da praça do Oriente e dirigiu o olhar para a ara, com a Bíblia, o compasso e o esquadro. Cristóbal Aquino, novamente eleito para o cargo, mostraria naquela noite até que ponto dominava a arte da retórica maçônica.

— Veneráveis irmãos: há cem anos, no rústico edifício que se erguia nos terrenos hoje ocupados por nossa respeitável e querida loja Filhos de Cuba, reuniu-se em sessão o primeiro templo maçônico da cidade de Matanzas, fundado pelos chamados Cavaleiros Racionais. Naquela época, a maçonaria moderna vivia sua infância em Cuba, e o despótico poder colonial a considerava um inimigo potencial em virtude das ideias democráticas e libertárias que sempre inspiraram nossa irmandade. Por isso, naquele tempo, uma iniciação maçônica era algo sumamente secreto, pois lá se podiam ouvir terríveis juramentos de fidelidade e discrição, uma vez que o simples fato de ser maçom implicava riscos infinitos... Entre aquelas paredes vetustas do templo original do qual somos legatários, numa noite histórica vários homens valentes tomaram-se pelas mãos, segurando uma espada afiada em sinal de irmandade indestrutível mesmo nas piores circunstâncias. E, um a um, foram repetindo o juramento a que os tempos os convocavam: "Jurais por esta espada defender e morrer pela independência?", e os recém-iniciados disseram "Juro", ao que se respondia: "Se assim fizerdes, a América vos premiará". Quis a fortuna, para a glória de nossa instituição, que entre aqueles iniciados estivesse José María Heredia, então um menino de apenas dezessete anos, que já começava a ser famoso por seus ardentes versos de amor e patriotismo, desde então possuído por um de seus grandes anseios: a liberdade de Cuba. Aquele juramento, pronunciado na noite de 21 de setembro de 1822, mudaria para sempre a vida ditosa e despreocupada de nosso jovem poeta para colocá-lo no caminho do mais cruel dos destinos, o tortuoso percurso que o levaria a sofrer desterro, tiranias, doença, desprezo e traições inqualificáveis, mas que o transformaria, graças a seu caráter firme, no grande defensor das democracias, no homem justo que em seus dias mexicanos defendeu com paixão o valor de uma constituição e, graças à sua divina sensibilidade, no pai da poesia cubana, na doce alma da pátria e, portanto, no Poeta Nacional de Cuba, o homem que, no dizer magnífico de nosso irmão José Martí y Pérez, foi o primeiro poeta da América, vulcânico como suas entranhas, sereno como suas alturas...

Aos poucos Fernando começou a reconhecer as ciladas da memória, a tentar conviver com elas, mas nunca chegou a se curar de suas pérfidas investidas. No início, foram intensas, quase diárias, especialmente dolorosas. Durante aqueles meses em que viveu como um pária, encerrado nos jardins do Orange Bowl em Miami, sofrendo um calor de matar, com os ouvidos ainda lacerados pelos insultos que era obrigado a escutar quem pretendesse sair de Cuba, Fernando sentiu os primeiros achaques cada vez que, entre rostos de milhares de refugiados saídos da ilha pelo porto de Mariel, acreditava ver algum amigo, embarcado como ele para um exílio sem retorno. Depois, quando sua vida passou a respirar com certa normalidade e ele passou a trabalhar todas as horas que lhe era possível trabalhar, as ciladas tornaram-se esporádicas e velozes, costumavam esfumar-se com a mesma rapidez com que apareciam, talvez atenuadas pelo cansaço e pela premência que o impelia a situar-se num mundo novo. Mas nos últimos anos, quando acreditava estar em processo de cura definitiva, aqueles lampejos da lembrança voltaram a assediá-lo, com uma insistência devastadora.

Sofrera a última agressão de sua memória apenas alguns dias antes do regresso a Cuba. Embora fosse uma visão recorrente, naquela vez surpreendeu-o com uma força que já imaginara vencida: estava no caixa do Pryca, prestes a pagar a bateria de cozinha que decidira levar para sua mãe, quando viu Delfina sair de uma cafeteria e aproximar-se dele. Uma reviravolta no coração tirou-lhe o fôlego, e ele até levantou o braço para chamar a atenção daquela moça de uns trinta anos, cabelo preto, olhos grandes e pernas longas, que seguiu seu caminho com passo entre firme e elegante, deixando-o traspassado pelos espinhos envenenados da realidade.

Enrique e sua mãe sempre tinham sido os espectros que mais o visitavam. Apareciam em restaurantes, vagões do metrô, parques, cinemas, livrarias, mas também podiam persegui-lo seus outros amigos Sabichões, inclusive o falecido Víctor. Até o policial Ramón poderia surgir da neblina, para lhe deixar a boca seca e amarga. De todas as mulheres que amara em Cuba, no entanto, Delfina, a única que ele desejara sempre em segredo, que jamais acariciara, que se obrigara a enterrar antes que o esquecimento se tornasse questão de vida ou morte, era a única que insistia em voltar para lhe alvoroçar as lembranças e adverti-lo da impossibilidade de certas renúncias.

Agora, diante daquela mulher, vital e bonita aos quarenta e sete anos, Fernando observou que o fantasma jovem, capaz de assediá-lo na lembrança, penetrava no corpo real e fundia-se com ele, atingindo uma inquietante harmonia: porque Delfina continuava usando o cabelo comprido caindo suavemente até os ombros, mantinha a escuridão impoluta de seus olhos grandes, e os anos pareciam ter fracassado na tentativa de vencer a pele de seus braços longos e morenos de sempre. Não era a moça de vinte anos que conhecera e evocara tantas vezes naqueles desvarios que traziam à tona toda a inveja que sentia do triunfo amoroso de Víctor; não era a de trinta que vira pela última vez antes de sair de Cuba, já casada com o amigo; tampouco era outra, mais velha e desgastada, como supostamente estaria depois de tanto tempo. E agradeceu profundamente.

– Mas você não muda? Está igualzinha...

Ele disse e imediatamente compreendeu seu desatino: tinha que encontrá-la velha e enrugada como Álvaro, consumido pelos anos e pela vida? Ou meio calva e barriguda, com olheiras permanentes, como via a si mesmo no espelho maldoso que sempre se prometia tirar da porta do quarto?

Depois de ver a mãe, Fernando sentira necessidade de começar a restauração do passado com uma visita a Delfina. Tinha até pensado que deveria ir vê-la antes de tentar tomar um café duplo no Las Vegas e de encontrar-se com alguns velhos amigos. Mas um temor frio de deparar com uma imagem devastadora ajudou-o a conter a ansiedade e postergar a visita. Dois motivos demasiado contundentes o atraíam para aquele encontro muitas vezes planejado desde que decidira realizar o breve regresso. O primeiro – pelo menos tentava se convencer disso – era a já distante morte de Víctor, em 1981, pois não estivera presente para oferecer o estranho consolo que os outros levaram àquele velório de um cadáver ausente, que só oito anos depois voltaria à sua terra, transformado num monte de ossos anônimos, lacrados numa caixa metálica, como o dos outros cubanos mortos nas estepes e nas selvas angolanas. A segunda razão era mais espúria e, ao mesmo tempo, mais elevada, mais absurda e, ao mesmo tempo, mais terrivelmente real: Fernando acreditava continuar apaixonado por Delfina, como desde que a conhecera, ao iniciar o curso universitário de 1969 e como continuaria depois, apesar de ela ter-se tornado mulher de Víctor.

Ainda se perguntava por que se afastara daquela história, até perder qualquer possibilidade de protagonizá-la. Desde que aparecera na vida deles, Delfina fora como um ímã capaz de alarmar os instintos masculinos dos Sabichões: mesmo não sendo nem a mais bonita, nem a mais elegante, nem a mais culta das trinta e seis moças que iniciaram o curso, era a mais atraente de todas, pela desenvoltura e pela sobriedade com que assumia a vida e a própria feminilidade e pela sensação de realidade que a envolvia, como um halo magnético. Nas conversas extraliterárias que costumavam ter no terraço de Álvaro, cada um deles foi confessando a atração por Delfina. O belo Arcadio o disse como se não lhe importasse muito, pois a vida o acostumara a ter a possibilidade de escolher, embora na verdade uma época estivesse a fim, conforme disse certa noite. O camponês Conrado lamentou ter-se enroscado com María Victoria, pois a amizade surgida entre ela e Delfina fechava-lhe os caminhos para Meca, mas admitiu que antes tinha disparado um par de investidas infrutíferas, pois carinhosamente Delfina o mandara à merda. Fernando reconheceu que gostava dela, mas não ia se atirar enquanto não tivesse certeza: falhar naquela caça de altura poderia ser fatal para o destino da perseguição. Tomás, por sua vez, achava que Delfina devia ter algum bacana oculto e por isso não dava bola para ninguém. O negro Miguel Ángel, no início convencido de que não era para tanto, numa noite contou que tinha sonhado com ela e, com sua habitual honestidade, acabou dizendo que talvez estivesse apaixonado, embora também achasse que Delfina não gostava das cores sóbrias. Álvaro, no entanto, talvez escondesse algum ressentimento inconfesso e garantia que a moça devia ser sapatão e outros descaminhos piores: nenhuma garota podia andar dando tanta bobeira, menos ainda agora, o mundo podia acabar a qualquer momento e a ordem era mandar brasa, pois estava demonstrado que a continência engorda e que órgão que não se usa atrofia... Só Víctor se absteve de fazer comentários e também não os fez depois daquela noite de setembro, mal iniciado o segundo ano do curso, quando ele chegou à casa de Álvaro de braço dado com Delfina: os Sabichões ficaram aturdidos de espanto ao ver a moça em suas dependências, mas a surpresa se multiplicou quando viram Víctor sentá-la a seu lado e pegar-lhe a mão, enquanto ela colocava uma das suas sobre a coxa do felizardo.

Os Sabichões, pondo-se de acordo pela primeira vez, foram cruéis e vingativos. Encabeçados pelo próprio Fernando, que deliberadamente minou o terreno sem nunca mostrar a cara, buscaram maneira de Víctor não aparecer mais nas tertúlias com a namorada, embora aos poucos acabassem por se acostumar à ideia de que Delfina não seria a mulher dos mosqueteiros – Tomás *dixit* –: uma para todos. E no fim a admitiram, como se fosse possível aceitar o inaceitável, pelo menos para Fernando, que, apesar da fidelidade a Víctor e de todos os seus triunfos amorosos, sempre sentiu um comichão ao pensar nela, até admitir que estava perdida e definitivamente apaixonado por aquela mulher... Continuava apaixonado?, perguntou-se, depois de lhe dar um beijo em cada face, segundo o hábito espanhol. Então, segurou-a pelos braços e deu um passo atrás para observá-la a uma distância mais propícia.

– Mas você não muda? Está igualzinha...

Delfina sorriu diante da perigosa lisonja do recém-chegado.

— Ah, Fernando, você continua sendo o sujeito mais mentiroso que conheci na vida.

A conversa durou três horas. Sentados na sacada do apartamento, com a rua Diecisiete a seus pés, tomaram café duas vezes, e Fernando fumou dez cigarros. Dedicaram apenas alguns minutos a Víctor, e ele teve a impressão de que Delfina preferia evitar o tema. À trajetória de Fernando pelas etapas de seu longo exílio em Miami-Nova York-Madri, quase uma hora. À vida de Delfina em todos aqueles anos, o resto do tempo: Fernando ficou sabendo que ela continuava trabalhando como especialista em artes plásticas, que escrevera um livro sobre os pintores cubanos dos anos 1980, que a mãe tinha morrido, mas o pai continuava vivo e disposto a completar mil anos, que ela nunca escreveu porque Fernando exigira que ninguém lhe escrevesse, que a cor de seu cabelo era resultado de tingimento porque estava cheia de fios grisalhos, que depois da morte de Víctor não voltara a se casar, e não por falta de pretendentes, e que havia cerca de três meses lhe acontecera uma coisa incrível: estava no caixa do mercadinho Focsa para pagar dois pacotes de espaguete e, de repente, viu Fernando entrar na loja. Foi uma sensação tão nítida que ela levantou a mão para que ele a visse...

Naquele instante Fernando Terry sentiu a explosão e viu o mundo se desfazer. Nenhuma informação poderia ser mais catastrófica e cruel que aquela, nem mesmo a notícia de que o tão buscado romance de Heredia era um sonho inatingível. A certeza de que em lugar de se recolher ele devia ter lutado colocava-o diante de uma possibilidade lamentável: porque agora sentia que aquela mulher podia ter sido a sua; aquela sacada, a da sua casa; a paisagem urbana que via então, a que deveria ver a cada despertar. E a evidência de que o amor lhe escorrera entre os dedos o fez sentir a magnitude de um equívoco suscetível de esvaziar o universo de todo o sentido.

Um dos júbilos que a vida me reservaria, como prova da existência de Deus e de sua capacidade única de criar beleza, eu tive naquele inverno de 1819, quando viajei pela primeira vez à cidade de Matanzas. O certo é que tive o privilégio de desfrutar algumas das mais estarrecedoras maravilhas da natureza, como a foz inabarcável e terrosa do rio Orinoco, cujas águas vermelhas abrem em duas metades o azul do mar e nele penetram por longas milhas, como um punhal manchado de sangue; ou as cataratas do Niágara, espetáculo de força inigualável que me provocaria a mais elevada inspiração; ou o panorama singular do Nevado de Toluca, com séculos de história a seus pés e ao qual eu subiria só para descobrir como secara em mim a fonte da poesia. Mas o prodígio em exata escala humana, desenhado com uma paleta mais cálida e colorida, oferecido ao viajante pelo vale de Yumurí, povoado de majestosas palmeiras reais, rios tranquilos e doces campos de cana, e a vista prodigiosa que se desfruta então da cidade de Matanzas, premiada pela ventura geográfica de sua baía envolvente, foi um presente e ao mesmo tempo uma maldição, pois desde o primeiro instante caí apaixonado aos pés daquela paisagem que naquele mesmo dia decretei minha e cuja evocação persistente tanto me doeria nos meus anos de exílio, entre o frio e a nostalgia.

Meu tio Ignacio, a quem eu devia o convite para passar algumas semanas em Matanzas, ria, assombrado com meu visível assombro. Ele sabia que a viagem por terra, percorrendo o Caminho Real, nos levaria àquele ponto maravilhoso do fertilíssimo vale em que o rio San Juan despenca para o mar, e a cidade se mostra aos pés do visitante desprevenido. Então, para saciar minha admiração, Ignacio propôs uma parada no gigantesco engenho Los Molinos, propriedade de seus amigos marqueses de Prado Ameno, que lamentavelmente não se encontravam na propriedade, pelo visto, paradisíaca. Contudo, no alpendre daquela casa faustosa onde me refugiaria em dias mais difíceis, tomamos suco batido de sapoti, observando o panorama prodigioso, enquanto meu tio comentava que a cidade, mais limpa e sossegada que Havana, moderadamente provinciana e menos contaminada pelos vícios da época (bem sabia eu a que se referia, pois já desde então Ignacio era meu confidente), me agradaria tanto que ele tinha certeza de que sempre me lembraria dela. E meu tio tinha razão, como geralmente acontecia.

Ignacio era o irmão mais novo de minha mãe e parecia designado a triunfar na vida. Dono de um escritório de advocacia em Matanzas e do cafezal Jesús María, muito próximo do partido municipal de Colón, Ignacio trabalhava para as mais ricas famílias da região e gostava da boa mesa, dos melhores vinhos e de roupas caras, assim como dos bons livros, dos quais me presentearia algumas joias durante aquelas férias e em muitas outras oportunidades, pelo resto da minha vida. Eu só achava estranho o fato de que, sendo jovem e bem-apessoado, parecia indiferente às mulheres, das quais às vezes falava, referindo-se à beleza ou à elegância, mas sem mostrar o interesse febril que provocava em mim toda moça bonita que passasse a meu lado. Fui incapaz de imaginar então o drama terrível que viveria aquele homem bom, ao qual tanto devo na vida, obrigado a esconder para sempre suas preferências invertidas em matéria de amor e sexo.

Para mim, com as relações de Ignacio, foi fácil entrar no mundinho literário de Matanzas. Os poucos poemas já publicados nas revistas de Havana tinham sido lidos pelos colegas da cidade, que imediatamente me acolheram com entusiasmo, sem a habitual desconfiança entre os escritores das grandes urbes. Para eles eu era uma espécie de animal raro, pois me achavam jovem demais para cultivar fama de poeta. Os *matanceros*, orgulhosamente provincianos, como dizia Ignacio, tinham uma bela fé na poesia e na arte e afirmavam que aquela cidade, voltada para o mar e sulcada por dois rios mansos, como uma Veneza tropical, estava destinada a se tornar um paraíso das belas-artes.

Aquela breve estada em Matanzas me proporcionaria dois acontecimentos transcendentais em minha vida: na tranquilidade das manhãs, escrevi, quase numa tirada, minha primeira obra de teatro, que intitulei *Eduardo IV o el usurpador clemente*, graças à qual me tornaria prematura e definitivamente famoso na cidade, pois, junto com outros aficionados por dramaturgia, nós a encenamos e, num atrevimento juvenil que eu jamais repetiria, tive a ousadia de subir ao palco sob a pele de meu personagem Guillermo. E creio até que não o fiz mal.

O segundo acontecimento, não menos importante, ocorreria durante uma daquelas jornadas leves de lazer, tertúlias, passeios e bebida. Foi perto da foz do Yumurí, numa tarde cálida de janeiro, que vi descer de um barco de recreio a jovem que chegaria a ser não apenas minha musa mais recorrente, como também a ferida sangrenta que eu carregaria no flanco pelo resto da vida.

Meu amor confesso de então era a etérea Isabel, a qual, como bom poeta, rebatizei Lesbia ou Belisa. Os dois nomes, é fácil notar, eram jogos de letras aparentemente inocentes para esconder o nome da jovem. Meu amor verdadeiro, contudo, era Betinha, a mulher que devorou minha virgindade e canalizou meus ardores de homem recém-inaugurado. E eu acreditava que, com esses penhores, minha capacidade de amar estivesse satisfeita, mas, ao ver aquela mocinha ataviada com um vaporoso vestido de linho branco, que fazia ressaltar a cor levemente azeitonada de sua pele, senti comichão no coração. Ela vinha com um chapéu *cloche* do qual transbordavam em cascatas cachos de seu cabelo preto, ao passo que o decote do vestido revelava a protuberância dos seios erguidos e a parte posterior da saia se alçava com a promessa de ancas capazes de competir com as de Betinha. Mas foi ao vê-la sorrir, com uma facilidade que esbanjava vida e lábios salpicados de brilhantes gotinhas de suor, que compreendi que o coração de um homem, e mais ainda o de um poeta, é como um campo fértil em que podem conviver a goiaba e a manga, a fruta-do-conde e o mamão, o cravo e a rosa... E, no instante em que ela se dispunha a descer do barco, com uma daquelas decisões inesperadas, aproximei-me e estendi a mão para ajudá-la a pôr o pé no quebra-mar. Aquele gesto galante, que pôs em evidência a escassa cortesia dos jovens que a acompanhavam, serviu-me para arrancar-lhe outro sorriso e ver a um palmo de mim as pérolas magníficas escondidas no estojo de seus lábios vermelhos. Também sorri para ela e, cumprida minha missão, iniciei a retirada, quando ouvi sua voz:

— Muito obrigada, senhor — sussurrou.
— Foi um prazer, senhorita...
— Dolores Junco, para lhe servir.
— José María Heredia, a seus pés.
— O poeta?
— Sempre a suas ordens.

Desde aquela tarde venturosa, a voz e o sorriso de Lola Junco ficaram-me presos na mente, como premonição de um futuro que nos levaria além de todos os limites. Ninguém poderia imaginar então os momentos de gozo que viveríamos nem quanto a adversidade se aproveitaria de nós, a ponto de nos transformar em escravos do infortúnio.

Era lógico que eu sentisse muita pena ao me afastar de Matanzas apenas algumas semanas depois de minha chegada. Possivelmente toda a minha vida tivesse sido outra, menos brilhante talvez, mas sem dúvida menos infeliz também, se meu desejo de permanecer naquela vila tranquila e próspera tivesse se realizado naquele instante. Mas precisava fazer os exames de meu segundo ano de direito na universidade, e o único remédio era voltar.

Felizmente, em companhia de meu tio eu havia revisto algumas aulas e passei sem contratempos pelos exames insípidos, depois dos quais foi marcado, finalmente, o momento ingrato de nossa partida para o México: no fim de março embarcaríamos no bergantim *Argos* rumo a Veracruz e com destino a uma forma de vida que eu sabia muito diferente da que encontrara em Cuba. Mas a saúde de meu pai ia de mal a pior, e algo semelhante acontecia com o caráter forte de minha mãe, empenhada em manter-me por perto, principalmente depois da morte prematura de meu jovem irmão Rafael, ocorrida alguns meses antes. Aquela, a primeira das muitas mortes de seres queridos que eu enfrentaria ao longo da vida, lançou-me ao encontro da evidência da fragilidade da existência humana: aquele menino, que vi rir e crescer, de repente foi acometido por febres terríveis e dois dias depois era um despojo humano, enfiado num ataúde branco. A debilidade da linha da vida pareceu-me tão dramática e real quanto eram irreais as vaidades e as pretensões materiais dos homens.

Para minha sorte, Domingo sempre foi um excelente alcoviteiro, e nem em seus dias de pior humor meus pais ousavam negar-me permissão para sair com ele, de modo que com frequência o utilizei para fugir do ambiente doentio de minha casa. O certo é que algumas vezes – sempre que podia, para ser sincero – o destino de minhas escapadas era o bordel de madame Anne-Marie, mas em muitas outras foi a própria casa de Domingo ou os bancos da praça de Armas e a alameda de Paula, onde acariciávamos nossos projetos literários.

Agora compreendo que naquelas conversas intermináveis estávamos forjando algo tão maravilhoso quanto o nascimento de um país, sem compreendermos o alcance da empreitada, mais entusiastas e irresponsáveis que reflexivos e clarividentes, aos nossos dezesseis anos. Já desde então uma das ideias obsessivas de Domingo, que depois se tornaria uma espécie de dogma, era transformar os assuntos tipicamente cubanos em matéria literária. Como seu amor pelas carruagens e pelos livros ou seu desejo de ser um grande poeta, Domingo também tinha muito clara na mente aquela ideia e, por isso, em nossas tertúlias sempre falava que a literatura da ilha devia ressaltar a natureza e os tipos humanos do país para distinguir-se da que nos chegava de Madri, cansada e isenta de emoção. É verdade que os poetas que nos anteced eram haviam cantado as benesses da natureza cubana, mas para nós eram prosaicos e enumerativos, órfãos de emoção, e pensávamos que só impondo uma visão íntima da vida do país seria possível criar uma literatura verdadeiramente nova... Eu demoraria anos para descobrir o manancial original do qual tinham brotado aquelas ideias, das quais Domingo era apenas um eco, quando na Filadélfia, durante o inverno mais terrível da minha vida, ouvi o padre Varela repetir, frase por frase, os discursos aprendidos e usurpados pelo grande Domingo.

Naqueles dias, para responder aos desafios de meus colegas de tertúlia e mostrar do que era capaz, encerrei-me várias manhãs em casa e, com a facilidade que tinha para a rima, escrevi um sainete sobre uma imagem do campo cubano – que eu vislumbrara em meus passeios pelos arredores de Matanzas – e o intitulei "El campesino espantado". Mas, antes de ler a peça para meus amigos, tive a insolência de levá-la ao padre Varela, a quem quase obriguei a deixar de tocar violino, embora o tivesse visto rir divertido de alguns dos meus versos. Seu julgamento, benévolo, teve como sempre o bordão da advertência.

– Isto me parece muito bom. No entanto, deve ter cuidado com duas coisas. Uma você não pode evitar, é a sua juventude. Outra você deve aprender desde já: a literatura não é uma competição.

Se por um lado nunca esqueci essas palavras do bom padre, também não consegui apagar da mente a cara de Domingo enquanto lia meu sainete: de algum modo, na distribuição de bens que ele fizera, estava decidido que os temas do campo e os camponeses eram seu terreno particular, e ouvir-me ler algo que superava todas as suas possibilidades, escrito ao sabor da pena, no entanto capaz de provocar o júbilo dos demais amigos, foi para ele uma intromissão imperdoável… Muito longe estava eu de imaginar que aquele dia começava a transformar em meu inimigo um homem que tanto amei e mais longe ainda de suspeitar que a felicidade é um equilíbrio precário pronto a se romper com a mesma insolência que o vidro mais bem talhado.

Acontece comigo o mesmo que acontecia com você ou será que tenho vontade de que aconteça comigo o mesmo que com você?, perguntou-se quando o automóvel enveredou pelo longo declive e ele se viu prestes a desfrutar de um dos espetáculos que mais amara na vida. Num mundo cheio de paisagens extraordinárias, talvez outra pessoa não visse naquilo nada de especial, mas ele sempre se comovia até a última fibra com a vista abrupta e privilegiada da cidade de Matanzas, revelada de repente depois de uma curva da estrada. A persistência de suas emoções era tal que, durante os vinte anos em que passara sem fazer o trajeto, centenas de vezes o reproduzira mentalmente e em muitas ocasiões fizera viajar a seu lado o jovem Heredia, para desfrutar do espetáculo que por sua vez o poeta desfrutara ao entrar pela primeira vez na cidade em que seria mais feliz e mais infeliz. Embora Fernando soubesse que naquele tempo a viagem de Havana se fazia por outros caminhos e que a vila de 1818 era apenas um casario ainda pobre e tranquilo, a beleza daquele último trecho da Vía Blanca, com a baía ao fundo, e a cidade abraçada por seus dois rios, mansa e como que adormecida aos pés do recém-chegado, sempre lhe fazia desejar que Heredia tivesse tido a mesma experiência visual que ele sentia tão intensa e inesquecível.

– Já te aconteceu? – perguntou Arcadio, do volante do automóvel.

– Esse não tem cura. Veja como ele está – afirmou Álvaro, do banco de trás.
– Nem que fossem as pirâmides do Egito.

– Ou as cataratas do Niágara – admitiu Fernando, sem tirar os olhos da paisagem.

Sentir sobre o seu o olhar romântico de Heredia, dando lastro a suas emoções e dores à sua ausência, provocou em Fernando a sensação, estranhamente inadvertida até aquele exato momento, de que sua vida se desviara para sempre justamente naquela madrugada por demais remota em que acordou encharcado de suor, com o pênis ereto e a determinação incisiva de que precisava escrever um poema de amor. Fernando tinha catorze anos e, pela primeira vez desde que descobrira o sexo manual, sentiu que seu desvelo não o conduzia ao banheiro onde se escondia para praticar suas frequentes masturbações. Uma necessidade mais forte, capaz de subjugar até suas ereções, colocou-lhe um lápis na mão, sem que ele tivesse a menor consciência do que aquele ato provocaria: porque, se não tivesse escrito aquele poema do qual agora não conseguia lembrar nem um fragmento de verso, e se tivesse ido ao banheiro satisfazer ao apelo selvático dos instintos, talvez sua vida tivesse se desenvolvido longe do turbilhão que agora o fazia receber na própria carne, como uma réplica imerecida, as emoções que deve ter vivido o verdadeiro poeta.

– E agora, por onde vamos? – quis saber Arcadio quando o carro entrou no labirinto da cidade. – Por mais que venha aqui, sempre me perco.

– Qual é o endereço de Cernuda? – perguntou Fernando a Álvaro.

– Contreras 96.

– Sei chegar lá – afirmou Fernando. – Siga até a outra esquina e entre à direita. É depois da biblioteca.

Observando com angústia a imagem física deteriorada do lugar, Fernando surpreendeu-se com a maneira tão nítida pela qual tinha conservado em mente o mapa da cidade. Muitas vezes, em seus anos de estudante e pesquisador, andara pelas ruas de Matanzas em busca de pistas de Heredia, de Domingo del Monte, de Plácido e dos outros poetas que dariam origem ao *slogan* de que a cidade – cheia de escritores, pintores e músicos, embora também de escravos e escravagistas, como as pólis gregas – era "a Atenas de Cuba". E agora aflorava de uma gaveta recôndita de sua consciência o conhecimento íntimo que chegou a ter das ruas e dos rincões da região e foi conduzindo Arcadio até uma velha mansão de altos janelões gradeados e uma porta dupla de madeira escura.

Os três amigos saíram do automóvel, e Álvaro bateu à porta. Fernando sentia a excitação do momento, e Arcadio observava a casa com obstinada atenção, como se ela pudesse lhe falar.

Um homem de uns quarenta anos abriu e trocou cumprimentos com eles. Álvaro, sempre à frente, iniciou a conversa.

– Estamos procurando o senhor Leandro Cernuda... Viemos da parte do doutor Mendoza, da Grande Loja.

– Sou filho dele, mas... o velho morreu há dois anos.

– E como o Mendoza...? – Álvaro começou um protesto, pois achava inconcebível que o professor não tivesse aquela informação. Mas logo compreendeu o absurdo da situação e olhou para os amigos. Fernando estava lívido e Arcadio ainda contemplava a casa, como se a estudasse.

– Se eu puder ajudá-los em alguma coisa... – disse o homem, decerto movido pela curiosidade provocada por aqueles personagens em busca de um morto. Então Fernando se adiantou.

– Talvez possa nos ajudar, sim. Podemos entrar?

A sala, sombria e fresca, exibia um mostruário de velhos e bonitos móveis de madeira. Acomodaram-se nas quatro poltronas, e Fernando explicou seu interesse: estavam à procura de Leandro, filho de Carlos Manuel Cernuda, pois era possível que ele soubesse alguma coisa sobre o paradeiro de uns documentos recebidos pela loja Filhos de Cuba havia quase oitenta anos.

– Creio que não posso ajudá-los – respondeu o homem. – Nem sequer sou maçom.

– Será que não há alguém…? – interferiu Álvaro. – Porque a loja ainda existe, não é?

– Sim, claro. Mas, vejam, se há alguém que pode saber sobre isso, é o velho Aquino. Tem cerca de oitenta anos, e creio que é maçom desde que nasceu. Só que há um problema…

– Que problema? – Álvaro parecia prestes a pular em cima do homem.

– É que agora ele mora em Colón. O filho o levou para lá.

– Podemos ir a Colón – interveio Arcadio, sem abandonar a revista da casa. – Sabe o endereço?

– A velha deve saber. Um momento. – O homem se levantou e foi para o interior da casa, enquanto Fernando, Álvaro e Arcadio se entreolhavam.

– Eu pago a gasolina – disse Fernando, e Arcadio levantou a mão, mostrando dar pouca importância ao assunto.

– Adorei esta casa… Tem poesia, não é?

– Somos obrigados a ouvir cada coisa. – Álvaro estava aborrecido e bateu com a mão no braço da poltrona. – Poesia é demorarmos dois anos…

Os outros dois tiveram que rir, e Fernando sentiu naquele instante a fragilidade de uma pista que acreditaram ser tão segura. Para começar, nenhuma das testemunhas presenciais daquele ato de 1921 devia estar viva, a menos que tivesse cem anos; para continuar, mesmo que encontrassem alguém que pudesse lhes dar informações confiáveis, não havia maiores razões para que revelasse um segredo recomendado ao mutismo essencial dos maçons; e, para terminar, havia o estorvo que desde o início lhe parecera o mais terrível: se os papéis ainda existiam, por que seus depositários os mantinham ocultos? Aquelas dúvidas, acrescentadas à notícia da morte de Leandro Cernuda, cavavam um abismo, que começava a lhe parecer intransponível, entre o desejo e sua materialização, quando do interior da casa surgiu uma mulher. Devia ter setenta anos, mas parecia forte e ativa, conforme indicava o avental que levava no pescoço.

– Bom dia. Sou Alma, a viúva de Leandro. Vamos lá, como é essa história?

Enquanto Álvaro fazia o relato, Fernando teve a impressão de vislumbrar um brilho de interesse no olhar daquela mulher, que em muitos sentidos lembrava sua mãe.

– Adoro essas histórias de maçons – confessou Alma, quando Álvaro terminou. – Meu marido foi maçom desde os dezessete anos até morrer, aos setenta e seis. E eu mesma fui Acácia... Quer dizer, sou, embora não vá à loja há séculos. A casa, os netos...

Arcadio se acomodou na beira da poltrona e olhou para ela.

– Alma, seu marido nunca lhe falou desses documentos?

– Não, tenho certeza. Estivemos casados por mais de cinquenta anos e ele nunca me falou de nada do que acontecia dentro da loja... Vocês sabem como são os maçons com as coisas deles. Mas o problema não é esse. O complicado é que seu pai, Carlos Manuel, também não pôde falar sobre isso com ele. Imaginem, o que estão me contando aconteceu em 1921, não é? Pois Leandro nasceu em 1922... e o pai morreu em 1929. De modo que, pelo menos por ele, não poderia saber.

Fernando sentiu na mesma hora a queda do pano. Foi invadido por um cansaço profundo e um desejo infinito de sair da casa, da cidade, de só parar no seu sótão madrileno para esquecer aquela pesquisa absurda que o fizera renunciar à decisão de viver no esquecimento e não voltar à ilha.

– Vocês têm que encontrar o velho Aquino. Foi orador e secretário da loja há milhares de anos – continuou Alma. – Não sei o endereço do filho dele, mas sei que o neto é diretor do museu de Colón. Não têm como errar. E tomara que encontrem os papéis, porque adorei essa história... Vocês não devem saber, mas sou tataraneta de Pepilla Arango. Sabem que foi na casa velha da minha família, que ficava aqui neste terreno, que Heredia se escondeu antes de ir embora de Cuba?

– Ficava aqui mesmo? – perguntou Arcadio, surpreendido pela revelação, e, enquanto a anciã assentia, lançou sua satisfação na cara de Álvaro. – Eu sabia, esta casa tem poesia.

Outra vez o mar. Estava começando tudo de novo. México no presente, Cuba, Venezuela, Pensacola, Santo Domingos no passado, e à minha frente novamente o mar, sempre a caminho de outra terra. O que me reservaria o futuro? Fazia-me essa pergunta, com o barulho do mar ainda nos ouvidos, enquanto a carruagem nos conduzia à rua de la Monterilla, número 9, onde seria nossa morada. Com habilidade admirável, o condutor contornava valas e vendedores de rua ao mesmo tempo que nos falava da tremenda violência que se havia declarado nos últimos tempos na Cidade do México. Mas eu mal o ouvia, porque uma nuvem de incertezas enchia de pesar a mente do jovem de dezesseis anos que abandonava amores, amigos, mentores, projetos e lugares queridos para entrar num mundo diferente que só de ver me pareceu austero e fechado, em inevitável comparação com a extrovertida cidade de Havana. Porque aqueles dois anos vividos em Cuba tinham marcado profundamente meu coração, com aprendizagens tão definitivas como as da amizade, do amor, da fraternidade poética e até da morte de um ser querido, e eu criara laços cuja força ainda não conseguia vislumbrar, mas que já suspeitava indestrutíveis. Pela primeira vez tinha sentido a possibilidade de pertencer a um lugar, de ter terra e casa próprias, e aquela ilha desgraçada, onde só por acaso eu nascera e à qual, por vicissitudes imprevisíveis, voltei para dar o tremendo salto da infância para a vida adulta, estava se tornando uma necessidade para mim e, depois eu saberia, uma maldição da qual nunca haveria de me livrar. Por que não pude ser dominicano, venezuelano ou mexicano, se em qualquer uma dessas terras vivi tantos anos quanto em Cuba ou mais? Porventura seria o primeiro a sofrer a amarga experiência de sentir que aquela terra venal era insubstituível no coração? Não teria sido melhor para meu destino, minha saúde, até para minha poesia escolher outra pátria que não fosse aquela ilha em cujo seio convivem, no mais alto e profundo grau, as belezas do mundo físico e os horrores do mundo moral?

Respostas era o que eu mais necessitava naqueles dias, e o México, sem me revelar sua alma como fizera Cuba, operaria o milagre de me encher de convicções, e nos dois anos vividos na terra sagrada de Anáhuac acabei de me transformar no homem que fui até hoje, quando apenas restam, depois de tanto andar pelo mundo, um pertencimento, uma certeza e uma esperança: a posse de minha memória, a ideia de que só na democracia e num estado de leis o homem pode atingir sua dimensão mais plena e a remota ilusão de que o juízo do Senhor seja benévolo para com meus muitos pecados.

O país a que chegamos naquele ano 1819 era, como toda a América, um caldeirão político em que as facções se debatiam entre o pertencimento à Espanha e a ruptura do velho cordão umbilical. Eu, filho de um probo funcionário do governo metropolitano, ainda pensava que a velha Ibéria poderia ser a pátria comum de todos os espanhóis de ambos os lados do mar, mas só se a política colonial mudasse e o sistema monárquico adotasse definitivamente uma forma constitucional, com as leis e os preceitos necessários para evitar os desmandos tirânicos e personalistas. E assim o expressei, em versos exaltados, quando

Fernando VII, traidor e calculista, viu-se obrigado, pela bancarrota do país e pelos valorosos soldados de Riego, a restabelecer a Constituição de 1812, para benefício da metrópole e dos territórios ultramar. Tal era minha ingenuidade, a ponto de pensar que um tirano é capaz de fazer mudanças que minem seu poder e afrouxem as amarras com que mantém os povos amordaçados... Porque o rei espanhol, como fizeram todos os déspotas da história, e como tenho certeza de que farão os sátrapas que estão por vir, apenas realizou mudanças políticas oportunistas para ganhar tempo e reparar as grades de seu Estado opressivo e voltar a ceifar os leves espaços de liberdade concedidos.

A distância, o mais curioso que me ocorreu então foi que desde minha chegada assumi aquela estada mexicana como uma interrupção passageira de minha permanência em Cuba, já decidida. Com absoluta harmonia sentia-me conectado ao espírito cubano, mais aberto e pragmático, mais que com o árduo caráter mexicano, para mim demasiado ensimesmado e meditativo, a tal ponto que sua influência chegou a marcar certas mudanças em meu comportamento, que em poucos meses tornou-se mais sereno e reflexivo.

Pouco depois de minha chegada, ganhei dois bons amigos capazes de atenuar um pouco do vazio deixado pelos velhos camaradas: o nobre Anastasio Zerecero e o sempre fiel Blas de Osés. Como eu, ambos cursavam direito na Universidade do México, mas novamente a poesia foi encarregada de estender a ponte para o afeto. Graças a eles fui conhecendo as aspirações dos jovens intelectuais mexicanos, quase todos favoráveis à independência, pois consideravam que o velho sistema imperial nada mais podia oferecer a países jovens, que tinham necessidade de empreender seu próprio caminho. Era difícil para mim, naqueles diálogos travados em cantinas e parques da cidade, ou nos bancos da universidade, oferecer uma resposta coerente quando me perguntavam sobre as perspectivas separatistas de Cuba: porque nada na ilha, até onde eu conhecera, parecia encaminhar-se para a independência, e, quando se mencionava essa possibilidade, sempre emergia um fantasma capaz de fazer hesitar até os mais ousados: e se os negros se sublevarem, como no Haiti? Por isso, nem entre meus jovens amigos nem entre seus pais ricos, tampouco entre os mais conhecidos liberais cubanos, como o padre Varela, era mencionada a alternativa de uma guerra independentista, e confiava-se mais na possibilidade de acertar as coisas em família, sem que o sangue chegasse a um rio que só Deus sabia onde desembocaria.

Devo à gula de Anastasio – seu único pecado reconhecível – a profunda simpatia que me despertou a variada culinária mexicana e o gosto que desde então professo pelo abacate, apesar de eu ser um defensor apaixonado da comida cubana, especialmente do inhame cozido e temperado com alho e suco de laranja-amarga, o quiabo incrementado com carne de porco e banana madura, e o *ajiaco**, no qual entram todos os tubérculos e as carnes possíveis para que, de sua cálida convivência, brote o gosto superior da própria essência de cada um. Tendo uma solvência econômica que superava a minha em muito, a gratidão de Anastasio por me ouvir recitar um poema revertia-se em convites para comer e beber *pulque*** nos mais diversos lugares da cidade, dos mais caros e refinados aos mais populares de alguns bairros da periferia, onde os homens comiam com os revólveres sobre a mesa e eram capazes de usá-los, como aconteceu certa vez, pela simples questão do grau de picância da pimenta pedida ao garçom.

Por outro lado, graças a Blas de Osés tive uma singular experiência que orientaria para sempre o destino da minha vida e da minha poesia. Recentemente eu recebera o mais duro golpe que até então sofrera em minha curta existência: meu bom pai, o justo magistrado, o fiel súdito da Coroa espanhola, o exemplar progenitor, morrera em 31 de outubro e, como resultado de tanta exemplaridade, justeza e fidelidade, nos havia deixado, minha mãe, minhas irmãs e eu, na mais absoluta miséria. Foi triste acontecer sua morte, embora já esperada, mas foi desolador presenciar o fato de que somente graças a uma coleta entre companheiros e amigos foi possível dar sepultura digna e cristã a um homem tão íntegro, que trabalhara durante quarenta anos servindo ao império. Nossa situação familiar, já difícil, tornou-se desesperadora, pois a pensão de novecentos pesos que nos concederam mal dava para não morrermos de fome. Dolorido, escrevi o poema "A mi padre, en sus días" e imediatamente, enfurecido, redigi uma biografia do funcionário Francisco de Heredia, que viveu na virtude e morreu na indigência e no esquecimento, como único prêmio por seus desvelos e seus sacrifícios de toda a vida a serviço de um rei cada vez mais distante. Agora, diante de nós, abrira-se um terrível dilema, e a primeira ação da minha mãe, ao assumir as rédeas da família, foi escrever ao meu tio Ignacio perguntando se sua bondade

---

* O *ajiaco cubano*, também conhecido como *ajiaco criollo*, é uma sopa à base de batata, frango e músculo bovino. Ricamente condimentada, pode conter ainda creme de leite, mandioquinha, abacate, milho, cenoura e outros legumes. É semelhante ao *ajiaco santafereño*, sua versão colombiana. (N. T.)

** Também chamado de *octli*, o *pulque* é uma bebida alcoólica branca e viscosa feita do suco fermentado do agave. De sabor ácido e baixa gradação alcoólica, era uma bebida ritualística dos povos originários. Atualmente, versões industrializadas populares disputam o mercado com a produção artesanal da bebida. (N. T.)

chegava a dar refúgio a uma viúva com três filhas jovens e um adolescente no meio dos estudos universitários.

E foi enquanto esperávamos a resposta de Ignacio – eu rezava todas as noites para que pudéssemos voltar a Cuba – que Osés teve a ideia de me proporcionar alguma distração, e em certa manhã de domingo, no agradável inverno mexicano de 1820, fizemos uma excursão às ruínas do altar de sacrifício dos astecas conhecido como El Teocalli de Cholula, perto da cidade de Puebla de los Ángeles.

Se ao sair de Cuba eu era apenas um aprendiz de versificador, capaz de escrever dez poemas de amor por dia ou de descrever em versos acontecimentos e situações cotidianas, creio que as alturas geográficas, históricas e humanas que conheci no México estavam operando uma mudança notável na minha vida e na minha poesia... Foi sobretudo um dos primeiros poemas redigidos, quase à nossa chegada, que me deu a medida de minhas verdadeiras possibilidades: intitulei-o "Al Popocatépetl", e já continha uma dose de reflexão, de identificação com a natureza, com o tempo e com a história, que explodiriam, tal como aquele vulcão, quando, sentado na terra, ao entardecer daquele dezembro, meu pai morto, a família arruinada e todos dependendo de um favor, compreendi a verdadeira lição que nos deixava a tétrica pirâmide dos sacrifícios de Cholula.

Já mencionei a atração que as paisagens exerceram sobre mim. Mas poucas podem ser comparadas com a que meus olhos enquadraram naquele dia, a ponto de derramar lágrimas de emoção: o campo fértil, com as espigas de cereais levemente movidas pela brisa da tarde; a pirâmide muda, com as entranhas endurecidas pelo sangue de inocentes imolados pela superstição, pela tirania e pela demência humana; e, ao fundo, como outras pirâmides eternas, os três grandes vulcões mexicanos, o Iztaccíhuatl, o Orizaba e o veleidoso Popocatépetl, adormecidos, mas não mortos, com os cumes cobertos de neves desafiadoras, jamais pisadas pelo homem. A vida, a morte, o eterno em três planos sucessivos, alarmantes, reveladores: do fulgor da pirâmide e seus reis construtores só restava agora a memória em pedra de sua crueldade sem limites, vertida em sacrifícios de inocentes dos quais, com lâminas de sílex, extraía-se o coração ainda palpitante para propiciar a vontade dos deuses e ver cumprido o desejo dos governantes. Mas também eles pereceram, eles que "chamavam/ eternas suas cidades e acreditavam/ cansar a terra com sua glória./ Foram: deles não resta nem memória"*, enquanto a vida seguia seu curso no plano da terra e o eterno vigiava de suas alturas impolutas.

---

*   Do poema "En el teocalli de Cholula", de José María Heredia. "*llamaban/ Eternas sus ciudades, y creían/ fatigar a la tierra con su gloria./ Fueron: de ellos no resta ni memoria*". (N. T.)

Naquele instante luminoso, enquanto o poema se armava em minha mente alterada, compreendi a insensatez das pretensões humanas de transcendência, orgulho, autoridade. E jurei, diante da lua recém-nascida e em desencargo das almas penadas dos homens sacrificados pelo furor humano, que, se a vida me permitisse, dedicaria todas as minhas forças físicas e mentais a lutar contra o pior que o homem havia criado para satisfazer sua mais desprezível vontade de poder: a escravidão e a tirania.

– Nada? – perguntara, a título de rotina, mas quando ouviu a resposta de sua mãe sentiu uma vertigem e desejou, no último reduto de sua consciência, que a resposta tivesse sido a de sempre.

"Não, filho", deveria ter dito Carmela, como resposta já habitual à pergunta que Fernando lhe fazia toda tarde ao voltar para casa. E ela teria enxugado as mãos no avental, antes de verificar se a cafeteira começara a coar.

"Já está coando", teria dito, depois, se à indagação retórica de Fernando não tivesse respondido com o que menos ele esperava ouvir.

– Enrique está lá atrás. Chegou há umas duas horas...

Se à mesma pergunta se tivesse seguido a mesma resposta de todas as tardes, Fernando teria recebido a xícara de café e, desfrutando de seu aroma, teria caminhado até o terraço, onde costumava tomá-lo gole por gole ao mesmo tempo que tirava as botas e as meias, com um cigarro entre os lábios e o olhar perdido nas árvores do quintal: aquela sequência transfomara-se numa prática que raramente variava e, quando variava, quase nunca era por causa da resposta à mesma pergunta: a carta, o memorando, o comunicado, a ata salvadora que ele esperava continuava sem chegar. Durante toda a jornada de trabalho, conduzindo a empilhadeira das naves de armazenagem até as rotativas, transportando as bobinas de papel que o jornal devorava, Fernando sentia-se ansioso por voltar para casa e verificar se alguma de suas reclamações e súplicas tivera resposta e se *alguém* lhe dava a notícia de que sua situação se esclarecera ou, pelo menos, especificava seu castigo e o prazo de condenação que deveria cumprir.

No ano e meio em que estava fora da universidade, Fernando não perdera a confiança em que alguém estudasse seu caso e compreendesse que havia sido acusado, julgado e condenado por um delito inexistente. No entanto, para tornar mais visível sua certeza daquela retificação necessária e da sua vontade de superar as possíveis debilidades ideológicas, resolveu que a cada dia faria duas horas adicionais de trabalho voluntário, além de participar, como o primeiro, de todas as atividades políticas, sociais, sindicais que se realizassem na gráfica e de encarregar-se da atualização do mural do sindicato e da redação dos discursos do secretário do Partido, do secretário da Juventude e do administrador.

Na realidade, nos meses que se seguiram à sua expulsão da universidade, chegaram várias respostas a suas missivas: uma do reitor, em que explicava que seu caso estava nas mãos do ministro; duas do gabinete do ministro, nas quais lhe comunicavam, primeiro, que seu caso seria estudado e, depois, que tudo passara para as mãos de uma comissão ministerial, que o convocaria oportunamente; uma da delegacia do Ministério do Interior, em que lembravam que a sanção era administrativa e fugia à sua competência; e outras duas, como confirmação de recebimento, do Escritório do Conselho de Estado, nas quais ratificavam que sua preocupação tramitava pelos canais correspondentes... A última dessas notificações chegara havia oito meses, e o silêncio das pessoas que tinham nas mãos as rédeas de seu destino começava a desesperá-lo, embora Fernando mantivesse a fé numa retificação reparadora, que só chegou um mês e meio depois de iniciado seu exílio.

Tudo teria sido previsível e desalentador se sua mãe tivesse dado a resposta já esperada, mas a notícia de que Enrique estava em sua casa foi pior que o limbo ao qual parecia ter sido lançado, talvez pelo resto da vida.

– Mas esse veado... – começou a dizer, quando um gesto severo da mãe pediu silêncio.

Desde o início Fernando culpara Enrique por todas as suas desgraças. Mas a conversa que se avizinhava chegava com um ano e meio de atraso, um ano e meio sórdido e enervante, durante o qual ele recorrera a várias estratégias para aliviar sua ansiedade crescente e enganar a sensação de que o tempo passava insolente e vazio, rumo a um poço sem fundo. Apesar do cansaço físico, Fernando tentara manter a disciplina de estudos e toda noite dedicava algum tempo a suas leituras sobre o século XIX cubano. Enquanto cercava suspeitas que se transformavam em evidências, preenchia lacunas e descobria verdades perdidas, fugia de sua realidade e se distraía concebendo uma volta satisfatória à universidade, pois estaria mais preparado, mais culto e mais capaz, dominaria seu terreno como se fosse um contemporâneo de Heredia, Varela, Saco, Del Monte, Plácido, Manzano, Suárez y Romero, Echevarría, Tanco e do jovem Villaverde: cada história oculta, cada motivação, cada intenção expressa ou pressentida daqueles obstinados inventores da *cubanía* literária chegaram a fazer parte de sua vida, de suas noções da ilha e da imagem espiritual e poética que eles tinham convertido em imagem de um país até então não escrito e ao qual deram rosto e palavra, símbolos e mitologia próprios.

O que se negava a fluir naquelas noites de estudo era a poesia. É verdade que nos anos anteriores, enquanto redigia sua tese e se iniciava como professor, apenas escrevera um ou outro poema. As urgências do trabalho ocupavam tempo demais, e raras vezes dedicou algumas horas a seus versos, embora uma consciência segura de que a poesia não se havia esfumado, de que estava apenas latente e adormecida em sua mente, disposta a brotar quando ele decidisse pôr para funcionar os motores insondáveis da criação, lhe desse uma cômoda confiança em suas possibilidades. No entanto, desde que fora expulso da universidade, algum mecanismo parecia ter-se atrofiado: por mais que se empenhasse, que se impusesse metas, que se obrigasse a escrever, sua mente foi incapaz de gerar um único verso, e as ideias se esfumavam antes de tomar corpo na letra escrita. Mas o mais alarmante foi a sensação de ódio e o desejo de vingança que começou a tomá-lo com frequência cada vez maior. Embora a imagem dominante fosse a de um Enrique trêmulo, que o acusava de cumplicidades e da escrita de uma poesia de filiação política duvidosa, tal como o policial Ramón lhe esfregara na cara, também o espicaçava a nítida inveja que lhe provocava a ascensão pelo visto irrefreável de Arcadio, que começava a receber prêmios, a viajar para congressos e feiras; a constância de Miguel Ángel, empenhado em seu primeiro romance; a sorte de Víctor, promovido de assistente a diretor de curtas-metragens, ao passo que era obrigado a gastar seus dias como motorista de empilhadeira e a imaginar as cores de um futuro reparador que se negava a chegar. Dia após dia, Fernando sentia que se transformava em outra pessoa, diferente de si mesmo, com aquele rancor amargo no olhar, a decepção como sentimento devastador e a tristeza como estado de ânimo quase permanente. Se a carta redentora chegasse, poderia ele recuperar o riso, a poesia, a leveza com que desfrutara do amor?

Naquela tarde Fernando rompeu todas as etapas de sua rotina e tomou o café na cozinha para acender o cigarro antes de seguir os passos da mãe, que, com outra xícara nas mãos, saíra para o terraço onde estava Enrique.

A visão do traidor revolveu seus ressentimentos: na poltrona encontrou um homem emagrecido, com a cabeça quase raspada e o rosto marcado por pontos vermelhos. Com uma das mãos que denunciava seus tremores, Enrique tentava erguer a xícara de café até os lábios. Para Fernando, os dezoito meses que passara sem o ver pareceram dezoito anos devastadores para o antigo amigo, a ponto de pensar que em lugar e circunstância diferentes talvez não tivesse relacionado o excêntrico Enrique com aquela figura desgastada que finalmente lhe falava:

– Como vai, Fernando? – Sem ousar levantar-se nem terminar o café.

– Neste instante, não sei – confessou Fernando e olhou para a mãe.

– Terminou, filho? – Carmela preocupou-se com o café de Enrique, e ele deu o último gole antes de lhe devolver a xícara.

– Obrigado, Carmela... Estava muito bom.

– Tudo bem, vou ao armazém – informou a mulher e dirigiu ao filho um olhar que pedia paciência.

Por alguns instantes, Fernando negou-se a olhar para Enrique: esperava que o outro começasse a explicação, mas o surpreendeu que, em vez do ódio e do desejo de vingança, fosse tomado por uma inesperada sensação de pena. Enrique, com o olhar cravado no chão, também não ousava olhar para ele: precisava de um gesto de alento suscetível de romper a tensão. Finalmente, Enrique cedeu.

– Enganaram nós dois – disse ele, e Fernando constatou que sua voz recuperava a vitalidade de sempre, como se Enrique voltasse a ser Enrique e suas palavras dissessem uma simples verdade.

Fernando Terry teria preferido ouvir qualquer insulto, até ser agredido, a ouvir aquilo. A ira voltou a dominá-lo, de modo brutal, e provocou a explosão do rancor, do desespero e dos desejos de vingança acumulados durante um ano e meio. O cigarro que estava em suas mãos voou pelo ar, e as veias de seu pescoço encheram-se de sangue doentio.

– Mas você é um veado, mesmo. Enganaram nós dois o caralho! Você me denunciou! Disse para eles que eu sabia que você queria ir embora de Cuba e falou um monte de merda de mim... Por tua culpa, ferraram a minha vida. Quem foi que nos enganou, porra? Foi você que me enganou! Achei que fosse meu amigo, mas você é veado demais para ser amigo de alguém.

Em sua poltrona, com o olhar perdido entre as próprias pernas, sem fazer a menor tentativa de levantar suas defesas, Enrique deixou as acusações caírem sobre ele, como uma chuva ardente.

Acendendo outro cigarro, Fernando observou o triste espetáculo. Ter vomitado a raiva sobre o principal culpado de suas desgraças fazia com que se sentisse levemente redimido. Porque naquele instante de catarse nem sequer imaginou o modo como seus insultos, a imagem de um Enrique esmagado, a satisfação de sentir-se descarregado do ódio, e as três sílabas nítidas da palavra *ve-a-do* o perseguiriam como um dos atos mais vergonhosos que cometera na vida. Fui eu que o empurrei para debaixo do caminhão?, perguntaria depois a si mesmo, repetidamente, ao longo dos anos.

– Enganaram nós dois – repetiu o outro e finalmente olhou-o de frente: em seus olhos havia uma umidade alarmante e um desafio determinado.

Fernando achou que poderia agredi-lo. A insistência de Enrique naquela ideia de engano gerava nele uma exasperação homicida, mas a figura quase desvalida do antigo companheiro o conteve.

— O que eu ganharia mentindo? Diga, o que eu ganharia se de todo modo iam me prender?... Não te acusei de nada. Eles é que me disseram que você tinha dito que eu escrevia coisas que não eram revolucionárias e que...

— Do que está falando? — Fernando se sobressaltou quando sentiu a punhalada no flanco.

— Você sabe muito bem: foi o único que leu uma parte da *Tragicomedia cubana*. E, segundo eles, você disse que era obra de um ressentido político...

— De onde você tirou toda essa merda? — Fernando foi se levantando lentamente.

— Do que eles me disseram, porra! — gritou o outro e também se levantou da poltrona. De repente, a cautela e a vergonha de Enrique pareceram se esfumar. — Será que você não entende? Enganaram nós dois, ferraram nós dois! Ouça bem, Fernando: ou nos armaram uma cilada, ou fui acusado por alguém que sabia o que eu estava escrevendo, e essa mesma pessoa acusou você de...

— Deixa de história, Enrique, não vai me convencer...

— Vou te convencer — insistiu, como se convencer Fernando fosse sua única missão na vida. — Porque eu posso ser veado, mas, quando é preciso, posso ser mais homem que você, e você sabe o que a amizade significa para mim. Nunca teria acusado você, e tenho certeza de que você nunca teria me acusado, não é mesmo?

Fernando sentiu o estômago dar um salto mortal para dentro de uma cavidade remota de seu corpo. Algo do que Enrique dizia o fazia duvidar da certeza sustentada durante um ano e meio, porque era o suposto delator que agora lhe revelava sua própria debilidade: Enrique sabia que ele, sim, o acusara diante do policial Ramón? Mas disse:

— Claro que não...

— Olha, Fernando, um dia vou te contar o que passei enquanto estive preso... Você nem imagina. Mas me sobrou tempo para pensar, e agora sei que nos enganaram porque alguém nos delatou. E esse alguém tem nome.

— O que está dizendo, Enrique?

— Porra, você não entende? Entre Negro, Conrado, Varo, Arcadio, Víctor e Tomás está quem te acusou de saber que eu ia embora.

— Então tenho que duvidar deles e acreditar em você?

Enrique olhou para ele com uma firmeza que parecia lhe sair das entranhas. Naquele rosto queimado de sol, prematuramente enrugado, os olhos eram duas chamas escuras, nas quais Fernando Terry começou a ver a evidência de uma verdade lacerante.

– Faça o que quiser, Fernando. Não acredite em mim, confie neles. Mas um dia vai saber a verdade. É uma pena...

Disse, já em voz muito baixa, e entrou na casa, em busca da saída. Fernando olhou a poltrona em que Enrique estivera. Puta que o pariu, ele pensou, quando sentiu que começava a se abalar a cômoda certeza de que Enrique o havia traído.

Com ansiedade crescente ouviu o panegírico de Cristóbal Aquino, dedicado ao poeta patriota de sofrida e tempestuosa passagem pela vida. Tantas vezes ouvira ser exaltada aquela figura sem mácula que sua mente chegou a construir um retrato pétreo de um homem do qual não conseguiu ter memória viva, pois o pai morrera no dia seguinte ao seu aniversário de três anos.

Durante muito tempo a falta de lembranças próprias tinha sido povoada por elogios e discursos como aqueles que adornaram as descrições ouvidas de sua avó e de sua irmã Loreto e das histórias lidas ao longo dos anos. Até que, de repente, tudo assumiu seu verdadeiro sentido, e naquele exato instante José de Jesús Heredia era, entre todos os homens do mundo, o único que conhecia a verdadeira humanidade do homem que fora seu pai, tão diferente daquela estátua imaculada, feita de palavras, evocações e versos repetidos de memória.

Desde então, quando falava do pai, José de Jesús era capaz de espantar quem o ouvia descrever, com preciosismo de detalhes, episódios pontuais da vida do poeta, na maioria muito anteriores a seu próprio nascimento. Contudo, entre todos os acontecimentos possíveis, sentia uma predileção vingativa por narrar como tinham sido seus últimos dias de pária condenado ao esquecimento, sem dinheiro, sem glória, sem amigos, na casa da antiga rua do hospício de San Nicolás, na Cidade do México: a dor de Heredia podia ser tão viva naquele relato que várias vezes seus ouvintes chegaram a pensar que mais parecia uma experiência pessoal do filho que a soma de histórias ouvidas desde sua infância.

Com mais razão que nunca, José de Jesús preparava-se para contar naquela noite a triste história de como, de sua cama de tuberculoso, queimando de febre, o poeta ditava à esposa Jacoba suas recordações de homem apanhado pelos ventos de seu tempo. O ancião não se propunha a ir a todos os detalhes capazes de dar brilho, verossimilhança e humanidade a sua evocação: a cor esvaída do cabelo da mãe, solto na intimidade da casa; o eflúvio amargo dos remédios que o pai tomava e dos emplastros escuros que lhe colocavam no peito ardente; a luz dos lampiões a óleo acesos a noite toda; o frio cortante daquele último inverno mexicano de Heredia, que reavivou como nunca sua eterna saudade do calor de Cuba; e a revelação dramática do momento em que o poeta, já moribundo, o chamara, Bichí, lhe disse, como sempre costumava nomeá-lo, e lhe colocou no pescoço aquele pequeno caramujo pendurado numa fita, do qual, atendendo ao pedido do pai, José de Jesús nunca se havia separado. Mostraria até o pálido caramujo roubado do mar havia mais de um século?... O ancião sabia que precisava fazer seu melhor discurso para que os detalhes daquele episódio e a importância de seu segredo ficassem gravados de maneira indelével na memória daqueles homens, os únicos no mundo que tinham demonstrado fidelidade inquebrantável a seu juramento de ser discretos pelos séculos dos séculos e que, por essa virtude, ele escolhera como guardiães do documento mais cáustico e revelador dos que José María Heredia deixara inéditos, velhos papéis que, bem sabia o filho, poderiam atingir um preço salvador no mercado dos vasculhadores do passado.

Nem nos momentos de mais terrível miséria José de Jesús se atrevera a pôr aquele documento em outras mãos. Foi difícil vencer o assédio e as ofertas do impertinente Figarola, que insistia em que a Biblioteca Nacional só compraria a série de manuscritos de Heredia oferecidos por José de Jesús se incluísse no lote a carta de 1823, na qual o poeta se retratava da participação na conspiração independentista dos Sóis e Raios de Bolívar, e também alguns papéis em que estava registrada uma espécie de memória ou talvez um romance, nunca visto por ninguém conhecido e de cuja existência Figarola não duvidava desde que ele próprio encontrara uma nota manuscrita de Jacoba Yáñez, escondida entre as folhas de um dos poucos livros recuperados da dispersa biblioteca pessoal do poeta. Naquele papelzinho Jacoba alertava que "o romance de sua vida" deveria permanecer inédito, de acordo com o desejo expresso do esposo. Além do mais – Figarola insistia reiteradamente –, José de Jesús devia saber que a existência daqueles papéis estranhos fora corroborada pelo cronista mexicano Gerardo Arreola, um dos poucos amigos a visitar o poeta moribundo, quando o jornalista, numa evocação escrita pouco depois da morte de Heredia, falou de um longo texto, talvez um romance, escrito pelo cubano nos meses finais de sua vida... Que outra coisa poderia ser aquele texto, senão "o romance de sua vida" mencionado por Jacoba?, perguntou-lhe, ou melhor, perguntou-se o incisivo Figarola. Mas José de Jesús negou ter notícias da existência daqueles documentos e pôs sobre a escrivaninha do bem informado bibliotecário duas explosivas cartas pessoais de Heredia, escritas no desterro norte-americano e dirigidas a Domingo del Monte, nas quais praticamente o acusava de ter delatado a conspiração independentista de 1823. Além disso, ofereceu-lhe uma executória do marquês de Mieses, seu antepassado, redigida pelo pai, e outros documentos diversos que lançavam mais luz sobre a vida mexicana do poeta.

Aquelas duas cartas enviadas a Del Monte, mencionadas por vários estudiosos, mas desconhecidas até então, pareceram acalmar a gula do bibliotecário, que as acariciou com a polpa dos dedos como se estivessem gravadas na pele de uma mulher. Sabia-se que Heredia escrevera várias cartas para Del Monte, mas o destinatário só conservara umas poucas e, decerto, nenhuma das que o poeta lhe enviara entre 1821 e 1823, todas excluídas do exaustivo *Centón epistolario* que o próprio Del Monte organizara com as muitas cartas que lhe foram remetidas durante mais de vinte anos...

– Mas vamos ver. – Figarola era insistente. – Digamos que esses papéis não existam, mas a carta de desculpas de 1823 foi conhecida, em parte difundida, e alguém deve ter esse original...

Embora não fosse a primeira vez que José de Jesús vendia papéis do pai, poucas vezes sentiu-se tão miserável como naquela manhã de 6 de agosto de 1917 diante de um homem que utilizava sobre ele seu pobre poder de bibliotecário em busca de glória num país em que ninguém se importava com as bibliotecas, nem com os papéis velhos, nem com os poetas, nem com o perdão de Deus. Mas ele precisava de dinheiro, tal como o pai precisara nos piores dias do desterro mexicano, quando, por tentar ser digno, perdera os favores do poder e até deixara de receber os salários esquálidos do governo: então, para manter a família debaixo de um teto, fora obrigado a recorrer a qualquer tipo de trabalho, a empréstimos familiares, ao penhor de suas poucas joias de estimação e até à venda de sua biblioteca.

José de Jesús lhe contou, então, qual tinha sido o destino do original daquela carta que o pai escrevera a Francisco Hernández Morejón, juiz de instrução da causa dos conspiradores em Matanzas, com a intenção visível de justificar sua fuga de Cuba e protestar diante da acusação de que tinha participado de planos independentistas. Um amigo, cuja identidade jamais revelaria, entregara o original a José de Jesús, depois de subtraí-lo do expediente do processo. E o ancião, envergonhado, sussurrou que queimara a carta para tentar apagar da memória dos homens a espantosa debilidade mostrada pelo pai naquele momento dramático de sua vida. O que ele não contou para Figarola foi que, se soubesse o que sabia agora, jamais teria destruído uma missiva na qual o poeta se expôs, conscientemente, ao julgamento da posteridade pela tentativa desesperada de manter viva a esperança de um grande amor e a possibilidade de carregar nos braços um filho que nunca conheceria...

Finalmente José de Jesús aceitou a miséria que Figarola lhe pagava pelo lote de documentos e manteve a salvo aquele "romance de sua vida", que, guardado num envelope pardo amarrado com um cordão roxo, ele trouxera de Havana com o objetivo de entregá-lo em custódia à loja Filhos de Cuba. O último filho de José María Heredia sentiu o peito apertado ao lembrar que não receberia um centavo por aqueles papéis que muitas noites poderiam tê-lo poupado da terrível aflição de se deitar com fome.

– O quê...? Te emociona como Matanzas?

Álvaro tomou um trago de rum do seu cantil, acendeu um cigarro e se recostou no assento de trás. O automóvel avançava a duras penas, esquivando-se de buracos, cães, pessoas despreocupadas, ou talvez suicidas, que caminhavam pela rua e de um mar de bicicletas e carroças puxadas por cavalos e bois que transitavam anarquicamente pela avenida central do povoado.

– Isso parece filme de faroeste. – Arcadio riu e virou à direita, parando o carro numa rua lateral.

– Mas do faroeste mesmo, muito distante... – resmungou Álvaro, de olhos fechados. – Que povoado mais feio, porra...

Se para Fernando Havana era alheia e Matanzas ainda era bela em sua decadência, a entrada em Colón produziu nele a sensação de ter caído num lugar perdido no tempo. Os anos de crise tinham apagado os duvidosos encantos que um dia pudera ter aquele povoado da opulenta planície de Matanzas, e a feiura entronizada que seus olhos viam produzia-lhe um estado de ânimo próximo da depressão. Por isso, enquanto Arcadio se informava sobre a localização do museu, questionou se teria valido a pena chegar até lá.

– Diga a verdade, Varo, você acha que esses papéis podem aparecer?

Álvaro ergueu os olhos como se saísse de uma letargia.

– Por que está me perguntando? Acho o mesmo que você: agora há uma pista que antes não havia. Daí a eles ainda existirem há uma distância, e mais outra para aparecerem... Mas o que aconteceu? Já se arrependeu de ter vindo?

– A verdade é que não sei...

– Olha, esse sempre foi teu problema: nunca soube nada. Veja só o Arcadio, para ele está tudo claro: a dele é ser poeta, o resto que vá à merda; Conrado é capaz de queimar meia ilha para chegar aonde quer; Tomás não se importa com porra nenhuma e ele sabe disso, assume e goza... Mas você nunca soube se queria ser poeta, se queria ser professor, se ia escrever um livro sobre Heredia, se gostava da Delfina, se queria ir embora, se queria voltar...

– E essa explosão a essa hora, compadre? A troco do quê?

– É que estou vendo aonde você vai chegar, Fernando, e te conheço. Tanto você não sabe nada que nem sequer tem colhão para perdoar. Prefere esquecer a perdoar, não é mesmo?

– Sim, mas isso não tem nada a ver com colhão.

– Bom – disse Álvaro, parecendo ter-se cansado –, console-se pensando isso, mas você sabe que é mentira: porque nunca vai esquecer, pelo menos enquanto der uma de mártir e continuar pensando que foi um de nós que te pregou na cruz.... Por que não se decide e mete a mão na merda, hein? – E acendeu um cigarro, já sem olhar para Fernando, quando viu que Arcadio se aproximava.

– Tenho boa pontaria. O museu fica na outra esquina – informou Arcadio pela janela e apontou para o fim da rua.

O museu tinha um aspecto agradável. Estava instalado num velho casarão de madeira, com telhado alto de telhas francesas, janelões brancos e paredes pintadas de verde brilhante. A vigilante da primeira sala confirmou que o diretor estava em seu escritório e perguntou o que desejavam. O belo Arcadio, convencido de que era bem conhecido nos meios culturais e femininos da ilha, tentou facilitar o caminho e deu seu nome e a referência dos Cernuda.

Enquanto a mulher ia para o fundo da casa, Fernando, Álvaro e Arcadio dedicaram-se a observar as reproduções de obras famosas penduradas nas paredes do recinto. Eram cópias de qualidade que faziam do museu uma espécie de resumo apertado do melhor do Louvre, do Prado, do Orsay, do MoMA e do Ermitage. Diante de umas *Meninas* reduzidas, Fernando lembrou a emoção avassaladora que o assaltara em sua primeira visita ao Prado, ao ver-se diante da obra-prima de Velázquez. Depois, durante vários domingos, aproveitou a entrada gratuita no palácio madrileno para contemplar à vontade aquela tela majestosa que pouco a pouco lhe entregava seus segredos. Em cada visita, dedicou vários minutos a observar o rosto que Velázquez pintara de si mesmo, buscando no olhar autorretratado a pupila privilegiada de um gênio que contemplava o mundo a partir de seu tempo e de sua altura. E agora, a tantos quilômetros de distância do original e muitos anos depois de sua última visita ao Prado, o encontro com aquela cópia foi lhe transmitindo uma sensação de paz tão densa que conseguia impor-se ao mal-estar provocado pelas palavras de Álvaro. Então Fernando acreditou descobrir, nos olhos do pintor, um brilho irônico e temível que lhe falava da fugacidade do tempo e de todas as vaidades.

A vigilante informou que o diretor os esperava e indicou-lhes o trajeto até o pátio interno da casa, cheio de laranjeiras, figueiras e goiabeiras, entre as quais cresciam a alfavaca, o jasmim e a dama-da-noite. Roberto Aquino recebeu-os na porta de seu escritório e cumprimentou Álvaro com especial deferência: conhecia sua poesia e disse que na sua opinião era das melhores coisas que se escreviam no país; enquanto isso Fernando observava a reação de Arcadio, que passeava os olhos pela sala como se não ouvisse nada ou como se também ali procurasse poesia, até que Aquino lhe dedicou um elogio.

— E seu último livro também me encantou — disse e recebeu o agradecimento e o sorriso condescendente do poeta.

Roberto Aquino era alguns anos mais jovem que seus visitantes e mostrou-se afável, além de parecer incrivelmente a par do que acontecia no mundo da cultura, não só em Cuba, mas em meio mundo. Sobre a escrivaninha estava aberta a volumosa biografia de Camus, escrita por Olivier Todd, e todo o escritório era revestido de livros, do chão a alturas inatingíveis, mas Aquino confidenciou-lhes que lá só mantinha os volumes com menos perigo de serem roubados: as joias de sua biblioteca estavam em sua casa e só as emprestava a amigos muito seletos.

— E é o pior que se pode fazer... Os amigos são os que não devolvem os livros, porque aos inimigos não os emprestamos.

Quando Fernando lhe contou o motivo da viagem, Roberto Aquino o escutou num silêncio expectante, mas desprovido de assombros.

— Conheci bem Leandro Cernuda. Era muito amigo do meu avô e do meu pai, que também é maçom.

— E seria possível falar com seu avô? — Fernando finalmente fez a pergunta mais importante e, nervoso, aguardou a resposta.

— Claro. Meu avô tem noventa e dois anos e está com a mente mais clara que a de todos nós... Mas deixem-me perguntar uma coisa que me parece importante: vocês sabiam que no ano 1932 a loja Filhos de Cuba foi fechada pelo governo de Machado? Acusaram vários maçons de conspirarem, e a loja ficou fechada até derrubarem Machado, em 1933... Segundo meu avô, a polícia fez uma revista e levou muitos papéis, que nunca voltaram a aparecer.

O estupor, a decepção, a palidez visível no rosto dos visitantes fez Roberto Aquino interromper seu relato. Obviamente o professor Mendoza também não devia ter notícias daquele incidente.

– O melhor é falarem com meu avô, porque a história é mais complicada – propôs e fechou a biografia de Camus.

O velho Aquino, como em todas as tardes, do alpendre de sua casa olhava a vida passar, sentado em sua cadeira de mogno, com um leque de papelão na mão direita, um enorme charuto na esquerda e um chapéu de palha maltratado na cabeça. Era um homem sólido, apesar da idade, com mãos grandes e nodosas e uma volumosa cabeça de touro, encerrada entre orelhas afuniladas das quais brotavam pelos grossos. Embora não fizesse calor, insistia em refrescar o rosto no mesmo ritmo que suas pernas imprimiam aos balanços de seu assento. O neto se aproximou e, depois de beijá-lo na face, explicou em voz alta quem eram os visitantes. O velho deteve a poltrona e o leque e olhou lenta e profundamente para os recém-chegados, sorvendo várias vezes seu charuto gigantesco.

– Vocês vêm de Havana? – gritou o ancião, talvez afetado por certa surdez.

– Sim, saímos de manhã e passamos por Matanzas – informou Arcadio, no mesmo tom de voz.

– E voltam hoje para Havana? – gritou de novo o velho.

– Sim, claro – continuou Arcadio.

– Robertico – Aquino voltou-se para o neto –, traga cadeiras para os rapazes.

– Eu ajudo. – Álvaro ofereceu e foi atrás de Roberto.

– Onde vão jantar à noite? – Aquino continuou o interrogatório, depois de lançar uma cusparada escura para um canto do alpendre.

– Tanto faz, Aquino, por aí...

Roberto trazia uma poltrona quando o avô se voltou para olhá-lo.

– Robertico, diga para sua mãe matar duas galinhas para convidar os rapazes.

Arcadio e Fernando iniciaram uma desculpa, mas o ancião parecia não ouvir.

– Têm cara de gostar de arroz com frango, como eu. Se me deixassem, comeria arroz com frango todos os dias – comentou, divagando sobre seus gostos alimentares e dirigindo um gesto ao neto para que transmitisse sua ordem.

Perturbado, Fernando ensaiou uma nova desculpa.

– Mas, Aquino, é que nós...

– Escute, jovem, não tenha tanta pressa, temos tempo de sobra. E vou lhe dizer duas coisas: se está visitando minha casa, tem que aceitar meu convite para jantar, caso contrário vou me aborrecer muito... Espere, espere, não terminei. Porque a segunda coisa que quero dizer é que me iniciei como maçom em 1924, com dezoito anos, e comecei como secretário da loja em 1930. Faz um tempão, não é mesmo? E vi com estes olhos os capangas de Machado revistarem a loja em 1932 e levarem tudo o que encontravam.

– E o que aconteceu com esses documentos?

– Nem sei, mas não importa, porque levaram no máximo umas quatro bobagens.

Fernando percebeu a ironia palpável na voz do ancião e sentiu uma esperança acender-se em algum canto daquela história.

– Não levaram tudo o que havia na loja?

– Já disse que eram umas bobagens. Papéis velhos, recibos de luz e de água, alguns livros, diplomas...

– E os outros papéis da loja?

– Já não estavam ali, porque sabíamos que a polícia viria... Vamos ver se me faço entender. – O ancião voltou a se abanar. – Sabiam que Machado era maçom e foi expulso da maçonaria? Não? Não me surpreende... O que aconteceu foi que os maçons pediram a Machado que renunciasse à presidência, porque tinha se transformado num ditador e ninguém em Cuba gostava dele. Entre nós houve discussões por causa dessa carta, porque o filho da puta tinha enchido as lojas de espiões, e supõe-se que a maçonaria deva lutar contra a tirania. E dissemos isso a Machado na carta que lhe mandamos. Mas ele não ia renunciar e, por considerá-lo traidor dos princípios da fraternidade, decidimos expulsá-lo.

– E os papéis da loja? – interveio Álvaro, acendendo um cigarro com o toco do que acabara de fumar.

– Os papéis que vocês estão procurando não estavam na loja. Nem na secretaria nem na Câmara Secreta dos Mestres, que era o único lugar em que poderiam estar guardados. Sabem por que sei disso? Porque meu pai e eu tiramos os arquivos da loja. Foram dez caixas.

Arcadio e Fernando se entreolharam, enquanto Álvaro se punha de pé. A pergunta estava no ar, e Álvaro adiantou-se aos amigos.

– Para onde os levaram?

– Para a biblioteca de Matanzas. Nós os escondemos num sótão, entre outros papéis velhos. O diretor da biblioteca era maçom e os manteve ali até a tormenta passar.

– E o senhor sabe se entre aqueles papéis havia uns documentos que José de Jesús Heredia entregou à loja?

– Nunca vi aqueles documentos, embora tenha ouvido falar deles. José de Jesús os entregou em absoluto segredo...

Fernando fez um gesto para Álvaro para poder intervir e se acomodou na beira da poltrona, o mais perto possível do ancião.

– O que eram os documentos?

— Não sei. Alguma coisa sobre a vida de Heredia, acho...

— Mas, se o senhor era o secretário e os papéis de Heredia estavam na loja, deveria saber, não é mesmo?

— Claro que deveria saber — disse Aquino, autoritário —, e por isso mesmo posso dizer que os papéis não estavam nas caixas que levamos em 1932 nem entre os que deixamos na loja para que os policiais levassem. Tenho tanta certeza disso quanto de que meu nome é Afortunado Salvador Aquino Romagosa.

Fernando sentiu o coração prestes a estourar no peito.

— E não tem ideia de onde poderiam estar os papéis ou se alguém já os tinha tirado da loja?

O velho sorriu e acelerou o ritmo de seu balanço.

— Que esses papéis existiram, disso não tenho dúvida. Meu pai, Cristóbal Aquino, era o orador da loja e foi ele que fez o elogio de Heredia e de José de Jesús em 1921... Certamente valeria a pena saber de onde Mendoza tirou a cópia daquela carta, porque estou imaginando que foi a que deixamos nos arquivos para o caso de a polícia chegar, porque aqueles papéis nunca mais apareceram... Bem, mas o caso é que todo mundo na loja sabia que o manuscrito de Heredia ninguém podia ler, nem sequer podiam falar dele, até o ano 1939, porque José de Jesús pediu que, além de guardar os papéis, também mantivessem em segredo a existência deles. Algo importante aqueles documentos deviam dizer, vocês não acham?... O que posso dizer com certeza é que, em 1930, quando terminei a universidade e comecei como secretário, aqueles papéis já não estavam na loja. Agora, quem os tirou de lá, por que os tirou e onde os deixou, isso eu não sei.

— Nunca suspeitou de ninguém? — Arcadio lançou a pergunta com um grito que deve ter sido ouvido a duas quadras ao redor dali.

O ancião foi sorver seu charuto e verificou que estava apagado. Por um longo minuto o observou, como se aquela traição não fosse possível, e, resoluto, jogou-o na rua.

— Agora estou com fome. Depois conversamos. Porque é melhor com a barriga cheia, não é verdade?... Lucrecia...!

Mil vezes me perguntei o que teria sido da minha vida se aquela carta nunca tivesse chegado, com a feliz resposta que nos trouxe. "Queridíssima irmã María, minha casa será sempre sua e de minhas sobrinhas amadas, e a partir de hoje é meu empenho que José María, a quem amo como um filho, chegue a ser o advogado com que sonhou seu bom falecido pai, que em glória esteja." Eterno estagiário de um tabelião, qualquer um dos muitos que há no México? Soldado, no bando realista, como teria desejado meu pai, ou no dos independentistas, como já reclamava meu coração? Talvez jornalista, dos que escrevem panfletos todos os dias e sonham com um pouco de tempo, que nunca chega, para fazer a própria obra, que nunca se faz? Mas, sobretudo, eu teria sido mais feliz ou menos feliz? Teria conhecido, nos graus extremos em que experimentei, a satisfação de me sentir útil e famoso e o martírio de me saber desprezado e esquecido?

Nenhuma daquelas perguntas podia passar-me pela mente quando, como presente pelos meus dezessete anos, tio Ignacio nos abriu as portas da esperança e começamos a preparar a volta à ilha. Na ocasião, a ideia de atravessar novamente o mar me encheu de entusiasmo, e só a circunstância de deixar para trás os amigos mexicanos era uma gota de pesar no rio caudaloso da satisfação por voltar a Cuba.

Partimos nos dias finais do frio janeiro de 1821 e chegamos a Havana num cálido fevereiro, quando a luz do benigno inverno cubano dá uma estranha profundidade às coisas, que depois se aplanam nos longos meses de calor com que a mãe natureza premiou a ilha. No porto esperava-nos o cheiro inconfundível da cidade e também o tio Ignacio, que, depois de me deixar instalado numa pensão da rua de los Mercaderes, partiu imediatamente com o resto da família para Matanzas, onde um trabalho intenso o esperava.

Assim que a carruagem dobrou a esquina e dirigi o último gesto de adeus a minhas irmãs, saí correndo para o seminário de San Carlos, onde as aulas estariam para terminar. Uma alegria contida a duras penas fluía por minhas veias, pois a sensação de liberdade que eu desfrutava pela primeira vez na vida fazia-me sentir eufórico.

O encontro com Domingo, Silvestre, Cintra, Sanfeliú e o resto da tropa foi emocionante e ruidoso. Por uma breve nota na imprensa ficaram sabendo da morte de meu pai, e numa carta escrita por Silvestre e assinada por vários amigos chegaram-me ao México os pêsames do grupo e a notícia de que também *don* Leonardo, pai de Domingo, havia falecido apenas dois meses antes do meu, como sinal de uma trágica vontade divina, empenhada em colocar em paralelo a vida dele e a minha, até que chegasse o ponto da amarga divergência.

Mas nenhum deles esperava, nem por um instante, que numa bela tarde eu aparecesse, sem prévio aviso, ainda vestido com uma roupa grossa de tecido inglês e com a notícia que lhes dei imediatamente: voltava disposto a ficar para sempre.

Comemoramos o encontro num dos muitos estabelecimentos inaugurados em minha ausência na região próxima ao passeio do Prado. Chamava-se La Piña de Plata e estava na moda entre os jovens, pois era o único que tinha sorveteiras e vendia sorvetes de frutas e sucos batidos com gelo, que tanto atraíam as beldades de Havana. Além disso, o lugar era animado por um trio de violões tocados por dois negros e um mulato esbelto que cantava com voz aveludada belíssimas canções de amor. Feitas as honras ao creme gelado de sapoti, fomos para coisa mais séria e, aportados na taberna mais próxima, pedimos vinho. Várias garrafas de um impetuoso tinto português morreram em nossa mesa, à qual se juntou em algum momento um jovem colombiano, magro, vivaz, aspirante a poeta e sempre cheio de chistes, chamado Félix Tanco, radicado havia anos em Matanzas. Enquanto bebíamos, eles me foram preenchendo lacunas sobre o ambiente de Havana, que havia mudado muito nos últimos dois anos. E, embora houvesse algumas perguntas que me queimavam na boca, preferi postergá-las, pois Domingo, adivinhando minhas intenções, já decidira que naquela noite eu jantaria com ele na casa de seu irmão, onde agora estava morando.

Em meio a tantas novidades, consegui saber que o maior motivo de alegria para meus amigos eram os ares de liberdade que se respiravam na ilha desde a instituição do sistema constitucional. Uma verdadeira efervescência política se apossara da vida havanesa e até sangrentas altercações vinham acontecendo entre constitucionalistas e absolutistas. Incompreensível para mim era que os crioulos ricos ainda defendessem o regime absolutista de sempre, mas a razão daquele empenho político era, segundo Silvestre, o fato de que aqueles cubanos ricos obtinham do rei o que desejavam, e as novas leis poderiam pôr em perigo seus muitos privilégios.

— E vocês o que são, absolutistas ou constitucionalistas? — atrevi-me a perguntar, temendo fazer papel de tolo, pois por trás de vários amigos meus e de amigos de amigos meus estavam algumas das maiores fortunas da ilha. Mas a experiência me levava a pensar que suas inclinações estavam mais próximas da democracia constitucional com a qual eu simpatizava.

Felizmente eram constitucionalistas e liberais, e mais ainda desde que, algumas semanas antes, tinham se matriculado em massa na abarrotada cátedra de direito constitucional que, por decisão do próprio bispo de Havana, fora criada no seminário e cujo professor era nada mais nada menos que o padre Varela.

Anoitecia quando tomamos nossos respectivos caminhos. Domingo, que agora morava na rua San Ignacio, me pegou pelo braço e, em vez de me levar para sua casa, me conduziu ao passeio do Prado, onde encontramos um banco desocupado. Lá me contou quanto sua vida tinha mudado desde a morte inesperada do pai. Sua mãe, *doña* Rosa, leiloara as propriedades de *don* Leonardo e investira dinheiro na criação de um modesto engenho numas terras compradas perto de Matanzas. Agora o objetivo do meu amigo, obrigado a levar uma vida austera, era terminar os estudos quanto antes e começar a ganhar algum dinheiro.

— O mais terrível foi aprender a ser pobre. Dá para entender? Você não imagina, José María — disse-me, mas estava enganado: eu não só imaginava como sabia. Domingo, colocado no centro do mundo, só pensava em si mesmo, pois sentia que sua posição no grupo de amigos já não tinha a proeminência antes proporcionada por seu desafogo monetário, que fazia com que fosse o primeiro a convidar e a esbanjar.

— Uma vez eu te disse e agora repito: vou ser rico, custe o que custar e pese a quem pesar. A miséria e eu não nos damos bem.

— E a poesia?

— Bem, bem, mas não como a sua. Achei fabuloso aquele poema "Al Popocatépetl".

— Você continua jogando?

— Às vezes... menos que antes.

— E não vai mais à casa da madame Anne-Marie?

— Só quando alguém me convida, imagine.

— Vamos nesta noite.

— Onde vai conseguir o dinheiro?...

— Eu tenho, para comprar livros. Mas se você me emprestar os seus...

Eram cerca de nove horas quando, carregando as indispensáveis lanternas, chegamos à entrada da casa mais amável da cidade. No caminho, entre risadas, falamos do pouco caso que tinha feito de mim a jovem Isabel, a quem, por meio de sua irmã, Domingo fizera chegar alguns de meus poemas de amor. Segundo meu amigo, Isabel já era a bela mulher que prometia três anos atrás e, havia alguns meses, havia formalizado seu compromisso com um comerciante malaguenho que tinha o dobro da idade dela, mas também o dobro da fortuna, o que já era muito em se tratando de uma Rueda y Ponce de León. O agraciado era um tal Pedro Blanco Fernández de Trava, um dos mais ferozes artífices do tráfico negreiro, um negócio que se tornara especialmente lucrativo desde o início da contagem regressiva para sua proibição oficial, pactuada pela Espanha e pela Inglaterra em 1817.

Ao saber de minha presença no bordel, minhas amigas meretrizes se alvoroçaram e várias saíram dos quartos, largando o trabalho pelo meio para me cumprimentar e me beijar: segundo elas, eu tinha crescido, estava mais forte, mais bonito, e manifestaram uma alegria sincera por meu regresso. Minha amada

Betinha, que discreta e sorridente cedeu espaço para que as companheiras me acolhessem, no fim aproveitou uma pausa para me pedir que a esperasse, pois terminaria em vinte minutos.

Desempenhando seu papel de patroa durona, Anne-Marie bateu palmas duas vezes e mandou todo o mundo continuar o trabalho. Batendo palmas mais duas vezes, convocou Elizardito, o mulato que a ajudava, e lhe pediu uma garrafa do melhor tinto de Bordeaux que havia na adega.

– É um prazer tê-lo aqui, querido – disse-me Anne-Marie, com a voz gutural e bonita de sempre. – Não estou exagerando ao dizer que sentimos sua falta, embora seu amigo Domingo tenha se mantido fiel e ativo... Foi o consolo de Betinha na tua ausência.

Senti nitidamente a ironia da matrona em seu comentário. Com estranha fortaleza eu havia assumido que minha relação com Betinha estava acima de seu ofício e que nada do que ela fizesse no trabalho podia me afetar, mas a informação de que Domingo a frequentava me deixou um gosto ruim na boca, felizmente arrastado pelo vinho excelente a que a generosa madame nos convidou.

Toda a paixão que em dois anos eu só desafogara com meus alívios solitários brotou naquela noite de minha volta a Havana. Elizardito veio me buscar quando Betinha já me esperava, de banho tomado e perfumada, deitada nua na cama. Duas velas grossas e aromáticas davam um tom magenta ao corpo dourado, em cujo centro brilhava a selva negra de sua feminilidade, levemente aberta para mim, como uma ferida prodigiosa.

Excitado e seguro avancei para a cama ao lado da qual estava, vestida com seu manto azul e rosa, a efígie marinha de Iemanjá, em cujo pequeno rosto acreditei ver um sinal de satisfação. Quando eu ia me deitar na cama, Betinha me deteve. Sua mão pousou em meu peito com a firmeza própria de quem governa. Então avançou na cama até se acomodar na beirada, com as pernas abertas rodeando as minhas, e acariciou meus mamilos, pousando os lábios em meu ventre, para me fazer perceber um calor telúrico, que foi crescendo à medida que sua língua descia, acariciava, fugia, resvalava, até que sua boca tornou-se cova propícia que devorou minha virilidade... E agora creio que, se não morri naquela noite, saciado de gozo, foi só porque o destino já se dispunha a me fazer pagar com infinitos pesares a ousadia de sentir que me tornara o ser mais feliz na face da terra.

Em poucos dias eu aprenderia a viver na nova liberdade que se desfrutava em Cuba e na agradável independência com que decidia meus atos pessoais. Era um estado desconhecido para mim, e nunca como naquele instante senti as vantagens do soberano arbítrio. No entanto, logo aprenderia também que a liberdade costuma trazer como companheira a anarquia, e agora havia muito dela na ilha. Nos incontáveis jornais surgidos ao calor da liberdade de imprensa, praticamente tudo era publicável, mas o mais comum era a agressão desenfreada ao que se considerava contrário aos interesses do grupo que financiava o libelo. Os insultos mais impressionantes colocavam-se agora em branco sobre preto, numa guerra sem quartel entre as dezenas de grupos existentes.

Com a liberdade, porém, à minha vida chegou a política, que geralmente é o câncer da poesia: e entrou na minha existência de um modo tão harmonioso a ponto de me fazer suspeitar que meu sangue estivera disposto, desde sempre, a aceitá-la como um de seus componentes vitais. Como uma pluma ao vento, fui arrastado para a política e, com prazer, me deixei levar, sem imaginar que dava o primeiro passo rumo a um destino que me excederia, cobrindo-me de pesares e derrotas.

Enquanto preparava a tese para obter o título de bacharel em direito na ainda escolástica Universidade de Havana, minhas demais preocupações dividiam-se entre compartilhar as tardes com os amigos, a quem ocasionalmente acompanhava até o seminário para ouvir as aulas inflamadas do padre Varela, e passar as noites, quase sempre, na cozinha da casa de madame Anne-Marie, onde, por ordem de minha amiga francesa, me forneciam comida, vinho e velas, para que me dedicasse a escrever minhas poesias, à espera da partida do último cliente, que me deixava aberto, por Deus!, o caminho para o quarto de Betinha.

O tema de conversa mais recorrente em nosso grupo eram as próximas eleições de deputados para as cortes, pois os crioulos depositavam suas esperanças no triunfo de sua tríade de candidatos, encabeçada pelo padre Varela, cuja decisão fora impulsionada por seu mentor, o bispo de Havana. Os outros dois aspirantes eram o rico havanês Leonardo Santos Suárez e o comerciante catalão Tomás Gener, estabelecido em Matanzas havia muitos anos, homem de amplos vínculos mercantis que incluíam, segundo as más línguas, os necessários para importar escravos...

As grandes esperanças depositadas naquele sucesso muito cedo revelariam nossa ingenuidade política. Esperava-se que os votos cubanos nas cortes garantissem a promulgação de leis adequadas e que a dependência política da ilha não fosse mais um empecilho para seu desenvolvimento e para a própria vida dos nascidos no país. Por isso, como muitos crioulos, comemoramos jubilosos o triunfo de Varela, Santos Suárez e Gener, diante do olhar sisudo das autoridades coloniais, que observavam com desconfiança o nascimento de um fermento nacionalista, de imprevisíveis consequências futuras.

Especialmente belicoso tornara-se o bom padre Varela, que se revelara constitucionalista e liberal contumaz. De sua cátedra, costumava agora lançar ataques cada vez mais diretos ao governo monárquico, ao Estado centralizado e às diversas formas de tirania, explicando e parafraseando a Constituição espanhola, carregando seus comentários com o atraente sabor de palavras tão pouco habituais em Cuba, como independência, democracia e soberania.

Com o pretexto de lhe dar meus novos poemas para ler, várias vezes roubei um pouco de seu tempo e ele me recebeu satisfeito em sua cela do seminário. Em algumas ocasiões, Domingo e Silvestre me acompanharam, e as conversas poéticas sempre derivavam para a atualidade política. À espera da iminente partida do padre para Madri, tivemos um último encontro com ele, do qual também participaram Cintra, Sanfeliú, Tanco e um jovem de Bayamo de quem eu ouvira falar muito, mas que só então conheci pessoalmente: aquele homem, o mais inteligente com que já conversara, chamava-se José Antonio Saco, os amigos o tratavam de Saquete, e, apesar de sua juventude, logo seria substituto de Varela na cátedra de filosofia.

Lembro que naquele dia não se falou de poesia: fomos direto ao assunto e, mais que ao assunto, ao ponto, pois, quando Domingo perguntou ao padre Varela o que esperava obter para Cuba das cortes espanholas, ouvimos uma resposta alarmante.

— Nada — disse ele e tirou os óculos que agora usava e que acentuavam sua expressão de jovem envelhecido. — Este país não pode esperar nada das cortes nem do governo da Espanha além de continuar subjugado e dirigido por leis absurdas.

— E por que aceitou ser deputado? — perguntei, pois alguma coisa daquela resposta não se ajustava à sua decisão.

— Porque demonstrar que as cortes não farão nada por Cuba é o melhor que se pode fazer hoje. Quando se vive sob opressão é muito importante saber o que é possível fazer e dizer em cada momento e também o que não é possível fazer nem dizer. Não obter nada do governo é salutar para ver se os cubanos conseguem entender que o único caminho possível é o da independência, como está acontecendo em toda a América.

Aquelas reflexões, ditas sem a menor reserva, obrigaram-nos a nos entreolhar. Embora o tema da emancipação às vezes surgisse em nossas conversas, a palavra independência sempre era dita em voz baixa, e ouvi-la abertamente, na boca de alguém como Varela, carregava-a de um valor que se multiplicou quando o padre, com os óculos novamente no nariz, olhou para cada um de nós e fez sua pergunta:

— Não é isso que vocês acham?

E foi o bom Silvestre, às vezes tão simples e ingênuo, que nos colocou de frente para nossa realidade, com uma pergunta quase sussurrada, feita como se ele estivesse de joelhos diante da janelinha de um confessionário.

– Padre, e a independência de Cuba é possível?

– Sim, mas não já... A virtude e a tragédia deste país é estar no centro do mundo, e estará por muito tempo: hoje são a Espanha, a Inglaterra e o México que querem governar Cuba. Amanhã será a França, os Estados Unidos ou outro país qualquer. E depois há os pretextos: hoje o Haiti é o exemplo do que poderia acontecer se ocorresse uma guerra pela independência, depois outro desastre dará pretextos para não mudar as coisas, e entre as ameaças e os pretextos sempre farão com que pareça preferível deixar tudo como está. Não importa que haja milhares de homens escravizados, que outros estejam morrendo de fome, que as mulheres se prostituam: tudo vale quando se quer conservar o poder, e, quando passar a moda do constitucionalismo – disse ele, e lembrei-me de ter ouvido a frase em outros lábios –, verão se tenho ou não tenho razão.

– E o que se pode fazer? – perguntei, convencido de que não encontraria no mundo melhor oráculo do futuro de Cuba.

– Nada. Ou muito, para alguém que tem coragem suficiente para queimar a própria vida na fogueira da pátria, sem esperar nenhum prêmio e muito menos a vitória.

– Está pessimista hoje, padre – comentou Saco, que acompanhara a conversa em silêncio, atitude que, depois eu descobriria, não era nada usual nele, polemista afiado.

– Melhor dizer realista, Saquete.

Como em procissão, fomos todos ao porto de Havana, naquela manhã histórica de 28 de abril de 1821, para nos despedirmos do padre e de seus companheiros deputados que partiam para as cortes. A juventude de Havana aglomerou-se nos arredores da alameda de Paula para vê-los subir no navio que os levaria à península com a missão de representar os interesses cubanos. No meio da multidão, meus olhos seguiam os passos do esquálido sacerdote que tanto me fizera pensar nas últimas semanas. Já na amurada, Varela voltou-se e, com a mão esquerda no coração, fez com a direita o sinal da cruz e nos abençoou: de repente senti a certeza de assistir a um ato final. Ainda não sei o porquê, mas algo me dizia com uma veemência daninha que aquele homem bom, amante de sua terra, despedia-se de nós para cumprir a impiedosa condenação de jamais voltar ao lugar onde nascera.

Os olhos de Fernando Terry, Álvaro Almazán e Arcadio Ferret brilhavam de incredulidade diante do espetáculo de Salvador Aquino deglutindo o terceiro prato fundo de um suculento arroz com frango guarnecido de pimentão vermelho. No primeiro recebera um peito, no segundo, uma coxa com a sobrecoxa e, na altura do terceiro, concentrou-se nas quatro asas das duas galinhas sacrificadas para satisfazer a gula do ancião, que comia com uma colher enorme e escura, que parecia de bronze, e acompanhava o prato principal com uma salada de abacate e várias jarras de uma limonada com muito açúcar. Seu neto e os três visitantes limitaram-se a um prato, servido até a borda, capaz de saciar todas as exigências gástricas de um ser comum.

– Pena que não tenha pudim – comentou, limpando as mãos num pano, depois de sorver a quarta asa de frango e jogar os ossos para o cão Sultán, tão depredador quanto o velho. – O leite anda difícil...

Enquanto tomavam café, servido por Lucrecia nas xícaras de porcelana chinesa reservadas às visitas, Fernando verificou que eram quase nove horas e ainda os esperava uma viagem de volta a Havana. Vira Arcadio bocejar um par de vezes e tentou orientar a conversa para um rumo definitivo.

– Bem, Aquino, afinal quem pode ter tirado esses papéis da loja?

O velho retardou a resposta, acendendo o sexto e último charuto do dia. Contemplando o pé do charuto aceso parecia perdido em suas reflexões.

– Faz setenta anos que penso nisso, e setenta anos é tempo de sobra para pensar numa coisa, não é mesmo? A primeira possibilidade é que o filho de Heredia nunca tenha entregado aqueles papéis, que por isso não apareceram na loja...

– Mas se ele foi entregá-los... – interveio Álvaro, cada vez mais desesperado com as complicações daquela história.

– Foi entregá-los, mas pelo que sei ninguém comprovou que de fato os entregou. E quem garante que ele não queria que todo o mundo pensasse que os papéis estavam na loja ao passo que na verdade estavam em outro lugar...

Arcadio olhou para Álvaro e Fernando.

– Não tem muita lógica, mas pode ser, não é?

– Claro que sim – insistiu o ancião. – E a outra possibilidade é que os papéis estivessem na loja e alguém os tenha tirado antes dos problemas com o governo. Esse alguém teria que ser Venerável ou Primeiro Vigilante, porque os papéis estavam no nicho da Câmara dos Mestres, e só eles tinham a chave de lá.

– Então foi Cernuda – concluiu Fernando, ansioso por encontrar a pista perdida.

– Pode ter sido – Aquino sorveu duas vezes o charuto –, mas houve outros Veneráveis naqueles anos. Na época usava-se muito reeleger os Veneráveis, não era como agora, que todo o mundo tem comichão e com dois anos de maçonaria já quer estar sentado lá em cima batendo com o maço... Vamos ver: Cernuda foi venerável em 1921. Em 1922 e 1923 foi Ramiro Junco, que tinha sido Primeiro Vigilante de Cernuda. Depois, de 1924 a 1926 foi Cernuda de novo e, em 1927, 1928 e 1929, foi meu pai. Se tenho uma certeza, é a de que ele nunca pegou esses papéis e nem os leu, embora tenha me falado que no escaninho do Quarto dos Mestres durante muito tempo ficou o envelope amarelo amarrado com um cordão roxo.

O ancião enfatizou com a cabeça, sugando gulosamente seu charuto.

– Uma coisa eu não entendo – interveio Arcadio, novamente interessado e movendo as mãos como se precisasse abrir para si um espaço físico no diálogo. – Não sei aonde vai parar tudo isso. Mas o que eu gostaria de saber é por que está nos contando uma coisa que aconteceu na loja e que supostamente é segredo, e também não entendo por que não contou antes para ninguém...

– Tudo depende do ângulo pelo qual se vejam as coisas – filosofou o ancião. – Primeiro, o que estou contando não é nenhum segredo maçônico, e mais: mesmo que me torturem, ninguém me tira uma palavra sobre nenhum segredo maçônico, fui claro? Estou falando de coisas que aconteceram na loja, como poderiam ter acontecido numa igreja e, se o padre contasse, nem por isso revelaria o segredo da confissão. Mas lembre-se de que aqueles papéis deveriam ter sido publicados há sessenta anos e todo o mundo já os teria lido... E não é verdade que até hoje não contei nada para ninguém. – E começou a enumerar com seus dedos, grossos como galhos velhos de uma árvore. – Vejam, falei com o historiador de Matanzas, porque ele também está procurando esses papéis; falei com outro rapaz que sempre anda pesquisando a vida de Domingo del Monte; e também falei com meu neto Roberto, e até temos uma teoria. – O velho voltou-se para o neto. – Vamos ver, Robertico, qual dos dois pode ter sido? Junco ou Cernuda?

O jovem sorriu, visivelmente ruborizado. Pelo visto, não lhe agradava o comprometimento em que o avô o envolvia.

– Deixe disso, vovô. Você sabe que não sei.

– Vamos, Robertico.

– Tudo bem, vovô. – Ele se resignou e se voltou para os visitantes, visivelmente incomodado. – É que, conversando com ele sobre isso, eu disse que qualquer um dos dois pode ter pegado os papéis, se é que esses papéis eram o que penso.

– Espera, espera, me perdi de novo – admitiu Álvaro. – E olha que hoje quase não bebi nada.

– Lembrem-se de que tudo isso é suposição...

De repente Fernando sentiu uma corrente percorrer-lhe o corpo. Não, disse a si mesmo: não podia ser possível o que tinha pensado, mas naquela história cada vez mais os absurdos tornavam-se realidade, e por isso ele perguntou:

— Ramiro Junco... é dos Junco de Matanzas? Não será a família de Lola Junco, a moça pela qual Heredia se apaixonou?

Roberto olhou para o velho Aquino, que começara a balançar a poltrona, com o olhar como que perdido no tempo.

— É o que acho.

— Então era da família? — A urgência inflamava Fernando.

— Sim, e esse é o problema — admitiu Roberto. — A lógica que vejo nessa história é que, se Heredia escreveu alguma coisa antes de morrer e pediu que só fosse publicada cem anos depois de sua morte, foi porque tinha a ver com pessoas que estavam vivas e não queria prejudicá-las. Estão me acompanhando? — E voltou-se para Álvaro, que assentiu em silêncio. — Heredia tinha paixão por história, e em sua poesia de vez em quando entram a memória e a transcendência...

— "En el teocalli de Cholula", ode ao "Niágara", "A la gran pirámide de Egipto". — Fernando tomou na hora exemplos que fluíam a sua mente e citou: — "Tudo perece/ Pela lei universal. Até este mundo/ Tão belo e tão brilhante que habitamos,/ É o cadáver pálido e disforme/ De outro mundo que foi..."*. Creio que até se importava demais...

— Por isso acho que esse manuscrito não era um romance, como se comentou algumas vezes, e sim memórias ou algo desse tipo. Mas o importante agora é que, por mais que a família Junco tenha tentado esconder as coisas, em Matanzas comentou-se que Lola tivera um filho antes de se casar com Felipe Gómez...

— Diziam muitas coisas de Heredia — protestou Álvaro. — Também que dormia com a mulata Luisa Montes e que, quando o marido ficou sabendo, matou-a a punhaladas...

— Conheço essa lenda, embora isso seja diferente, principalmente porque quase não se falou no assunto... Mas a criança que supostamente podia ser filho de Lola nasceu em janeiro de 1824, três meses depois que Heredia se foi de Cuba. Então deve ter sido concebida em abril de 1823...

— Em abril? — perguntou Fernando, mas na realidade estava falando consigo mesmo. — Nessa época ele estava em Matanzas...

---

* *"Todo perece/ Por la ley universal. Aun este mundo/ Tan bello y tan brillante que habitamos,/ Es el cadáver pálido y deforme/ De otro mundo que fue..."* (N. T.)

— Em junho a família tirou Lola da cidade e trouxe-a para morar no engenho Miraflores, que era por aqui, muito perto de Colón, e Heredia nunca mais a viu. A certidão de batismo diz que o menino era filho de Rubén, irmão mais velho de Lola, e lhe deram o nome de Esteban Junco. E Esteban era pai de Ramiro. Se o comentário estiver certo, então Esteban era filho de Lola Junco e Ramiro era seu neto...

— E você acha que Ramiro também era neto de Heredia. — Fernando concluiu a ideia, quando sentiu que o cigarro, esquecido entre os dedos, começava a lhe queimar a pele.

— Se o manuscrito são memórias – continuou Roberto – e se Ramiro as leu, o mais possível é que tenha encontrado essa história, se aconteceu como estamos supondo. Então, tudo o que a família tinha tentado esconder durante um século seria conhecido quando os papéis fossem publicados.

— Só pode ser, só pode ser – reforçou Arcadio.

— Não enche o saco, Arcadio, isso parece telenovela mexicana — comentou Álvaro.

Roberto Aquino, como se não os tivesse ouvido, continuou com suas digressões.

— O mais interessante de tudo isso é Ramiro Junco, já velho e doente, ter-se empenhado em ser Venerável da loja. Para mim, só há uma resposta: ele queria ter esses papéis.

Fernando Terry ouviu a afirmação fixado nos olhos azuis de Roberto Aquino e viu um brilho esquivo no fundo daquele olhar.

— Desculpe, Roberto, agora quem não está entendendo uma coisa sou eu... Com todas essas informações que você tem, nunca se interessou em procurar os papéis de Heredia?

Roberto Aquino sorriu. Demorou para responder, como se fosse difícil encontrar as palavras exatas.

— Passei vários anos com isso, principalmente quando trabalhava como professor em Matanzas. Mas deixei de lado quando me convenci de que essas memórias de Heredia, se é que um dia existiram, nunca estiveram na loja. José de Jesús, que estava morrendo de fome, de repente começou a lidar com algum dinheiro antes de morrer. E seu único capital eram os manuscritos do pai, que ele ia vendendo por todo lugar. Não é verdade, vovô?

Todos olharam para o velho, a quem tinham esquecido enquanto ouviam a digressão inquietante que alterava todas as lógicas seguidas até aquele momento. Mas da poltrona do ancião chegou-lhes apenas a respiração calma de um homem que, com um charuto fumado pela metade, dormia o sono tranquilo dos que estão em paz com a verdade e com a vida.

Acho incrível que, em meio às agitações políticas e aos desregramentos sexuais em que eu vivia desde meu regresso a Havana, tivesse tempo e lucidez para redigir minha tese universitária, a que dei o título *Servis heredis legari, non potet* e em cuja discussão Domingo me serviu de padrinho. Quase não é preciso mencionar a cara de poucos amigos com que meus escolásticos professores dominicanos me receberam: aquele velho tema da ciência romana do direito soava altamente subversivo num país em que a servidão, na dolorosa forma de escravidão humana, sobrevivia como um óbice de tempos pré-cristãos. Minha intenção, mais romântica que pragmática, era mostrar os aspectos mais infames da escravidão a partir da ótica da ausência de direitos em que viviam seres que eram violentamente afastados de sua pátria e de sua família, espancados e animalizados, despojados de todos os privilégios civis e humanos nos quais se baseava a democracia moderna.

Mas na verdade meu mais caro projeto naquele momento, ao que mais horas eu dedicava, era o de publicar uma revista para começar a partir de suas páginas a renovação da literatura da ilha, tão distante do que um ambiente político e econômico tão ativo faria esperar. Desde o início Domingo e Sanfeliú foram os apoiadores mais entusiastas da ideia, mas o difícil era chegar a um acordo quanto ao tipo de publicação com que sonhávamos. Domingo, adepto de que a imprensa devia ser um flagelo social, a queria incendiária, tanto nos temas literários quanto nos políticos, aos quais desejava dar grande espaço. Sanfeliú, por sua vez, enxergava-a mais reflexiva, quase filosófica, como era sua própria personalidade. Entre esses extremos, meu melhor aliado veio a ser Silvestre, que consegui fazer aderir a meu objetivo de mesclar reflexão com leveza, polêmica com sutileza, no entanto sem ceder um milímetro quanto à qualidade dos textos poéticos. Dessa maneira, eu pensava, poderíamos chegar a um público mais diverso, que com seu interesse em assuntos menos transcendentais se fizesse leitor habitual da revista e a sustentasse com seu favorecimento econômico.

Quis a sorte que em abril chegasse a Havana meu amigo Blas de Osés, enviado para fora do México pelo pai, que temia pela vida do jovem, simpatizante declarado dos independentistas mexicanos. Devo admitir que a fortuna e a bondade de Osés eram inversamente proporcionais à sua capacidade poética, o que significa que ele era imensamente rico e um dos homens mais generosos que conheci. Devoto de todos os meus projetos, foi fácil convencê-lo a colocar o dinheiro necessário e arrolei-o como coeditor de minha revista: para obter o sim, bastaram duas noites bem desfrutadas na casa de madame Anne-Marie – minha cúmplice na trama, que pôs à minha disposição vinho e mulheres – e por isso, em honra a ela e às amáveis moças, Osés, Silvestre e eu decidimos chamar a já iminente revista de *Biblioteca de Damas*.

Para produzir o primeiro número foi investido um trabalho febril. Minha inexperiência levou-me a ser excessivamente ambicioso, mas a colaboração desinteressada dos compatriotas aliviou-me de muitas tarefas, e dediquei-me com maior ênfase à tradução de autores estrangeiros cuja poesia podia servir de guia ao gosto dos cubanos, bastante desinformados do que se escrevia no mundo. Além disso, paralelamente à revista, eu não podia deixar de realizar algumas horas diárias de trabalho em cartório, necessárias para cumprir os dois anos de estágio exigidos e me habilitar para atuar como advogado. E, como se não bastasse, tal como medusa tropical, eu multiplicava minhas cabeças e continuava as visitas habituais a Betinha, reiniciando meus amorios poéticos, por certo bastante reduzidos, com minha musa Isabel, cujo compromisso matrimonial se rompera por uma questão de desacordos econômicos. Fogo, mais que sangue, era o que devia correr-me pelas veias...

Exatamente em 21 de maio daquele magnífico ano 1821 veio a lume na gráfica havanesa dos Díaz de Castro o primeiro número de *Biblioteca de Damas*. Juro que não se deve à minha habitual vaidade em assuntos literários a certeza de que nossa revista provocou uma explosão de claridade em meio ao panorama obscuro de então. De boca em boca, comentou-se sobre sua existência, e os interessados em literatura acudiram aos pontos de venda, especialmente a farmácia central do pai de Sanfeliú, para adquiri-la e nos congratular. Ao passo que em Matanzas eram Tanco e meu tio Ignacio que se encarregavam de sua difusão, e alegrou-me saber que vários clientes da casa de madame Anne-Marie, incitados por ela, foram em busca do tabloide, embora eu tenha dúvidas sobre a finalidade que lhe deram... Meu único erro de cálculo foi acreditar que, além do círculo dos iniciados e dos obrigados, houvesse em Cuba leitores para uma revista empenhada em dar espaço a poetas excelentes, porém desconhecidos. E, como os ativos do bom Osés não eram infinitos, depois de cinco números tivemos de cantar o réquiem por nossa *Biblioteca de Damas*.

Para mim foi doloroso assimilar aquele fracasso: predestinado, como me acreditava, a triunfar em tudo, senti-me desgostoso com uma sociedade em que não se dava espaço à poesia e decidi esquecer aqueles devaneios para dedicar mais tempo à minha obra relegada, que era definitivamente meu principal interesse na vida. Para consegui-lo, resolvi ganhar chão e, depois de me despedir de amigos e amantes reais e fictícias, com meu terno suado e meu baú de livros tomei a diligência que me levou a Matanzas, onde subiria definitivamente na corda bamba do meu destino.

Se em apenas dois anos de ausência encontrei Havana mudada, Matanzas me deslumbrou com seu progresso exultante. Mansões faustosas, praças concorridas, mercados repletos de todos os bens sonhados pela mais audaciosa imaginação agora deslumbravam o recém-chegado, enquanto na baía disputavam espaço barcos de centenas de bandeiras, carregados de caixas de açúcar, sacos de café e lotes de madeiras de lei. Sem dúvida a prosperidade tocara com sua varinha mágica a Veneza de Cuba, embora não fosse segredo para ninguém que a verdadeira origem daquela riqueza se devia ao tráfico e ao trabalho dos "sacos de carvão".

Graças à generosidade de tio Ignacio e ao muito que numa cidade como Matanzas podiam render os novecentos pesos que minha mãe ainda recebia, a família tinha se instalado numa casa ampla e ventilada da rua O'Reilly, calçada direita, quase à beira do rio San Juan. No fundo da casa, com porta e janelas para o pátio central, destinaram-me um quarto que me pareceu um palácio quando comparado ao quarto de pensão onde vivera em Havana. Ali, além do mais, eu teria privacidade para escrever, longe do piano que, na sala, minha querida irmã Ignacia tocava por longas horas.

Embora minha mãe, como sempre, tenha tentado impor-me horários e disciplinas quase marciais, logo ela entendeu que perdera a batalha. Entre as horas que devia passar no escritório de Ignacio para continuar meu treinamento e as muitas atividades sociais em que me vi envolvido desde minha chegada, eu mal parava em casa e, quando o fazia, era a portas fechadas, novamente empenhado em escrever poesia.

Devo confessar que, recém-chegado, sofri a decepção de saber que a bela Lola Junco estava sendo cortejada, pelo visto com êxito, por um tal Felipillo Gómez, filho de um riquíssimo dono de engenhos. Sem maiores razões eu depositara algumas ilusões num possível encontro com aquela ninfa e agora sentia ferido meu orgulho varonil e, sobretudo, diante da evidência de que era apenas um órfão pobretão, sem possibilidades de aspirar a ser admitido no clã opulento da família Junco.

Mas o que me instigava com maior afinco e exigia minha reflexão era a ideia cada vez mais insistente de que o destino de Cuba deveria ser o mesmo de toda a América: libertar-se da Espanha. A notícia de que em Madri fora impugnada a eleição dos deputados cubanos para as cortes, os quais agora deveriam aguardar um ano para entrar em função, fazia-me pensar em como tinha razão o padre Varela ao não esperar nada daquela instância política. Os augúrios eram tenebrosos, pois sabia-se que o desonesto Fernando VII aceitara a Constituição a contragosto, mas que a qualquer momento daria o bote e voltaria ao antigo regime. O que se podia esperar para o futuro? Seria preferível, de fato, o jugo espanhol ao risco de pôr tudo a perder com uma sublevação de escravos? Seria verdade o que se comentava a respeito de uma expedição enviada por Bolívar para nos libertar e juntar-nos à Grã-Colômbia?

Foi Silvestre Alfonso, numa das cartas frequentes que então trocava com os amigos deixados em Havana, que me trouxe a má notícia. Abarcador como eu queria ser e acreditando que perdera toda possibilidade com Lola, perguntara-lhe se ele sabia algo de minha musa Isabel, e a resposta que obtive foi contundente: "José María", ele me escreveu, "esqueça a dama, pois sua hora já passou. Sabe quem a está cortejando, e com muito boas perspectivas? Pois é nosso amigo comum Segunda-feira…". Foi dor que senti? Foi raiva? Ou foi simplesmente decepção? Ciúmes não, é claro, pois na verdade não amava nem nunca amei Belisa, a quem dediquei tantos poemas. Mas perguntava a mim mesmo por que, entre tantas mulheres, Domingo se aproximara justamente dela. Algo malsão devia haver naquela trama, e a carta que Domingo me enviou apenas me deu um pouco de sossego. Nela me explicava que o pai de Isabel, velho amigo do pai dele, fora o indutor de uma relação que ele não imaginara, mas que, diante de meu crescente desinteresse por Isabel e conhecendo meus verdadeiros sentimentos, acabara por aceitar… Mas não me dizia, é claro, que na realidade o pai de Isabel sempre estivera alheio a suas pretensões, conforme Silvestre comentara comigo, e que um casamento com uma Rueda y Ponce de Léon, como eu bem sabia, era suficiente para tirar da pobreza não um, mas todos os Domingos e todas as Segundas-Feiras do ano, até do século. Minha resposta, ingênua e dolorida, foi um longo poema que intitulei "A D. Domingo, desde el campo", no qual, além de censurá-lo pela traição, outorgava-lhe o perdão, que é privilégio das almas elevadas, como eu supunha que fosse a minha. Seria a primeira vez que eu perdoaria Domingo.

Além do inquieto Tanco, encontrara outros três novos amigos em Matanzas e tentava com eles suprir em parte a ausência dos imprescindíveis e a aflição que me causara o veleidoso Domingo. Os três eram mais velhos que eu, especialmente Antonio Betancourt, cunhado dos irmãos Pablo e Juan Aranguren, todos amantes de poesia, membros de velhas famílias de comerciantes de Matanzas e, como quase todos nós, já mordidos pela serpente da política. Foram eles que me reintroduziram na sociedade de Matanzas, pois naquela época tio Ignacio andava sobrecarregado de trabalho e, pelo visto, enredado em uma de suas misteriosas histórias de amor. Com os novos amigos participei de festas, tertúlias e passeios e, graças a eles, conheci o doutor Juan José Hernández, considerado um homem radical e politicamente perigoso, temido tanto pelas autoridades espanholas como pelos ricos cubanos, a ponto de chegarem a se mancomunar a fim de lhe barrar o caminho para um mandato garantido como deputado nas cortes, na eleição em que apoiaram Gener. O doutor, tal como o conheci, era um louco apaixonado capaz de admirar e compartilhar a prédica dos filósofos franceses da revolução e de dedicar várias horas do dia a tratar dos pobres, a distribuir remédios nos bairros, a cuidar de cães de rua e a gritar impropérios contra o tráfico e a escravidão. Havia estirpe de mártir cristão na personalidade daquele apaixonado, pelo qual imediatamente comecei a sentir uma admiração magnética, pois algo me dizia que ele praticava o que dizia. Por isso acho que, se me faltavam dois passos para me transformar num independentista convicto, foi ele quem me ergueu a perna e a fez avançar para que desse o primeiro. O segundo, de modo irresponsável, eu mesmo daria.

Dediquei horas intensas com o doutor Hernández, Tanco e os outros amigos a conversar sobre a situação de Cuba. Antonio Betancourt parecia convencido da necessidade de buscar caminhos para conseguir a independência, pois afirmava que, uma vez abolida a escravidão, os negros não teriam razão para se sublevar, algo de que os Aranguren não tinham nenhuma certeza – como o resto dos cubanos ricos, entre cujos planos nunca se incluía o de renunciar à fortuna investida em seu montante de escravos. O doutor, por sua vez, olhava mais para o futuro: se agora em Cuba havia o mesmo número de brancos e negros, nos próximos anos os negros seriam muito mais numerosos, pois o tráfico ilegal e o açúcar eram os grandes negócios do momento. Além disso, acreditava que o auge do liberalismo somado ao enfraquecimento militar da Espanha, desgastada pelas guerras sul-americanas, faziam com que a época fosse especialmente propícia. E, para nos convencer, acabou por nos falar de certas conexões com o próprio Bolívar, que enviara agentes secretos à ilha para assegurar aos cubanos todo o seu apoio caso decidíssemos nos lançar na guerra: garantia tropas e armas para derrotar os espanhóis e para pacificar o país, se fosse necessário.

Numa quente noite de agosto, o doutor nos convidou para jantar em sua casa e nos surpreendeu com um maravilhoso *ajiaco*. Na hora do café, disse-nos que, por já nos considerar partidários certos da emancipação, queria confidenciar--nos que estava esperando a chegada de um enviado especial de Bolívar, com a missão de iniciar um movimento independentista, e mencionou, em voz muito baixa, um nome até então desconhecido para mim, mas do qual tantas vezes me lembraria ao longo da vida: José Francisco Lemus.

Em Havana era comum considerar que qualquer homem recém-chegado da América do Sul escondia um agente independentista, mas, segundo o doutor Hernández, Lemus não era um simples agitador, pois ostentava o grau de coronel dos exércitos de Bolívar e recebia ordens diretamente do grande general. Em sua passagem por Cuba, no ano anterior, deixara fundada uma loja secreta, que chamara de Os Sóis de Bolívar, da qual logo seriam fundadas filiais por toda a ilha. A conspiração estava em marcha, e seu misterioso alento entusiasmou meu espírito, na época tão dado a igrejinhas de iniciados e conjurações. Por isso, quando o doutor perguntou se estávamos dispostos a ingressar na loja que deveria ser fundada em Matanzas, fui o primeiro a aceitar, ao passo que os Aranguren e Betancourt hesitaram e Tanco disse que nada daquilo parecia ter possibilidade de êxito...

Desejando ter uma conversa com Domingo, depois da notícia de sua inesperada paixão amorosa, me dispus a dar um pulo a Havana. Minha pobre economia, que me permitia viver com certo desafogo em Matanzas, mal daria agora para me sustentar por uma breve temporada numa cidade em que os preços do alojamento, da alimentação e das charretes subiam a cada semana. E lembro que, três dias antes da data marcada para a viagem, Pablo e Juan Aranguren convidaram-me para a festa de aniversário de uma prima distante que se realizaria no melhor salão de baile da cidade. Graças a Pablo, que tinha a mesma altura e largura que eu, pude me vestir adequadamente para participar da noitada, que seria animada nada mais nada menos que pela famosa orquestra do maestro Ulpiano, trazida da capital especialmente para a ocasião. E duas coisas extremamente significativas me aconteceram naquela noite de música e diversão. A primeira foi que, ao entrar no salão onde estava a nata da sociedade de Matanzas, vi muitas cabeças se voltarem e ouvi dizerem, em voz baixa, "Esse é Heredia, o poeta", então a admiração brilhava em muitos olhos. Naquele dia, minha vaidade, sempre grande, agigantou-se, e uma sensação de que me bastava levantar a mão para tocar o céu inundou-me o ego e animou-me a realizar aquela que, com o tempo, seria uma das ações mais importantes da minha vida: avançar até o grupo de jovens entre as quais eu descobrira Lola Junco, deter-me a uma distância prudente e, sem dizer palavra, cravar meu olhos nos da jovem, por um tempo que beirava a insolência, até que ela, vencida, baixou a vista ao mesmo tempo que em seus lábios aparecia um sorriso.

Uma das grandes limitações da minha vida impediu-me de dar mais um passo na aproximação iniciada com tão insolente veemência: eu nunca soube dançar. Ou melhor, nunca soube dançar bem, e quem padece essa desgraça deve abster-se de dançar num país em que dançar mal e atrever-se a fazê-lo em público é o pior dos disparates. Mas eu tinha uma arma especialmente poderosa, que empreguei no dia seguinte: sentei-me, pena na mão, e escrevi um desesperado poema de amor. Intitulei-o, fazendo-me de discreto, "A… en el baile", e acumulei analogias, metáforas e adjetivos aos quais – bem dizia Betinha – dificilmente os ouvidos de uma mulher podem se manter fechados: palmeira galhardíssima e erguida, anjo celestial, mais bela que a lua branca, dizia-lhe, e elogiava seus olhos divinos, seus lábios de rosa, seu olhar sereno e seu riso cantarino.

Já na diligência que me levaria a Havana, pedi ao condutor que parasse diante da casa de Donato Junco, pai de Lola. Num envelope perfumado ia meu poema, e, com a irreverência dos meus dezessete anos e a vaidade exaltada por minha fama crescente, toquei à porta da casa. Quando a escrava abriu, dei-lhe o envelope, pedindo-lhe que o entregasse nas mãos da senhorita Dolores.

Nem bem cheguei a Havana, deixei meus pertences no quarto que amavelmente me brindaram na faustosa casa de Silvestre Alfonso e, quase sem me despedir, corri como um desesperado para o bordel de madame Anne-Marie, com urgência em desafogar os anseios acumulados. Mas qual não foi minha surpresa ao encontrar fechada a casa mais alegre da cidade. Abatido, até irritado, aproximei-me para ler o cartaz que, colocado na varanda da entrada, anunciava a venda do imóvel em favor da municipalidade de Havana. Nas paredes, antes de um branco imaculado, viam-se agora manchas amarelas, vermelhas, pretas, marcas indubitáveis de projéteis lançados contra a mansão e cartazes toscos, escritos com tinta ou carvão, nos quais liam-se os mais terríveis insultos.

Um tremor incontrolável tomou minhas pernas, por alguns minutos impedindo-me qualquer movimento. Algo terrível acontecera naquele lugar para que sofresse tamanho escárnio. Como uma sombra de mim mesmo, dei meia-volta. Estava começando a escurecer quando cheguei à Alameda, certo de lá encontrar meus amigos e uma resposta ao que acontecera na casa de madame Anne-Marie. Domingo, Silvestre e Sanfeliú receberam-me com abraços. O de Domingo, especialmente efusivo, fez-me lembrar sua deslealdade recente, mas a minha preocupação daquele instante era muito maior.

– O que aconteceu, meu Deus?

– Ela foi acusada de espiã – disse Domingo. – De espiã francesa, está entendendo? – E senti suas palavras retumbarem em meus ouvidos, enquanto ele me contava que a polícia especial do capitão-general descobrira que madame Anne-Marie enviava informações secretas ao rei francês, empenhado em restabelecer o absolutismo na Espanha e em Cuba. Sem pensar no absurdo da acusação, preocupei-me com o destino daquelas mulheres, entre as quais devia estar Betinha.

– Foi um teatro o que fizeram, José María – afirmou Sanfeliú, cáustico como sempre. – Mandaram que juntassem suas coisas e fossem embora. Nem motivo legal lhes apresentaram.

– Mas onde elas estão?

– Embarcaram para Nova Orleans…

– E Betinha foi embora…?

– Armaram um piquete para que as insultassem, atirassem ovos, tomates podres. Pagavam três *reales* para os que gritavam. Agarraram Elizardito, bateram e cuspiram nele… – disse Silvestre e olhou-me nos olhos. – Ajudei Betinha com as coisas dela, e ela me deu esta carta para você.

Mais que pegar, arrebatei a pequena folha de papel em que, com letra insegura e erros ortográficos, Betinha me dizia: "Querido José María, espero, no futuro, ler muitos versos seus. Nunca esquecerei que um dia fui a musa do maior poeta que produziu esta ilha, que deixo com tanta dor. Mas sei que voltaremos a nos ver: minha mãe Iemanjá diz que nem o mar é infinito e que o senhor do céu costuma ser generoso, até com os poetas e as meretrizes. Te quer e te beija, Betinha".

Com aquele papel dobrado contra o peito, é fácil concluir que, ao nos sentarmos numa taverna, minha mão se ergueu muitas vezes chamando o garçom e que terminei com uma espantosa bebedeira.

– Ontem você se acabou – disse Domingo, assim que abri os olhos na manhã seguinte. Eu sentia uma névoa pesada na cabeça e, depois de me lavar e tomar o café que Silvestre me trouxe amavelmente, afinal consegui perguntar o que tinha acontecido e fiquei sabendo que, entre muitos outros disparates, eu fizera a viagem da taverna para casa gritando impropérios contra o capitão-general.

– Você parecia louco, José María – rematou Domingo.

– O vinho caiu mal – justificou-me Silvestre. – Está sem comer nada desde ontem. Vamos lá, para você tomar café da manhã.

Quando entramos na sala de jantar, fiquei sabendo que eram onze da manhã e que eu tinha dormido dez horas numa tirada. Meu estômago estropeado recebeu com gosto os sucos e as frutas que devorei. Com uma segunda xícara de café na mão, saí com Domingo para o pátio interno da casa e nos sentamos debaixo de um pé de laranja-amarga carregado para esperar a volta de Silvestre, que tinha ido até o escritório do pai tentar arrancar-lhe algum dinheiro.

– Então, Domingo, como vai com Isabel?

Naquele dia, pela primeira vez o vi perder sua fleuma de jogador: mas tínhamos então dezoito anos e faltava-nos percorrer a parte mais difícil de nossas existências. Por isso, com os olhos fixos no chão, ele disse:

– Perdão. Sei que me comportei mal.

– Mentiu duas vezes para mim – agredi, talvez sem direito a afundar mais a lança em terra úmida.

– Quer ouvir a verdade?

– Sempre preferi. Minha verdade com respeito a Isabel você sabe. A sua, só posso imaginar.

– Não seja cruel, José María – disse-me ele, e senti que realmente minhas repreensões eram desproporcionais e, ao mesmo tempo, que alguma coisa dentro de mim desmoronava. Os restos de ressentimento, talvez avivados pelo que acontecera com Betinha e suas amigas, foram caindo à medida que o ouvia falar.

– Você não ama Isabel e nunca vai amá-la, mas eu, sim. E sabe por quê? Porque com ela posso conseguir o que quero. O amor é mais complicado do que os poetas dizem. O amor é uma necessidade, em todos os sentidos. Está entendendo?

– Na verdade, não muito bem – respondi dessa vez à sua pergunta retórica de sempre, que às vezes chegava a me exasperar.

– Pois ouça bem: tenho necessidade de amar uma mulher bela, mas também preciso que essa mulher me ajude a sair de minha pobreza, porque não aguento viver assim. Cada dia tenho menos dinheiro, e o que pagam nos escritórios de advocacia é uma miséria. Os advogados nos exploram, você sabe. Mas, mesmo quando pudermos exercer, ninguém garante que ganharemos um bom dinheiro. E, se amo uma mulher que o tem... não é tudo mais fácil? Veja, sei que ela me ama: sei há muito tempo. E também sei que o pai dela era amigo do meu porque lhe convinha. Meu pai lhe facilitou negócios com o governo, ajudou-o a ter caminho livre na alfândega, conseguiu-lhe licitações com o Exército, e por isso o senhor Rueda era amigo dele. Mas, morto o senhor Leonardo... a quem interessa seu filho, pobre rábula? Você sabe que tentaram casar Isabel com um negreiro asqueroso... Mas o negócio se frustrou, e desta vez não vou deixar Isabel me escapar. Está entendendo?

Como minha capacidade de perdoar Domingo podia ser infinita, na noite do dia seguinte nos reunimos, todos amigos de novo, para forjar um novo projeto de revista. E foi naquela noite que Cayetano Sanfeliú me pôs no caminho de uma perigosa mentira sem volta.

Sanfeliú achava que fazer uma nova revista só pelo fato de ter um espaço não resolveria os problemas que enfrentávamos. Para ele, seguidor de Varela, o adequado seria uma publicação que, nem no extremo incendiário e americanista de *Argos*, nem no poético de minha *Biblioteca de Damas*, pudesse passar com desenvoltura dos temas políticos aos literários, sem esquecer os assuntos filosóficos, e que, sobretudo, tentasse criar um espírito cubano.

Foi longa, como de hábito, a discussão daquela noite. Domingo, Silvestre, Sanfeliú e eu tínhamos opiniões políticas similares, mas distintas, sinal claro de que, definitivamente, já éramos cubanos: porque nada no mundo conseguiria nos fazer entrar em acordo, a não ser que um de nós se erigisse em ditador, como Domingo se encarregaria de demonstrar. Por isso, cansado da discussão e convencido de que se eu radicalizasse acabaria levando a melhor, enveredei por um caminho do qual minha vaidade e meu amor-próprio fechavam toda possibilidade de volta.

— Creio que o problema de Cuba não se resolve com revistas nem com poemas, tampouco com solicitações nas cortes...

— E o que você vai fazer? — perguntou Sanfeliú, com sua habitual seriedade.

— Vou me tornar franco-maçom. Numa loja de conspiradores pela liberdade de Cuba.

— Como pode ter tanta certeza, Fernando?

— Quem disse que tenho certeza de alguma coisa, Delfina?

— Não é melhor esquecer tudo isso?

— Foi o que tentei fazer... Mas já sei que não consigo. Principalmente quando penso que o caso do Enrique não foi acidente.

— Que história é essa, pelo amor de Deus?

— Pode ser que tenha sido eu quem o empurrou para debaixo do caminhão.

— Vai acabar ficando louco, isso não tem sentido. Claro que foi um acidente. Tire isso da cabeça. Deve ser terrível, não é? Mais de vinte anos pensando na mesma coisa.

— Foi o pior castigo.

O cair da tarde geralmente era um alívio. Fernando gostava daquele momento impreciso, a meio caminho de tudo, como sua própria vida. O calor intenso deu uma brecha e na velha alameda de Paula chegou uma brisa pegajosa, carregada dos eflúvios oleaginosos da baía.

Sem pensar duas vezes, aceitara o convite de Delfina e, às cinco horas, espargido com seu melhor perfume, chegou para buscá-la. A estranha situação de tocar à porta, beijá-la na face, sentar-se na sala e esperar que ela acabasse de se arrumar, vê-la sair do quarto, também perfumada, fazendo soar as pulseiras, e ouvi-la perguntar, como se tivesse perguntado outras vezes, se tinha visto onde ela colocara a bendita chave, que sempre estava perdendo, e ajudá-la a procurar a bendita chave até descobrir que a tinha deixado na fechadura, e sorrirem os dois, como se tudo fosse simpático, provocou-lhe a inquietante e confusa sensação de se encontrar no início de alguma coisa, embora soubesse que não estava em condições de começar nada: aquele salto mortal poderia gerar altas doses de sofrimento.

Descendo com Delfina pela rua Obispo para o centro antigo da cidade, Fernando descobrira um rosto inesperado da vida de Havana. A velha rua comercial, decadente e desmazelada em sua memória, sempre realizara o feitiço de conectá-lo com uma etérea atmosfera de poesia, que sentia acaçapada no ar, imune ao avanço das ruínas físicas expostas aos olhos. Então Fernando costumava pensar que a falta de beleza daquela ruela estreita fora compensada por um trânsito de espíritos tutelares dos quais brotava seu verdadeiro sentido. Mais de uma vez, por aquela rua, andaram Heredia, Del Monte, Saco e Varela, que até morou ali. À beira daquela paisagem de aparência vulgar, Julián del Casal concebera seu mundo oriental, perfumado e tênue. Martí a percorrera algumas vezes em seus anos de poeta jovem e já arrebatado por sua obsessão principal, a independência de Cuba. Lezama e Gastón Baquero haviam caminhado por ela mais por empenhos sexuais que por razões poéticas, tal como Lorca, que em um de seus bares enlouquecera de amor diante da presença incômoda de um mulato estivador dos cais que exibia sem recato os braços musculosos e o caudal de pelos negros, crespos como o mar, que lhe subiam do peito até o pescoço.

Fernando comovia-se em sentir que os donos da poesia haviam marcado com suas pegadas e seus anseios um lugar de aspecto tão plebeu, sujo e arruinado em suas lembranças e, por isso, espantava-se em constatar que a rua Obispo conservava seus estragos e adquiria vida nova para uma dança que se executava ao som metálico e nada lírico do dólar: as velhas lojas, bares, cafeterias, livrarias voltaram a abrir as portas enferrujadas e fechadas por anos para mostrar uma surpreendente abundância de opções, sem nenhum racionamento, que tranquilamente se ofereciam em dólares esquivos. Delfina explicou que durante muitos anos as lojas que por um meio ou outro vendiam seus produtos na moeda maldita, cuja simples posse por um cidadão cubano era delito passível até de prisão, dissimulavam sua abundância por trás de grossas cortinas que nem sequer permitiam a expectativa de ver o inatingível. Mas um belo dia as cortinas caíram, sem alarde, e as lojas de venda em dólares multiplicaram-se por toda a ilha, vendendo livre e facilmente o que só existira em sonhos impossíveis dos cubanos: televisores japoneses, roupas de marca, perfumes de qualidade, sofisticados equipamentos de som e até comida: carne de vaca, *chorizos* espanhóis, massas italianas, balas, bombons e até os chicletes, que por anos se identificaram com a vacuidade e a prepotência norte-americanas. O panorama cubano se povoara, com espantosa naturalidade, daquele mundo que agora tinha como única barreira a posse ou não das esquivas notas verdes. E era até possível comprar em dólares joias, flores exóticas, árvores de natal com guirlandas incluídas, móveis e livros, embora para Fernando fosse especialmente doloroso o salão de beleza para cães, com ofertas de cortes, penteado e banho, também em dólares, e no meio de uma cidade abarrotada de cães de rua, doentes de sarna e desprezo.

Como efeito daquele dramático subterfúgio econômico, a beleza oculta da cidade antiga, encoberta pelo abandono e pela sujeira secular, começara a aflorar em recantos inesperados. Fernando pôde observar, à beira da perplexidade, que sua própria cidade lhe parecia outra, embora fosse a mesma, decrépita e renascida, constatando que onde se lembrava de uma mancha escura erguia-se agora um palacete do início do século XIX; onde havia um aglomerado de colunas sujas brotava um antigo estabelecimento comercial havanês, cheio de azulejos portugueses e mármores italianos salvos por obra quase divina; onde foram se acumulando toneladas de escombros históricos reaparecera um edifício com escudo de armas, gárgulas, madeira de lei talhada a cinzel do século XIX e grades forjadas por insuperáveis artesãos do metal.

Aquela mescla de contrastes, que ainda tentava assimilar, havia impedido que ele avaliasse sem preconceitos a exposição de vários artistas jovens, preparada por Delfina, que se realizava num dos palácios havaneses resgatados de morte certa. Esnobismo demais, proporções excessivas de pós-modernidade forçada, necessidade evidente de estar mais na vanguarda do que os centros geradores de vanguarda nublavam a visão de alguns pintores mais parisienses, ou nova--iorquinos, ou milaneses do que cubanos e com os quais não conseguira estabelecer comunicação nem empatia.

Com o pretexto de fumar, ele saíra à rua, enquanto Delfina terminava de oficiar o rito da inauguração. Quase lhe doía ver a mulher, tantas vezes sonhada e tão real, vestida com aquela bata branca de algodão hindu, com a pele mais morena, o cabelo mais preto, dona de um espaço e de um mundo próprios que ela forjara com os anos e de que Fernando se sabia terrivelmente distante. Não fora fácil para ela superar a morte de Víctor, mas seu obstinado apego à vida lhe permitira olhar para o futuro mais que para o passado, e Delfina parecia ter reconstruído sua existência de um modo que lhe agradava, ou pelo menos não a atormentava. Por isso, já sentados na velha alameda de Paula, enquanto a tarde invadia a cidade, Delfina negava-se a admitir a obsessiva história de uma traição e uma morte que haviam perseguido Fernando durante mais de vinte anos, através dos caminhos de uma vida que o homem considerava cada vez mais alheia e equivocada.

— Eu não teria conseguido viver assim — disse ela, com os olhos fixos no mar.

— Não escolhi viver assim. E, entenda, não tenho rancor nem desejo de vingança. Creio que nem consigo sentir ódio. Mas, quando me lembro de tudo o que aconteceu, acho que devo reclamar o direito de saber. O direito de condenar um culpado e, sobretudo, de absolver inocentes, porque entre Álvaro, Tomás, Arcadio, Conrado, Miguel Ángel e Víctor, só um é o traidor...

— E Enrique? Você o perdoa porque está morto?

— Não, perdoo porque ele foi o que mais perdeu nessa história e, embora tenha me dado trabalho, me convenci de que ele também foi traído... Enrique tinha medo, mas não um medo igual ao dos outros. Sabia que me acusar não o salvaria. Mas se sentia culpado do que tinha acontecido comigo.

— E por isso ele se matou? Ai, Fernando, não está exagerando?

— A última vez que falei com ele... — começou, mas entendeu que aquela história ainda o exasperava.

— Agora diga uma coisa, seja sincero comigo. Em todos esses anos, qual deles você acha que foi?

— Todos — disse. — Houve momentos em que pensei que fosse Álvaro, outros que fosse Arcadio, e assim um por um...

— Não acredito que Víctor fosse capaz de uma coisa dessas.

— Eu também não. Também não acredito que Álvaro, ou Arcadio, ou os outros fossem capazes, e por isso tentei enterrar essa história. Mas não consigo deixar de pensar que foi um deles. E, o que ele disse de mim e de Enrique, veja só o que nos custou.

— Tenho pena de você, sabe?

— Também tenho pena de mim, mas pena não resolve nada... Lembre-se de que quem nos traiu, se não foi Víctor, continua vivo, embora Álvaro diga que estamos todos mortos. Faz uns dias jantei com cinco homens, ainda de carne e osso, que me falaram, me abraçaram, me perguntaram pela vida... Como poderá ter vivido todos esses anos o que nos traiu, sabendo que matou Enrique e, de muitas maneiras, matou a mim e a amizade que havia entre todos os outros? Acabou com o que todos juntos sonhamos que seríamos. Mas também teve seu castigo, pior que o meu... Porque teve que continuar vivendo com asco de si mesmo.

— E você diz que não tem rancor nem desejo de vingança? Tudo isso me parece meio paranoico... Você nunca ri, se embebeda, manda tudo à merda e desfruta das coisas boas da vida?

Fernando sorriu e assentiu: ainda havia coisas boas?

— Vou te contar uma coisa... Todos nós fizemos o possível para que Víctor não te levasse mais às tertúlias dos Sabichões. E não foi por machismo, mas por algo menos absurdo e muito mais terrível, que talvez Víctor não lhe tenha contado...

— Por que foi, então?

— Porque todos, uns mais, outros menos, éramos apaixonados por você.

— Não pensei que fossem tão radicais nem que a coisa fosse séria...

— Agora fico contente por termos sido tão radicais. Isso te livra da minha suspeita de você nos ter traído. Seria horrível ter uma musa coletiva e, além do mais, traidora.

— Então devo ser grata por terem me tirado do grupo?

— Não é grata... é, não sei, limpa... É do caralho, Delfina, a verdade é que sou patético. Contudo vou te dizer uma coisa, às vezes fico bêbado e até dou risada...

Foi ela que sorriu e pegou o maço de cigarros que estava sobre o velho banco de pedra.

— Não me lembro de você fumar.

— Quase nunca fumo, mas é que te ouvir me deixou triste. Você está obcecado demais por tudo isso, por ter ido embora, e só consegue enxergar essa escuridão. Isso não é justo nem é bom... Podemos mudar de assunto? Não sei, me diga o que aconteceu com o bendito romance de Heredia...

Ele olhou para o mar, já transformado num manto preto.

— Sim, o bendito romance que não aparece... Mas antes vou te dizer uma coisa, porque não quero viver os próximos trinta anos com isso dentro de mim: olhe, Delfina, mesmo que pareça ridículo e triste, a verdade é que eu continuo apaixonado por você. É do caralho dizer aos quarenta e nove anos o que devia ter dito aos dezenove, mas é muito mais fodido morrer aos setenta e nove sem nunca ter dito.

Mal terminou aquela confissão que o surpreendera, Fernando descobriu que se sentia livre de um fardo úmido, muito pesado, e que ele mesmo não esperava aquele desabafo de seu subconsciente.

— Achei que isso não se usava mais — disse ela, depois de um longo silêncio. Apesar da escuridão que os surpreendera e da ansiedade que o tomava, Fernando chegou a ver uma umidade brilhante nos olhos da mulher e percebeu um cansaço remoto em sua voz. – Agora as pessoas se apaixonam com as mãos. Convidam para jantar, para ir ao cinema, para tomar alguma coisa, e de repente você está com uma mão no ombro ou na coxa, se for alguém respeitoso, ou, se for um atrevido, te agarra as nádegas.

– Imagino que nesses anos uns mil homens se aproximaram de você.

– Novecentos e noventa e nove – disse ela, com um sorriso triste, e ordenou, mais que propôs: – Vamos andando, vai, estou com vontade de caminhar um pouco... Veja, creio que meus pretendentes, em sua maioria, estavam mais apaixonados por meu apartamento que por mim. Você sabe que aqui as pessoas adoram casas e carros. São coisas mais difíceis de conseguir que uma mulher ou um marido.

– No seu caso, não tenho tanta certeza. Você sempre teve ímã para os homens.

– Um ímã muito engraçado... Quer que confesse uma coisa? – E não esperou confirmação. – Faz uns três anos que não transo com ninguém. Depois que Víctor morreu, fiquei muito tempo sem ter relações, e foi então que mais homens se aproximaram de mim. É uma reação meio necrofílica de vocês, homens: se alguém morre, tem vaga para outro que esteja vivo.

– Encare de outra maneira – propôs, enquanto entravam na região na qual em outros tempos ficavam os bares mais famosos do porto, quase desaparecidos, como a velha cafeteria Las Vegas. – Você tinha trinta anos e estava no seu melhor momento. Na época eu estava superferrado e, quando te via com Víctor, morria de inveja...

– Aconteceram coisas demais, Fernando.

– E vão acontecer mais, Delfina. Não sei se piores, mas vão acontecer mais, e você ainda é uma mulher que agrada a qualquer homem.

– Menos mal que ainda... Vem, te convido para tomar um sorvete.

A cafeteria vendia seus produtos em dólares, mas Delfina insistiu em pagar. Fernando perguntou-se de onde ela tiraria dinheiro para despesas tão prescindíveis. Com suas taças de sorvete nas mãos, foram em busca da mesa mais próxima do mar.

– Estava pensando no que você me disse – começou ela, depois de provar o sorvete –, porque às vezes tenho a sensação de que já sou uma velha. Você se dá conta de que nossa vida está indo embora, Fernando, de que já estamos na descida? Veja, lembra-se da Míriam, a camponesa peituda que veio da Universidad de Oriente? Morreu de câncer há cerca de um ano... E do Sindo, o supermilitante? Pois teve uma trombose e ficou feito um trapo: anda de bengala, arrastando um pé. E da minha amiga María Victoria, que foi namorada do Conrado? Teve que extirpar o útero, e o marido a largou por outra... E, além de Víctor e Enrique, também morreram Oscarito e Mirta Cabañas... Quando faço essa conta, e não imagine que a faço todos os dias, pelo amor de Deus, me dá pânico, mas, sobretudo, me dá forças. Porque a única coisa que me fica clara é que é preciso viver, e nem o ódio nem o ressentimento nem a frustração ajudam. Deu trabalho, mas decidi que tinha que continuar vivendo. – Ela se interrompeu, levando a colherinha à boca e derretendo o sorvete com os lábios e com a língua, desfrutando o sabor, como se fosse uma das coisas boas da vida.

– Para você, foi mais duro.

– Tentei enterrar Víctor e tive várias relações, duas bastante longas. Mas, por mais que eu quisesse, nunca foi igual. Algo me dizia que podia ficar a vida toda com aqueles homens, no entanto sempre sentiria que não era o que eu procurava.

– Passei a vida assim... – admitiu ele. – Aqui e lá. Em Madri, tive várias namoradas, mas sempre faltava alguma coisa.

– Só lamento, às vezes, não ter tido um filho – murmurou Delfina, com o olhar fixo no sorvete. – Pensei em ter por minha conta, mas achei egoísmo com o menino... ou com a menina. Acho que todo mundo precisa viver com o pai e a mãe. Talvez por eu ter tido muita sorte com os meus.

– Parece que tudo deu errado para nós, não é?

– É isso que você não consegue entender, Fernando: com todos nós acontecem coisas, boas e ruins, às vezes mais ruins que boas, é verdade, mas não dá para ficar se queixando o dia todo, como você – concluiu ela. – Quem tem culpa se Álvaro é alcoolista e não escreve? Se Arcadio escreve e publica seus livros? Se Tomás é um cínico, e Miguel Ángel, um crédulo? Se pelo menos Deus existisse...

– E não existe? – perguntou Fernando, em voz baixa.

– Que horas são? Tenho que dar comida ao meu pai. Vamos. – Ela voltou a ordenar, e saíram para a rua.

– Quando te vejo? Estou sentindo uma coisa muito estranha – disse ele, acendendo um cigarro. – De todas as pessoas que conheço aqui, só você e minha mãe parecem ser as mesmas de sempre. Os outros quase não conheço.

– Não creia. Eu também mudei. O mundo mudou. Veja seu amigo Conrado... Alguém já te disse que ele se fez santo?

– Não brinca, Delfina...

– Ele não disse para ninguém, mas conheço o padrinho dele, porque o filho é pintor. Fez-se Oxum e todos os anos faz uma tremenda festança na casa do padrinho... Lá ele guarda sua cumbuca de santo.

– O camponês astuto. – E não pôde deixar de sorrir. – E a mudança enorme de Miguel Ángel? Quase não acreditei.

– Pois acredite, porque ele acredita… E sua história comigo, Fernando, não será um capricho? Não será para não ficar com a dúvida pela vida toda? – perguntou ela, sem olhar para ele, quando viu o ônibus se aproximar.

– Ninguém pode gostar de outra pessoa por tantos anos e no fim ser um capricho. Minha vida se tornou uma merda, Delfina, tive que ir embora daqui a contragosto, tudo o que eu queria ser virou fumaça, e só você pode me salvar desse passado… Vá ver seu pai. Mas pense que talvez valha a pena tentar – disse ele e a beijou na face, quase no instante em que Delfina subia no ônibus.

Na calçada, observando o ônibus se afastar, Fernando Terry teve a certeza de que não se enganara: se aquela viagem não lhe servisse para encontrar a verdade sobre a vida de Heredia, talvez fosse útil para encontrar algumas sobre a própria vida.

Decerto fora sua avó María de la Merced quem enfrentara aquele transe definitivo. Aquela mulher, que ele conhecera já anciã, era a melhor imagem que já tivera da decisão. Talvez por isso sempre a recordasse com a bengala nodosa na mão, vestida com uma bata preta fechada até o pescoço, mesmo no verão, como que imune ao calor, sentada no pátio cheirando a figo, jasmim e flor de laranjeira da casa de Ignacio Heredia, em Matanzas, onde recebera abrigo e na qual também aportara José de Jesús com suas irmãs Loreto e Julia e a moribunda Jacoba, poucos anos depois da morte do pai. As pernas da avó nunca deviam ter tremido, como aconteceu tantas vezes com Heredia, ou com ele mesmo, que quase não conseguiu manter-se em pé no momento de se levantar com o envelope amarelo nas mãos, para perder sua posse exclusiva. Ela, sempre armada de respostas para tudo, capaz de resistir a cada golpe da vida, certamente não teria padecido as dúvidas do neto e, no momento irreversível, teria sabido qual era a melhor opção, como soube desde o dia em que Jacoba chegara a Cuba e pusera em suas mãos aqueles documentos para que os fizesse chegar a seus destinatários.

Apenas três dias depois, a boa Jacoba de Yáñez, envelhecida e murcha, despedia-se do mundo, talvez marcada pela mesma fatalidade com que fora seu único homem na vida. Então tudo foi mais simples para María de la Merced Heredia y Campuzano: depois de ler o cáustico e desenfreado testemunho do filho, que com toda certeza lhe revelou segredos e sofrimentos nem sequer imaginados, decidiu sumariamente que aqueles papéis tinham que ser publicados em algum momento e optou por mantê-los consigo apesar do desejo expresso do poeta de que fossem entregues ao filho que nunca conhecera. A avó María de la Merced, que se vangloriava de conhecer os homens, estimou que, se aqueles documentos chegassem a seus verdadeiros destinatários, eles os fariam desaparecer, como haviam apagado outras evidências e até identidades: e ela achava que a memória do filho merecia outra sorte, mesmo que isso implicasse violar a última vontade do falecido.

Dando provas de seu valor, a anciã tratou de convidar Lola Junco para lhe fazer uma visita e, depois de lhe entregar a última carta de Heredia, dirigida a ela, avisou-a de sua determinação de publicar umas memórias do poeta em que o filho também evocava as vicissitudes de sua vida amorosa. Por sua irmã Loreto, única testemunha da conversa, José de Jesús saberia muitos anos depois que a expressa e primeira destinatária daqueles papéis pedira para ler o documento, mas a avó não permitira, embora ao mesmo tempo lhe tivesse feito uma firme promessa: nem ela nem seu filho precisavam preocupar-se com o conteúdo do manuscrito, pois naquele mesmo instante María de la Merced determinara que não seria publicado até que se completassem cem anos depois da morte de Heredia. Desde aquele dia, María de la Merced guardou os papéis em seu armário pessoal, acompanhados por uma carta na qual estabelecia os detalhes de seu destino.

Se com o tempo a avó tivesse mudado de ideia, até poderia ter destruído os papéis tranquilamente, pois, depois da morte de Lola Junco, durante vários anos só ela sabia de sua existência. Mas, inamovível em suas decisões, guardou-os até que, sentindo-se morrer, confiou-os à neta Loreto sob o juramento de que os protegeria de leituras indesejáveis e de que, chegado o momento, os passaria para mãos seguras até que se cumprisse o prazo para sua divulgação, por ela marcado e prometido a Lola Junco.

No entanto, José de Jesús, depois de tantas batalhas para reparar a biografia do pai, tentando até mesmo apagar seus momentos de fraqueza e dúvida, chegara a pensar que o silêncio poderia ser preferível à revelação de uma confissão devastadora que apenas serviria para alterar um passado cujo aspecto era cada vez mais amável, a mexer no que fora estabelecido pelos anos, a derrubar pedestais e desnudar a parte mais triste da humanidade de um poeta que, laboriosamente, a história acabara por colocar num pequeno altar que sem sua figura teria permanecido vazio para todo o sempre.

José de Jesús dedicara longos anos a esconder as máculas e polir as melhores arestas da biografia do pai, enquanto vivia alheio à perigosa existência daquelas memórias. A luta contra o esquecimento oficial, motivado pela fé independentista professada pelo poeta num país que continuaria sendo colônia durante mais tantos anos, somara-se à negligência iniciada, mesquinhamente, pelos primeiros que utilizaram a poesia de Heredia como hino e bandeira para interesses diversos e que, passado o momento de utilidade imediata do homem e de seus versos, resolveram relegá-lo, matá-lo pelo esquecimento, para que a evidência de sua grandeza não tornasse visível a presença de tanta mediocridade poética. O triunfo pessoal que Heredia obtivera fora das estreitas fronteiras da ilha transformara-se em estigma, e torrentes de inveja e frustração tentaram encobrir uma obra que deveria ter sido orgulho e triunfo de todos. A indigente solidão em meio à qual terminaria a vida do grande romântico, o funeral de pobre que ele teria e a tumba de miserável em que foi enterrado o homem que tocou a glória com as mãos nada tinham a ver com o mundo de salões profusamente iluminados e decorados, serviços de chá de porcelana chinesa, ceias multitudinárias com iguarias diversas, bibliotecas com cadernos encapados de couro e a proeminência social da qual, através do cálculo e das fortunas geradas pelo tráfico negreiro, alguns de seus amigos cubanos chegaram a desfrutar. Talvez por isso nenhum daqueles velhos companheiros de sonhos poéticos tenha respondido aos chamados de María de la Merced quando estava empenhada em arrecadar o dinheiro necessário para comprar uma nova sepultura no México e evitar o traslado dos ossos do poeta à vala comum do cemitério de Tepellac, onde finalmente foram jogados, como os de qualquer pobre da terra, que nem lápide sobre um túmulo podia exibir. Foi terrível aquele ato final, e agora ninguém sabia onde tinham ido parar os restos mortais de um homem condenado a vagar em vida e obrigado a errar por sepulturas anônimas depois de morto.

Só quando alguns homens que viveram e conviveram com Heredia deixaram de agir com sua influência, sua voz e até seu dinheiro no empenho de esconder os ecos de sua grandeza, José de Jesús conseguiu pequenas reparações e satisfações. Talvez a maior de todas tivesse vindo, de maneira inesperada, mas lógica, do homem que de sua altura iluminada soube reconhecer a estatura gêmea de Heredia. José de Jesús sempre lamentaria não ter ouvido de viva voz aquele canto profético entoado por José Martí, outro cubano obstinado, também condenado ao desterro, quando lançou o desafio de afirmar que Heredia fora o primeiro poeta da América, o bosque hirsuto e indomável da poesia cubana, e o colocou no lugar merecido, no cume magnífico que lhe cabia como insuperável progenitor da *cubanía* poética. Depois veio a trabalhosa recuperação da casa de Santiago onde nascera seu pai e o batismo da rua com o nome dele. Mais tarde chegou o reconhecimento de que se tratava da primeira voz poética da pátria, quando o brasão da nova nação sonhada por ele gravou entre seus símbolos a palmeira e a estrela de Cuba que cantara, com sua premonição de fundador.

E agora tudo o que fora conseguido, lutando contra a desmemória num país em que os verdadeiros poetas morriam de fome, esquecimento ou tiro no peito, poderia ressentir-se das revelações indisfarçadas de uma pessoa que disse adeus ao mundo disposta a cercear seus próprios pedestais para fazer valer seu apego a algo que ninguém queria saber: a verdade... Um terrível erro de cálculo, não previsto por Heredia nem por María de la Merced, tornava-se evidente, tantos anos depois para o homem que sem pedir nem esperar precisava decidir o destino último do poeta. Porque nenhum de seus caluniadores e censores, nenhum dos que o utilizaram ou macularam seu nome, era agora parte decisiva da memória das pessoas e nenhum deles merecia o sacrifício ao qual se expunha a imagem de seu pai. José de Jesús sabia que o medo, a decepção, a dúvida, as mesquinharias e o desespero de Heredia pesariam mais que a glória poética, mais que todos os seus versos, e então se imporia o escárnio, antes que a compreensão.

Por isso ele insistiu várias vezes, ao longo do discurso veemente dirigido a seus irmãos maçons, em solicitar sua discrição: ninguém deveria comentar, fora das paredes surdas e sagradas daquele templo, o caráter daquela sessão; ninguém, até 1939, deveria ler aqueles papéis que ele confiava à sua loja-mãe; e, para espanto dos presentes, concluiu suas petições exigindo que o envelope, tal como o tinha entregado, fosse guardado na abóbada da Câmara Secreta dos Mestres e que, chegado o momento de cumprir a vontade do poeta – disse, apontando para a primeira vigilância –, se perguntasse ao irmão Ramiro Junco qual deveria ser o destino final de documentos dos quais José de Jesús só se desfazia diante da certeza de que sua morte era um desenlace que estava próximo.

– Em vós, meus irmãos, deposito toda a minha confiança, como em seu tempo fez meu pai. A vós entrego em custódia segura estes velhos papéis nos quais aqueles que tiverem o privilégio de os ler encontrarão algumas das virtudes sobre as quais se assenta nossa instituição: fé na verdade, amor à justiça, defesa da democracia. Em vossas mãos e vossa discrição ponho o espírito de meu pai e meu próprio coração.

Um ar de solenidade e conspiração, tão apreciado pelos maçons, pairou depois das últimas palavras. Impondo-se ao tremor de suas pernas, o ancião pôs-se de pé e, sem voltar a olhar para Ramiro Junco, abraçou o envelope amarelo contra o peito e desceu os sete degraus da Sabedoria para se colocar no nível do Oriente, onde o esperava Carlos Manuel Cernuda. Os oitenta e seis maçons convocados para a sessão observaram em silêncio José de Jesús pôr nas mãos do Venerável Mestre o enigmático invólucro e, imediatamente, devolver-lhe as insígnias prateadas do veneralato. Cernuda, então, viu os olhos do ancião e soube que ele estava prestes a chorar. Para não assistir àquele espetáculo doloroso, voltou-se, com o envelope nas mãos, e desceu do Oriente para a ara dos juramentos. Lá, sobre a Bíblia, o *Código maçônico* e o compasso e o esquadro dos primitivos construtores de catedrais, depositou o envelope e, sem levantar os olhos, falou:

— Eu, Carlos Manuel Cernuda, Venerável Mestre da muito respeitável loja Filhos de Cuba, juro guardar com zelo, como um segredo maçônico, a notícia da existência destes documentos que repousam sobre os mais sagrados símbolos de nossa fraternidade. A partir desta noite, e por vontade do querido irmão José de Jesús Heredia y Yáñez, nossa mãe Loja é sentinela da memória do ilustríssimo irmão José María Heredia y Heredia, iniciado nos segredos da maçonaria há cem anos, sob a promessa de lutar até a morte pela independência da América. Cada irmão aqui presente jurará solenemente preservar este segredo, como em seu momento jurou livremente preservar os segredos de nossa fraternidade.

Os homens iniciaram o desfile diante da ara e pronunciaram em voz baixa o voto exigido pelo Venerável Mestre. Do promontório do Oriente, onde ficara sozinho, José de Jesús viu-os passar diante do espírito vivo de seu pai e respirou aliviado quando foi a vez de Ramiro Junco, que o olhou por um instante antes de dizer: "Juro". E, ao fim, sentiu-se livre de um fardo que o sobrecarregava. E respirou, orgulhoso de si mesmo, porque vencera suas próprias misérias e o chamado implacável das tentações.

Transcorreria um ano inteiro, longo e desesperadamente tranquilo, entre minha decisão de me tornar franco-maçom e o dia em que, com olhos vendados e peito descoberto, entrei no recinto em que, com uma espada na mão, faria meu juramento de fidelidade à antiga confraria dos iniciados nos segredos das proporções e do equilíbrio.

O turbilhão da minha vida parecia ter-se acalmado durante aqueles meses em que conheci uma rotina que me provocava a ardente sensação de desejar que tudo mudasse e, ao mesmo tempo, que tudo permanecesse naquela paz possível. Mas, como o futuro mostraria, eu era um filho da história e, mesmo que eu tivesse me escondido, ela teria vindo bater à minha porta. Só que fui eu, pulsando com o destino, que abri e transpus o umbral a partir do qual não havia possibilidade de retorno.

Alguns dias antes do fim de 1821, recebi a visita imprevista de Domingo, que chegara a Matanzas para festejarmos juntos meu décimo oitavo aniversário. Foi grande minha alegria ao vê-lo e não foi menor a de receber de suas mãos um belo exemplar do *Emílio* de Rousseau, junto com vários conselhos – não podia evitar – sobre o caráter da poesia e a intenção do drama. Foram dias de festas alegres e despreocupados, durante os quais nossa amizade chegou ao ponto mais alto. Falou-me todas as noites de seus amores frustrados, mas latentes, com Isabel. Falei-lhe todos os dias da corte que fazia para Lola, obtendo cada vez mais sorrisos da moça.

Por insistência dele, passamos a noite de ano-novo no engenho Ceres, comprado por sua família com o dinheiro deixado por seu falecido pai, e lá usufruímos da incomparável paisagem da planície de Matanzas, em companhia de sua mãe, suas irmãs e seus irmãos. Na realidade, aceitei ir àquele lugar remoto porque Lola fizera viagem semelhante a um dos engenhos de sua família, e sem ela a cidade parecia perder todos os encantos. De alguma maneira, o que começara como um jogo galante adquirira profundidade em minha alma, e depois de alguns meses sentia-me absoluta e inevitavelmente apaixonado por aquela bela mulher.

Ao amanhecer o dia 2 de janeiro, voamos feito flechas para Matanzas para aproveitar junto dos outros amigos os dias de festa que se estendiam até a celebração de Reis. Poucas vezes como naquelas jornadas senti o calor da amizade e o valor das cumplicidades. Esquecidos por alguns momentos das discussões políticas, dedicamos mais tempo a nossos interesses literários comuns e a nossas predileções: a de Domingo pelo jogo – gastou quase tudo o que tinha em duas sessões de brigas de galo nas rinhas de Pueblo Nuevo –, a de Tanco pelo vinho – era capaz de beber qualquer quantidade – e a minha pelo sexo – graças à fogosa e infeliz Luisa Montes, bela mulata que morava em La Loma de Jesús María e que, com mil artimanhas para enganar o marido, sempre arranjava maneira de dispor de tempo e lugar para nossos lances amorosos.

Quando Domingo voltou para Havana, senti a crueldade de um vazio. É verdade que também tinha bons amigos em Matanzas, mas nenhum calara em meu coração como ele. Dedicado pelas manhãs ao trabalho enfadonho do escritório e algumas tardes a desafogar meus amores com Luisa Montes, consagrava as noites a escrever, e o fiz com a paixão e a desenvoltura que não tinha desde os dias febris da adolescência. Em poucas semanas terminei minha versão da tragédia *Atreo*, baseada no original de Crébillon, que estreamos num galpão transformado em teatro em 16 de fevereiro, com o então muito jovem, mas já muito capaz, Antonio Hermosilla encabeçando o elenco. Embora a tenha escrito com água de rosas, aquela tragédia, enfocada nos perigos da tirania, era ousada demais para a sociedade de Matanzas e foi uma onda que moveu opiniões, e, apesar do pouco sucesso de bilheteria, comentou-se muito meu trabalho e me aproximou ainda mais do apogeu da minha fama literária.

Ao mesmo tempo, escrevi vários poemas de amor, dos mais inflamados que concebi, todos dedicados à Ninfa do Yumurí, que os recebeu prontamente. Empenhei-me em especial na escrita do que intitulei "A Lola, en sus días", meu presente por seu aniversário de dezessete anos e o arauto que finalmente rompeu a barreira dos sorrisos: a chama de minhas esperanças transformou-se em fogueira quando Antonio Betancourt me entregou, dois dias depois, o gracioso bilhete em forma de triângulo assinado por L: "Obrigada, meu senhor. Não esperava tão belo presente de aniversário. Desculpo, por essa razão, sua ousadia, e considere-me a partir de hoje sua amiga". E numa linha solta acrescentava a melhor notícia: "Espero vê-lo em meu regresso de Havana".

Não é preciso dizer quanto foram intermináveis e terríveis as semanas transcorridas até sua volta. Quase todos os dias escrevi cartas para Silvestre e Domingo, nas quais pedia notícias de Lola, embora escondesse meu interesse transbordante por trás de comentários sobre nossos projetos literários. Domingo, muito entusiasmado com sua próxima estreia jornalística, comentou que, na companhia de Cintra e com apoio de Saco e Sanfeliú, estava empenhado em publicar uma revista que de início se apresentaria como mais literária que política, mas, como exigia seu próprio nome – *El Americano Libre* –, partiria para os assuntos de maior profundidade dos quais tantas vezes havíamos falado: segundo meus amigos, era necessário começar a esticar a corda para ver até onde chegava sua resistência.

A carta mais dolorosa e surpreendente que recebi naqueles dias me foi enviada do México por Blas de Osés, pondo-me a par da triste reviravolta dos acontecimentos em sua pátria. Osés contava os detalhes da traição de Agustín Iturbide, velho oficial realista, convertido em general independentista, que, aleivoso e oportunista, como bom renegado, conseguira tomar o poder do novo país para implantar uma inesperada tirania e proclamar-se nada mais nada menos que imperador. A situação do México, depois de doze anos de guerra, era quase ridícula de tão macabra. Mas desse episódio emanava uma advertência exasperante: a febre de poder, o anseio de glória e o desejo de transcendência podiam engendrar a traição das ideias e das causas mais justas, e a autoproclamação imperial de Iturbide seria apenas a primeira de muitas tiranias que deveríamos padecer, nós, os novos povos hispano-americanos, e sempre em nome do vilipendiado bem comum e do melhor destino da pátria.

Minha resposta aos acontecimentos no México foi incisiva e mais que explícita da fé que então eu tinha na poesia, pois, doce ilusão!, acreditava que ela pudesse mudar as coisas. Naquele estado de exaltação escrevi a "Oda a los habitantes de Anáhuac", novo grito contra o despotismo e a favor da democracia e da liberdade, e imediatamente a enviei a Osés, para que tentasse publicá-la no México, e a Domingo, para que a colocasse em alguma revista de Havana. Logo recebi uma resposta alarmada de Domingo, perguntando se eu tinha enlouquecido ou se tinha intenções de ser preso ou desterrado, pois a publicação daquele poema me tornaria partidário declarado da independência. Respondi que o escrevera com o coração, mais que com o cérebro, que assumia todos os riscos e reiterava meu desejo de que ele pusesse o poema em mãos capazes de divulgá-lo.

Com o verão, Lola chegou, e minha vida voltou a ter como centro as expectativas do amor. Em várias tardes, em companhia de Silvestre, que foi passar uma temporada em Matanzas, fui até o tranquilo embarcadouro de Yumurí, na esperança de encontrá-la naquele lugar impregnado de encanto mágico. E minha insistência foi tanta que, numa tarde de domingo, finalmente, produziu-se o encontro e, quando me aproximei dela e lhe beijei a mão, soube pelo fogo de sua pele que uma paixão idêntica arrebatava a moça, naquele instante senti que minha vida finalmente adquiria seu pleno sentido.

Entre aquele pudico roçar de sua mão e o primeiro beijo que nos demos nos lábios, Lola e eu deixamos passar por nosso lado, tolamente, dias, semanas e meses que devíamos ter dedicado ao amor. Comedido, não me atrevi a forçar o ritmo casto e exasperante que, segundo as normas da decência, supostamente nossa relação deveria ter e aceitei o desafio da espera, enquanto continuava acalmando meus anseios no leito adúltero da complacente Luisa Montes. No entanto, passear com Lola pelo rio, acompanhá-la a bailes em que falávamos tudo o que as normas permitiam, caminhar por praças e parques da cidade e até irmos juntos ao teatro ou a algumas reuniões literárias que sempre queriam ter-me como convidado inundava-me de felicidade pela simples proximidade daquela mulher, a primeira que eu desejava de corpo e alma.

Mas nem sequer o amor, que devorava muito das minhas forças e das minhas horas, conseguiu afastar-me de reuniões e conversas políticas, e não deixei de me encontrar com os amigos partidários da independência, sobretudo com o doutor Hernández. O grupo dos que se reuniam para conversar e discutir todos esses temas começou a marcar encontro na casa de *don* José Teurbe y Tolón, e, além dos meus amigos Aranguren e Betancourt, geralmente compareciam vários personagens, entre eles um pároco falante e amalucado, dominicano como meus padres, chamado Federico Ginebra, que falava em descer Cristo da cruz e percorrer com ele os barracões de escravos dos engenhos de Matanzas. Aquelas conversas, em que discutíamos o que nos ocorresse, funcionavam como uma espécie de tertúlia, muitas vezes matizadas pela diversidade de critérios, a tal ponto que, espontaneamente, acabamos chamando nossos conclaves justamente de A Tertúlia.

Em outras conversas mais privadas que as da Tertúlia, pois nestas sabíamos com certeza da presença de agentes do governo, o doutor Hernández me anunciava uma repentina viravolta nos acontecimentos. E pouco depois me confiou que o coronel José Francisco Lemus, recentemente de volta ao país, reanimara em Havana a loja Os Sóis de Bolívar, pois trazia instruções para dar impulso definitivo à sedição, e a forja da conspiração seriam as lojas maçônicas, que já se estendiam por quase toda a ilha, agrupadas em duas confrarias paralelas: A Corrente e Os Sóis.

— E você, José María, está disposto a entrar?

Lembro que o doutor Hernández tinha uma voz suave, que, por algum feitiço, conseguia o milagre da autoridade.

— O senhor sabe que sim, doutor.

— Sabe a que estará exposto, meu filho?

— Creio que sim...

— Tanto se triunfarmos com se formos derrotados, não espere em troca nada mais que a ingratidão dos homens. Mas antes podemos morrer, ser encarcerados, desterrados... Mesmo assim você insiste? — perguntou e, ao ver que eu assentia, me abraçou. — Pois prepare-se, qualquer noite destas venho buscá-lo. Seus versos podem ser tão valiosos quanto seus braços para a independência de Cuba.

Com o orgulho em ebulição, esperei ansioso o chamado do doutor Hernández, enquanto continuava meus passeios com Lola, minhas lutas com arquivos e litigantes e a escrita de meus versos, até que em setembro daquele ano 1822 passou um furacão por Matanzas e também pela minha vida.

Desde o meio-dia o céu escurecera, e um vento cálido e denso começou a soprar em rajadas intermitentes, até que, ao anoitecer, a chuva se juntou ao espetáculo, caindo como torrentes que varriam as ruas. Justo com as primeiras águas, chegou o doutor Hernández, e minha mãe o fez entrar em meu quarto depois de lhe oferecer uma toalha. O homem vinha com as roupas encharcadas, mas com fogo nos olhos, e, mal trocamos cumprimentos, lançou-me o motivo de sua visita intempestiva: na noite do dia 21, se restasse alguma coisa em pé na cidade, seria realizada a iniciação dos conspiradores na loja Os Cavaleiros Racionais. O encontro estava marcado para as dez, no armazém de víveres de *don* Manuel Ríos, e minha discrição, tal como a de todos os convocados, era mais importante que meu comparecimento.

Depois que o doutor se foi, senti no peito o peso de uma responsabilidade que me sobrecarregava e também umas fustigadas de medo. O tempo das palavras e da poesia estava se esgotando e começava o da ação e das armas. A iminência daquele salto sem retorno, que até então vi distante e até improvável, provocou-me uma profunda inquietude, que se tornou sensação de prisão entre as quatro paredes do meu quarto. Então, como possuído, saí de casa, sem ouvir as admoestações de minha mãe nem as súplicas de minhas irmãs.

As ruas eram açoitadas pelo vento, agora enfurecido, que fazia voarem telhas e madeiras. Mas um calor, como saído do âmago da terra, transpirava na atmosfera em ebulição, enquanto o céu, atravessado por nuvens desenfreadas, brilhava com uma claridade doentia. Eu caminhava entregando ao vento minha própria energia liberada, e meus passos levaram-me à casa de minha amada Lola, absolutamente fechada, como era de esperar, para depois me dirigir ao embarcadouro do Yumurí onde nascera e crescera meu amor. Lá, amarrado a uma pilastra, encontrei um touro gigantesco que bramia seu temor. Sem pensar, soltei a amarra que prendia o animal e, para não ser arrastado por uma nova rajada de vento, tive que me segurar à pilastra. O animal, finalmente livre, tentou atravessar o rio que transbordava, mas voltou e, muito perto de mim, começou a escavar a terra com suas patas fortes, como se quisesse cavar a própria sepultura. Com o touro aterrorizado como única companhia, senti chegar o fim do mundo: a pálida luz que até um minuto antes brotava do céu desapareceu, e um manto impenetrável estendeu-se sobre nós, ao mesmo tempo que o ar rugia como que atiçado por legiões de demônios, a chuva arrebentava a superfície da terra, o tranquilo Yumurí escapava de suas margens e as ondas do mar próximo lançavam-se ao assalto, dispostas a varrer o humano e o divino. A experiência de ver diante dos olhos a força desatada da mãe das tormentas me fez compreender, mais uma vez, a pequenez insondável do homem diante das potências do céu e da natureza – e o absurdo de todas as vaidades, das pretensões de transcendência e dos medos terrenos entre os quais nós, humanos, gastamos nossos dias. Mas, como se não bastasse aquela confirmação, de repente se produziu o verdadeiro milagre: imprevisivelmente se fez a calma por um tempo alheio ao futuro mensurável dos relógios, e um raio de luz impoluto abriu caminho no céu e veio cair a meus pés. O touro, como alertado por alguma voz interior, parou de escavar e levantou os olhos para o firmamento luminoso para o qual também eu levantara o olhar. Meus braços, extenuados e vencidos, soltaram a corda, e caí de joelhos diante da luz, sentindo lágrimas cálidas rolarem-me pelo rosto, encharcado pela chuva. Foi devaneio de poeta ou pesadelo de um homem fisicamente esgotado? Foi a convicção de que em breve minha vida mudaria de modo radical ou uma alucinação engendrada pelo medo? Ou foi realmente o rosto do Senhor que vi palpitar diante de mim pela fração de um instante, com aquele brilho sideral, justo antes que, com uma explosão devastadora, voltassem a chuva, o vento, as nuvens desfeitas e que eu visse voar, diante de meus olhos, o touro gigantesco, erguido como pluma sem peso lançada na infinitude dos oceanos? Por que o animal pesado e inocente e não eu?... Ainda hoje, passando em revista os dias de minha vida, não sei se naquela noite terrível sofri uma alucinação ou se fui escolhido para assistir a um dos prodígios insondáveis de Nosso Senhor.

Embora a vida de Fernando Terry tivesse enveredado por caminhos escabrosos desde a manhã em que o policial Ramón o chamou ao gabinete da faculdade, no instante em que ouviu o administrador da revista *TabaCuba*, que falava sem tirar o charuto da boca, cometeu o erro de achar que estava sofrendo a maior das humilhações, mas a engoliu sem respirar, descartando todas as respostas que lhe ocorriam, firmemente decidido a demonstrar que não era o homem que seu currículo proclamava.

Fernando chegara à revista cheio de ilusões quanto à sua possível reabilitação. Estivera afastado da gráfica por um mês inteiro, por causa de um deslocamento dorsal sofrido ao tentar segurar uma bobina de papel que caíra quando a colocava na rotativa. Quando venceu o prazo dado pelo médico, período que ele aproveitara para ler à vontade e até para escrever meia dúzia de poemas, apresentou-se novamente na gráfica, mas o gerente de plantão o chamou com a intenção de lhe dar uma boa notícia: pelo visto sua sorte estava mudando, pois iam mandá-lo trabalhar numa revista, e o abraçou, dizendo que tinha sido bom conhecer um homem como ele. Já no escritório do chefe de pessoal, Fernando recebeu feliz a carta em que se oficializava sua transferência para a revista *TabaCuba*, à qual deveria integrar-se imediatamente.

Ao recebê-lo, o mulato administrador da publicação, antigo administrador de uma fazenda de tabaco que um dia chegou a ser Vanguarda Nacional na Emulação Socialista, foi contundente e preciso: a única vaga existente era de revisor, e se estava sendo admitido era porque alguém o tinha mandado, mas ao menor deslize sairia dali como bola na caçapa: já tinham problemas suficientes para ainda receberem pessoas com uma tonelada de merda no currículo.

Portanto, na primeira, já sabia por onde sair, e ele, Teodoro Zaldívar, até lhe daria de presente o dinheiro do ônibus...

Embora desde o começo tivesse recorrido a uma espécie de resignação cristã, incongruente com seu ateísmo visceral, e até tivesse tentado encontrar o lado agradável em seu novo destino, o lado agradável se escondeu e acabou nunca aparecendo, para que tudo terminasse de um modo vergonhoso e devastador. Bem que o administrador havia avisado: só deveria revisar as provas, com a única prerrogativa de corrigir erros de digitação, pastéis e erros ortográficos, e para isso teria que engolir três ou quatro vezes todos aqueles artigos e entrevistas, muitíssimo mal escritos, sobre a produção e o cultivo do tabaco, mais povoados de desejos que de realidades... Porém o mais refinado castigo a que fora submetido era a obrigação de permanecer oito horas no escritório da redação, mesmo que tivesse terminado o trabalho mil horas antes.

Viveu os primeiros meses de seu novo trabalho em absoluta tensão, em guerra permanente contra erros de digitação e ortográficos. Ao mesmo tempo, para mostrar seu interesse no trabalho, começou a aproveitar as muitas horas livres preparando um informe minucioso para o diretor, com a intenção de lhe propor a criação de normas de redação, diagramação e tipografia mais modernas e adequadas.

Quando voltava para casa, Fernando geralmente estava mais esgotado que nos tempos da gráfica, onde dedicava dez horas a manejar a empilhadeira e a realizar qualquer trabalho que fosse necessário, com a mente fixa nos bônus sindicais de melhor trabalhador do mês, do trimestre, do semestre, do ano e até na menção honrosa ao destaque do século, se porventura decidissem outorgar aquele brilhante certificado. Agora o esgotamento era mental, mas provocava um mal-estar que lhe invadia todo o corpo e o obrigava a ficar em casa, sentado no terraço ou vendo algum programa na televisão, até ser vencido pelo cansaço. Então chegava o pior momento do dia: o sono se esfumava quando caía na cama, e para conseguir dormir teve que recorrer primeiro a cocções de tília preparadas por Carmela, a exercícios de relaxamento, e depois a comprimidos que lhe proporcionavam um sono intranquilo, muitas vezes povoado de provas, erros de digitação e tabacos dançantes.

No sétimo mês de trabalho na revista, Fernando havia terminado uma análise minuciosa, que destilava objetividade, e por meio da chefe de escritório finalmente pediu uma entrevista ao diretor. À máquina, no original e duas cópias perfeitas, havia preparado aquele informe no qual em vez de críticas fazia sugestões, nas quais avaliava e propunha cautelosamente, e, segundo pensava, com elas poderia melhorar a diagramação e a redação da publicação e mostrar o interesse que tinha pelo trabalho. Desconfiado, preferiu não comentar sobre seu informe com o redator e o diagramador da revista e só sabia de seus esforços a funcionária da limpeza, uma mulher gorda e fronteiriça apelidada de Chochín, que recebera da vida o dom de fazer um café excelente e pela qual esteve prestes a chegar às vias de fato com o diagramador, numa tarde em que ele tentava fazer a infeliz chupar-lhe o pau no quarto de materiais de limpeza. Desde aquele dia Chochín era sua aliada e Fernando tinha o privilégio de tomar o primeiro café de cada rodada.

O diretor, que duas ou três vezes por semana dava uma passada fugaz pela redação, marcou para três dias depois, uma sexta-feira às seis da tarde. Com os nervos à flor da pele, Fernando esperou o encontro. Embora seu horário de trabalho fosse até as cinco, aguardou disciplinadamente até as seis e meia. Ao vê-lo chegar, lento e sorridente, e ouvi-lo dizer "Porra, funcionário, esqueci que meu revisor estrela estava me esperando", compreendeu imediatamente que o homem tinha bebido. Até aquele dia, mal o tinha ouvido dar bom-dia nas poucas ocasiões em que o fazia.

– Vamos, funcionário, venha cá – disse ao entrar no escritório, onde o ar-condicionado, permanentemente ligado, provocou-lhe um tremor. – Veja só a hora, e ainda trabalhando...

O homem procurou o melhor exemplar numa caixa de madeira preciosa, dotado de regulador de umidade e com cantoneiras de prata. Acabou encontrando o charuto que lhe pareceu adequado, um *gran corona* de um marrom promissor, brilhante, sem veios, e colocou-o na boca, servindo-se de uma xícara de café da garrafa térmica que estava numa mesinha auxiliar. Fernando esperou em vão um oferecimento. O diretor, concentrado no que era seu, cortou o pé do charuto com uma guilhotina e examinou criticamente o resultado da mutilação. Voltou a pôr o charuto na boca e o acendeu com um longo fósforo de cedro. Quando ia se sentar, alguma coisa o deteve.

– Espere um pouco, funcionário, vou ao banheiro...

O diretor saiu do escritório, e Fernando se aproximou da caixa e a abriu. Na face interna, gravado sobre a madeira, encontrou o nome do dono original daquela joia da carpintaria e não se admirou ao lembrar que, em outros tempos, aquele nome agora perdido da memória do país equivalia a vários milhões de pesos, investidos em centrais açucareiras e plantações de tabaco. Então olhou as três pastas que guardavam seu informe e sentiu uma enorme vontade de chorar.

Em dez minutos o diretor voltou, mas o fez acompanhado pelo administrador, que observou Fernando como se olha um ornitorrinco e sentou, sem dizer palavra, com seu eterno e malcheiroso charuto na boca.

– Vamos lá, funcionário, qual é a proposta?

Fernando esteve prestes a apresentar qualquer desculpa como motivo da reunião: que precisava de férias, que seria operado do coração, que estava morrendo de sono, mas optou por dar o passo.

– É que eu queria lhe entregar isto... Um informe...

– Um informe? – espantou-se o administrador.

– Um informe de redação – continuou Fernando. – Faço uma análise da revista e proponho, para sua avaliação, a possibilidade de fazer algumas mudanças de diagramação, de estilo, de tipografia, coisinhas assim, para melhorar a revista.

O diretor olhou para o administrador, sorvendo seu charuto. O mulato, por sua vez, olhou para Fernando e perguntou:

– Porque você acha que a revista está ruim, não é?

– Não, não é isso, mas é que...

– Deixe o informe aí, funcionário – interrompeu o diretor e se reclinou mais na cadeira giratória. – É bom isso de você se preocupar com a qualidade da revista. Mais ainda, me agrada. – E olhou para o administrador. – As pessoas devem ser assim, Zaldívar, preocupadas com o trabalho. Acontece, funcionário – e agora olhou para Fernando –, que esse não é seu trabalho: seu pedaço são as provas e os erros de digitação, e creio que o companheiro Zaldívar explicou bem, não é?

– É, eu disse – protestou Zaldívar e mordeu o charuto com força.

– Posso me retirar? – resmungou Fernando, perguntando a si mesmo se seria capaz de se pôr em pé. Mais que tremer, suas pernas tinham deixado de existir, e pensou que sair rastejando do escritório não seria um modo especialmente degradante para um sujeito como ele, transformado em desprezível réptil de barriga úmida que tinha ideias tão brilhantes quanto a de fazer informes.

– Sim, funcionário, *vete embora* – disse o diretor, com a fórmula que costumava utilizar para lembrar a todos que havia lutado na guerra de Angola, onde aprendera a dizer *ficar sozinho*, *ir embora* e *você está maluco**, ao mesmo tempo que dera mais tiros e derrubara mais negros *unitas* que ninguém na companhia do capitão Macho Cojones**.

---

* As expressões em itálico estão em português angolano no original. (N. T.)
** Em português, Macho Colhões. (N. T.)

Fernando colocou as pastas na mesa e, apoiando-se nos braços da cadeira, conseguiu ficar em pé. Deu um passo na direção da porta quando voltou a ouvir a voz do diretor.

– Sabe, funcionário, quem adora esta revista? O companheiro ministro. Não acha um pouco de loucura dizer a ele que vamos mudá-la porque um cara inteligente que trabalha aqui disse que ela é uma merda? Olha, funcionário, eu te vejo muito, muitíssimo fodido.

– Posso ir embora? – voltou a perguntar Fernando, olhando para o chão.

– Já disse que sim, *ve embora, ve embora*...

Só faltou estalar a língua para que ele fosse posto para fora dali como um cão. Quando saiu do escritório, o golpe de calor e a vergonha lhe deram náuseas. Finalmente saiu para a rua, onde começara a escurecer. Encostado na parede em que brilhava a placa que anunciava REVISTA TABACUBA olhou para os dois lados da avenida, como se precisasse se localizar. Enquanto o corpo se encharcava de suor, as náuseas foram cedendo, as pernas recuperaram a capacidade de andar e ele lembrou que estava na velha *calzada* de la Reina, a mesma que fora ampliada e modernizada, para sua glória de tirano, pelo sátrapa Miguel Tacón, com quem José María Heredia mantivera uma entrevista talvez tão degradante quanto a que ele acabara de ter com o diretor. Só que Heredia era um grande poeta, e Tacón, um gênio da tirania.

Sem saber aonde ia, desceu pela Reina rumo ao parque de la Fraternidad. No caminho encontrou uma cafeteria onde pediu um café duplo e comprou um maço de cigarros. Sua mente era um rebuliço de ideias, mas algo começava a ficar evidente: não podia voltar a olhar para a cara do diretor. Talvez resistisse a viver arrastando a humilhação sofrida, talvez pudesse aliviar-se com a ideia de que ele mesmo era o principal culpado de todos aqueles absurdos, até era possível que algum dia conseguisse dormir de novo sem recorrer a soníferos, mas o que não podia voltar a acontecer era ele voltar a olhar para aquela cara e ouvi-la dizer: "Funcionário". Não, nunca mais. O preço de sua decisão poderia ser alto. Não podia ficar sem trabalhar, pois, mesmo que sua mãe o sustentasse, expunha-se a riscos maiores, a velhas leis contra a vacância e a novas contra a periculosidade e, se abandonasse o caminho que Alguém havia traçado para sua regeneração, talvez jamais recebesse a carta, a notificação, a sentença explícita que ainda esperava, e perderia a oportunidade de voltar à universidade. Mas, pensava, se o caminho de sua salvação passava por aquela revista, então era preferível, como novo índio hatuey, morrer na fogueira e ficar no inferno.

Sem senso do rumo que dava a seus passos, atravessou o jardim do Capitolio, cruzou o passeio do Prado, caminhou pelo parque Central e, quando entrou pelos portões sempre infectados de urina do antigo Centro Asturiano de Havana, viu-o, encostado numa coluna, conversando com um jovenzinho com uniforme de bolsista. Fazia mais de um ano que não o via, e Fernando nunca imaginou que naquela noite o estava vendo pela última vez, para depois perguntar-se: Será que o matei? Será que o empurrei para debaixo do caminhão?

Enrique parecia ainda mais magro que quando saiu da cadeia, quase não tinha cabelo, e os pontos vermelhos no rosto tinham se transformado em manchas escuras, enquistadas. Aos trinta anos, estava desgastado, sem brilho, apenas um eco longínquo do jovem que transpirava excentricidade e energia positiva. Sem pensar no que fazia, Fernando parou para observá-lo, talvez satisfeito por vê-lo mais derrotado que ele próprio, até que Enrique virou a cabeça quando se sentiu observado. O bolsista, nervoso com a presença do estranho, aproveitou o descuido para se afastar, talvez temendo que Fernando fosse um amante ciumento.

– Estraguei a paquera? – perguntou, aproximando-se.
– Parece que sim – admitiu o outro e acendeu um cigarro.
– Como você está?
– Não está vendo? E você?

Fernando quase disse que estava bem. Se tivesse mentido, tudo teria sido diferente? Talvez.

– Acabou de me acontecer a coisa mais terrível da vida…
– Mais o quê…? Quer conversar um pouco? Vamos ver se encontramos rum.

O bar onde pararam estava abarrotado, era frequentado pela escória e tinha sido batizado com mais rancor que imaginação: O Bananal. Nem gelo nem refrigerante, rum puro e em copos de alumínio. Por sorte, o dono do bar deixava os fregueses saírem à rua com o copo na mão. Com uma dose dupla cada um, acomodaram-se no batente da porta de um armazém por onde as ratazanas enfiavam a cabeça para observar o movimento da rua.

Três duplos depois, Fernando havia contado a Enrique suas vicissitudes dos últimos anos e despejado em cima dele seu desespero, sua vergonha e a decisão de não voltar àquele trabalho, acontecesse o que acontecesse. Enrique o deixou descarregar seus pesares e prometeu que um dia contaria sua própria história.

– Você ainda pode esperar alguma coisa, Fernando, mas para mim o que resta é isto. – E apontou para as ruas sujas e sem cor, especialmente sórdidas naquele pedaço da cidade. – Se me pegarem tentando subir de novo num barco, podem me levar preso por não sei quantos anos, se apresentar um livro a uma editora, não vão publicar se souberem quem sou. Não vão me dar trabalho em nada que tenha a ver com o que estudamos. Eu, sim, não tenho para onde me virar e nem tenho alma de mártir. Além do mais, como sou veado e já não me escondo para ser... estou preso entre as quatro paredes desta ilha. E creio que, no fim das contas, eu mereço: minha "tragicomédia" tem a ver com uma ilha perdida da qual ninguém pode sair. É quase simpático, não é? Tanto enchemos o saco da literatura, e a literatura acaba se vingando. E ainda por cima você continua achando que sou culpado pelo que te aconteceu, não é mesmo?

– Isso já não importa, afinal... – disse Fernando: no poço em que tinha caído não valia a pena tentar manter-se à tona agarrando-se a culpas alheias, razões salvadoras, desculpas reparadoras.

– Importa, sim, Fernando, porque estragou sua vida. Olha, eu não sei o que posso fazer para te convencer de que não te acusei de nada. Aquele policial que nos interrogou sabia disso. Só posso te dar a minha palavra, mesmo sabendo que você não confia na palavra de um veado.

– Isso não tem nada a ver com...

– Tem a ver, sim, porque aquele dia na sua casa você gritou comigo e... porque ouvi a gravação que o policial Ramón fez, e você disse a ele que eu era um veado, que era veadagem minha...

– Aquele filho da puta...?

– É o trabalho dele, e ele o fez bem. Te pegou no pulo e você mesmo disse o que eles queriam ouvir. Mas, veja bem, ele não te mostrou nenhuma gravação minha.

Fernando sentiu que uma vergonha corrosiva o impedia de olhar para Enrique: já não era a ignomínia do vexame, mas a de ter sido indigno e de ter culpado um provável inocente. E compreendeu que não adiantava pedir desculpas, montando mentalmente um quebra-cabeça no qual, efetivamente, a peça de Enrique começava a sobrar.

– Porra, mas quem foi então?

Enrique sorriu pela primeira vez. Pôs o copo de metal no chão imundo e abriu as mãos, como um jogo de baralho.

– Pode escolher. Conrado, Álvaro, Víctor, Miguel Ángel, Tomás, Arcadio... Mas sabe o que é pior?

– Tem coisa pior?

– Sim, pelo menos para mim. Você passa três anos pensando que eu te ferrei. E, enquanto não souber a verdade, sempre vai ficar com a dúvida. Sempre vai pensar em mim. E é muito fodido viver assim, com uma culpa que não é minha, mas que no fundo é, porque, se eu não tivesse subido naquele barco, não teria acontecido o resto, não é mesmo? Pensei nisso mil vezes, mas juro pela minha mãe que não achei que fosse prejudicar alguém, muito menos você.

– Não siga esse raciocínio, não tem sentido.

– Sigo, sim, porque o que te fizeram hoje é pior que tudo o que passei na cadeia, e você não imagina o que foi... Mas hoje te violentaram, e essa merda vai ficar dentro de você pelo resto da vida. E, embora eu não tenha te acusado de nada, a culpa de tudo continua sendo minha, não é mesmo?

Quatro meses depois, quando recebeu a notícia de que um caminhão KP3 tinha destroçado Enrique em plena avenida do Malecón, Fernando teria suas próprias razões para começar a se perguntar: justamente ele tinha que morrer? Eu o matei? Eu o empurrei para baixo do caminhão?

No momento em que nos vendaram os olhos, o tremor das minhas pernas desapareceu e, levado pelo braço, avancei descalço e tranquilo para o interior do recinto, sabendo que naquele instante estava dando os passos mais definitivos da minha vida. Mas caminhei sem medo e quase com júbilo. Ao meu lado, vendados como eu, havia uns vinte homens de diversas idades, alguns dos quais eu conhecia por sua participação na Tertúlia e outros por serem moradores da cidade. Quantos deles estariam sentindo a calma jubilosa que eu experimentava naquele momento? Quantos estariam sentindo medo, dúvida, talvez desejo de estar longe dali? Qual seria o futuro traidor num país em que cada ato secreto gera uma delação?

Na porta tínhamos sido recebidos pelo doutor Hernández e, para minha surpresa, o presbítero Federico Ginebra, que eu supunha capaz de muitas coisas, embora não o imaginasse envolvido nas peripécias daquela aventura tão alheia a púlpitos e orações. À medida que chegávamos, o doutor repetia a mesma pergunta para cada um: e todos respondíamos que desejávamos seguir adiante. Depois, numa pequena dependência do armazém, onde devíamos nos despojar de nossas roupas, com exceção da camisa e da calça, o doutor e o padre esperaram a chegada de alguns retardatários, até que finalmente fomos vendados e levados para iniciar a cerimônia.

Passos fortes, que soavam a couro grosseiro, percorreram o recinto calorento, como se estivessem reconhecendo o local. Ouvimos, então, o entrechocar de metais e depois o vazio de um silêncio exasperante, finalmente rompido por uma ordem:

– Tirem-lhes as camisas!

Passos provenientes de diversos lados aproximaram-se e, pelo menos no meu caso, mãos férreas desabotoaram minha melhor camisa, deixando-a caída sobre os quadris. Cumprida a ordem, os passos voltaram a se afastar.

— Senhores — trovejou a voz que eu ouvira antes —, esta é uma cerimônia secreta, e nada do que for dito ou visto aqui poderá ser divulgado. Uma indiscrição custaria a vida de muitas pessoas. Pela última vez pergunto: algum de vocês quer retirar-se? Se for assim, levante a mão esquerda.

Voltou o silêncio e, pouco depois, passos: aproximavam-se, detinham-se um pouco antes de chegar a mim e davam meia-volta.

— Alguém mais? — perguntou a voz, e voltou um silêncio incisivo, até que se ouviu uma nova ordem: — Os irmãos, atrás dos neófitos.

Ouvi os passos de vários homens e tive a sensação de uma presença às minhas costas, que se faria mais nítida quando senti na nuca o bafo de uma respiração. O suor começou a molhar-me a venda.

— Nesta noite, queridos irmãos, iniciamos nesta loja, que batizamos Os Cavaleiros Racionais, vinte e um novos membros, que a partir de hoje ostentarão o primeiro grau de Raios e que, por suas convicções e livre-arbítrio, somam-se desde este momento à luta pela independência da ilha, contenda que não terminará até a constituição da república livre e democrática de Cubanacán. — E a voz fez uma pausa. — Jurarão fidelidade a nossa causa e à preservação de nossos segredos. Jurarão disposição para lutar pela independência de Cuba e de toda a América. Serão parte dos Sóis e Raios de Bolívar. Descubram-nos!

Duas mãos pegaram a venda e a puxaram para que meus olhos, de início ofuscados, vissem finalmente o solene espetáculo: dezenas de velas, dispostas no piso, conferiam uma iluminação peculiar ao amplo salão de pé-direito muito alto, absolutamente fechado. No centro, à nossa frente, espadas brilhantes, em leque, apontavam para nossos peitos. Atrás das espadas, entre cinco círios dispostos em forma de estrela, via-se um grosso volume que desde o início supus ser a Bíblia, ladeado por um compasso, um prumo, um esquadro e um crânio humano. Para além do livro, de pé, estava um homem pálido e delgado, de olhar inquisitivo, vestido com uma farda cheia de galões, medalhas, correias e um largo cinturão de couro do qual pendia um sabre de pomo dourado e bainha filetada de ouro. A suas costas, pendurada na parede do fundo, flutuava uma enorme bandeira azul, com um sol nascente vermelho do qual brotavam dezesseis raios amarelos que se estendiam na direção da borda superior do pano.

— Meu nome é José Francisco Lemus — disse o homem pálido, dono da voz que até então se ouvia. — Sou coronel dos exércitos do Libertador Simón Bolívar e, por sua ordem, generalíssimo do exército da República de Cubanacán. Para vocês, serei, além disso, o Sol Máximo de nosso movimento. E, nessa qualidade, designei como Sóis Primeiros desta confraria dos Cavaleiros Racionais os irmãos *don* Manuel Madruga, *don* José Teurbe y Tolón e doutor Juan José Hernández.

Por trás de nós saíram os mencionados, com fardas similares à de Lemus, mas menos engalanadas. Com os olhos acompanhei sua marcha, pois, ao passo que era esperada a categoria conferida ao doutor Hernández e a Teurbe y Tolón, pareceu-me surpreendente a de *don* Manuel Madruga, capitão das Milícias Nacionais, que eu considerava pessoa fiel ao regime. Os três homens, colocados em fila com o generalíssimo, tiraram o chapéu, e os quatro ao mesmo tempo desembainharam suas armas e as apontaram para a Bíblia. Depois, tomaram-se pelas mãos, e Lemus advertiu:

– Um elo isolado pode ser forte, mas não chega a lugar algum. Para chegar aonde precisamos, só a corrente é eficaz, mas uma corrente que tenha mostrado a força de cada um de seus elos. Seremos essa corrente e trabalharemos para chegar a nosso fim. Hoje nossa primeira tarefa é estender uma corrente por toda a ilha para amanhã iniciar a batalha definitiva. Cada um de vocês, aceito como Raio, alcançará o grau superior de Sol quando tiver mostrado amor e fidelidade à irmandade e tiver atraído para dentro dela sete novos raios.

E, em coro, os quatro Primeiros Sóis gritaram:
– União! Firmeza! Coragem!

Hoje, quase vinte anos depois de ter participado daquela cerimônia vibrante em que vinte e um homens juramos com espada na mão defender a independência da América e até morrer por ela, ainda sinto no peito os ecos da emoção que me tomou. Orgulhoso, respirei, pois finalmente atravessara a fronteira ardente do que é possível fazer, da qual nos falara o padre Varela, e ingressara num mundo de riscos em que, de todos os meus amigos escritores, eu era o único a ter entrado. E não me envergonha reconhecer que me senti superior.

Uma das primeiras decisões tomadas naquela noite foi que todos os novos raios, e os que depois se acrescentariam à corrente fraternal, ingressaríamos sem demora no Corpo de Milícias Nacionais da cidade para aproveitar o treinamento militar que nos seria dado gratuitamente pela própria Coroa espanhola, contra a qual haveríamos de lutar. Assim, com trajes novos e brilhantes, e sob o pretexto de nos prepararmos para defender a Constituição, comparecíamos toda semana num improvisado Campo de Marte no bairro novo de Versalles, onde conhecemos os segredos das armas de fogo e nos habituamos ao peso afiado das espadas de combate. Antes de terminar o ano, em minha esquadra de treinamento estavam sete homens que, em minha tarefa de proselitismo, levei para dentro da conspiração, graças aos quais pude ascender ao grau superior de Sol. Entre meus pupilos estavam os velhos conhecidos Juan e Pablo Aranguren e seu cunhado Antonio Betancourt, que nos treinamentos logo mostrou ser o mais hábil de nós no manejo dos instrumentos militares.

Difícil e, mais que difícil, impossível foi guardar o segredo de minha nova e perigosa militância. O orgulho de me saber alistado na primeira grande aventura libertária da ilha, com a qual simpatizava como poeta e da qual logo participaria como soldado, impedia-me de manter silêncio sobre aquele pertencimento capaz de me impelir ao olimpo dos poetas guerreiros, em cuja existência então eu acreditava. Minha primeira e lógica confidente foi minha amada Lola, naquela inesquecível tarde de domingo em que, a bordo de um pequeno bote, subimos o tranquilo rio Yumurí até uma altura nunca antes explorada em nossos passeios.

Lembro – e como esquecer? – que já era dezembro, mas a temperatura era levemente cálida, e o sol brilhava na água. Poucos dias antes eu viajara para Havana em companhia de Tanco para assistir à fundação de *El Americano Libre*, a nova revista editada por Domingo e Cintra, e também para conseguir alguns exemplares do explosivo *Bosquejo ligerísimo de la revolución de México desde el grito de Iguala hasta la proclamación imperial de Iturbide*, livro cujo autor era "Um verdadeiro americano" e em cujas páginas finais aparecia, também sem assinatura, minha "Oda a los habitantes de Anáhuac", que felizmente Domingo fizera chegar às mãos de Vicente Rocafuerte, um dos editores do livro.

Por alguma estranha razão, todos os que me conheciam na capital sabiam que era eu o autor daqueles versos patrióticos que instigavam os mexicanos a derrubar a ditadura imperial. Minha ofuscante vaidade me fez acreditar que se tratava de um dos possíveis preços da fama, pois achei que já me distinguiam por uma forma peculiar de escrever e até por um pensamento político tendente à opção independentista. No entanto, naquele momento não ousei confiar aos amigos, nem sequer a Domingo e a Silvestre, meu pertencimento à loja dos Cavaleiros Racionais, embora lhes tenha falado da existência quase certa de uma conspiração em marcha e, como era de esperar em minha função de Sol do movimento, perguntei-lhes se eventualmente algum deles estaria disposto a participar da sedição. Para lhes dar confiança, disse que algumas pessoas bem informadas comentaram comigo sobre o interesse de Bolívar pela independência de Cuba e sobre a situação militar cada vez mais débil da Espanha. Assegurei-lhes novamente que até eu estava disposto a me lançar naquela façanha necessária. E todos, inclusive Tanco – que se dizia tão amante da justiça e inimigo da escravidão –, de um modo ou de outro, declinaram de participar do levante, e em suas justificativas percebi uma perigosa convergência: e os negros não se rebelariam?

Só Domingo, num aparte feito na saída de uma espelunca onde tinha jogado dados, retomou o assunto e me pediu que o mantivesse ao par da gestação de qualquer levante, pois estava começando a acreditar que só por essa via seria possível mudar o destino do país.

No dia seguinte ao da minha volta a Matanzas, com a pontualidade a que o amor nos obriga, corri para me encontrar com Lola no nosso embarcadouro. Naquela tarde a figura da minha amada pareceu-me mais divina que em outras vezes, quando, acompanhada por Teté, escrava bonita e discreta que lhe servia desde quando ambas eram meninas, aceitou subir no bote em que daríamos nosso primeiro passeio ao paraíso.

Por vários minutos remei rio acima, em busca da bela paisagem da baía do Yumurí, onde a montanha dividida em dois abre espaço para o leito do rio. Remava e falava de assuntos muito gerais: minha viagem a Havana, os cumprimentos enviados por meus amigos, especialmente Silvestre, com quem Lola tinha uma velha amizade, e a nova moda de usar saias abotoadas na frente, confeccionadas com um delicado tecido inglês recém-chegado à ilha. Só quando ultrapassamos a baía e começamos a navegar em território proibido para os bons costumes, propus atracarmos num remanso para conversarmos em particular uma coisa de suma importância.

– A ponto de Teté não poder ouvir? Lembre-se de quantas cartas tuas ela me levou...

– É importante demais, Lola – repeti, olhando-a nos olhos, e finalmente ela aceitou.

Deixamos a discreta Teté debaixo de uma frondosa mangueira, já coberta com as primeiras flores da nova temporada, e Lola e eu entramos no vale. O eterno tremor de minhas pernas se fez presente não pela confissão que eu tinha em mente, mas porque eu calculara que com ela talvez pudesse derrubar uma muralha e superar a exasperante etapa de beijos nas mãos e afagos nos braços. Sentados debaixo de um majestoso *júcaro*, certamente centenário, finalmente falei de minha participação na conspiração, do porquê de meu ingresso nas milícias, e até relatei, com riqueza de detalhes, a cerimônia de iniciação da qual havia participado e lhe mostrei a pequena cicatriz gravada na altura do ombro direito, fruto de um corte que me fizeram na hora do juramento. Enquanto eu falava, a preocupação foi se refletindo no rosto da moça e, ao observar o brilho excessivamente úmido de seus olhos, lancei minhas tropas de assalto: contei de uma próxima insurreição, a partir da qual eu me juntaria à revolução e talvez ficasse muito tempo sem vê-la.

— É até possível que nunca mais nos vejamos... A morte é uma das cartas com que se joga na guerra.

— Deus não há de querer — sussurrou ela e olhou-me nos olhos. — Você me mata de dor, José María.

— E você me mata de amor.

O pesar sincero daquela jovem, embelezada pelo rubor que o sol pintava em sua face, e a preocupação provocada pelas perigosas decisões que eu tomara foram como um novo furacão, que me lançou sem mais preâmbulos sobre seus lábios carnudos. Existe maior privilégio que sentir o acanhamento da iniciação na resposta a um beijo de amor? Alguma coisa pode superar na escala dos homens o fato de saber que nossa mão é a primeira que, aceita por amor, acaricia o rosto quente e sedoso de uma jovem? É possível imaginar melhor presente que sentir a explosão de um coração, junto de nosso peito, dinamitado pela força de uma paixão finalmente desatada? Eu gozava dessas sensações irrepetíveis ao mesmo tempo que me perguntava se entraria naquele universo de perigo e morte só para impressionar aquela mulher que me enlouquecia e com a qual desejava chegar além de todos os limites... Empregando a arte aprendida com minha boa Betinha, e recentemente praticada na cama de Luisa Monte, fui apalpando com meus lábios os de Lola, vencendo recusas iniciais, temores pudicos e depois orientando seus impulsos inexperientes, quando um calor interior pareceu sufocá-la. Preparei o terreno cuidadosamente para passar a maiores afãs e avancei a língua, que penetrou no maravilhoso cofre de sua boca para acariciar a dela, despertá-la e incorporá-la a um jogo de amor que foi liberando tensões, afrouxando mãos que quase não detinham, destruindo preconceitos, despindo corpos para, numa ascensão ousada, chegar a beijar seios brancos e quentes, coroados por uma flor vermelha de pétalas inflamadas, acariciar um velo liso e escuro do qual brotava um perfume doce e ácido como a vida e, já com ardor irrefreável, romper o cadeado divino de Lola Junco, onde penetrei como um desproporcional prego de aço empenhado em romper um lenço de seda...

Algo desconhecido, para alguém que se gabava de ser amante experiente, aconteceu naquele segundo: pois eu soube, com toda a clareza, que só naquele instante descobrira o que é o amor em seu grau mais sublime e satisfatório... Logo aprenderia, graças àquela mesma mulher e aos sentimentos que ela provocaria em mim, o que é saber que se pode morrer de amor e ser incapaz até mesmo de expressá-lo num poema.

Sobre uma nuvem de amor e de poesia entrei em meus dezenove anos e passei do feliz 1822 ao terrível 1823, sempre me sentindo o rei do mundo e o mais afortunado dos homens na face da terra, porque na verdade era: aquele foi apenas o primeiro, ainda que o mais memorável, dos muitos encontros de amor que Lola Junco e eu tivemos nos meses seguintes.

Enquanto isso, como poeta, nessa mesma época eu atingiria talvez o ponto mais alto de minha fama em Cuba, quando Domingo publicou na revista em que agora colaborava um explosivo e falso anúncio da próxima edição de minhas poesias. Foi no início de março, tendo fracassado também *El Americano Libre*, que Domingo começou a escrever em *El Revisor Político y Literario*, revista cujo nome proclamava seu programa, e o sustentava graças a assinaturas como as de Sanfeliú, José Antonio Saco, Anacleto Bermúdez, Cintra e do próprio Domingo. Mas um pouco antes seu nome começava a ser ouvido nos círculos literários e sociais, quando suscitou comentários irados com um pequeno artigo sobre o ambiente juvenil da alameda de Paula. Quis o acaso que o texto fosse publicado enquanto ele estava em Matanzas, razão pela qual, assim que o li, conversei com ele sobre as intenções que o haviam levado a escrever aquele folheto em que lançava anátemas sobre certos costumes dos jovens que, para ele, eram contrários à moral e à decência. Ali, manifestando pela primeira vez publicamente sua vocação de oráculo e moralista, atacava os jovens que copiavam modas estrangeiras e, sobretudo, dizia, os que incorriam em vícios e prazeres mesquinhos.

— Está falando de você e de mim, não é, Domingo? — perguntei, mais desconcertado que aborrecido, quando nos encontramos.

— Estou entrando no ambiente, José María — disse, creio que sinceramente. — Cada um o faz como pode: você provoca admiração com suas poesias e escandaliza com suas obras de teatro. Eu vou fazê-lo com o jornalismo, que é aonde posso chegar. Esqueça o que eu digo: o importante é fazer os sinos soarem para repararem em mim... E não seja tão convencido: nem você é o único que vai às putas nem eu sou o único que joga até a roupa do corpo. Está entendendo?

— Estou começando a entender — eu disse, e, no calor perigoso do vinho, tive a ideia de comentar que já me sentia em condições de reunir meus versos e publicá-los em livro. Então confessei que a razão daquele desejo era que minha vida poderia mudar a qualquer momento... Três copos depois contei minhas aventuras como conspirador.

Com visível espanto, ele começou a me fazer mil perguntas, às quais respondi pontual e sinceramente. No fim, depois de muito conversar e beber, ouvi-o dizer uma coisa que tomei como desatino de bêbado:

— Sabe de uma coisa, José María? Você vai ser minha perdição. Faz tudo o que eu gostaria de fazer e é tudo o que eu gostaria de ser. Escreve as poesias que eu gostaria de escrever, ama as mulheres que eu gostaria de amar e acredita nas coisas em que eu gostaria de acreditar. Às vezes gostaria de odiá-lo por tudo isso, mas não posso: eu o amo demais...

E, imprevistamente, executou um ato que, com razão de sobra, me fez tremer o corpo todo: inclinou-se para mim, segurou-me pelo colarinho e, sem que eu pudesse evitar, deu-me um beijo nos lábios.

Atribuí ao vinho aquela explosão que levara Domingo a despir suas intimidades diante dos meus olhos espantados e proibi que ele continuasse bebendo. Creio que nunca antes nem depois minhas pernas tremeram tanto como naquela noite, já fria, de janeiro.

Dois meses depois, desfrutando do meu amor irrefreável por Lola, esquecido de minha ansiedade pela demora do levante separatista e enredado na árdua escrita de uma tragédia centrada no herói mexicano Xicoténcatl, recebi a notícia de que Domingo entregara a *El Revisor* um cáustico anúncio sobre a próxima publicação de um livro de meus versos. No texto, publicado sem assinatura, além de me estimar o primeiro poeta da ilha que fizera ressoar "a lira cubana com acentos delicados e nobres", cometeu o despropósito de me comparar aos demais poetas em exercício, desqualificando-os e rebaixando-os, como se a verdadeira finalidade do anúncio fosse o ataque a outros e não a saudação de meu eventual livro de poemas. A reação, previsível, não se fez esperar, e os versificadores mais conhecidos lançaram-se ao ataque, perguntando-se que méritos e lauréis avalizavam minha primazia. O escândalo, de repente, transformou-me numa celebridade, defendido por alguns, vilipendiado por outros, mas também serviu para que "o autor do anúncio", conforme Domingo assinou sua contrarréplica aos ataques dos ofendidos, se tornasse uma voz autorizada e até considerada válida no mundinho literário da ilha. Amarrada à minha, Domingo iniciara o caminho rumo à própria celebridade, a seu prestígio como profeta e à mais esplendorosa riqueza material... Não muitos anos depois, novamente atravessando o mar, afastando-me para sempre de Cuba, consegui separar a escória do metal de lei e entender a verdadeira dimensão dissimulada por aquele ato juvenil, para mim então incompreensível, mas digno do gênio sombrio de Maquiavel.

Quanto teria mudado, em cem anos, aquele rio modesto e tranquilo? Certamente agora suas águas estariam mais turvas, como tudo vai se turvando, mas sua fisionomia essencial quase não devia ter-se transformado: cem anos é tão pouco para a existência de um rio e, em contrapartida, é demais para a vida de um homem.

Do que seu pai vira, naquele velho embarcadouro do Yumurí, o rio e o mar próximo no qual ia morrer eram o permanente. O abandono e a miséria, no entanto, haviam tomado conta das obras humanas que engalanaram o lugar colorido e feliz frequentado pelo poeta apaixonado, e do embarcadouro só sobreviviam agora as tábuas podres do cais e as pilastras sobre as quais se assentava o pavilhão em que os jovens de Matanzas refugiavam-se do sol, enquanto esperavam o barco que os levaria a passear rio acima, com a aparente inocência daqueles tempos. Também não restava nenhum dos protagonistas de dias luminosos e turbulentos: na verdade, quase não restava nem a memória. A confluência do eterno, obra do Grande Arquiteto do Universo, e o perecível, nascido da mão do homem, revelaram a José de Jesús Heredia a vaidade absurda de suas próprias intenções: na realidade importaria a alguém quanto e quem um poeta triste e esquecido tinha amado? Quanto e quem odiara um homem frágil e desgraçado que errara ao calcular sua capacidade para resistir à dor e suas forças para enfrentar as adversidades?

Tudo seria mais fácil se ele tivesse uma simples resposta em vez de tantas perguntas incômodas, pensou. E pensou que justamente em busca de uma resposta e da libertação que ela lhe traria chegara naquela manhã àquele embarcadouro em ruínas do qual já se aproximava o oráculo convocado, impedindo-lhe a fuga ou o silêncio. Na verdade, disse a si mesmo, o pai não tinha nenhum direito de levá-lo àquela situação imprevisível: justamente alguém como Heredia, que fugira tantas vezes na vida.

José de Jesús o viu se aproximar, e, tal como fazia desde que conhecera sua origem, procurou no homem alguma evidência física que corroborasse as afirmações de seu pai. Porque, se Esteban Junco era filho de José María Heredia e de Lola Junco, como afirmava o poeta, Ramiro era seu neto e, ao mesmo tempo, sobrinho do próprio José de Jesús. Mas Ramiro Junco era, sobretudo, o único e verdadeiro dono daquelas memórias, destinadas por Heredia a que fossem lidas por um filho que não havia conhecido. Por isso, da conversa que teria com o homem que o cumprimentava, apertando-lhe a mão com a contrassenha da fraternidade, dependeria o destino final dos papéis que entregara na noite anterior à custódia da loja Filhos de Cuba.

Ramiro era uns vinte anos mais novo que José de Jesús, embora parecessem ter quase a mesma idade. A intensidade com que se dedicara ao trabalho fora deixando nele profundas marcas físicas, pois se empenhara, como se fosse uma questão de honra, em recompor a fortuna familiar arrasada pela devastação da última guerra e pelas fraudes financeiras que se sucederam durante a ocupação norte-americana. Ao sentar-se ao lado de José de Jesús, deu um suspiro de alívio e esperou alguns instantes até que seus ossos e músculos conseguissem acomodar-se, na medida do possível.

– Que história é essa dos manuscritos do seu pai? Por que têm que perguntar a mim? – indagou Ramiro, acendendo um de seus longos cigarros.

José de Jesús pensou que seria melhor esquecer episódios colaterais e entrar diretamente no assunto. Olhou o rio, os restos do embarcadouro, as pilastras do pavilhão onde decerto tivera início aquele romance desafortunado e disse:

– Os papéis do meu pai são uma história da vida dele, ou, como ele dizia, o romance de sua vida, mas esse romance tem muito a ver com você e eu queria que soubesse...

E começou a dar detalhes do conteúdo dos papéis.

– Segundo meu pai, Esteban Junco não era filho de *don* Rubén, como sempre se disse, mas de Lola Junco... Ela teve o filho antes de se casar com Felipe Gómez, e você sabe o que isso podia significar aqui em Matanzas. A verdade é que Esteban, seu pai, era filho de Heredia e de Lola. – E tomou fôlego para continuar... – Então Lola Junco é sua avó... e você é Ramiro Heredia.

Naquele instante José de Jesús sentiu uma vergonha infinita por um ato alheio, do qual ele não era nem poderia ter sido culpado. De uma só vez estava descentrando a vida de uma pessoa, demolindo os alicerces de uma existência lógica e assumida para lançá-la no vazio da incerteza. E voltou a perguntar a si mesmo se havia feito o melhor. Ao seu lado estava agora um homem pálido, desconcertado, por cuja mente deviam passar imagens dos sessenta anos vividos numa vida que não era a sua, de um longo passado que lhe pertencia, mas que ao mesmo tempo fora construído sobre uma mentira gigantesca que pudesse invalidá-lo. Ramiro Junco, Ramiro Heredia: devia ser difícil, no fim da vida, descobrir que não se é quem sempre se acreditou ser, mas outro...

– Você me conhece há muito tempo e sabe como vivo: aqueles papéis valem dinheiro, e, embora meu pai diga coisas que não o favoreçam, foi também por você que não os vendi. E porque na verdade os papéis lhe pertencem. Ele escreveu aquelas memórias para que Lola as desse a seu filho Esteban. Minha mãe trouxe-as do México para entregá-las a ele, mas, quando ela morreu, minha avó não quis dá-las para ninguém. Disse que, se os Junco recebessem aqueles papéis, ninguém nunca saberia da verdadeira vida de Heredia... Há anos penso em tudo isso e creio que você deve saber. Agora decida o que faremos com os papéis: pode tirá-los da loja e fazer com eles o que quiser, pois estou dizendo que eram para seu pai e são seus. O único favor que peço é que, se for guardá-los, não os publique antes de 1939, que foi a condição imposta por minha avó...

Ramiro Junco olhava o rio, tão tranquilo que parecia parado, como se a água não fluísse por seu leito. Assim devia estar sua vida: indecisa entre o rumo conhecido que levava ao mar e o absurdo que de repente se apresentava a ele e exigia que desse meia-volta e subisse até o manancial onde estava a origem de tudo.

— Quando os papéis forem publicados estarei morto — disse, por fim, sempre sem olhar para José de Jesús. — Quantos anos faltam? Quase vinte? Não, não chego até lá. De modo que a vergonha não vai me atingir, se é que deveria me envergonhar de alguma coisa. Talvez meus filhos, meus netos, a memória de meu avô Rubén ou de tia Lola... Não sei.

— Imagino como está se sentindo. Eu mesmo só vi aqueles papéis há dez anos. Por toda a vida tive uma imagem de meu pai que me ajudou a criar a que tinha de mim mesmo. Quando li aqueles papéis, entendi que ele não tinha sido o personagem que agora estudam na escola. Foi um pobre coitado, metido em assuntos que o excediam e que passou por quase tudo de bom e de ruim da vida, embora o ruim fosse mais persistente.

— Está justificando alguma coisa ou está me consolando?

— Estou dizendo o que senti, Ramiro.

— Ninguém é capaz de saber o que estou sentindo. Nem você nem ninguém — afirmou e se levantou, com um vigor estranho. — Em Matanzas sempre se falou de Lola e Heredia. Estão aí os poemas de seu pai... Mas eu sou Ramiro Junco, e isso agora nenhum papel pode mudar. A verdade de Heredia é a dele e a minha é a minha. Não quero ler nada disso. Não quero nem ver aqueles papéis. Faça o que achar melhor, o que sua consciência ditar, o que achar mais justo, mas não conte comigo: não vou me envolver nessa história nem vou calar a boca de Heredia. Não tenho direito de consertar a vida de ninguém, nem do meu pai nem de ninguém, porque a minha já não tem conserto possível. Desculpe, mas não posso lhe agradecer por ter me contado tudo isso...

Com seu passo lento, Ramiro começou a voltar para a cidade. Talvez parecesse mais encurvado, mas José de Jesús achou que fosse imaginação sua. Quando perdeu o homem de vista, voltou a se concentrar no rio e pensou que, quando ele morresse e Ramiro morresse, o rio continuaria ali e estaria ali por mais muitos séculos se fosse essa a decisão do Grande Arquiteto do Universo, que não só fazia as montanhas e os rios, mas também podia destruí-los. O que não seria capaz de fazer, então, com algo tão ínfimo como o destino de um homem.

Aqueles nomes tinham sabor de passado consistente e promissor: Anselmo de la Caridad Junco y Ponce de León, filho de Ramiro e Alfonsina, nascido em Matanzas, em 1894, morto em Havana, em 1982, ainda aparecia como proprietário da casa localizada na rua D, número 120, El Vedado. Lá moravam suas filhas e legítimas herdeiras, Hortensia Agraciada e Carmen Alodia Junco y Vélez de la Riva, além de uma extensa parentela que os contatos burocráticos de Conrado não se deram ao trabalho de especificar.

Longe do casarão antigo que esperavam, Fernando e Álvaro descobriram uma construção moderna de dois andares, com muitas janelas de vidros brilhantes e invictos. Pelo visto recentemente fora acrescentado à casa um muro com portão gradeado e, já sem nenhuma dúvida quanto à sua pouca idade, um cartaz que anunciava: "Palmar de Junco. *Paladar**. Horário: 12h a 2h".

— A velha burguesia cubana volta a suas prerrogativas — disse Álvaro, apertando a campainha colocada no portão.

— Aqui, sim, correu dinheiro — comentou Fernando, tentando vislumbrar através da grade a casa havanesa de Ánselmo Junco.

— Boa tarde. Vão comer? — surpreendeu-os a jovem de cerca de vinte anos, loura e sorridente, ao abrir a porta.

— Não, não exatamente... queremos falar com Hortensia ou com Carmen Alodia.

— Entrem — disse ela, com o rosto nublado por uma preocupação. — São inspetores?

Fernando e Álvaro se entreolharam.

— Diga que somos jornalistas. Estamos em busca de dados sobre a família Junco de Matanzas — improvisou Álvaro.

— Ah... esperem aqui. — E a moça os deixou ao pé de uma pequena escada de degraus de mármore que morria num patamar com duas portas. Entre o portão e a escada, e por todo o lado esquerdo da edificação, estendia-se um denso jardim com um caminho de lajes hexagonais que serpenteava até uma pérgola sob a qual várias pessoas comiam em falsas mesas coloniais de ferro lavrado, cobertas com toalhas marrons. Uma peça para piano de Ernesto Lecuona, no volume exigido pelo bom gosto, chegou-lhes da região do restaurante, quando a jovem abriu uma das portas do patamar.

— Venham — disse —, vovó Carmencita vai atendê-los.

---

* *Paladar* é um tipo de restaurante de propriedade e administração individual, em sistema tipicamente cubano, originalmente funcionando dentro da própria casa do proprietário. (N. T.)

Assim que transpuseram o umbral do amplo vestíbulo, beneficiado pela claridade de muitas janelas, caíram no vórtice do que depois Álvaro chamaria "o último reduto da fenecida oligarquia cubana". Fernando observou espantado e pensou que a decoração do lugar tinha méritos para figurar num catálogo de instalações surrealistas: sobre um velho piano de cauda disputavam espaço um micro-ondas sem porta, um jarro de porcelana chinesa, a antena bigode da televisão, uma montanha de revistas e o volante de um automóvel, enquanto duas caixas cheias de tomates ocupavam a banqueta do concertista.

Sentados num sofá em que tiveram de se colocar ao lado de algo que parecia um roupão e o que sem dúvida era uma sacola com dois repolhos dentro, Fernando e Álvaro viram a moça sair e se dedicaram, quase com entusiasmo intelectual, a continuar o inventário daquela feira de objetos insólitos reunidos pelo desleixo. Tudo era possível na sala das Junco, e, além do piano, possivelmente valioso, chamaram atenção, encurralados num canto, dois bustos de mármore de personagens que, graças aos ensinamentos do doutor Mendoza, conseguiram identificar como César e Cícero. Também entre o que era aproveitável havia duas cadeiras altas, de madeira e couro, com pálidas incrustações de madrepérola, indubitavelmente do século XIX. Numa parede, sem assinatura conhecida, havia o retrato a óleo de uns jovens, duas mulheres e dois homens, belos e viçosos, vestidos de branco e sentados num jardim com uma pérgola ao fundo.

— Parece o jardim lá de fora, não é? — comentou Fernando.

— É — disse uma voz, e ambos se voltaram para observar a mulher, de pouco mais de sessenta anos, definitivamente parecida com uma das damas do quadro. — Muito prazer, sou Carmencita Junco.

Álvaro e Fernando apresentaram-se e voltaram ao sofá.

— Esse quadro tem cinquenta anos. Foi pintado em 1937, eu tinha vinte e seis anos. Aquela da direita sou eu.

Fernando olhou de novo a pintura e pensou que alguma coisa estava errada. Se os números da mulher estavam certos, suas contas diziam que Carmen Junco estava mais próxima dos oitenta anos que dos sessenta e tantos que aparentava ter.

— Os homens são meus irmãos Cuco e Pepito. Cuco morreu há quatro anos, e Pepito mora em Miami desde 1960. A outra jovem é Hortensita, minha irmã.

— Mas esta casa não é de 1937?

— Não, Cuco a construiu em 1956, mas conservamos a pérgola do jardim que já existia, e veja para o que serviu depois de tantos anos. Na época do papai fazíamos lá as festas da casa, e menos Batista, que era um negro assassino, perdão pelo negro, que era um assassino, lá comeram todos os personagens importantes deste país, entre 1934, quando compramos a casa velha, e 1959. Grau, Prío, Eddy Chivás, Jorge Mañach, Tony Guiteras... Também, quando vieram a Cuba, Gabriela Mistral, Josephine Baker e Pedro Infante. Caruso não, ele comeu na casa de Matanzas, como Sarah Bernhardt e Paderewski, porque ainda morávamos lá.

Enquanto Carmen Junco evocava os antigos esplendores socioculturais da família, Fernando teve a premonição de que no fim estava o caminho que poderia levá-lo a uma resposta segura. Se o manuscrito de Heredia contava a suposta história de amor entre Lola Junco e o poeta, Ramiro Junco devia ser, entre as pessoas vivas nos anos 1920 e com acesso aos documentos, o mais interessado em evitar sua divulgação.

– E por que se mudaram para Havana, se a família era das mais antigas de Matanzas?

Carmencita sorriu, com delicadeza e elegância.

– Por causa do dinheiro, por que outra razão poderia ser? Quando meu avô Ramiro morreu, meu pai, que se chamava Anselmo, que em glória esteja, e seu irmão Ricardito tiveram problemas com a administração. Tio Ricardito era um tubarão, como se diz vulgarmente. Por isso, em plena época de Machado, chegou a ser governador da província de Matanzas e, enquanto o negócio durou, multiplicou sua fortuna por dez. Essa Estrada Central lhe deixou sabe-se lá quanto dinheiro. Até que meu pai se cansou de ter problemas com o irmão e, para tomar distância, comprou esta casa de uns primos Ponce de León, e nos mudamos em 1934.

– Mas a família de seu tio Ricardo já não vive em Matanzas, não é mesmo? – perguntou Álvaro, temendo ter enveredado pelo caminho errado.

– Não, dos velhos Junco da minha família ainda estão em Matanzas alguns primos distantes. A família de tio Ricardito foi embora para Miami em 1959. Não puderam levar tudo, mas levaram bastante, acredite. Lá eles vivem como reis, e olhe para nós, lutando num *paladar*. Sorte que meu irmão Pepito de vez em quando nos manda algum dinheirinho, e o faz a contragosto, porque diz que somos comunistas. Para ele quem ficou em Cuba é comunista e não nos perdoa por termos vendido os quadros valiosos que havia na casa... Mas não era isso que vocês queriam saber, ou era?

Fernando e Álvaro sorriram, timidamente, quando do interior da casa viram sair uma velha negra, talvez da mesma idade que Carmen Junco, trazendo uma bandeja e três xícaras de café.

– Obrigada, Pepa – disse a dona da casa à recém-chegada e voltou-se para os visitantes. – Suponho que tomem café...

Álvaro aceitou a xícara, depois a negra velha se aproximou de Fernando e, por último, de Carmen.

– Se há uma coisa que não se perdeu nesta casa, que parece um manicômio, é o costume de oferecer café às visitas. Mesmo que seja preciso tirá-lo de debaixo da terra...

– Está muito saboroso – elogiou Fernando.

– É café Pilón, de Miami. Lá se toma o melhor café cubano.

– Incomoda se fumarmos? – perguntou Álvaro.

– Não, claro que não. Meu pai sempre foi um grande fumante, e eu às vezes fumo. Obrigada, Pepa – disse Carmen, devolvendo as xícaras à negra, que voltou ao interior da casa.

– Na verdade, dona Carmen...

– Carmencita...

– Dona Carmencita...

– Sem o dona...

Fernando riu mais abertamente e se acomodou melhor no sofá.

– Carmencita... Eu dizia que nos interessa a família Junco de maneira colateral. O que estamos procurando talvez tenha a ver com vocês, porque seu avô Ramiro pode ter tido alguma relação...

– Vovô Ramiro?

Fernando contou de suas pesquisas atrás dos papéis perdidos de Heredia até chegar ao velho Aquino e, embora tenha preferido deixar de lado a comentada relação entre Lola e Heredia, insistiu na menção a Ramiro Junco como um dos poucos homens com acesso aos documentos do poeta. À medida que avançava a história, o rosto da mulher foi revelando interesse. Seus olhos, do mesmo negro profundo que os versos de Heredia celebraram no olhar de Lola Junco, brilhavam inquietos, e Fernando descobriu que naqueles olhos estava o segredo de sua aparente juventude.

– O que eram esses papéis? Quer dizer, se é que vocês sabem...

– Acreditamos que sejam memórias de Heredia ou uma espécie de romance – disse Fernando. – Não temos certeza, porque parece que ninguém os leu...

Carmen Junco respirou fundo e olhou para o piano, que talvez, em plena glória do clã em Matanzas, tivesse até sentido a carícia dos dedos de Ignacio Paderewski.

– Há alguma coisa que vocês sabem e que por cortesia não disseram, e suponho que seja essa a razão pela qual acham que vovô Ramiro pode ter pego esses papéis, não é?

– Bem, sim. – Fernando olhou para Álvaro e tomou a única direção possível. – Deve saber o que se comentou há muito tempo sobre Heredia e Lola Junco...

— Que Esteban Junco não era filho de Rubén, mas da tia Lola e de Heredia.
— Foi isso que nos disseram... Mas não sabemos o que se dizia na família.
— Na família? Disso não se falava; no entanto, ouviam-se rumores, e é claro que se negava, imagine você, uma Junco com um filho fora do casamento... Mas no fundo acredito que a fofoca não incomodasse demais, pois ser filho de Heredia não é uma coisa qualquer. Ruim seria se fosse de algum mulato músico, mas do poeta Heredia... O que a vida tem de bom são essas vinganças: agora ninguém quer ser um poeta morto de fome, e todo o mundo gostaria de ter um filho mulato e músico, que viajasse para o estrangeiro, tivesse um carro novo e ganhasse dólares.
— Isso é verdade — confirmou Álvaro e acendeu outro cigarro.
— Por isso as pessoas têm tanta inveja da minha neta Maricela, a lourinha que os recebeu. O marido é músico. Meu irmão Pepito diz que essa é a maior vergonha da família, mas ele nunca entendeu nada da vida.
— Isso acontece... — comentou Fernando, tentando não se desesperar. — Então, e quanto aos papéis?
— Vamos ver, vamos ver. Pelo que estão me dizendo, vocês supõem que meu avô possa ter escondido as memórias de Heredia para que não se soubesse até onde chegara sua relação com Lola e porque podia-se descobrir que na verdade ele era neto de Heredia.
— É uma possibilidade...
— Não, pelo que sei do meu avô, não acredito. Se houve alguém que não se importava com o que as pessoas podiam pensar, esse alguém foi ele. Vejam, na guerra de Independência de 1895 minha família ficou quase sem um centavo. Entre o que meu bisavô Esteban deu aos mambises*, o que os espanhóis nos confiscaram e o que foi queimado e perdido durante a guerra, quase ficamos arruinados. Depois, o pouco que tínhamos se esfumou com uns títulos falsos que os americanos enfiaram em Cuba. E foi o vovô Ramiro que recuperou um pouco a fortuna da família, trabalhando como animal. Quando nasci, os Junco já tinham novamente algum dinheiro, mas não como antes, na época de Lola. Meu pai, então, começou a aumentar seu capital, porque era o melhor advogado de Matanzas, embora gastasse o que tinha e o que não tinha em festas, e por isso passavam por nossa casa todos os personagens que vinham a Cuba e os que viviam

---

* As tropas mambises eram grupos de guerrilha que atuaram pela independência de Cuba não apenas na guerra (1895-1898), mas ao longo de quase toda a segunda metade do século XIX. (N. T.)

aqui. Já mencionei Caruso? Sim, mas não Nat King Cole nem Anna Pavlova... Por sua vez, o tio Ricardito fez muito dinheiro na época de Machado, porém mais envolvido na política que trabalhando ou fazendo negócios. Por isso não acredito que Ramiro Junco tivesse medo de deixar vir à tona uma verdade como essa, pois entre os velhos Junco e ele houve uma guerra, uma fortuna que já não existia e quase cem anos.

– Mas naquela época... – começou Fernando.

– O dinheiro apagava tudo, como em qualquer época, e a família já tinha dinheiro de novo.

Álvaro, nervoso, esmagou o toco do cigarro num cinzeiro de vidro azul.

– É cristal veneziano – disse Carmencita. – O cinzeiro... Comprei cinco em Veneza quando fui de viagem em 1952... É o único sobrevivente.

– É muito bonito – admitiu Álvaro.

– Então, nunca ouviu falar desses papéis? E sua irmã, seus irmãos? – perguntou Fernando, sem se interessar pelo cinzeiro veneziano.

– De Heredia sempre se falou muito na família, mas desses papéis...

Enquanto Carmen Junco negava com a cabeça, Fernando Terry sentiu a alma cair no chão. Outro caminho começava a se fechar, e não se vislumbrava nenhuma luz no horizonte.

– E seus parentes que estão em Miami? – perguntou, tentando insuflar alguma vida em suas esperanças moribundas.

– Tenho certeza de que meu irmão Pepito não sabe de nada. Mas pelos primos por parte de Ricardito não posso falar. Deles não sabemos muito desde que se foram...

Álvaro, com o olhar fixo no piano, finalmente fez a pergunta que desde o início ele e Fernando tinham na cabeça.

– E vocês, Carmencita, por que não foram embora de Cuba?

– Nós? Por quê? Lembre-se de que os Junco, os Ponce de León e os Vélez de la Riva somos cubanos há três séculos e nem sempre tivemos dinheiro, mas continuamos vivendo. Quem quiser ir embora que vá, mas pelo menos eu, que sou cubana pelos quatro lados, só se me expulsarem, caso contrário não vou para lugar nenhum. Ah, e se em vez de Junco eu fosse Heredia, com mais razão ainda...

Álvaro e Fernando se entreolharam, comovidos com a declaração contundente da anciã, mas também certos de que os papéis de José María Heredia eram uma quimera tão perdida quanto o orgulho e o esplendor passado da família Junco.

Lembro-me de abril de 1823 como do momento de calma que precede o furacão feroz. Minha fama de poeta espalhava-se como o eflúvio potente de um perfume, e meus versos afloravam em bocas de jovens apaixonados ou comprometidos politicamente. A vaidade de me achar importante alimentava-me tanto ou mais que comida. Enquanto isso, Lola Junco e eu nos adorávamos como dois seres elementares, em perpétuo cio, que só no ato do amor aliviam suas exaltações e liberam suas melhores energias. Os meses de aprendizagem e prática nos haviam adestrado como amantes perfeitos, que se complementam e se satisfazem com igual capacidade de gozo e de entrega, e por isso cada minuto de separação parecia-nos séculos, e as horas de companhia e amor, apenas segundos fugazes. Mantínhamos nossa relação em absoluto segredo – até para meus amigos mais próximos – e esperávamos com impaciência o momento de apresentar meu diploma para, já com a possibilidade de exercer a advocacia, formalizar a relação e marcar uma breve data de casamento. Por isso, em minha mente, a cada dia aparecia com mais força, como uma minhoquinha impertinente, a ideia de conversar com o doutor Hernández e confessar minha decisão de abandonar uma conspiração que nunca se realizava, enquanto a corrente pretendida pelo generalíssimo Lemus mal conseguia juntar os elos necessários para aspirar ao êxito, pois praticamente nenhum dos cubanos que gozavam de influência e poder havia aderido à sedição, aduzindo desculpas como as de meus amigos para não se lançar numa aventura em cujo roteiro sempre aparecia a mesma interrogação sem resposta: e os negros? Só a seriedade daquela situação impedia que fosse risível o fato de os negros trazidos da África e escravizados na ilha serem por sua vez quem escravizava as vontades de seus amos, amarrando-os a suas próprias correntes, castrando sua liberdade.

O orgulho impedia-me de realizar retratação tão vergonhosa e o fato de saber que tanto Lola como meus amigos consideravam-me herói fechava-me o caminho para uma retirada, quando na verdade naquele momento meu desejo era permanecer em Matanzas, junto da minha amada, escrevendo versos e tragédias e ganhando com meu trabalho o dinheiro necessário para uma vida tranquila. Com aquele propósito em mente, decidido a obter quanto antes meu diploma de advogado, rumei para Havana para lá tomar uma escuna até Puerto Príncipe, sede do Tribunal, convencido de que na minha volta tudo se decidiria, pois, se havia algo que eu não desejava, era arrastar Lola numa aventura de turbulência e dor: e, se meu destino político era irreversível, estava disposto a arrancar meu coração, como Édipo fizera com seus olhos, e deixar Lola fora de uma vida que, além de perigo e miséria, não podia oferecer-lhe outra garantia.

A Havana a que cheguei na ocasião era uma cidade à beira do caos, onde a cada dia era maior a violência, eram mais numerosas as mesas de jogo e as casas de encontros, eram mais frequentes os insultantes leilões públicos de escravos, como se o novo governo do capitão-general Dionisio Vives tivesse decidido envenenar com uma dose maior de infâmia e incúria o sangue de uma sociedade já doente. Ao mesmo tempo, as notícias chegadas da Espanha e as reações que provocavam em Cuba elevaram a temperatura política a níveis nunca antes atingidos, e meus amigos tinham se colocado ao lado da fogueira aparentemente incontrolável. O primeiro tiro de canhão daquela guerra surda soou quando se soube que as tropas da Santa Aliança, organizadas pelo monarca francês, estavam acantonadas nos Pireneus, prestes a invadir a península e erradicar o mau exemplo do constitucionalismo, em cuja órbita, naquele mesmo dia, se produzira um acontecimento que em outro momento teria sido esperançoso: Varela, mostrando as garras e disposto a transpor os limites do possível, apresentara um ousado projeto de abolição da escravidão e de autonomia política para a ilha de Cuba.

A gravidade da situação impeliu meus amigos estudantes do seminário de San Carlos a redigirem um manifesto de apoio ao constitucionalismo, publicado em *El Revisor Político y Literario*. Domingo, especialmente dotado para a elaboração de escritos daquele tipo, ocultou sua autoria, embora tenha aparecido entre os muitos signatários de um documento em que se falava abertamente de liberdade, soberania e se atacavam os traidores da Constituição. O que meus amigos não sabiam era que, quando foi publicada sua inflamada proclamação, já fazia uma semana que se iniciara a invasão de uma Espanha indefesa e acéfala, traída por seus chefes militares e por seu próprio rei. Foi então que Varela, Gener e Santos Suárez, como muitos outros deputados, jogaram seus destinos na mais perigosa das cartas: decretaram a incapacidade de Fernando VII reinar sobre o país e suas colônias e transferiram as cortes para Sevilha e depois para Cádiz, nada conseguindo além de prolongar a agonia de um sistema político condenado à morte.

Se antes o orgulho, a vaidade e certa dose de soberba me impediram de me aproximar do bom doutor Hernández e pedir minha exclusão do movimento independentista, agora a atitude de meus amigos e o exemplo de Varela e dos outros deputados fecharam-me o caminho de volta, se é que o retorno ainda era possível.

Em meio àquele ambiente exaltado, numa noite em que tínhamos tomado mais vinho que o recomendável e discutimos durante horas as possíveis saídas para a crise do momento, decidi, quase sem pensar, apostar mais alto em meus amigos e acabei confessando minha participação no movimento dos Sóis e Raios de Bolívar. Além dos habituais colegas da Tertúlia, lembro que naquela noite também estava conosco Saco, que, no calor dos novos acontecimentos, convertera-se em mais um de um grupo em que encontrava eco para suas ideias e atitudes.

Enquanto Domingo mantinha fixos em mim seus olhos escrutadores e míopes e lançava fumaça de um daqueles charutos que então dera de fumar, as caras de Silvestre, Cintra, Sandfeliú e do próprio Saco cobriram-se de espanto ao saber, definitivamente, de meu pertencimento ao movimento sedicioso. E o mais eloquente dos comentários, como era de esperar, foi de Domingo, que, sem tirar o charuto da boca, sussurrou:

– Você ficou louco. Está entendendo? – E acrescentou, creio que de coração e muito a contragosto: – Você sempre vai em frente, mas desta vez se superou.

Loquaz e audacioso, como costumava ser quando bebia, falei-lhes do apoio de Bolívar, das lojas, da corrente, da presença em Cuba de Lemus e de outros militares vindos da América do Sul, até que Saco novamente pôs o dedo na ferida eterna e sangrenta:

– E os negros, poeta? O que vai acontecer quando se sublevarem? Tudo o que você disse parece ótimo, mas, se não tiver resposta a essa pergunta, não conte com as pessoas que decidem em Cuba.

– Mas a independência... – protestei.

– Hoje é uma quimera. Está vendo seus bons amigos? – E apontou para meus companheiros. – Agora até invejam sua valentia, mas amanhã, quando forem ricos, como todos serão, vão afirmar que você era um delirante. Dê tempo ao tempo e verá, poeta.

Dois dias depois, com todas as minhas dúvidas e uma grande tristeza na bagagem, subi na escuna que me levaria a San Fernando de Nuevitas, um atracadouro próximo à vila de Puerto Príncipe. Mas, ao pôr os pés naquela cidade, descobri que nem a expansão e a vitalidade de Matanzas nem o caos e a vida licenciosa de Havana haviam chegado a uma povoação terrivelmente provinciana e como que parada no tempo. As ruas sem pavimento e mal iluminadas tinham alguma animação ao longo do dia, mas, às oito da noite, como por mandato real, cessava toda a atividade. Então a população se fechava em casa, os estabelecimentos comerciais baixavam as portas e o silêncio se apossava da velha cidade que, tempos antes, tivera seus dias de glória e riqueza graças a um desenfreado comércio de contrabando. Sentia-se o tédio na atmosfera, sólido, como se fosse possível cortá-lo com uma lâmina, e, mal cheguei, tive vontade de voltar.

Minha situação econômica precária obrigou-me a aceitar a hospitalidade do ouvidor José Eugenio Bernal, velho amigo de meu pai, e com ele dediquei algumas noites a visitar parentes e amigos para, reunidos nos belos pátios interiores das casas, conversar sobre os assuntos mais insípidos e me ver instado a recitar alguns de meus versos, ousados demais para o gosto pacato de meu público.

Foram quase eternas as quatro semanas gastas nos prolongados trâmites que a validação de meu título implicava, e tudo pareceu fadado ao fracasso quando descobriram que ainda me faltava um tempo para cumprir os dois anos de estágio necessários entre a graduação e a titulação. Felizmente, em Cuba tudo parece impossível, mas, ao mesmo tempo, tudo tem solução: com a influência de Bernal e de seu amigo e regente Campuzano, e a quantia de cento e trinta pesos que o ouvidor me emprestou para colocar em mãos adequadas, meu tempo de estágio apareceu nos papéis, e em 18 de junho de 1823 eu era um jovem advogado disposto a fugir daquela cidade insuportável...

Assim que cheguei a Matanzas, nos primeiros dias de julho, corri para a praça de la Vigía e postei-me na esquina da casa de minha amada, sem nem ouvir a notícia dada por minha mãe de que Silvestre estava na cidade. Durante os meses anteriores, sempre que precisava falar com Lola, eu preparava um bilhete e esperava até que Teté ou alguma das escravas da casa – todas nossas aliadas – saísse em algum momento, quando lhe entregava o papel sorrateiramente. Mas, naquela tarde, do casarão absolutamente fechado não saía ninguém, enquanto as horas passavam, a noite caía, e o cansaço, a sede, a fome e a vontade de urinar me rendiam.

Passava das nove quando comi uns bocados do quiabo com carne já frio que minha mãe fizera para comemorar minha titulação e fechei-me no quarto. Alguma coisa estranha estava acontecendo, e eu pressentia que não era agradável. Finalmente o cansaço me venceu, e só acordei quando senti que mexiam na minha perna; ao abrir os olhos, um raio de sol me atingiu.

– São dez da manhã, caralho – dizia uma voz que logo reconheci como a de Silvestre Alfonso. – Vamos, vá se lavar e tomar café. Temos que conversar.

– Mas o que está acontecendo?

– Acorde primeiro – insistiu. – Espero você na sala de jantar. Lave-se bem, você está cheirando mal.

Quando entrei na sala, Silvestre tomava uma xícara de café e me serviu outra. Sem falar, estendeu-me um papel cor-de-rosa. Mal provei o café, li o bilhete, cujo remetente já conhecia: "Tivemos que sair da cidade. Escrevo logo. Te ama, mais que nunca, tua Lola".

– Foram embora de uma hora para outra – disse-me, ao ver minha perplexidade. – Teté entregou-me este bilhete... E eu que acreditei quando você me disse que não havia nada, que não queria arrastar Lola para sua vida de mártir...

Silvestre, que era capaz de falar por horas de um só fôlego, daquela vez preferiu não pôr lenha na fogueira, talvez alertado pela minha expressão, que decerto refletia a incerteza provocada pela situação.

De repente a cidade e minha vida perderam os atrativos com a ausência de Lola. E naqueles dias avaliei as verdadeiras dimensões do meu amor, sem imaginar ainda que o pior estava por vir.

Tive pouco tempo para me revolver em minha aflição, porque um segundo e mais terrível acontecimento avisou-me da chegada da tempestade irreversível. Foi em 1º de agosto, de manhã cedo, que o doutor Hernández apresentou-se em minha casa, e pensei que a razão só poderia ser o início da rebelião. Lamentei ao considerar que esta chegaria quando a única coisa que desejava era pousar a cabeça no amável regaço de Lola. Mas a notícia era outra, e foi desoladora.

— Descobriram tudo — disse-me, e senti que aquele homem bom e valente era capaz de chorar.

A polícia especial do capitão-general havia invadido a célula havanesa da conspiração a partir da delação de um escravo que trabalhava na gráfica onde se imprimiam as proclamas que Lemus distribuíra ao se iniciar o levante. E os primeiros detidos contaram tudo o que sabiam.

— E não é este o melhor momento para nos rebelarmos? — perguntei, pois sabia que, se pegaram a ponta do fio, logo chegariam à meada e supunha que depois de anos de trabalho a conspiração já devia estar arquitetada.

— O que vou dizer é muito triste, José María: desde dezembro está tudo pronto para o levante, mas sempre havia uma questão pendente...

— Os negros — eu disse, e o doutor assentiu.

— Não haverá solução enquanto houver escravos. Ninguém quer nos apoiar... É a cilada de Cuba.

— E o que vamos fazer?

— Por enquanto, esperar. Talvez não cheguem a nós. Mas, se chegarem, meu conselho é que você saia de Cuba.

— Não posso ir embora! — quase gritei.

— Sabe o que é pior? A vergonha que me dá falar disso com pessoas como você. Sinto-me responsável por tê-lo arrastado para essa loucura. Fui ingênuo ao acreditar que este país pudesse reverter seu destino. Mas ele não tem remédio e não terá por muito tempo, talvez não tenha nunca. Um país que prefere uma tirania a enfrentar os riscos, sejam eles quais forem, merece todas as tiranias.

Faz quinze anos que ouvi essas palavras e ainda não consigo tirá-las da cabeça. Também não consigo esquecer a imagem final que me deixou aquele homem no qual palpitara tanta fé: vi-o sair de minha casa, vencido e envergonhado, sem nem se despedir de mim...

Por vários dias senti-me estonteado, sofrendo ciúmes abrasadores e alarmado com os acontecimentos que se precipitavam em Havana, onde se havia instaurado processo contra os conspiradores, enquanto as delações levavam a novas detenções diariamente, inclusive a do generalíssimo Lemus, preso com todas as suas fardas, seus graus e proclamas, mas sem desembainhar a espada. Depois de Lemus, o bom doutor Hernández caiu, em Matanzas, e a evidência da delação fez tremer os demais conspiradores. Quanto a mim, para fazer parecer que minha vida continuava pelos trâmites previsíveis, apresentei-me na prefeitura disposto a validar meu título de advogado, embora não tivesse começado a exercer, e pouco me importou que *El Revisor* publicasse meu poema à insurreição dos gregos, com seu canto à liberdade... Em meio ao calor infernal daquele agosto, quando minha vida estava pendurava pelo fio improvável do silêncio de meus irmãos Cavaleiros Racionais, comecei a planejar, com ajuda de Silvestre, uma viagem ao engenho Miraflores, onde permaneciam os Junco. Minha intenção era exigir uma explicação de Lola por seu silêncio e, uma vez esclarecida a situação entre nós, pedi-la em casamento, pois só duas coisas poderiam acontecer, e nenhuma era pior que a incerteza: me aceitarem ou me rejeitarem, e então viveria feliz ou me lançaria na luta.

Estava prestes a empreender a viagem quando recebi uma mensagem do doutor Hernández, enviada do cárcere em que estava confinado. O texto, conciso, era uma ordem: "Vá embora". E como assinatura apareciam os raios de um sol. Mas eu simplesmente não podia ir embora sem falar com Lola e, naquele instante, compreendi o grau do meu desatino ao me propor viajar até o engenho dos Junco, pois só conseguiria envolver a ela e sua família em minhas aventuras políticas. No entanto, eu precisava vê-la... Por insistência de Silvestre, decidimos então que o melhor lugar para me esconder, até que pudesse clarear minhas ideias, era justamente Havana.

No fim de agosto saímos de Matanzas enquanto novas detenções aconteciam na cidade e era designado juiz instrutor do processo o alcaide Francisco Hernández Morejón, homem com fama de cruel. Para continuar minha aparente rotina, alojei-me na casa de Silvestre, validei meu título na prefeitura da capital e comecei a colaborar no escritório de José Franco, outro velho amigo de meu pai, que exercia a função de assessor do Real Consulado.

Surpreendeu-me que Domingo tivesse desaparecido do panorama das tertúlias e reuniões de amigos. Segundo Cintra, já transformado numa espécie de pajem de Domingo, a razão era que, muito afetado pelo rompimento definitivo de relações com Isabel, nosso amigo viajara para Matanzas justamente quando eu viera para Havana. A história que Cintra nos contou foi que Isabel voltara a ser pretendida pelo negreiro *don* Pedro Blanco. Desesperado, Domingo havia, então, renunciado a seus projetos literários e aceitado o trabalho de assessor jurídico que lhe fora proposto pelo alcaide do pequeno povoado de Guane, no quase desabitado extremo ocidental da ilha, mas antes de partir fora despedir-se da mãe e dos irmãos.

Domingo só voltou a Havana em meados de setembro e, por diversas razões, não foi me ver antes de se mudar para Guane. Aquele desencontro inexplicável não me soube bem, sobretudo porque as notícias provenientes de Matanzas faziam-me pensar cada vez mais seriamente na alternativa dolorosa que o doutor Hernández me ordenara... Mas só muitos anos depois, já de posse de outras evidências, minha mente conseguiria ligar todos os fios e passar das suspeitas a entender cabalmente as verdadeiras razões da estranha atitude de Domingo.

Disposto a me esconder em lugar seguro, despedi-me dos amigos. Longe de mim imaginar que estava vendo Sanfeliú pela última vez, que Saco seria por algum tempo meu companheiro de exílio e o mais sagaz defensor que minhas poesias jamais tiveram, que só voltaria a encontrar Silvestre na fria Nova York e que Tanco, Cintra e Bermúdez se negariam a me cumprimentar quando voltássemos a nos ver. Naquela noite, enquanto tomávamos um vinho triste e falávamos do destino trágico da ilha, eu encerrava minha participação num grupo de amigos que me deixariam para sempre um vazio irrecuperável no coração.

Ao chegar a Matanzas, passei sub-repticiamente pela casa de meu tio Ignacio e, depois de saber que não havia notícias dos Junco, inteirei-me da detenção de meus amigos iniciados por mim no movimento. Os irmãos Aranguren e seu cunhado, Antonio Betancourt, estavam presos havia três dias e, com eles, vários membros da Tertúlia e dos Cavaleiros Racionais. Quem os delatara? Como era possível que ainda não tivessem vindo me apanhar? Só a inteireza do doutor Hernández podia me permitir continuar em liberdade, mas agora minha sorte dependia dos últimos detidos.

Por insistência do meu tio, que preparou tudo, parti para o engenho Los Molinos, o mesmo em que tive a primeira visão de Matanzas. Lá me recebeu afetuosamente a marquesa Reina María, viúva de Prado Ameno, grande admiradora de minha poesia. Naquele lugar amado pela natureza, à beira do rio San Juan, mas vendo todas as manhãs a saída triste dos lotes de escravos para as plantações de cana, vivi à sombra magnífica das grandes fortunas cubanas e compreendi definitivamente a impossibilidade de contar com os fazendeiros para iniciar uma revolução: luxo demais, poder e dinheiro demais posto em jogo por uma mudança política que, no fim das contas, não lhes traria maiores benefícios, menos ainda agora que voltavam a ter no trono um rei títere, dependente do dinheiro cubano para comer e se vestir. Para aqueles crioulos ricos, a escravidão de outros homens era um modo de vida tão natural que uma mulher culta e mundana como a que agora me oferecia proteção podia ser a mesma pessoa que alguns anos atrás se empenhara em cercear, com crueldade exemplar, o talento inato para a poesia do jovem escravo Juan Francisco Manzano, nascido em sua propriedade, por ela martirizado por causa da ousada pretensão de querer escrever e publicar seus versos. Para a marquesa, como para todos os de sua classe, um negro era menos que um cão, portanto era inconcebível que pudesse ler ou escrever.

Quase desmaiei na manhã em que aquela mulher anunciou que deixaria a casa por alguns dias, pois iria visitar seus amigos Junco no engenho de Miraflores. Prestes a lhe pedir de joelhos que me deixasse ir com ela, compreendi o absurdo de minha pretensão, mas roguei que me fizesse o favor de entregar um bilhete a minha amiga Lola.

– Então é amiga? – sorriu a marquesa. – Em Matanzas todo o mundo diz que são mais que amigos. Dê-me a carta, eu levo.

Comecei e terminei a missiva quinze, vinte, mil vezes, e outras tantas a rasguei. A incerteza impedia-me de encontrar o tom exato para uma carta que podia ser de ira, de amor, de ciúmes... E por fim optei por suplicar a Lola que me permitisse saber dela e o porquê de seu silêncio. Passei aflito os dias que a marquesa esteve fora da fazenda: quase não dormi, nem comi, nem mesmo pensei na minha situação. E, quando a vi chegar, corri sem nenhuma vergonha até a carruagem e lhe pedi notícias de Lola.

A marquesa entregou-me um envelope cor-de-rosa. Com o coração na boca afastei-me até a sombra de uma amendoeira, enquanto meus dedos, torpes como nunca, tentavam rasgar o invólucro da carta. Porém muito mais que palpitações me invadiram quando comecei a ler as breves linhas, que agora tenho novamente diante dos olhos, poucas palavras destinadas desde aquele dia a me colocar de repente diante de uma das maiores tragédias de minha vida: "Meu amadíssimo José María", escreveu Lola. "Deus ouviu minhas súplicas e finalmente tenho notícias suas e sei que está livre e em lugar seguro. Confio em que não lhe aconteça nada, pelo bem seu e do nosso filho. Sim, meu amor, estou grávida de cinco meses, e essa é a razão pela qual meus pais me trouxeram ao engenho, pois desejam ocultar minha condição. Insisto em que o melhor é permitirem que eu me case, mas eles se opõem, ainda mais conhecendo as circunstâncias em que você se encontra. Continuo rogando a Deus para que tudo passe, para que você continue livre e, com a ajuda de Santo Estêvão, finalmente possamos nos casar e ter nosso filho em paz. A marquesa lhe explicará mais algumas coisas, pois agora preciso terminar. Lembre-se de que meu amor é inesgotável, como o manancial da montanha do qual nasce o rio Yumurí, em cuja margem concebemos a coisa maior e mais milagrosa da vida. Muitos, muitos beijos, sua Lola."

– Afinal quantas garrafas são?
   – Eu trouxe uma – disse Miguel Ángel.
   – Eu, outra – disse Conrado.
   – Eu, meia. Não, um pouquinho mais – corrigiu Fernando.
   À medida que ouvia as quantidades de álcool disponível, Álvaro ia levantando dedos; levantou a mão com dois dedos esticados e o indicador da outra mão cruzado sobre eles.
   – Dois e meio – disse, como que decepcionado.
   – Estou sem um tostão – disse Víctor.
   – Nem olhem para mim – disse Tomás.
   – Avisei que não ia mais trazer rum – disse Enrique.
   – Também estou duro – disse Arcadio. – Ontem saí com uma menina…
   – Deixa disso – interrompeu Álvaro, aborrecido. – Com mais meia minha, são três. Está bom, não é? E como Enriquito deixou de tomar…
   As garrafas foram acomodadas num pequeno banco de madeira, no qual também estava a bandeja com os copos, um jarro com gelo e vários limões cortados em metades. Como toalha, colocaram um jornal daquela tarde: 23 de outubro de 1974.
   – Vão te chamar de "o fígado preto" da literatura cubana. – Enrique observava Álvaro servir rum e ia distribuindo os copos entre os consumidores, dos quais alguns acrescentavam gelo, outros, limão. – E olha como ele serve…!
   – Escuta, Madre Joana, para de encher o saco – respondeu Álvaro, e todos riram. – Afinal, você vai ou não vai ler um pedaço da *Tragicomedia*?
   – Não, ainda não. – Enrique tentou se acomodar, como se estivesse desconfortável na cadeira. – Enquanto não terminar, não vou ler nada. Já avisei, não é?
   – Escuta, Enrique, tenta fazer essa coisa preciosa ser boa, porque faz um ano que você está enchendo o saco com isso e nunca termina. – Miguel Ángel voltou a pôr o cigarro na boca depois de tomar um gole de rum.

— Não sei, vai ver que é uma merda – disse Enrique, sem conseguir se ajeitar.

— Sabe o que eu acho, Enrique? – perguntou Arcadio. – Que você deve esquecer essa *Tragicomedia* e escrever outra coisa. Se está tão travada, deve haver alguma razão...

— Está travada porque quero dizer muitas coisas, algumas não sei como e outras não sei se posso.

— As que não se sabe como dizer são mais chatas – interveio Víctor, que ainda não tinha provado o rum: enquanto os outros bebiam como desvairados, ele passava a noite toda com uma ou duas doses e as tomava em pequenos goles. – As outras, diga-as. Para meter a tesoura sempre dá tempo, então não comece você mesmo a se censurar desde já.

— Não sei que mania é essa que vocês têm de complicar as coisas – observou Conrado, pondo mais gelo no copo.

— Acho que esse camponês astuto tem razão. – Tomás já tinha tomado a primeira dose e segurava o copo de cabeça para baixo. – Não gosto de escrever por capricho. Se me vem alguma ideia que pode ser boa, anoto em algum lugar, mas não começo logo a escrever. É isso...

— Boa ideia – disse Álvaro. – Assim você não arranja problema nem consigo mesmo.

— Sabe o que vou fazer no romance que quero escrever? – Tomás voltou a falar. – Vou esquecer a política, qualquer coisa que cheire a política. Porque o que estraga a literatura cubana é a mania da política.

— Não seja idiota, compadre – interveio Miguel Ángel, com o cigarro na boca. – A política está em tudo. É claro que se pode escrever de política, mas o que não se pode é deixar que a política seja o mais importante.

— Pois eu não me importo picas com política – disse Fernando. – Escrevo poesia e o que me interessa são as pessoas, se elas sofrem ou se apaixonam, se têm medo de morrer ou se gostam do mar.

— E isso não é uma posição política? – perguntou Miguel Ángel.

— Olha, Negro – Tomás serviu-se de mais rum –, teu problema é que você toma café da manhã com mertiolate e seu lanche é beterraba com mercurocromo. Está cada dia mais vermelho.

— Não enche o saco, Tomás, você sabe que é verdade o que estou dizendo. Agora, o fato de alguns escritores aproveitarem a política para fazer carreira, isso é outra questão.

— Não, a questão é essa, a questão é essa – enfatizou Álvaro e até deixou o copo no chão. – Um monte de oportunistas leva vantagem com o que escreve...

— Escuta, Varo, você já se esqueceu de quantas pessoas foram tiradas de circulação por causa do que escreveram e até do que não escreveram? – perguntou Conrado.

— Não, não me esqueci, claro que não me esqueci.

— Você vê as coisas muito fáceis – opinou Arcadio. – Mas, se de repente tiram você do trabalho, não te publicam mais, você não viaja mais...

— Se foi pelo que escrevi, e eu acredito no que escrevi, se fui sincero no que escrevi, pois então me ferro calado – afirmou Álvaro. – Mas não baixo a cabeça para voltar a viajar, a publicar, a aparecer...

— Está se fazendo de gostoso... – sussurrou Tomás.

— E se você mudar de verdade sua maneira de pensar? Se de fato se convencer de que o que estava escrevendo era prejudicial e nunca deveria ter escrito? – disse Arcadio.

— Pois então foi um idiota e vai continuar sendo – arrematou Álvaro.

— Conclusão: o melhor é não se meter nesses problemas, como dizia meu avô – propôs Tomás.

— Mas, se não nos metermos em problemas, vamos estar muito, muito ferrados – exclamou Enrique. – A literatura tem a ver com a realidade, e a realidade não é o paraíso. A literatura também é a memória de um país, e sem memória...

— Você acha então que o escritor é a consciência crítica da sociedade? – perguntou Miguel Ángel, seriamente.

— Escuta aqui, enfia o manual de marxismo na bunda – quase gritou Enrique. – O escritor é um sujeito muito ferrado, cheio de angústias, que vive num país e escreve sobre o que acontece ou não acontece no país. E, se é um escritor de verdade, tenta ser sincero consigo mesmo, ainda que escreva sobre os marcianos.

— E se todo o mundo só escrever sobre as coisas boas que acontecem e não puser o dedo na ferida... – começou Víctor.

— A literatura é uma merda – interrompeu Arcadio.

— E sobre o que é preciso escrever para que ela seja boa? – Conrado entrou na conversa. – Vamos lá, vocês que são tão bárbaros, sobre o que é preciso escrever?

— Não sei, mas sei sobre o que eu quero escrever – respondeu Fernando. – Sobre as pessoas, sobre a esperança e a desesperança...

— Isso se chama intimismo... ou seria individualismo? – questionou Tomás.

— É muito fácil, Fernando – opinou Miguel Ángel. – Acho que é preciso escrever sobre o que se sente e aquilo em que se acredita.

— E se alguém acredita em milicianos, cortadores de cana e alfabetizadores...? – exclamou Conrado.

— Pois então escreva sobre isso – disse Enrique –, mas não por oportunismo, e sim porque acredita. O estranho é que agora ninguém escreve sobre um cortador de cana ou um miliciano veado. Porque deve haver milicianos veados... Digo mais, conheço um monte.

— Eu sabia que ia acabar nisso – protestou Arcadio. – Quem não escreve sobre veados não é escritor. Vem cá, será que a sua *Tragicomedia* não é sobre a veadagem?

— Pode ser – disse Enrique. – O tema não é mau, não é mesmo? Ser veado neste país nunca foi fácil.

— E o que você não tem coragem de dizer? – perguntou Víctor.

— Escuta, mulatinho, não queira me sondar, não vou revelar nada. – E Enrique sorriu.

— Porra, já se foram duas garrafas – exclamou Tomás. – Vocês bebem mais que...

— O que eu mais gostaria, na verdade, seria de escrever um romance sobre o século XIX – disse Miguel Ángel. – Porque acho que, quando há um tempo no meio, o escritor é mais livre, não sei, tem menos compromisso com a realidade e pode...

— Passamos do intimismo ao escapismo – sentenciou Enrique.

— Não, você sabe que não – defendeu-se Miguel Ángel. – O que não tem sentido é escrever sobre o século XIX como um escritor do século XIX. É preciso ver a história do ponto de vista de agora.

— E assim você não se autocensura? – perguntou Víctor.

— E lá vem a censura – bufou Conrado.

— É que sempre é preciso estar de orelha em pé – admitiu Álvaro, enquanto acariciava uma caveira imaginária. – Eu me autocensuro ou sou censurado?, eis a questão.

— Não quero escrever sobre o século XIX por censura ou autocensura, pelo contrário. Vocês imaginam quanta coisa os escritores do século XIX se autocensuraram? Sobre política, sexo, religião. Sobre racismo...

— Porra, Negro, claro que você está escapando – interferiu Fernando. – Faça esta pergunta: quanta coisa sobre política, sexo, religião, racismo e não sei o que mais que você disse, os escritores de agora se censuram?

— Gostei – exclamou Álvaro. – Nós escrevemos sobre o século XIX e deixamos o que está acontecendo agora para uns Sabichões de 2074, e eles deixam seus problemas para os de 2174, e assim todo o mundo vive em paz e escreve seus romances sem autocensura... Nós de agora viajamos para o estrangeiro, os de 2074, para a Lua, e os outros, para Plutão.

— Com certeza, dizem que a Feira do Livro de Plutão é a melhor da galáxia — exclamou Arcadio, e, com exceção de Álvaro, todos riram.

— Por esse lado, vocês têm razão – admitiu Miguel Ángel –, mas eu me interesso pelo século XIX porque gosto dessa época... Ser negro em Cuba foi mais difícil que ser veado.

— Você teria sido escravo, como Manzano, e Del Monte não teria te salvado, de modo que fique tranquilo por aqui – interrompeu Conrado.

— Resta menos de uma garrafa... – avisou Tomás, alarmado.

— Põe um pouquinho aqui, antes que acabe – pediu Víctor.

— E o que você está escrevendo agora, Negro? – quis saber Fernando.

— Um conto. Sobre um negro que agora está se sentindo discriminado.

— Ai, minha mãe! – exclamou Arcadio. – E como é isso?

— Comecei ontem. Pode ser que eu leia na semana que vem. Ainda não sei muito bem para onde atirar, mas sei o que é ser negro. Bom, é claro.

— Se bem te conheço, sei o rumo que vai tomar – arriscou-se Enrique. – O pobre negro é americano e é devorado pelos cães racistas dos Estados Unidos.

— E o negro é veado? – perguntou Arcadio, designando Enrique com o lábio.

— Sabe, Arcadio? – Enrique parecia zangado. – Você tem tanta obsessão por veado que não me surpreenderia se um dia te visse agarrado com um cara... Quer dizer, com um negro.

— Parem com isso, parem com isso – interferiu Víctor. – Fernando, e o poema que você ia ler hoje?

— Ainda não gosto dele como está – justificou-se Fernando. – Entre as reuniões e o trabalho do curso sobre Heredia quase não consegui escrever... Aqui o único que não para é Enrique.

— Porque os escritores escrevem – disse Enrique.

— Então você é escritor? – perguntou Conrado.

— Eu sou, e você?

— Aspirante...

— Já não sei se quero escrever nem que porra vou escrever... – interveio Álvaro. – Quando terminar a faculdade, vou ser *barman*.

— Batman? – exclamou Tomás.

— Sabem de uma coisa? – interferiu Fernando. – Pensando em tudo isso que estamos falando, me ocorreu que eu adoraria olhar o futuro por um buraquinho, não sei, daqui a vinte e cinco anos, e ver o que cada um terá feito, o que será de cada um...

— Não sei por que imagino que você vai ver umas coisas bem feias... — resmungou Enrique.

— Talvez não — disse Fernando e correu o olhar pelos amigos. — Não seja pessimista, Enrique.

— Pois eu acho que é preciso escrever, agora e daqui a vinte anos. E sabem por quê? — Miguel Ángel fez uma longa pausa.

— Por quê, Negro? — Foi Víctor quem perguntou.

— Porque só escrevendo alguém pode saber o que quer escrever, até onde pode chegar, se quer ou não quer fazer política com a literatura, se é bom escritor ou um tolo, se vai se autocensurar ou ser censurado por alguém depois. E podemos ter dúvidas, não saber como dizer alguma coisa, como está acontecendo com Enrique agora. Mas, como Enrique é escritor, vai continuar escrevendo, e isso é o melhor que podemos fazer.

— Acho a mesma coisa — disse Víctor.

— Quisera eu saber — disse Conrado.

— Eu também... — disse Tomás. — Porra, acabou o rum.

José de Jesús alarmou-se quando desapareceu a luz. Seria o fim? Já, agora? Sem dor, quase sem angústia? Deviam faltar três ou quatro horas para cair a noite, e até o momento em que deixara de perceber a luz acreditara que ainda daria tempo. Durante a ronda matinal dos médicos, observara, sem espanto nem medo, o movimento pendular da cabeça do chefe do pavilhão, mas já não precisava daquelas negações com jeito de não-tem-remédio para saber que não havia remédio possível, a não ser esperar a chegada certa de uma morte talvez preguiçosa demais. Oito dias antes seus esfíncteres tinham se bloqueado e, graças às gestões dos irmãos maçons, conseguiram interná-lo na Quinta de Nuestra Santísima Virgen de Covadonga, onde lavagens e sondas descarregavam os escassos dejetos produzidos por um corpo já incapaz de executar até mesmo aquela função. Seu organismo despedia-se por partes, cansado de tantos anos de trabalho, e com cada morte parcial chegava o alívio de perder uma das dores que o atazanavam.

No entanto, enquanto ia morrendo a prestações, sentiu uma lucidez avassaladora instalar-se em sua mente. Sempre acreditara que, chegada a hora de morrer, o melhor seria que tudo acontecesse de modo repentino para evitar a agonia que vira tantos anciãos sofrerem, à medida que enlanguesciam, já sem possibilidade de raciocinar, transformados em vegetais murchos, sem vontade nem sequer para desejar a chegada libertadora da morte.

De seu quarto, de pé-direito muito alto e janelões abertos para um jardim povoado de álamos, louros-falsos e flamboiãs estivais em flor, José de Jesús Heredia desfrutara de uma vista privilegiada para o céu, para além da copa das árvores, e gastara seus últimos dias observando a passagem das nuvens, as mudanças da luz, a alternância de cores numa abóbada celeste semelhante à que cobria o teto das lojas maçônicas onde passara tantas e tantas noites de sua vida. Contemplando os movimentos do céu, deixara a mente vagar até a única encruzilhada que lhe parecia ter ficado pendente. Porque desde a noite de 1921, cinco anos antes, quando entregara à loja Filhos de Cuba as memórias do pai, José de Jesús se martirizava pensando se não cometera um erro. Embora para ele não houvesse dúvidas de que o lugar e as pessoas escolhidas eram os melhores a seu alcance, a obstinada recusa de Ramiro Junco em se envolver naquela história, que tanto lhe dizia respeito, levava-o a duvidar do acerto de sua decisão. Agora só o destino final do documento, colocado no caminho irreversível de sua divulgação, ardia em sua consciência e queimava-o como uma chama infatigável, empenhada em lhe roubar a tranquilidade da morte esperada. Depois de um século vivendo na mentira – perguntava-se o ancião, observando os fios de nuvens cinzentas que atravessavam diante da lua –, seria melhor manter a amável face de uma falsidade ou enfrentar o rosto purulento e terrível da realidade? Seu pai, homem de outra época e outra têmpera, sempre acreditara na verdade, mesmo que nem sempre a tivesse dito, mas José de Jesús era um infeliz que encerrava sua vida acolhido pela caridade dos irmãos maçons e do próprio Ramiro Junco, que desde a revelação de sua identidade enviava-lhe todo mês algum dinheiro. Além disso, em seus noventa anos de residência na terra – quase três vezes o que seu pai vivera – não deixara no mundo nem poemas, nem filhos, nem fama; contudo, tivera a competência de salvar, com o mais covarde e sinistro dos silêncios, o que o tempo relegara a refúgios talvez menos dramáticos para todos, inclusive para Heredia. O tormento da dúvida, reavivado pela proximidade da morte, acompanhava com obstinação aquelas pastosas horas finais, durante as quais a única visão agradável era a de um céu em que se alternavam, desde a origem do mundo, a luz e a escuridão.

Dois dias antes, o padre da Quinta, vencendo as reservas diante de um maçom herege, o tinha confessado e administrado os óleos sagrados, depois de ler a extrema-unção. Como a maioria dos maçons cubanos, José de Jesús era católico e, amparado na liberdade de culto e religião de sua irmandade, sempre fora um crente convicto, embora discreto, que raramente entrava numa igreja e havia muitos anos não se confessava. Para sua surpresa, o pároco o abençoou, deu-lhe a absolvição e ajudou-o a rezar as orações de penitência, credos, ave-marias e pai-nossos, cujos versos o moribundo esquecera irremediavelmente. Ao terminar as orações, pediu ao padre que ficasse com ele mais alguns minutos e, em voz baixa, repetiu os que haviam se tornado seus cantos para o céu: a memória fraca permitiu-lhe recitar, em tom menor, mas seguro, o "Himno del desterrado", a ode ao "Niágara" e, sobretudo, "En el teocalli de Cholula", versos que pelo menos haviam garantido ao pecador José María Heredia um lugar no céu dos homens, que seu filho, na última decisão de sua vida, podia manter com as cores amáveis concedidas pelo tempo ou encher de nuvens escuras, carregadas de lacerante eletricidade.

Naquela noite, como em todas as outras de sua permanência na Quinta, recebera a visita de uma comissão maçônica, encarregada de se preocupar com sua saúde e de verificar se suas necessidades estavam satisfeitas. A embaixada daquela jornada compunha-se de três irmãos maçons que, depois de lhe perguntarem como estava e o que desejava, resolveram sair ao alpendre do pavilhão para fumar e esperar o término do horário estabelecido para visitas. Da cama, José de Jesús conseguiu ouvir a conversa dos visitantes, envolvidos numa discussão sobre os desmandos do governo do general Machado, mas sentiu um profundo tremor quando a conversa deu uma virada imprevista e os homens passaram a comentar a notícia da morte repentina do irmão Ramiro Junco, ocorrida em Matanzas no dia anterior. A partir daquele momento, não conseguiu ouvir mais nada: foi tomado por uma incômoda inquietação e, quando os irmãos se dispunham a ir embora, fez seu pedido.

– Preciso de um favor.

– O que deseja, Heredia? – perguntou um dos maçons, debruçado sobre o corpo do ancião.

– Avisem Cernuda e Aquino. Quero falar com eles.

– Cernuda e Aquino, de Matanzas? – insistiu o maçom, olhando-o como se ele estivesse delirando.

– Sim... E é urgente, claro.

– Hoje mesmo vamos mandar um telegrama para eles.

– Obrigado – disse José de Jesús e exigiu de seu corpo que resistisse até o momento do encontro.

Alterou o escurecimento imprevisto, vindo muito de dentro de seu organismo, diante da evidência de um fim cada vez mais próximo, que agora ele precisava adiar até a visita anunciada de Carlos Manuel Cernuda e Cristóbal Aquino. Então tentou se acalmar e se dispôs a esperar.

Calculou que já havia anoitecido quando sentiu uma presença no quarto. Pouco antes passara uma enfermeira, dispondo-se a lhe dar comida e os remédios, mas ele só aceitara tomar os xaropes e um copo de leite morno, no qual pediu que pusesse duas colheres de açúcar. Mas agora, um ruído diferente dos passos marciais das enfermeiras o fez abrir mais os olhos, embora persistisse a escuridão.

– Vocês estão aí? – perguntou e tentou mover o corpo, para mostrar que ainda estava vivo.

– Sim, Heredia. – Ele reconheceu a voz de Cristóbal Aquino.

– Não enxergo nada – disse ele. – Cernuda também está?

– Sim, estou aqui. – E a voz de Carlos Manuel Cernuda pareceu-lhe fraca, tão exaurida quanto a sua.

– E não há mais ninguém?

– Não, Heredia. O que está acontecendo? Não consegue enxergar?

– Fiquei sabendo que Ramiro morreu.

– Sim, do coração – continuou Aquino.

– Estou com medo.

Cernuda e Aquino se entreolharam.

– Por quê, José? – perguntou Cernuda, aproximando uma cadeira da cama. Olhou detidamente para o ancião: que medo alguém pode sentir além da última fronteira da vida?

– Pelos papéis do meu pai. É preciso tirá-los da loja.

– Lá estão seguros, Heredia – murmurou Cristóbal Aquino, erguendo os ombros, pois não entendia o que poderia mudar com a morte de Ramiro Junco.

– Vocês não sabem o que dizem aqueles papéis.

– É tão terrível assim?

– Sim, é terrível – ratificou Cernuda, sem coragem de olhar para o moribundo. – Perdão, José, mas não consegui me conter e os li.

– Estranho seria se não tivesse lido – admitiu José de Jesús, voltando-se para onde supunha que Aquino estivesse. – São uma espécie de memórias que Heredia deixou para o pai de Ramiro, seu filho.

– Então é verdade que Heredia...? – Aquino perguntou a si mesmo, pois o absurdo da ideia o deteve. Um silêncio denso caiu sobre o quarto. José de Jesús teria desejado ver a cara dos irmãos, especialmente de Cernuda.

– Meu pai conta coisas que é melhor que nunca se saibam – disse, finalmente. – Sobre ele mesmo, sobre Lola Junco e sobre muita gente... revela muitas mentiras. Também diz que no ano de 1823 foi delatado por Del Monte, que sempre foi um traidor.

– Domingo del Monte?... Mas, ora, Heredia não queria que essas memórias fossem publicadas? – Aquino sentia-se incomodado, fora de lugar, e naquele momento perguntou-se por que José de Jesús o convocara para aquele encontro no qual ainda não sabia qual era seu papel.

— Era um assunto particular. Esteban Junco deveria decidir se seriam publicadas, mas foi minha avó quem decidiu... E agora eu estou decidindo. Peguem e destruam os papéis.

A voz de Carlos Manuel Cernuda recuperou a força.

— Está delirando? Não conte comigo para isso — disse e se pôs de pé. — Esses papéis são muito importantes... Sim, você deve estar delirando...

— Não, o pior é isto: agora é que estou vendo tudo mais claro e acho que o melhor é que nunca se saiba o que meu pai escreveu.

— Isso é um disparate. Heredia foi outras coisas além de ser seu pai... Não conte comigo — disse Cernuda e, sem olhar para trás, abandonou o quarto do hospital.

Cristóbal Aquino o viu sair e, naquele instante, desejou que a terra o engolisse. Não entendia o que estava acontecendo, por que Cernuda reagira daquele modo diante do destino das memórias de um homem que morrera havia tantos anos.

— Ele foi embora?

— Sim, foi. O que está acontecendo, Heredia?

— Eu vou morrer, Aquino. Hoje ou amanhã...

— Não fale assim...

— Vou morrer, mas antes quero que você me jure que vai queimar aqueles papéis.

— Mas, por Deus, Heredia. Por que você mesmo não fez isso? Por que Cernuda ficou assim?

O ancião tossiu, e Aquino teve a impressão de que seu corpo se desmontaria. Era uma tosse profunda, soava vazia e maligna. Quando o acesso passou, os olhos mortos de José de Jesús estavam encharcados de lágrimas cuja verdadeira origem Cristóbal Aquino só conheceria vários meses depois.

— Cernuda está assim porque sabe o que aqueles papéis dizem e tem medo deles... E eu não os queimei porque sempre pensei que em algum momento poderia vendê-los. Quando não resisti mais à tentação e até à fome, resolvi levá-los à loja. Então contei a Ramiro Junco o que meu pai dizia da família dele e pedi que os guardasse, pois era seu verdadeiro dono.

— E o que ele disse?

— Não quis saber dos papéis... Mas no mês seguinte começou a me mandar dinheiro. Era meu sobrinho, você imagina? O pai dele era meu irmão.

Aquino sentiu que não podia ficar mais um minuto sem fumar. Tocou nos charutos que levava no bolso da *guayabera* de algodão, mas se conteve. Tentava recompor o mundo à luz daquelas revelações, mas sentia que o mundo lhe escapava.

— Eu também teria ajudado você, afinal, o dinheiro...

— Não continue. Não está vendo que é pior?

— Sim, desculpe — reconheceu o outro.

— Agora jure, por favor. Jure que vai queimá-los. Será que você se convence se eu disser que é minha última vontade?

Cristóbal Aquino olhou para fora e viu uma exultante lua cheia.

— Vou sair um pouco, tenho que fumar.

Aquino verificou que o brilho da lua tornava impossível entrever as estrelas. Mordeu um charuto e o acendeu, ouvindo a volta da tosse seca e persistente do ancião. Tragou a fumaça com avidez e sentiu como uma dor na alma a imagem do homem que, em seu leito de morte, pedia-lhe um juramento talvez absurdo e que certamente o ultrapassava. Por que essas coisas aconteciam com ele? Por que Cernuda tinha escapado como fugitivo? Aquele manuscrito decerto escondia uma história dilacerante demais para que José de Jesús o tivesse mantido longe dos compradores e para que agora, depois de o entregar à loja, exigisse sua destruição. Mas ele não tinha nada a ver com tudo aquilo. E era a última vontade de José de Jesús. Olhou a brasa do charuto e pensou que nada mais poderia prejudicar o moribundo.

— Está bem, Heredia — disse, ao voltar ao quarto, e viu que a cabeça do ancião pendia para o lado, enquanto de sua boca saía um ronco prolongado e surdo. Com mão trêmula, Cristóbal de Aquino tocou no peito de José de Jesús, em busca de um batimento, e seus dedos sentiram a borda suave de um pequeno caramujo marinho, pendurado num cordão escuro, do qual também pendia um crucifixo prateado. Então o ronco cessou, e teve início o mais longo dos silêncios.

Antes de despertar, sentiu o olhar. Era como um manto quente, capaz de absorver a brisa do ventilador. Primeiro obrigou-o a se mexer e depois a abrir os olhos para ver o olhar avermelhado de Miguel Ángel, de pé diante da cama e com a xícara de café nas mãos. Fazia muitos anos que só em alguns domingos ou em época de férias Fernando se dava ao luxo de fazer a sesta. Sabia que seu despertar era sempre lento e mal-humorado e, enquanto não tomasse duas xícaras de café e fumasse outros tantos cigarros, não era definitivo. Mas naquela tarde, depois de comer dois pratos de *tamal en cazuela** com que sua mãe o surpreendera, o corpo

---

* Prático típico da América Central, feito à base de massa de milho, similar à pamonha, recheada com carne. Em Cuba, é mais comum que o recheio seja de carne de porco. (N. T.)

lhe sugeriu que a melhor sobremesa podia ser uma sesta na cama de Consuelo, como geralmente acontecia nos tempos remotos do curso pré-universitário. Seus dias em Cuba tinham sido longos e intensos, e o cansaço era patente, mas o que mais o exauria era a evidência de que todos os caminhos percorridos levavam ao nada: nem os papéis de Heredia, nem a revelação do amigo traidor, nem a relação pretendida com Delfina pareciam ter destino satisfatório. O que mais o deprimia, contudo, era a certeza de ter voltado a um país que os outros precisavam lhe explicar e no qual sentia que suas velhas referências se esvaziavam de sentido, a ponto de serem obsoletas.

— Cafezinho para o menino — anunciou Miguel Ángel ao ver que ele mexia as pálpebras e lhe dirigia um olhar apagado.

— Porra, Negro, eu estava num sono tão bom — protestou, fazendo um supremo esforço para sentar-se na cama. Lentamente levantou um braço e tomou o café, sentindo que com cada gole recuperava alguns neurônios.

— E o que você está fazendo? — perguntou, já de pé. — Espera, me deixa urinar e lavar o rosto. Vai para o terraço.

Mesmo nos dias mais quentes de verão, o terraço se mantinha fresco, beneficiado pela sombra de uma goiabeira, uma mangueira e dois frondosos abacateiros que o pai de Fernando tinha semeado quando ele era menino.

— Já estou acordado — anunciou, com o cabelo úmido e outra xícara de café na mão. Olhou para as árvores e falou, como que se dirigindo a elas: — Negro, quero agradecer por você ter continuado a vir aqui. A velha me dizia quando me escrevia.

— Vinha por ela e pelo café, não por você.

Finalmente Fernando olhou para ele: agora Miguel Ángel parecia à vontade e sossegado, balançando-se na velha cadeira de madeira, com o cigarro na boca.

— Ontem encontrei Tomás. Disse que a tua orientadora quer te ver...

— Como a velha ficou sabendo que eu estava aqui?

— A doutora Santori sempre soube de tudo, não é?

— Não sei se quero vê-la... — resmungou Fernando, com a imagem da velha professora agora clara na mente.

— Como foi com a história de Heredia?

— Mal. — Fernando foi se sentar numa cadeira quase de frente para Miguel Ángel. — Não aparece nada.

— Pois, se não aparece, você pode inventar o romance. Del Monte, Echevarría e os outros inventaram *Espejo de paciencia*, de modo que aqui vale inventar os livros de que precisamos.

— Você continua achando que *Espejo* é invenção daqueles safados?

— Estou cada dia mais convencido. Lembre que para inventar a literatura de um país é preciso ter uma tradição, e o que mais soa a tradição é um poema épico. Se eles inventaram a literatura cubana e escreveram os livros necessários, você não acha coincidência demais que eles mesmos tenham encontrado por acaso um poema épico que estava perdido havia dois séculos, do qual ninguém sabia nada, escrito por um homem que a terra engoliu? Eu pelo menos não acredito...

— Mas não há provas. Você sabe que levei anos passando em revista a vida de cada um deles e só levantei algumas suspeitas. Posso dizer que não há uma única prova de que o tenham inventado.

— Nem de que não o tenham inventado. Nunca ninguém viu o manuscrito original de Silvestre de Balboa, não é mesmo? Nem sequer a cópia que eles encontraram... Fernando, *Espejo* é perfeito demais, tão perfeito quanto tinha que ser. Por isso acho que o inventaram. A armação foi boa, não deixaram pistas nem fios soltos, ninguém falou... Del Monte era um gênio da intriga e da conspiração.

— Segundo você, qual deles pode ter escrito o poema? — perguntou Fernando, lembrando que, em suas pesquisas sobre o século XIX cubano, a dúvida sobre a autenticidade daquele poema épico, supostamente escrito por volta de 1608 por um tal Silvestre de Balboa, sempre aflorava como uma serpente venenosa: o texto era tão oportuno, tão necessário e tão perfeito (como o qualificava Miguel Ángel), e os mistérios em torno de seu achado eram tão numerosos, que a inteligência de Fernando e a de muitos outros estudiosos só podia alarmar-se diante da ideia nada descartável de que se tratava de um macabro embuste literário.

— Para mim, foi Echevarría — disse Miguel Ángel, por fim. — Ou talvez o próprio Del Monte. Aquele desfile de frutas cubanas de *Espejo* é mais dele que os sapatos que calçava, que devia a seu sogro Aldama.

— Você nunca gostou de Del Monte.

— Você sabe que não. Era um filho da puta rematado que enganou meia humanidade.

— Mas se indispôs com os anexionistas. E organizou a coleta para comprar a liberdade de Manzano...

— Porque era uma boa publicidade. O sogro já não era negreiro. Ao contrário, não lhe interessava que o tráfico continuasse, e queriam dar uma de filantropos. E um negro escravo poeta lhes coube como anel no dedo. Mas Del Monte o tratava como um animalzinho: até reescrevia seus poemas... e perdeu a segunda parte da *Autobiografia* de Manzano. Por que se perde um livro e se encontra outro? Porque o de Silvestre de Balboa era útil e o do negro Manzano não era conveniente. Sabe Deus as coisas que ele contava de sua época de escravo.

Fernando sorriu: Miguel Ángel continuava o mesmo. Quando acreditava em alguma coisa, não admitia dúvida, nem sequer a dos outros, e seus julgamentos eram tão categóricos quanto seus adjetivos.

– No fim Del Monte se enganou – continuou Miguel Ángel –, e isso lhe custou caro. Por culpa dos negros…

– O que você acha? Que ficou com medo?

– Acho que passou do limite. Para ser simpático com os ingleses e parecer mais puro que ninguém. Mas aqui sempre se soube de tudo, e alguém o denunciou.

– No entanto, nunca se comprovou que estivesse conspirando.

– Porque nunca conspirou. Com o dinheiro que tinha e vivendo como vivia, não ia conspirar porra nenhuma. Para que, se ele tinha tudo? Mas quis bancar o durão e depois se acovardou, cantou tudo o que sabia e… por onde é mais rápido? Só parou na França.

– E por que não voltou quando acabaram as acusações?

– Porra, Fernando. É claro: se voltasse, todo mundo ia saber que tinha sido ele o delator dos planos dos ingleses e que por culpa dele a sublevação dos escravos de 1843 tinha sido desbaratada. Mas em Paris e em Madri ele podia dizer que era perseguido em Cuba e até escrever sobre isso nos jornais… Em Madri, porra!

– Negro, também não gosto muito do personagem, mas a verdade é que não há provas de que ele tenha delatado nada.

– Diga antes que não temos provas, mas há cartas dele que o comprometem. Depois tentaram enterrar o assunto, não é? Com o dinheiro que corria ali dava para comprar qualquer coisa.

– Isso é verdade.

– Claro que é verdade, claro que sim – repetiu Miguel Ángel e ficou em silêncio, perdido em alguma cisma.

– E você como vai? – perguntou Fernando. – Estranhei não ter aparecido por aqui.

– É que quase não tenho saído de casa. Estou terminando meu romance. Não consigo pensar em mais nada.

– Está terminando?

– É a parte mais encrencada. Agora estou convencido de que é uma grande merda. Quase não estou aguentando… Pus tudo o que tenho e o que não tenho nesse romance. Mas não foi fácil escrevê-lo. Nestes anos me aconteceu muita coisa.

— Quer falar disso? — perguntou Fernando, que precisava se preparar para entrar naquele pântano, no fundo do qual ele e Miguel Ángel davam-se as mãos.

— Não sei...

— Espera, vou pegar mais café.

Voltou com duas xícaras e jogou sobre a mesa um maço de cigarros.

— Fernando, lembra aquela vez que brigamos na saída da escola?

Fernando sorriu e balançou a cabeça.

— Isso faz mais de quarenta anos... Você me disse que eu era um presunçoso e eu disse que você era um negro macaco selvagem e trepador...

Miguel Ángel também riu, lembrando aquela história tão velha.

— Sempre fui um intransigente de merda e passei a vida competindo com todo o mundo, principalmente com você. Eu tinha convicção de que era o melhor e ainda por cima tinha que demonstrar que era... Por isso inventei que tinha orgulho de ser negro, e tomava banho duas vezes por dia, estudava mais que todos vocês, nunca fui a um toque de santo e, se gostasse de uma menina branca, nunca lhes dizia. Que confusão eu tinha na cabeça...

— Sabe do que não me lembro? De como nos tornamos amigos depois da briga...

— Eu lembro. Ficamos brigados todo aquele ano. Mas, quando começamos o sexto grau, você me propôs como chefe de classe. E eu pensei em pagar na mesma moeda e propor você, mas fiquei calado, porque queria ser o chefe. Naquele dia voltamos a nos falar e, embora eu tivesse onze anos, me dei conta de que você era melhor que eu...

— Ah, não brinca, Negro. Eu te propus para que não me propusessem. Fiz para te ferrar...

Olharam-se nos olhos e sorriram: com base naquelas rivalidades havia nascido uma longa amizade, que Fernando usara como antídoto contra suas suspeitas.

— Do que me aconteceu agora não há muito o que dizer — disse Miguel Ángel. — Virei outro, como diz o Varo.

— Mudou da água para o vinho, Negro.

— É que de repente tudo me pareceu absurdo e me desencantei... Depois me mandaram embora do Partido, do trabalho e fiquei hipertenso. Há dois anos me deu um piripaque e quase morri.

— E do que você vive? Sei que seus dois romances foram publicados na França.

— Por uma editora de merda que paga uma merda. Mas sou grato ao Arcadio por ter conseguido...

— Então foi Arcadio.

— Sim, ele foi ótimo. Mas me pediu que não contasse para ninguém.
— Amanhã ele vai dar um recital de poesia. Você vai?
— Não, prefiro não ir.
— Caralho, Negro: o Varo não vai porque diz que não suporta Arcadio. Conrado, porque está com muito trabalho. Tomás, porque não se importa picas com poesia. Você, porque não quer ser visto num ato público. Enrique e Víctor porque não podem... Isso é o que sobrou do que os Sabichões queriam ser?
— E você acha estranho? Eu não. Para mim é normal. Aquilo foi um sonho de jovens, e isso é a máquina de moer gente que se chama vida real.
— Sim, deve ser... E você como se vira na vida real?
— Com o que aparece. Às vezes faço alguma tradução do inglês ou dou aulas para pessoas que vão para o norte. De vez em quando publicam algum conto meu no México ou na Espanha. Mas não entrei no jogo de ninguém e ninguém me promove. Sou como um cocô no espaço.
— E por que escreveu os artigos que saíram na Espanha?
— Porque achei que devia... Quisera eu ter podido fazer como você. Se tivesse ido embora, teria evitado mil complicações. Mas lembre-se de que sou negro e aonde quer que eu chegue serei sempre um negro. Aqui estou ferrado, mas quando ando pela rua continuo sendo pessoa. Além do mais, acho que não se deve ir embora para lugar nenhum...
— Eu fui porque não tinha outro remédio. Não podia mais. Se aquela carta tivesse chegado antes... Bem, você sabe...
— Claro que sei. Ou você esqueceu que arrisquei a carteira no dia em que te levei para ir embora?
— Não esqueci. Há muitas coisas que não esqueço. Boas e ruins, Negro.
— Fernando, diga a verdade, você ainda acredita que fui capaz de denunciar você e Enrique?
— Não me pergunte... Não quero falar nisso.
— Por quê? Tem medo de me dizer que sim? Claro, como eu era o comunista do grupo, devo ter mais chance que os outros...
Fernando jogou o toco de cigarro no quintal e olhou nos olhos de Miguel Ángel, atravessados por veias escuras.
— Você sabe que alguém foi. Isso não caiu do céu. O policial até tinha lido minhas poesias... Mas não posso nem quero suspeitar de você, que sempre foi meu irmão.
— Eu te entendo, Fernando, e sei o que sente. O sujeito fica meio paranoico e não acredita nem nos irmãos...

— Antes fosse paranoia, Negro. O pior é que é verdade. Alguém foi...

— Fernando, Fernando – lamentou Miguel Ángel e acendeu outro cigarro. Gostava de ficar com o cigarro o tempo todo na boca, de onde só o tirava para jogar a cinza, e seu bigode já tinha adquirido um tom magenta.

— Olha, Miguel Ángel, uma das razões pelas quais eu não queria vir a Cuba era para não remexer essa história.

— Sim, mas por mais que você queira não consegue esquecer... No entanto, há uma forma de averiguar isso.

— Sim..., perguntando: Negro, foi você?

Miguel Ángel fumou avidamente, mas sustentou o olhar de Fernando.

— Já vou responder – propôs –, mas antes deixe-me dizer uma coisa. Quem foi carrega no lombo o cadáver de Enrique e nos colhões o que aconteceu com você. Você acredita que ele vai dizer, que vai admitir que ferrou um e destruiu o outro? Sabe a única maneira de fazê-lo dizer a verdade?

— Qual?

— Prometer que o perdoa.

— Posso prometer.

— Verdade?

— Sim.

— Então me promete.

— Prometo.

— Aham. Agora pergunta.

— Porra, Negro, não me...

— Pergunta, saco! – gritou Miguel Ángel, e o cigarro lhe caiu nas pernas. Então ele ficou em pé, sem tirar os olhos de Fernando. – Pergunta!

Fernando se levantou e sentiu que suas mãos tinham começado a transpirar. Foi você, Negro?, perguntou-se.

— Foi você?

Miguel Ángel demorou para responder, sempre com os olhos avermelhados cravados nos de Fernando.

— Não – disse. – Não fui eu. Porque, se tivesse sido eu, teria me matado – afirmou, levando outro cigarro à boca e acendendo-o. – Mas posso te ajudar a saber quem foi.

Os que me conhecem e até os que não me conhecem geralmente me consideram uma pessoa volúvel e inconstante e me acusam de ter levado uma vida de poeta, sempre exagerada, à beira dos riscos, mas sem ousar levá-los às últimas consequências. Costumam dizer que, para criar meu personagem, forjei amores fingidos, abandonos e ciúmes, concebidos por minha imaginação febril de romântico. Disseram até que fui covarde e empunharam como prova a carta que naquele fatídico novembro de 1823 escrevi ao instrutor da causa dos Sóis e Raios de Bolívar na cidade de Matanzas, o tal Francisco Hernández Morejón. Na epístola eu me eximia de culpas, mostrava ao verdugo minhas mãos nunca sujas de sangue e confessava que jamais pretendera lutar pela independência, mas apenas criar um ambiente favorável a ela, dentro dos limites constitucionais do país em que havia nascido… Como é possível, chegaram a se perguntar meus juízes, que a mesma pena, quase no mesmo dia, concebesse aquela carta de isenção e também "La estrella de Cuba", considerado um dos poemas patrióticos mais inflamados já escrito na ilha? "Que se um povo sua dura corrente/ Não ousa romper com suas mãos,/ Bem fácil lhe é trocar de tiranos,/ Mas ser livre nunca poderá."*

Mas nenhum dos que me condenam sabe quantas dores havia no coração do homem que, depois de ler a carta devastadora da mulher amada, recebeu quase imediatamente a notícia de que seus amigos, os Aranguren e Antonio Betancourt, o tinham acusado de ser um Cavaleiro Racional e até mesmo obter o grau de Sol por ter iniciado a eles e a outros no movimento sedicioso. A marquesa Reina María, ao saber da notícia da delação, pediu-me para conversar em particular. Solene como nunca a vira até então, disse-me que em minha nova situação não lhe era possível alojar-me por mais tempo em sua casa, o que não queria dizer que devesse sair de imediato, mas quando encontrássemos alternativa segura. Além disso, repetiu-me o pedido de Lola de que, se começassem a me perseguir, eu escapasse de Cuba de qualquer maneira, pois mais valia minha liberdade que uma imprevisível permanência na prisão. Bem sabíamos todos nós que as represálias contra os conspiradores podiam ser drásticas, e minha amada implorava que me mantivesse livre e com vida e que fizesse qualquer coisa para deixar uma porta aberta para o regresso. Assim, com as mãos amarradas, quase com um pé no cárcere, pedi que a marquesa se comunicasse com meu tio, o único homem em quem podia confiar, para que me tirasse do engenho e buscasse o modo de fugir para algum país vizinho.

Com a carta de Lola diante dos olhos, com seu pedido nos ouvidos, com o coração dolorido pela delação, com a amargura pela veleidade dos chefes de

---

* *"Que si un pueblo su dura cadena/ No se atreve a romper con sus manos/ Bien le es fácil mudar de tiranos/ Pero nunca ser libre podrá."* (N. T.)

uma conspiração que fora apenas um circo e com a perspectiva de passar anos no cárcere ou de morrer na forca, sentei-me naquela noite de 5 de novembro de 1823 no quarto que a marquesa me havia destinado e escrevi, de uma tirada, sem vergonha nem dúvidas, minha carta dirigida ao juiz instrutor da causa em Matanzas. Ao fazê-lo, meu propósito não era me salvar nem me desculpar: tentava apenas preservar a possibilidade de voltar a Cuba para me encontrar com a mulher que amava e com o fruto sagrado daquele amor, filho que nasceria sem mim a seu lado. Só aquele sentimento podia levar-me a escrever algo tão infame como uma carta de exculpação, na qual, é claro, não acusei ninguém, não mencionei nome algum nem agravei a situação dos que estavam presos. Os riscos que eu assumia diante da posteridade não me importaram, nem me importam agora, porque a mão que escreveu aquela missiva era movida pelo mais sagrado dos impulsos: o do amor.

Na manhã seguinte, quando meu tio se apresentou no engenho, entregou-me uma cópia do auto de prisão expedido contra mim e eu lhe entreguei a carta dirigida ao juiz e, com ela, meu destino. Por sorte, com sua habitual eficiência, Ignacio já conseguira um alojamento provisório para mim, num lugar absolutamente seguro: iria à casa de José Arango, seu amigo muito próximo, um dos moradores mais distintos da cidade e, como tal, respeitados pelas autoridades.

A viagem até Matanzas, pelo vale do Yumurí, aquela vez foi como uma descida aos infernos. Eu estava a dois meses de completar vinte anos e o homem que as circunstâncias tinham feito de mim parecia mais no fim de tudo que no início da vida: fastio, asco, desespero, raiva e dor acumulavam-se em meu espírito e misturavam-se ao medo e à vergonha que, uma vez a carta entregue, também afloraram... Só o amor, golpeado e maltratado, confinado em meu coração, mantinha-me em pé e com desejo de terminar toda a loucura que se apossara de minha existência, numa idade em que a maioria dos homens só se preocupa com a cor das meias e o brilho do cabelo.

Num quarto pequeno, com boas velas, vinho e livros, passei os oito dias em que fui hóspede de *don* José Arango. Meu tio, por sua vez, entregara a carta às autoridades e esperava algum sinal satisfatório, mas sem deixar de organizar minha saída da ilha.

Nas manhãs e nas tardes de meu confinamento, a jovem e amável filha de *don* José, a inefável Pepilla, que admirava minha poesia do modo limpo como sabem fazer as mulheres, ia ao quarto me fazer companhia e me distrair de minha solidão. Àquela moça, compreensiva e elegante, certa noite confessei todos os meus segredos, pois precisava de um ouvido humano que os acolhesse, como se fosse condição imprescindível para tornar real minha desgraça. Pedi a ela o favor de localizar Tanco e solicitar que ele fosse me ver para encarregá-lo de reunir minhas poesias publicadas e entreguei a Pepilla a carta na qual (eu achava que de modo transitório) me despedia de minha amada Lola. Esbanjei juras de amor eterno naquele papel, no qual expressei para Lola meu maior desejo de então: viver longe e tranquilamente, com ela a meu lado, num lugar em que nunca se falasse de política nem de escravos, nem de dinheiro nem de reis. Um lugar fora da história, esquecido do mundo e de suas convulsões, onde meus poemas nunca fossem conhecidos, pois teriam apenas dois leitores: uma mulher amada e um filho querido.

Na noite do dia 13 meu tio me fez chegar o recado de que estivesse preparado, pois, se tudo acontecesse conforme o previsto, na noite seguinte eu subiria a bordo do bergantim *Galaxy*, com destino a Boston, Estados Unidos. No entanto, mais que calma, o aviso provocou em mim um estranho dissabor e, naquele momento, lembrei-me da despedida tumultuada, mas triste, que um ano antes tínhamos dado ao padre Varela. Sem sono, saí do quarto e caminhei pelo pátio interno da casa, sentindo que me faltavam ar e espaço. Desesperava-me ir embora sem levar nem sequer meus poemas, a única coisa que me pertencia de verdade, e Tanco continuava sem aparecer. Então observei a generosa mangueira que quase encobria o céu e, sem pensar, agarrei-me a seu tronco e comecei a escalá-la para me deixar cair no telhado da casa. De lá, favorecido pela luz da lua cheia, observei a baía, repleta de barcos iluminados por seus faróis. Contemplei os telhados escuros das casas. As ruas despovoadas. As montanhas, distantes, como animais em repouso. E vi a corrente meio adormecida do rio Yumurí, quase ao alcance de minha mão, e me perguntei, com lágrimas nos olhos, quanto tempo viveria longe daquele lugar, fora do meu território, sem direito a respirar meu ar nem a abraçar minha mulher. Todas as respostas que ofereci a minha imaginação foram impiedosas, mas fui incapaz de conceber por um só instante que a realidade me daria respostas que multiplicariam amplamente os mais árduos castigos que um jovem poeta pudesse imaginar. No dia seguinte começariam meu desterro e, com ele, a verdadeira aprendizagem de quanto a felicidade costuma ser efêmera e de quanto a dor pode ser incomensurável.

segunda parte
os desterros

*… ya es tiempo de que acabe la novela de mi vida
para que empiece su realidad.**

J. M. H., 20 de maio de 1827

---

* "… já é tempo de acabar o romance da minha vida/ para começar sua realidade." (N. T.)

Por mais que forçasse a memória, Fernando Terry não conseguia lembrar qual fora a última vez que subira à cobertura de sua casa. Apesar de tão próximo, aquele território sempre mantivera intacto um misterioso sabor de ilha exótica e muitas vezes funcionara como uma espécie de refúgio onde ele desfrutava de uma invencível sensação de liberdade. Várias viagens à cobertura, sempre subindo pelas grades da janela e ajudado pela tubulação que descia da caixa-d'água, haviam ficado presas em suas lembranças através dos anos e das distâncias, embora de todas fosse especialmente inesquecível a subida realizada na noite em que optara pela cobertura para chorar sozinho a morte do pai. Mas qual tinha sido sua última excursão? Fernando não conseguia fazer sua memória responder, talvez pela insistência em lembrar que, sentado naquela cobertura, havia lido pela primeira vez a dramática indagação de José María Heredia quando, alarmado pela desproporção dos desígnios fatais que o perseguiam, finalmente compreendera seu caráter de personagem romanesco e perguntara – a quem, na realidade? – até quando viveria aquela ficção envolvente da qual não conseguia escapar...

Seus joelhos rangeram e suas costas entorpeceram na subida. A respiração se acelerou e, por um momento, ele temeu que a tubulação não aguentasse seu peso. Quando finalmente conseguiu rastejar até a laje, quente de tão castigada pelo sol, pensou que teria sido lamentável não tentar aquela aventura antes de ir embora de Cuba. Então percorreu o espaço da cobertura e desfrutou a vista privilegiada do bairro. Sua casa ficava na parte mais alta da região, e ele conseguiu distinguir ao longe a cúpula do Capitolio, o obelisco cinza erigido em homenagem a José Martí e as estruturas de alguns edifícios de El Vedado. Caminhou até a outra extremidade e observou a paisagem íntima que lhe ofereciam as árvores do quintal, todas semeadas por seu pai e nas quais tantas vezes Fernando subira para apanhar alguma fruta. Debaixo daqueles mantos verdes, e já na última esquina do terreno, entreviu as sepulturas dos cães que o tinham acompanhado na infância e na juventude – Coco, Negrito, Mocho e Canelo –, às quais se haviam juntado as de outros hóspedes da casa, companheiros de Carmela em seus longos anos de solidão, e de cuja existência Fernando só soubera pelas cartas da mãe. Aqueles dois montículos, identificados com os nomes de Rinti e Sombra, o remeteram a outro romance interrompido, irrecuperável, que seguira seu curso tranquilo naquela casa – que era sua casa –, mas já à margem de sua presença: e compreendeu que passara a ser simples testemunha numa história da qual sempre fora protagonista.

O sol se punha por trás de algumas árvores quando se sentou encostado na caixa-d'água e tirou o passaporte do bolso da camisa. O carimbo oficial que lhe dera entrada na ilha sobrepunha-se à anotação manuscrita que advertia em letras pretas o prazo de trinta dias para sua permanência em Cuba. Já havia esgotado mais da metade de seu tempo, e a ideia do regresso à Espanha começava a espicaçá-lo. Tudo o que viera procurar permanecia nas brumas do desejo, e além daquele salvo-conduto rigoroso não tinha nada nas mãos. Como seria o que Heredia recebera para visitar sua pátria? Também especificaria os dias, as horas, os minutos de sua última estada em Cuba?

Fernando sentia que os caminhos para os papéis esquivos tinham se fechado na casa das Junco, mas a conversa que tivera uns dias antes com Miguel Ángel pusera mais sal naquela ferida: pois, se os antigos companheiros de Heredia tinham sido capazes de armar um engodo poético como *Espejo de paciencia* para garantir a existência de um passado literário até então vazio, que outras coisas não poderiam ter feito para preservar o segredo de sua fraude? A inquietante coincidência de datas entre o regresso do desterrado a Cuba e a aparição milagrosa do poema épico atribuído ao escrivão Silvestre de Balboa era como um pavio de dinamite aceso. Embora ninguém soubesse detalhadamente o que Heredia e Del Monte tinham falado na última vez em que se viram, depois da chegada do poeta em 1837, Fernando presumia que aquele diálogo do reencontro, carregado com a tensão do momento e com os ressentimentos mútuos acumulados, não fora propício para confidências impensáveis por parte de um homem como Domingo del Monte. Mas e as conversas com Tanco, Echevarría, Blas de Osés e talvez outros velhos amigos? E a atitude posterior de Del Monte, negando-se a conceder um novo encontro ao antigo camarada, que voltou ao desterro com o coração ferido pelo julgamento cruel do homem que outrora fora seu melhor amigo? Se realmente tinham inventado aquele poema épico, além de Del Monte outros amigos próximos deviam saber do assunto. E, se a conspiração existira e Heredia ficara sabendo por algum deles, que força poderia tapar-lhe a boca para não contar em confissões de moribundo a terrível patranha que conferia um passado necessário e remoto à literatura da ilha? As injúrias recebidas em Cuba durante aquela curta e dolorosa estada final, desferidas justamente pelos autores da possível fraude, eram motivo mais que suficiente para a vingança e a denúncia, mas o silêncio de Heredia, que até onde todos sabiam nunca denunciara aquele lance arriscado, levava as evidências para um rumo que também se perdia na bruma dos anos e dos silêncios.

Fernando observou o brilho deixado pelo sol e pensou que a fácil evidência do sobrenome Junco talvez tivesse nublado a possibilidade de levantar suspeitas entre os outros indivíduos com acesso ao intangível manuscrito do poeta. Mas, segundo o velho Aquino, apenas alguns maçons tiveram a possibilidade de se apoderar dele, e, pelo que sabiam, só Ramiro Junco teria uma razão plausível para fazê-lo. E o próprio pai do velho Aquino não teria algum motivo inimaginável, escondido ou até desconhecido pelo filho? Ou haveria na loja algum descendente de Del Monte, dos riquíssimos Aldama ou mesmo de José Antonio Echevarría, que se apresentou como afortunado descobridor do milagroso poema épico?

Olhou novamente seu passaporte e compreendeu que eram tantas e tão intrincadas as pistas a ser percorridas que uma pastosa inquietação envolveu-lhe o espírito, já dominado pela certeza de que nunca chegaria à terra perdida da verdade. Talvez o melhor fosse deixar os mortos e as tradições em suas tumbas, seladas pelo tempo, sem alterar o que já havia sido estabelecido. Mas o brilho incômodo de uma advertência insubmersível impedia-o de aceitar em paz aquelas especulações egoístas, pois estava convencido de que Heredia escrevera algo que decerto tinha a publicação como fim e que violar sua vontade só poderia esconder uma razão demasiado infame.

Caminhando pela cobertura, Fernando tentou espantar da mente a ideia incisiva de que, no fundo, seu empenho também escondia um mesquinho anseio de protagonismo e revanche, exacerbado pelas cicatrizes de frustrações acumuladas nos anos de marginalização, exílio e renúncia às mais íntimas necessidades de sua vida. O achado daquele documento que parecia maldito seria sua maior vitória sobre todos os demônios que mudaram sua existência, e aquele triunfo, que ele exibiria como uma taça dourada, talvez até pudesse compensar a esterilidade de sua vida de poeta sem poesia, a ausência dos livros que deveria, mas não pudera, escrever, a amargura essencial de sua estada anódina e vazia na terra. Aliviava-o pensar que seu mundo, afinal, recuperaria o sentido que lhe haviam roubado: pelo menos parte. Porque o resto dependia do desvendamento de uma traição; e do reencontro com a poesia; e da restauração de sua capacidade de dar e receber amor. E todas as histórias agora irrecuperáveis das quais fora excluído?... Colocadas assim, em formação de combate, eram tantas e tão evidentes as castrações e dores com que fora obrigado a sobreviver que Fernando Terry sentiu-se estranho diante de sua própria tenacidade, capaz de mantê-lo em pé durante vinte anos, sem ter mais que uma luz tênue no horizonte, como a que da cobertura lhe permitiu ver, ao virar a esquina, o andar flexível e preciso de uma mulher, saída da escuridão e que só podia ser Delfina. Então lembrou-se de quando fora a última vez que subira à cobertura de sua casa.

Estávamos em 4 de dezembro de 1823 quando o *Galaxy* finalmente atracou e, assim que pus o pé na terra em Boston, aprendi de repente o que é o inverno e tive, naquele segundo, a premonição de que aquele frio impiedoso seria minha perdição. A imagem de um rio gelado e de um campo que parecia consumido por um incêndio, sem um só capim para consolar a visão daquela aridez espantosa, foi desesperante para mim. As ruas desertas assemelhavam-se às de um povoado devastado, e as poucas pessoas que se aproximaram do cais andavam mudas e tristes sob grossos capotes que mal deixavam aparecer o rosto. Tudo era branco, cinza ou preto, sem nuances nem alterações, e aquele panorama advertiu-me de que não poderia viver ali por muito tempo, pois antes a angústia me mataria.

Durante a travessia já tivera o preâmbulo agônico do que me aguardava, pois nem sequer as atenções amáveis do capitão Harding, a quem me tinham recomendado como fugitivo político muito importante – além de lhe dar uns bons *reales* –, conseguiram me pôr a salvo das inclemências de um tempo que se apresentou com uma face mais terrível que a do turbilhão que me envolvia a alma. Para subir a bordo do *Galaxy* eu vestira roupas do próprio capitão, levadas à casa dos Arango por minha irmã Ignacia, que com ajuda da imprescindível Pepilla operara o milagre de me fazer parecer um velho marinheiro, com muitas tormentas às costas. Na tranquilidade da noite e com *don* José Arango como companheiro, a carruagem da casa me deixara nas imediações do porto, onde Harding me esperava para me conduzir ao barco.

Mal abordamos, o capitão deu a ordem de levantar âncoras, e por três dias navegamos em mar tranquilo. Pensei muito, naquelas jornadas, se não teria sido preferível permanecer em Cuba e enfrentar o rigor do cárcere, pois teria me sentido mais perto de Lola e dos meus. Então, talvez para conformar-se a meu ânimo, a natureza mostrou quanto sua ira pode ser terrível, e tivemos que fazer o resto da travessia em meio a ventos e chuva, até que à altura dos quarenta graus caiu-nos uma geada tão forte que a água do mar se solidificava quando as ondas passavam pelo convés. Graças a suas habilidades, o capitão conseguiu fazer-nos chegar a Nantucket, onde pegamos um prático conhecedor dos muitos acidentes daquelas costas. Mas o prático se embriagou e só por obra divina não nos despedaçamos contra os recifes agressivos entre os quais navegávamos.

Ao desembarcarmos no porto de Boston, encaminhei-me para o escritório de Peter Bacon, comerciante amigo de meu tio Ignacio para quem eu levava umas letras de câmbio que felizmente ele me pagou de imediato. O próprio Bacon recomendou-me a pensão de *mistress* MacCondray, a poucas quadras de seu escritório, no número 15 da Battler Street, e lá me encerrei por dois dias, tentando recuperar-me dos efeitos da viagem e adaptar-me à ideia de ter que andar pelas ruas com botas, casacos, luvas e gorro de pele. Mas aproveitei o tempo para escrever algumas cartas, dando início ao costume consolador de substituir os diálogos com os seres queridos por longas missivas, nas quais lhes contava as vicissitudes de minha vida. Eu escreveria centenas de cartas ao longo daqueles mais de quinze anos de um desterro que então estava apenas começando.

Naqueles dias, o pior era a incerteza do futuro. Truncada bruscamente minha vida em Cuba, onde tinha amor, amigos, trabalho, casa, prestígio, ideais e desejo de estar, eu fora lançado numa espécie de poço sem paredes nem fundo no qual flutuava como uma marionete, sem um lugar definido ao qual dirigir meu olhar, meus passos, minhas expectativas. Estava terrivelmente só, num país desconhecido, com uma língua que não dominava, dependendo do dinheiro do meu tio para viver e no meio daquele clima que me aterrorizava. Aquilo era melhor ou pior que a prisão? O exílio teria aquele aspecto tão pouco amável?

No terceiro dia o tempo melhorou e saí à rua, disposto a encontrar algum lado bom numa cidade em que seria obrigado a viver sabia Deus por quanto tempo. As primeiras coisas que me chamaram a atenção foram a regularidade e a limpeza das ruas, largas e bem pavimentadas, tão diferentes das vias estreitas e sujas das cidades cubanas. As carruagens deslocavam-se com elegância por aqueles caminhos propícios, e o transeunte não padecia o perigo de se ver coberto de lodo. Tentei me enganar e acreditar que gostava daquelas casas, de tijolo aparente, algumas de três e até quatro andares, em cujos janelões os moradores se empenhavam em cultivar algumas flores. A região mais central da cidade estava cheia de gente àquela hora da manhã, e me surpreendi ao verificar que nem por isso lá reinava a agitação das praças e calçadas de Havana, onde meus conterrâneos gritam mais que falam, cumprimentam-se de uma sacada à outra, de uma carruagem à outra, e por tudo fazem algazarra. É verdade que aqui não há negros carreteiros, daqueles que em Cuba anunciam sua mercadoria a plenos pulmões, nem negras tripeiras com suas ladainhas ritmadas reclamando a atenção dos clientes. Respirava-se ordem e paz na vetusta cidade, uma das mais importantes e antigas da poderosa república estadunidense.

Em poucos dias tive notícias, justamente no estabelecimento de Bacon, da chegada também recente a Nova York dos deputados cubanos nas cortes espanholas. Lá estavam agora Varela, Gener e Santos Suárez, todos em fuga e condenados à morte por Fernando VII depois da dissolução das cortes. Saber de sua presença no país foi um alívio para meu desespero, e não é preciso dizer que, acertadas as questões financeiras com Bacon, peguei uma diligência de correio e, no fim de dezembro, a poucos dias do meu aniversário, cheguei a Nova York para encontrar aqueles heróis cubanos.

Varela alojara-se numa pensão modesta da rua Broadway, no centro da ilha de Manhattan, e mostrou-se muito alegre ao me ver. Depois do abraço e da bênção que me deu, o padre levou-me à pequena cozinha montada em seu quarto, onde se ajeitara para coar café da maneira como nós cubanos gostamos: com bastante pó, pouquíssima água, servido em potinhos de louça e com uma proporção sutil de açúcar, que mate o amargor profundo, mas não o amargor essencial da infusão. Voltar a saborear aquela bebida vivificante, tão diferente da água escura e insípida que os ianques costumam tomar, transportou-me para a pátria distante e instalou-me bem no centro de todas as ausências que eu estava sofrendo.

O padre, cuja casa já se transformara numa espécie de embaixada por onde passavam todos os emigrados e viajantes procedentes da ilha, deu-me notícias recentes dos últimos acontecimentos no país. Fiquei grato em ouvir que meu amigo Teurbe Tolón, de Matanzas, conseguira escapar, porém meu ânimo nublou-se com a notícia de que os presos por causa da conspiração eram mais de seiscentos. Então Varela contou-me que desde o início aquela sedição estivera condenada ao fracasso, pois os espiões do capitão-general Vives e os do intendente da fazenda de Havana, o macabro conde de Villanueva, estavam infiltrados nela até o tutano e sabia-se agora que fazia vários meses que recebiam informações sobre cada uma das decisões e cada um dos planos dos líderes da rebelião. A delação e a espionagem, tão frequentes em Cuba, tinham funcionado como maquinaria bem afinada, e todo o suposto segredo das lojas não fora mais que uma brincadeira de crianças irresponsáveis. No entanto, a conspiração falida criara, em sua opinião, um ambiente propício ao início de uma luta aberta em favor da independência, e por isso ele aceitara a proposta dos exilados e de outras pessoas residentes em Cuba de encabeçar o movimento pró-independentista. Como era de esperar, propuseram-lhe uma condição: não falar do problema da escravidão enquanto não se tivesse êxito. O padre, por sua vez, exigira ter liberdade de opinião, não aceitando confrarias nem lojas como células da conspiração. E me confiou algo que me deixou desconcertado e me revelou até que ponto chegava minha inocência política:

— É tudo muito complicado, José María: os que têm dinheiro e poder para fomentar a independência são os que se opõem a ela, mais que o governo espanhol. Sabe quem é o capitão-general Vives? — E baixou a voz, como se temesse ser ouvido. — Pois é um homem do meu colega Gener. Não, não se espante. São os ricos cubanos que decidem quem governa em Cuba, porque na verdade são eles que controlam a vida do país e financiam a monarquia espanhola. A história das cortes foi uma farsa, e você vai ver que dentro de algum tempo a condenação à morte de Gener vai cair no esquecimento. Mas vou aproveitar a conjuntura e fazer tudo o que posso, se não para conseguir a independência, pelo menos para conseguir que as pessoas da ilha pensem nela como uma alternativa viável. Mais que isso, impossível.

Alarmado com aquela revelação tétrica, pedi ao padre que me confessasse. Sorridente, Varela me disse que não imaginava quais poderiam ser meus terríveis pecados, mas foi até seu baú e tirou os atributos necessários e também me mostrou seu velho violino, do qual nunca se separava. Sentado numa cadeira, ofereceu-me outra, mas preferi ajoelhar-me ao lado dele e, sem olhar para seu rosto, contei-lhe da minha história com Lola, da minha luxúria permanente, do meu amor desesperado e da carta de desculpas que deixara nas mãos de meus perseguidores. E por último disse que tinha muito medo de não poder regressar a Cuba... Varela ouviu-me sem me interromper e ordenou-me que, ao sair de sua casa, passasse pela igreja próxima, de São Patrício, e lá rezasse três padre-nossos e três ave-marias e pedisse muito pela saúde da mulher e do filho que havia deixado em Cuba. Porém antes ordenou que eu ocupasse minha cadeira, pois o perdão de meus pecados podia esperar e agora queria fazer-me ouvir uma bonita melodia andaluza que adaptara para violino.

Decidido a permanecer em Nova York, além disso disposto a participar com Varela de qualquer intento de sedição, alojei-me numa casa de hóspedes onde, por seis pesos e meio por semana, me forneciam quarto, comida e fogo. Como tinha ânimo apenas para ler e muito pouco para escrever poesia, minha maior distração era caminhar pelas ruas lamacentas da cidade nos dias em que a neve e a chuva permitiam, e geralmente andava até cinco ou seis léguas, descobrindo os novos bairros de italianos e irlandeses, provando a excelente comida dos primeiros e o magnífico uísque dos segundos.

Mas com frequência tinha uma sensação de que me faltava o ar. Embora tenha comemorado com Varela, Gener, Teurbe Tolón e outros amigos a chegada de meus vinte, a insatisfação me corroía, e desde então comecei a alimentar a ideia de ir embora para o sul, talvez para Pensacola, onde vivera vários anos em minha infância, ou para Nova Orleans, por onde andavam Anne-Marie e Betinha, cidades nas quais, além do mais, poderia me comunicar em espanhol ou em francês, não no rude idioma inglês que desagradava muito a meus ouvidos. Contudo, naqueles lugares me faltaria o calor da amizade de que tanto necessitava e a sensação de pertencer a uma confraria, de que eu tanto gostava.

Em janeiro comecei a receber respostas a minhas primeiras cartas, e em nenhuma delas meus confidentes – Silvestre e meu tio Ignacio – davam notícias de Lola. Eu contava os dias, pois calculava que seu parto aconteceria o mais tardar naquele primeiro mês do ano. Por isso, a cada dia esperava com ansiedade a chegada do carteiro, com o ânimo duro de frio.

Foi só no início de março que a carta chegou. Era escrita de próprio punho e letra de Lola e vinha num pequeno envelope fechado, dentro de uma correspondência de Silvestre, na qual ele já me anunciava que acontecera o pior. Como desvairado, rasguei o envelope e vi a letra querida de minha amante: porém, enquanto lia aquelas palavras tão ansiosamente esperadas, meus olhos foram se inundando, e minha alma, se despedaçando, como arrebatada pelos lobos mais ferozes. Em linhas breves e gélidas, Lola dizia-me que nosso filho havia nascido morto e que, marcada por aquela desgraça, dava nossa relação por terminada. Seus pais tinham acertado tudo, e no verão se casaria com Felipe Gómez, razão pela qual rogava que não lhe escrevesse mais e, melhor ainda, que a esquecesse.

Será fácil concluir que a festa da primavera foi um funeral para mim. Se até então quase não escrevi poesia – com exceção do longo poema que dediquei a Pepilla Arango –, desde aquele dia não voltei a fazê-lo, por semanas não redigi uma só carta nem assisti às reuniões na pensão de Varela. Mal comia, ao passo que, deitado na cama, lia sempre de novo o bilhete de Lola, sem entender aquela mudança radical de atitude. A Lola que eu amara era a mesma que agora me rechaçava de modo tão brutal? Que pressões e decisões terríveis teriam agido sobre ela para que acabasse de uma vez com todas as ilusões compartilhadas? A morte de nosso filho a teria transtornado a ponto de preferir aquela ruptura radical? Nunca, nem mesmo agora, acreditei estar tão perto da morte como naqueles dias nefastos, quando me convenci de que meu grande erro fora abandonar a ilha sem ter tido antes uma conversa necessária com a mulher que tanto amava. Na hostil e distante Nova York era evidente para mim que o destino, mais cruel comigo do que eu merecia, finalmente estava me cobrando, com juros altíssimos, as fingidas penas de amor sobre as quais eu cimentara minha fama de poeta romântico e atormentado, minha leviandade em questões do coração e minha pretensão de passar por cima do que, no momento certo, fora possível fazer. Derrotado como conspirador, agora era vencido como amante, ao mesmo tempo que me sentia perdido numa terra em que me sabia absolutamente estrangeiro. Ai, por que, se a dor era imensa e verdadeira, não me vinha à mente um maldito verso capaz de expressá-la?... Ao fim de várias semanas, procurei Varela e novamente lhe pedi a confissão. Precisava falar com ele para ter um confidente de minha desgraça, mas também queria dirigir-me a Deus para dizer que há castigos que podem exceder as culpas de um homem.

– Por que me fez subir aqui?
– Toma o café que depois te conto.
Fernando a tinha deixado em pé no alpendre enquanto saía correndo para a casa dos vizinhos. Tinha voltado com uma velha escada de madeira e a apoiara no beiral.
– Sobe e me espera lá em cima. – Ele tinha pedido, e ela obedecera, com cara de desentendida. Depois ele levara até a cobertura duas banquetas e um bule com café.
– Não tome tudo, deixe um pouquinho para mim – pediu, vendo-a saborear a infusão, iluminada apenas pela luz de uma lanterna que tingia a cobertura com um brilho amarelado.
– Por que resolveu vir?
– Queria falar duas ou três coisas com você. Só não imaginei que fosse uma conversa nas alturas.
– Não gosta? – perguntou ele, estendendo a mão, como se mostrasse um vale verde e bucólico.
– Não é mau.
– Sabe o que fiz a última vez que estive aqui em cima?... Estava desesperado e acho que vim para não pensar em nada. Então a vizinha lá daquele lado subiu

à cobertura e começou a pendurar a roupa. E de repente me dei conta de que não me restava outro remédio senão ir embora e de que nunca mais ia ver esta cobertura... Adoro subir aqui.

— Você gostava de muitas coisas que deixou de fazer. Escrever, por exemplo.

Fernando usufruiu avidamente de seu perfil quando ela virou o rosto para o mundo de caixas-d'água, antenas de televisão, árvores, pombais e varais que se estendia ao redor. Compreendeu que não seria uma paisagem romântica nem evocadora para outra pessoa que não fosse ele.

— Se quiser podemos descer.

— Está bom aqui. É mais fresco.

— Quando cheguei a Madri, comecei a escrever de novo — disse ele, acendendo um cigarro. — Depois de quatro anos nos Estados Unidos, quando voltei a ouvir as pessoas falando espanhol, achei que podia escrever poesia.

— Publicou alguma coisa?

— Nem tentei. Perdi no caminho a vaidade de publicar... Não quis conhecer outros escritores, resolvi não continuar meu livro sobre Heredia, preferi enterrar tudo o que tinha dentro de mim, o que eu quis ser em Cuba. Procurei um trabalho para viver, como qualquer pessoa...

— E você tinha que ir embora realmente?

— Acredito que sim. Pelo menos acho que não podia ficar.

— Depois as coisas mudaram.

— Se eu fosse adivinho, teria esperado aquela carta que chegou com quase dois meses de atraso. Nunca soube com certeza se fiz o melhor. Mas, quando me lembro do que passei naquele tempo, acho que fiz bem. Aqui também não teria voltado a ser igual.

— Tem certeza?

— Já não tenho certeza de nada, Delfina.

— Todos temos esse problema aos quase cinquenta anos.

— Além da barriga e da calvície — admitiu ele e tentou mudar o rumo da conversa. — Mas você não me disse por que veio.

Ela o olhou diretamente nos olhos, e Fernando sentiu o abraço do medo; temia igualmente o fracasso e o êxito, pois um o deixava sem nada, até mais ferido do que estava ao regressar, e o outro o confrontava com um problema talvez insolúvel, que podia gerar novas dores.

— Pensei no que falamos há alguns dias. — Ela fez uma pausa, e o silêncio de Fernando a obrigou a continuar. — E creio que é uma loucura.

Fernando deixou o cigarro cair e o esmagou contra o piso.

— Sim, é uma loucura – admitiu ele, finalmente. – Temos quase cinquenta anos, você vive aqui, foi mulher de Víctor, Víctor foi meu amigo, e além disso você não gosta de mim.

Ela sorriu.

— Disso você tem certeza?

Ele a olhou.

— O que mais posso pensar?

— Fernando, estou ficando velha e é disso que não gosto. Vivo sozinha e disso gosto menos ainda. Logo mais volto a ser virgem, e a verdade é que também não me agrada. Para me sentir melhor, posso dormir com você, começar um romance, acreditar que é possível... e depois?

— Depois a vida continua.

— Não banque o filósofo, não lhe cai bem.

— Não gostaria de viver na Espanha?

— Não – disse ela, taxativamente. – Quero continuar aqui, embora não tenha um tostão. Não tenho vontade de ir embora...

— Por quê?

— Porque não quero me olhar no seu espelho, porque não quero cometer um equívoco, porque quero ficar aqui... Fernando, agora se esqueça de mim e pense em você. Depois que passar a irritação, se começarmos de fato alguma coisa, você imagina como vai se sentir quando tiver que ir embora?

Automaticamente Fernando pôs a mão no bolso e tirou outro cigarro. Tinha o propósito de fumar um por hora, mas a ansiedade o traía constantemente.

— É verdade – murmurou. – Mas me fode pensar que não posso fazer da minha vida o que me dá vontade. Que deixei de rir e agora nem mesmo tenho o direito de querer uma mulher.

— Soa mal tudo isso.

— E cheira ainda pior. E não é justo. Não é justo nada do que nos aconteceu: nem a morte de Enrique e de Víctor nem o alcoolismo de Álvaro, tampouco a mediocridade de Tomás... Alguma vez você soube por que Enrique subiu naquela lancha para ir embora de Cuba? Ele me contou na última vez que nos vimos. Quis ir embora porque se apaixonou: o que roubou a lancha era namorado dele e Enrique resolveu ir com ele. Quis ir por amor, percebe? Meu Deus, que conversa de merda – disse ele e jogou o cigarro fumado pela metade.

— Acho que fez bem em voltar. Viu sua mãe, seus amigos, subiu de novo nesta cobertura e, mesmo que doa, você tinha que fazer isso. Passou não sei quantos anos tentando esquecer o que não podia esquecer e, no fim, não conseguiu...

Porque continuo pensando que nenhum dos seus amigos te traiu. Alguns agiram mal, mas nenhum te traiu.

— Por que tem tanta certeza?

— Por causa de uma carta de Víctor. A última que ele me escreveu, de Angola. Li mil vezes, e aquela carta me convenceu disso.

— O que ele diz na carta?

— Ele a escreveu dois dias antes de ser morto. Disse que não queria morrer.

Ela ficou em silêncio. Fernando esperava ver o surgimento de lágrimas previsíveis nos olhos da mulher, mas o olhar dela carregava uma dor assumida, e em suas pupilas só encontrou o reflexo da luminária pendurada no poste. A força de Delfina o surpreendia e lhe provocava certa inveja.

— Você quer falar disso?

— Sim – disse ela. – Tenho que falar para tirar de dentro de mim... Entregaram-me a carta no dia seguinte ao que recebi a notícia da morte de Víctor. Já imaginou? Era como se ele voltasse a viver, para morrer pela segunda vez. É uma carta longa, e ele conta coisas de que nunca me falou. De você e de Enrique, que se sentia culpado por não ter ajudado mais Enrique. Queria te escrever para pedir que o perdoasse por não ter estado mais próximo quando você estava ferrado e mais precisava dos amigos. Cada vez que eu lia a carta e lembrava que Víctor tinha morrido com aquele espinho no coração, meu mundo desmoronava. Passei meses imaginando como tinha sido tudo, como era a estrada, o que ele sentiu quando a bomba explodiu, se teve tempo de saber que ia morrer... E eu me martirizava pensando por que teve que morrer, justamente ele. O mais duro que ele confessava era que muitas vezes teve medo de fazer ou dizer coisas aqui em Cuba. E, em Angola, onde tinha que arriscar a vida todos os dias, descobriu que o fazia sem medo. Onde não se podia ser covarde, descobriu que não era um covarde.

Fernando ficou em silêncio. Aquela maneira de reviver a morte de uma pessoa tão próxima era devastadora demais. Todo o absurdo da morte de Víctor, com apenas trinta anos, levantava-se da voz de Delfina, buscando uma razão. Então pensou que aquele monólogo, provocado por ele, acarretava uma mortificação desmedida e sentiu desejos incontroláveis de abraçá-la, de protegê-la, de lhe pedir perdão por obrigá-la a revolver um passado com o qual decerto convivera por quase vinte anos.

— Porém era sobretudo uma carta de amor. Foi sua última carta de amor... Eu o amava muito, Fernando. Víctor foi meu namorado e meu marido e era o melhor homem do mundo. Não merecia morrer, muito menos sentindo que eu ia sofrer e pensando que não tinha agido bem com os amigos.

— Mas se ele não...

— Não é pelo que você possa pensar, é pelo que Víctor pensava, e ele achava que não tinha agido como devia com você e com Enrique. E você bem sabe, Fernando, que desconfiou de Víctor todos esses anos. Mas posso te dizer sem medo de estar enganada que o apague da sua lista: ele não te delatou. Víctor era teu amigo.

— Obrigada, Delfina.

— É do caralho... Não gosto de me sentir como estou me sentindo agora, mas eu precisava desembuchar toda essa história. Sabe o que estamos fazendo nesta cobertura? Estamos enterrando Víctor. Ele estava há dezessete anos pedindo para que o enterrássemos de uma vez. E, enquanto você desconfiasse dele, isso não seria possível.

Fernando sentiu a terra chacoalhar. Talvez porque estivesse recebendo o espírito redimido de Víctor. Talvez porque uma das razões que o mantiveram vivo e em pé, ao longo dos anos, começasse a se abalar. E pensou: se não foi Víctor, nem Enrique, nem Miguel Ángel, de todo modo houve um traidor? Restavam Álvaro, Tomas, Arcadio e o camponês Conrado, não era pouco. Mas tirar Víctor de seu ressentimento proporcionou-lhe um cálido bem-estar. Poderia algum dia apagar o resto dos Sabichões?

— Obrigada por esta conversa, Delfina. Você sabe como eu gostava de Víctor... Gostaria de ler essa carta. Não hoje, outro dia.

— Melhor que não a leia nunca... Milhares de vezes pensei em mandá-la para você, mas nunca me decidi. Não imaginava que pudesse ser tão importante para você saber que Víctor não... — E sua voz se rompeu.

— Quer descer? Vamos tomar alguma coisa por aí?

— Depois. Agora estou sem chão. Mas a maré vai baixar, não se preocupe. É que passei muito tempo me sentindo viúva e algum dia tinha que tirar tudo isso de dentro de mim.

— Foi terrível — disse Fernando e viu-se diante da lamentável falta de sentido de suas palavras, incapazes de expressar a dimensão do que Delfina vivera.

— Agora entende por que nunca consegui voltar a me apaixonar? Por que não fui capaz de começar de novo?

— Você se atormentou demais, podia ter esquecido...

— Olha quem fala. O guardião da memória e dos ressentimentos. E você? Por que não esqueceu, diga?

— Tentei, mas não consegui. Porque era minha vida, suponho.

— E Víctor era uma parte muito importante da minha vida.

— Da minha também... Agora estou me sentindo mesquinho. Não devia nem ter insinuado...

— Não. Ao contrário. Saber que você gosta de mim e que pensava em mim foi importante. Foi como voltar a me sentir viva. Sei que com você não vou ser um pedaço de carne para dar prazer, que posso ser mulher de novo.

— Vai me deixar louco. Não estou entendendo porra nenhuma.

— Não tem que entender tudo, Fernando. Nem tem que complicar a tua vida nem a minha. Nem tem que se apaixonar por mim – disse ela, olhando-o nos olhos. – Como vamos fazer? Vamos transar lá embaixo ou vamos para a minha casa?

E inesperadamente a poesia voltou, como um alívio para tanta calamidade. A primavera ficara para trás, o verão havia chegado, mas a paz se negava a voltar a meu espírito, e ainda não sei por que razão fortuita aceitei o convite de vários amigos cubanos e empreendi com eles a excursão às famosas cataratas do Niágara. Só posso pensar agora que foi obra do Senhor, que, cansado de ouvir meus lamentos, talvez penalizado por seus excessos comigo, dispôs-se a me fazer presenciar uma de suas obras-primas para que, salvo por um instante da paralisia em que a dor me lançara, eu escrevesse a ode que se transformaria na minha poesia mais famosa.

Lembro que, assim que chegamos a Goat Island, na parte inglesa do famoso salto, em falta de café tomei uma xícara de chá bem forte e separei-me de meus companheiros de excursão, disposto a seguir sozinho, conforme solicitava meu ânimo. Nas últimas horas tínhamos falado muito da singularidade daquela paisagem e me propus a desfrutá-la solitariamente, sem imaginar as verdadeiras dimensões e qualidades do espetáculo que meus olhos veriam. Tomei então o caminho para a ponte que liga Goat Island à margem americana do rio, e as corredeiras me indicaram o trajeto rumo ao precipício. Enquanto avançava pela margem, a meu lado ia desabrochando a catarata inglesa ou da Ferradura, que em si já me pareceu majestosa e alarmante. Mas, quando me distanciei o suficiente e consegui ter uma vista completa, descobri que me encontrava à beira da catarata americana e não pude deixar de estremecer ao considerar que, sem perceber, chegara a poucos passos do tremendo abismo.

Parei e por alguns momentos me foi impossível distinguir minhas próprias sensações em meio à estupefação causada pelo panorama sublime. O rio caudaloso passava rugindo e, quase a meus pés, despencava de uma altura prodigiosa: as águas, desfeitas em ligeiro orvalho com o golpe violento, subiam atomizadas em colunas que se estendiam por toda a altura do precipício e ocultavam parte da cena singular. O ribombar das águas me ensurdecia, e fiquei petrificado, observando o arco-íris desenhado pelo sol, como uma magnífica pincelada, sobre o orvalho perene. Não vira nada igual até então e não veria nada similar no resto de meus dias. A própria mão do Criador tinha que estar por trás daquela obra prodigiosa, tão diferente de outras que, por diversos motivos, calaram em meu coração. Ali tudo era força desatada, paixão sem limites, morte certa, ao mesmo tempo que explosão de beleza sublime, dotada do poder de tirar meus pensamentos de sua tumba e centrá-los no que minhas pupilas lhes remetiam.

Para mim seria impossível calcular quanto tempo passei diante das cataratas sem que meus olhos se saciassem. Por alguns momentos senti meu corpo se esvaziar e meu espírito flutuar fora de seus limites físicos, livre e alvoroçado, alheio à minha carne hirta, abandonada sobre uma pedra úmida, como restos de um boneco imprestável. E em algum instante chorei, não de dor, mas comovido por tanta beleza, e creio que aquele pranto libertador e a inesperada sensação de que ainda deveria fazer alguma coisa foi a força capaz de me salvar de cometer o ato que, desde minha chegada, me atraía para o precipício: se desse apenas mais um passo, meu corpo se transformaria em parte da chuva de espuma e minhas pernas, desfeitas, voariam pelo ar, já sem me pertencer nem me atormentar.

Ao contemplar a queda das águas e a subida do orvalho pareceu-me ver naquele espetáculo a imagem de minhas paixões e a borrasca de minha vida, e nunca senti como naquele instante o tremendo peso de minha solidão, o lamentável desamor em que eu vivia, o absurdo infinito que marcava os caminhos de minha vida, fazendo-a correr, como as corredeiras do Niágara, por caminhos abruptos e fatais. Com os olhos umedecidos pela água e pelas lágrimas, perguntei-me, então, por que não conseguia despertar de meu sonho. Quando, meu Deus, acabaria o romance de minha vida e finalmente começaria sua realidade?

No meio daquela exaltação espiritual e da convicção do equívoco que era toda a minha existência, peguei um papel e, depois de longos meses de absoluta seca poética, senti-me transbordar, como o rio que vinha da montanha.

> Dai minha lira, dai-me-a, que sinto
> Em minha alma estremecida e agitada
> Arder a inspiração. Ó! Quanto tempo
> Em trevas passou, sem que minha fronte
> Brilhasse com sua luz…! Niágara undoso,

Teu sublime terror só poderia
Devolver-me o dom divino, que enfurecida
Me roubou da dor a mão ímpia.*

Todos os juízos emitidos depois sobre esses versos ficam longe de imaginar o modo como tentei extravasar o drama de meus sentimentos num pedaço de papel. Meu calvário de amante rechaçado, de pai frustrado, de exilado sem retorno marca aquele instante luminoso em que a poesia voltou a me dar uma única boa razão para seguir a vida. E naquele instante aprendi, mal completados meus vinte anos, mas sentindo que carregava séculos nas costas, que valia a pena viver enquanto ainda houvesse um poema por escrever...

Mas, agora, o que posso fazer agora se já não há poesia?

Levando meus versos, fiz o caminho de volta e comecei a percorrer bosques e ermos de Goat Island, até chegar à beira da cascata inglesa. Pesava-me demais, porém, retirar-me daquele lugar, e, antes de ir embora, atendi à reivindicação do meu espírito e, sob o risco de incomodar meus companheiros, voltei à beira da catarata americana. Ali, em pé sobre a mesma pedra em que havia escrito minha ode, fiquei contemplando o salto prodigioso durante longuíssimos minutos. Então, quando resolvi ir embora, assim que me afastei da pedra, vi-a desprender-se e rolar pelo abismo: aquela pedra, sobre a qual imaginara minha morte e sentira minha ressurreição, caíra onde já não voltariam a pisá-la pés humanos, e o coração esfriou-me de repente quando voltei a compreender a debilidade da linha que separa a vida da morte e a pequenez da vontade humana diante dos desígnios de Deus. Graças à poesia, sentia-me vivo novamente e, ajudado pela trégua agradável do verão, decidi retomar certos assuntos quase esquecidos no fragor de meus tormentos. O primeiro que tratei de resolver era relacionado a Domingo. Sabia por Silvestre que, passada a tormenta, ele voltara do longínquo povoado de Guane e estava novamente morando em Havana, dedicando-se a lamentar a perda de seu amor e sua pobreza material. A carta que lhe escrevi na ocasião foi amarga e cruel, motivada sobretudo por sua decisão de não me ver em Havana e depois esconder-se nos confins de Guane: estava cada vez mais convencido de que, temendo as represálias do governo, havia se esquivado, e

---

* "Dadme mi lira, dádmela, que siento/ En mi alma estremecida y agitada/ Arder la inspiración. ¡Oh!, ¡cuánto tiempo/ En tinieblas pasó sin que mi frente/ Brillase con su luz...! Niágara undoso,/ Sola tu faz sublime ya podría/ Tornarme el don divino, que ensañada/ Me robó del dolor la mano impía." (N. T.)

cheguei a dizer que não duvidava de que tivesse colaborado com as autoridades, como tantos informantes e traidores, pois ele flertara com os sediciosos, sabia dos planos conspiradores, e eu achava estranha a distância em que passara os meses de perseguição e repressão.

Com o passar dos dias aquela carta chegou a me parecer desproporcional, pois no momento não tinha nenhuma certeza de que minhas acusações pudessem ter outro fundamento além de meus rancores e a suspeita lógica de que por trás da mudança intempestiva de Domingo devia esconder-se algo além de um entrevero amoroso. Ao escrevê-la, fui impiedoso e direto, sem imaginar a profundidade que estava tocando com minhas admoestações: a resposta de Domingo, no entanto, foi mais queixosa que enfurecida, e ele me perguntava como era possível que eu, "seu amigo dulcíssimo", pudesse ter duvidado da "pureza de meus princípios políticos" e achado coisas tão terríveis dele, "franco, puro, adorador entusiasta da liberdade", ao mesmo tempo que desmentia qualquer relação com os verdugos num tom tão dolorido que de imediato lamentei meu descontrole e, pensando em quanto fora injusto, mais uma vez o perdoei e disse-o em outra carta, em que me retratava de minhas imputações.

Buscando algum sentido para minha vida, em julho viajei à Filadélfia, para onde Varela tinha se mudado a fim de começar a edição do jornal *El Habanero*, de franca filiação independentista. Lá fiquei sabendo que o tabloide era financiado por alguns personagens cubanos, sempre escondidos na sombra, mas que, cansados do peso econômico imposto pela metrópole, estavam agora a favor de uma possível emancipação, planejada do modo como haviam pactuado com Varela, ou seja, sem tocar no tema da escravidão e sem a participação de nenhuma potência estrangeira. O grupo mais ativo dos ricos cubanos, entre os quais encontravam-se parentes de Silvestre e outros donos de engenhos e de grandes fortunas, quase todos ex-negreiros, ao verem seus bolsos ameaçados, lançavam-se ao ataque e, para isso, financiavam a ida de Saco para os Estados Unidos, com o propósito visível de colaborar com Varela na nova empreitada e o mais oculto de ter ao lado do padre irredutível um homem de sua confiança, como Saquete provou ser. O jornal, apesar de suas limitações e de sua vida breve, foi uma das grandes obras do bom sacerdote, e nas semanas que passei a seu lado ajudei-o nas diversas tarefas exigidas por uma publicação.

Enquanto isso, acontecia algo curioso em mim e em minha percepção dos Estados Unidos. E digo curioso porque, nos dias que passei na Filadélfia, entendi quanto me incomodava o que, um ano antes, avaliara como virtudes de Boston. Exasperava-me a uniformidade da cidade, a regularidade de suas ruas e a igualdade quase completa de seus edifícios, encaixados como ninhos de pombas. Percebi que me coagia o acúmulo de esforços reiterados, a profunda hipocrisia do protestantismo dominante, e sentia como a ausência de gritos nas ruas, de cores nas casas, de estabelecimentos comerciais caóticos e malcheirosos e de pessoas vulgares, mas vivas, me advertia de que aquele não era nem jamais seria meu lugar na terra.

Com a alma oprimida por aquelas sensações, recebi a notícia de que finalmente começaria a ser julgado em Cuba, acusado de conspirar contra a Coroa espanhola. Pouco antes, as autoridades da ilha haviam publicado minha carta de retratação, com o objetivo de manchar minha imagem, e não estou mentindo ao dizer que pouco me importei. Só lamentei que as razões que me fizeram escrever a missiva tivessem desaparecido, deixando-me uma terrível cicatriz no coração.

De volta a Nova York, comecei a planejar seriamente mudar-me para o sul da União ou, até, para outro país de clima mais benigno. Pensei no México, na Colômbia e mesmo em São Domingos, onde viviam muitos de meus parentes Heredia, porém meu tio Ignacio, naquela época dono de meu destino em virtude de sua ajuda econômica, proibiu que me deslocasse, pois ainda confiava numa possível absolvição e, se eu viajasse para algum daqueles lugares, focos de sedição com respeito a Cuba, poderia prejudicar o resultado do julgamento. No entanto, aterrorizava-me a perspectiva de passar outro inverno ali, como se pressentisse os resultados fatais que isso traria para minha vida. A contragosto, tive que obedecer e consegui um trabalho como professor de espanhol na Academia de Bancel, onde ganhava quinhentos pesos e tinha direito a casa e comida. O que não tive coragem de fazer foi revalidar meu diploma de advogado, pois, entre minhas dificuldades com o idioma e o emaranhado do sistema judicial do país, sabia que me seria impossível exercer a profissão.

E nisso chegou o inverno, com seus punhais de neve, chuva gelada e ar frio: embora então meu estado de ânimo estivesse melhor, é indescritível o que meu corpo sofreu durante aquela temporada infausta. Os resfriados foram constantes, inclusive com febres altas, e, segundo os médicos, com claros sintomas de pneumonia. O que eu não sabia então era que, com o organismo debilitado e os pulmões afetados, seria invadido pelo germe da tísica que hoje me faz rogar que o Senhor tenha piedade de mim e perdoe meus muitos pecados...

Para encerrar aquele ano tétrico, chegou a meu alojamento a notícia de que fora condenado a desterro perpétuo. Minha mãe, ao me informar os resultados do processo, contava que vários réus tinham sido absolvidos ou condenados a penas muito pequenas e imediatamente indultados, em especial aqueles por trás de cujos sobrenomes acumulavam-se milhões de pesos, engenhos, cafezais e armazéns portuários. No entanto, todos os miseráveis processados – entre os quais eu me encontrava – sofremos prisão ou desterro. Ela, que ainda acreditava em milagres políticos, falara muito com Ignacio, e ele dizia que, como eu era figura pública, deveria dirigir-me ao tribunal para explicar minha causa e, ao mesmo tempo, solicitar indulto, prometendo não participar em nenhum novo movimento conspiratório.

Respondi à carta de minha mãe com infinito pesar. Lembro que, enquanto o fazia, meu corpo tremia, não sei se de frio ou por efeito da febre, e meus dedos travados mal conseguiam segurar a pena. Comecei dizendo quanto a amava e amava minhas irmãs e quanto desejava voltar a Cuba, a seu clima propício onde certamente me recuperaria de meus achaques. Lá deixara tudo o que amava e todos os dias pensava em minha pátria, sabendo que dificilmente aprenderia a viver em outro lugar e a me sentir tão pleno, tão a pessoa que eu queria ser, como entre as costas daquele ínfimo pedaço de terra no meio do mar do Caribe. Mas disse também que o preço exigido por meu possível regresso era alto demais e não tinha coragem de retornar indultado à ilha enquanto um homem como o doutor Hernández apodrecia no cárcere e, junto com ele, outros que haviam acreditado na independência e no destino melhor daquela terra. Se aquele era o único caminho, disse, preferia viver longe, como um proscrito, a voltar a Cuba como um perdoado... Lembro que, enquanto escrevia, lá fora soprava o vento gélido daquele janeiro de 1825. E lembro também que senti na alma fecharem-se, talvez para sempre, as portas de um regresso desejado a minha ilha amada, aquele lugar onde havia nascido e no qual havia passado apenas três anos de minha vida adulta. E naquele instante compreendi que deixara de ser um exilado para tornar-me um desterrado.

Cristóbal Aquino abriu a porta e respirou satisfeito o bafo doce da cumplicidade. Embora o tivesse inalado centenas de vezes ao longo de sua vida maçônica, aquele inconfundível cheiro de mistério e morte sempre o remetia à primeira vez que estivera naquele lugar, cinquenta anos antes. Na ocasião, já desejoso de atravessar uma fronteira que tanto ansiava por cruzar e mesmo sabendo que era a mão de seu pai, *don* Salustiano, que agarrada a seu braço o guiava desde que seus olhos foram cegados por uma faixa de pano branco, o jovem Aquino não pôde evitar um profundo estremecimento quando ouviu as batidas precisas na porta de madeira, respondidos do outro lado por outras batidas de chave, por sua vez reafirmadas por golpes ritmados na porta. Então sentiu o rangido de dobradiças e, ao engolir em seco, em seu nariz penetrara pela primeira vez o cheiro persistente que agora voltava a desfrutar. A estada iniciática na Câmara Secreta dos Mestres maçônicos devia ser inesquecível para os alçados à categoria máxima da irmandade, pois, mais que uma viagem de apenas cinquenta passos até um quarto de três metros por três, localizado no fundo do templo, era a ascensão final à revelação dos grandes mistérios – vencidos os degraus de Aprendiz e Companheiro –, aos quais só têm acesso os Mestres maçons, herdeiros dos segredos mantidos pela fraternidade desde sua fundação milenar. Nauseado por aquele aroma suscetível de lhe marcar a vida, Cristóbal Aquino passara da mão de seu pai à de outro homem, que com menos consideração o fizera avançar alguns passos, avisando-lhe novamente que a discrição era o primeiro alicerce sobre o qual se apoiava a maçonaria. Depois, quando lhe tiraram a venda que o cegava, teve que fazer um esforço para localizar-se num recinto cujas dimensões se perdiam na escuridão, apenas amenizada pelas quatro velas acesas nos cantos e cuja decoração limitava-se à presença de caveiras e espadas, destinadas a lembrar aos iniciados dois princípios básicos da vida: que a morte iguala todos nós e que a liberdade é o bem supremo do homem, pelo qual ele deve lutar, ao chegar o momento de lutar.

    Cristóbal Aquino puxou a correntinha e acendeu a lâmpada pendurada no teto, a apenas dois palmos de sua cabeça. Até com aquela luz o recinto era impressionante. As caveiras, as espadas, os panos pretos, recolhidos sobre uma pequena mesa de madeira, aguardavam a próxima cerimônia, porém mal os olhou e foi direto ao nicho embutido na parede, perto da porta. No molho de chaves procurou a certa e abriu a fechadura. Então, deslocou-se para um lado para permitir que a luz iluminasse a pequena gruta e, entre livros e documentos, viu a lateral amarela do envelope entregue à loja pelo falecido José de Jesús Heredia. Aquino fez menção de pegar o pacote, mas alguma coisa o deteve. As dúvidas insistentes que o afligiam desde que aceitara destruir aqueles papéis voltaram ao ataque, como um enxame de vespas enfurecidas. As poucas evidências reunidas o advertiam de que dentro daquele envelope havia muito mais que uma intriga familiar e outras revelações pessoais talvez diluídas pelo tempo. A insistência final de José de Jesús e a recusa de Cernuda a participar daquela execução histórica punham a promessa feita por Aquino num difícil impasse. Deveria ler os papéis e decidir por si mesmo? Sabia que, em princípio, não tinha direito a violar a vontade de José de Jesús, mas ao mesmo tempo parecia-lhe que só o conhecimento lhe permitiria ser justo com a memória de um homem como José María Heredia: então poderia decidir se o mais conveniente seria destruir as memórias ou conservá-las até o dia marcado para sua revelação. Por que essas coisas têm que acontecer comigo?, voltou a perguntar-se, como fazia todos os dias desde que fora convocado pelo moribundo José de Jesús Heredia.

Com cuidado, pegou o envelope amarelo. Sentiu nos dedos a película viscosa da umidade de seu próprio suor. Com o envelope debaixo do braço, fechou o nicho, puxou a correntinha, e a escuridão impenetrável voltou. A luz do sol varreu a Câmara Secreta quando ele abriu a porta. Fora o dia era claro e fresco, como se a porta de madeira demarcasse as fronteiras de dois mundos colocados nos extremos opostos do universo.

Cristóbal de Aquino retornou ao edifício principal do templo maçônico. O incômodo sentido nos últimos dias transformara-se em angústia e atormentava-o com uma dor aguda no peito. Entrou na secretaria e deixou o pacote em cima da escrivaninha, junto do frasco de álcool que havia comprado na farmácia para agilizar e garantir a incineração eficiente dos papéis que supunha umedecidos por sua longa permanência no nicho. Acendendo um charuto, não deixava de pensar em sua próxima ação. Então levantou a vista para a parede do fundo onde, em três fileiras paralelas que cobriam quase todo o espaço, estavam pendurados os retratos dos membros mais ilustres da confraria: lá estava José Martí, de pé, com o avental de mestre maçom e o olhar de apóstolo; o General Antonio Maceo, de estampa robusta; Carlos Manuel de Céspedes, pai da pátria, que morrera abandonado até pelos irmãos maçons; Calixto García, o mais obstinado dos generais cubanos; Ignacio Agramonte, com aquela invencível doçura no olhar; e também José María Heredia, com o perfil esmeradamente executado pelo retratista, o olhar triste e seu ar definitivamente romântico. Para Cristóbal Aquino, aquele homem, cuja imagem via ali havia tantos anos, mas que com o tempo deixara de observar, sempre fora um ser distante e parado numa época remota, um homem do qual só chegavam ao presente ecos de suas poesias aprendidas nas escolas e as histórias de sua participação no primeiro movimento independentista organizado na ilha. Agora, porém, o poeta olhava para ele como para um conhecido. Aquele olhar, jovem embora já carregado de pesares, queria dizer-lhe algo que ele se sentia incapaz de decifrar. Estarei ficando louco?, perguntou-se e afastou os olhos do retrato para fixá-los de novo no envelope amarelo.

Então acomodou o charuto fumegante na beirada da escrivaninha e abriu o envelope. Tirou uma desgastada pasta de papelão que protegia as folhas, amarradas com uma fita, e observou a caligrafia fluente, gravada em tinta preta nos papéis amarelos, de consistência porosa e pesada. Sem desamarrar as folhas, Aquino começou a ler.

"Embora tenha demorado muitos anos para descobrir, agora tenho certeza de que a magia de Havana brota do seu cheiro. Quem conhece a cidade tem que admitir que ela possui luz própria, ao mesmo tempo densa e leve, e um colorido exultante que a distingue entre mil cidades do mundo. Mas só seu cheiro é suscetível de lhe conferir o espírito inconfundível que a faz permanecer viva na lembrança. Porque o cheiro de Havana não é melhor nem pior, não é perfume nem é fetidez e, sobretudo, não é puro: germina da mistura febril ressumada por uma cidade caótica e alucinante."

– Você sabe o que está fazendo, meu filho?
Sem deixar de olhá-lo nos olhos, Carmela entregou-lhe o pote com o doce de coco coberto com duas lascas de queijo branco. Fernando evitou por um instante o olhar da mãe, até que resolveu encará-la.
– Acho que sim: estou me suicidando.
Embora aquela ideia fosse tão velha que aprendera a conviver com ela, a certeza de atentar contra sua vida voltava agora com amarga tenacidade. Sentira-a pela primeira vez em 1978, quando decidira não voltar à revista *TabaCuba*; oprimira-lhe o coração em 1980, quando, sem ter de quem se despedir, atravessara a fila de exaltados que o qualificavam de escória antissocial para subir a bordo do iate que o levaria a um exílio do qual, bem sabia, não teria retorno; recuperara aquela certeza em Madri, ao se encaminhar ao consulado para pedir a autorização de visita e ao voltar à ilha para desenterrar seu passado, mais que o de Heredia. Mas agora a convicção de colocar uma bomba sob os pés o afligia com a mesma intensidade que a sensação de estar no meio de um sonho feliz, do qual temia despertar.
– Por Deus, Fernando, não fale assim.
– Venha, sente-se um pouco, vamos conversar.
– Quer falar, de verdade?
Desde sua volta vinha adiando aquele diálogo com a mãe, pois queria protegê-la das dores que eram dele. Sabia que Carmela havia compartilhado seus sofrimentos durante todos aqueles anos, e Fernando achava que era melhor evitar-lhe novos pesares. Mas fazia três dias, desde a noite em que se havia fechado no quarto com Delfina para fazer amor tímida e plenamente, como rastreadores que medem cada passo ao avançar por terra desconhecida, Fernando caíra num limbo róseo, capaz de levá-lo a esquecer algumas de suas obsessões, a ponto de ter despertado naquela mesma manhã com o inquietante sentimento de que

precisava escrever. Levantara-se cheio de cuidados para não acordar Delfina, que dormia com o cabelo sobre os olhos, a boca levemente aberta e um seio descoberto. Contendo o desejo de beijar aquele mamilo escuro, ele a observara durante um tempo impreciso, tentando deglutir uma imagem de mulher adormecida que tanto se parecia com a normalidade. Ao se deitarem, na noite anterior, fizeram amor mais precisamente, e tantas horas depois ainda mantinha nas pupilas e no olfato os aromas tíbios da mulher. Silenciosamente buscara entre os papéis de Delfina umas folhas em branco e, com um lápis, sentara-se na sala de jantar do apartamento para escrever um poema sobre a ressurreição do amor. Por um instante pensara em Machado e seu outro milagre da primavera, mas conseguiu seguir seu próprio caminho à medida que os versos se armavam no papel.

— Sempre fui apaixonado por ela. Desde antes de ser namorada do Víctor.
— Sabe que vai complicar sua vida?
— Sim, claro que sei, e...
— Então continue, mas não olhe para trás...

Ao terminar, tinha ido até o quarto para comprovar que Delfina continuava dormindo e escrevera um bilhete para ela, explicando que ia para casa e voltaria à noite. Depois pusera um cinzeiro sobre o bilhete e as folhas de papel cheias de rabiscos e borrões, onde estava seu poema sobre uma mulher adormecida.

Fernando havia caminhado sem rumo pelas ruas de El Vedado, tentando recolocar a mente na nova situação. Aquele retorno imprevisto do amor e da poesia era alarmante demais, e a necessidade física e mental de ter Delfina perto era dolorosa para ele, como a sensação vivificante de estar se matando cada vez que acendia um cigarro e enchia os pulmões daquela fumaça maligna e prazerosa. Fernando sabia que estava à beira dos cinquenta anos, e talvez aquela fosse sua última oportunidade de desfrutar o amor: cada dia, em seu futuro impreciso, era um passo rumo à velhice, com seus mais terríveis adicionais: a impotência, as dores, o cansaço...

— É que levei mais de vinte anos postergando tudo, velha.
— Não se pode viver assim, Fernando.
— Não escolhi viver assim.
— Tem certeza?

Seus passos o tinham levado às imediações da faculdade de letras, onde estudantes conversavam sentados na pequena escadaria, e Fernando lembrou que tinha um encontro pendente com sua orientadora, a velha doutora Santori. Mas ainda não se sentia com forças para voltar ao local em que entrara pela primeira vez junto com Miguel Ángel e Víctor, agarrados aos boletos que lhes garantiam a matrícula naquele lugar através do qual penetravam no mundo dourado das belas-artes e das sublimes letras. E não havia voltado à faculdade desde o dia de dezembro de 1976 em que esperara em vão uma tarde inteira para conversar com a reitora sobre seu caso. Em sua memória, aquele lugar transformara-se na boca do inferno e, nos últimos anos vividos em Cuba, tentara manter-se afastado de lá. Agora, no entanto, ao se deter e observar a estrutura opaca e quente do edifício escurecido pelo tempo, compreendera que fazia três dias que mal se lembrava de Heredia e menos ainda da traição que mudara sua própria vida. O banho de sexo e alívio no qual se lançara devolvera--o a um estado anterior aos grandes pesares de sua vida, e seu subconsciente, necessitado daquela trégua, havia bloqueado as evocações dilacerantes para deixar todo o espaço à ressurreição do amor e talvez – conforme reivindicação de Delfina – até da alegria e do riso.

– O mais duro foi estar longe daqui, sabendo que não havia regresso... É preciso viver para saber o que é.

– Achei que tinha se acostumado, meu filho.

– Não consegui. Nunca voltei a ser eu mesmo. Os amigos que tenho lá não são como os que tive aqui. O que quero agora não é igual ao que quis aqui... Às vezes a pessoa que eu tinha sido me parecia estranha. Quase não me conhecia.

Só a nebulosa do futuro empanava o horizonte daquela sensação de bem--estar. Restavam-lhe apenas dez dias em Cuba, e queria sorvê-los gole por gole, até o fundo, para ter ao menos o consolo daquela compensação que, bem sabia, cobraria sua ousadia com novas dilacerações, para as quais não tinha nenhuma defesa montada.

– Quando me sentia assim, lembrava-me de Heredia. Duas vezes, já no exílio, escreveu que estava vivendo num sonho.

– O do romance de minha vida.

– Você ainda lembra?... "Quando terminará o romance de minha vida para que comece sua realidade?"

– Ah, Fernando, não sabe quantas vezes li sua tese. Acho que consigo recitá-la de memória. Você era o que eu tinha desejado ser. E de repente tudo desmoronou. Minha vida também não voltou a ser a mesma.

Junto com a necessidade de se fartar de prazer à sombra de Delfina, também precisava terminar o que havia iniciado com seu retorno, ele pensou. Renunciar seria matar impiedosamente o ser alheio e amargurado que o acompanhara pelos últimos vinte anos, e não tinha alternativa senão acertar sua dívida com o passado e exonerar de uma vez os inocentes e condenar o culpado. A ideia de voltar com aquelas bandarilhas ainda cravadas nas costas parecia-lhe tão grave quanto desprender-se do amor renascido. Ou seria de fato possível riscar tudo e começar de novo? Poderia definitivamente passar por cima do passado e cair na realidade do presente? Teria capacidade e possibilidade de emendar o destino dos anos finais de sua existência? Seria capaz de assumir que aquele regresso estava mudando sua vida?

– Diga uma coisa, velha, por que você não tem mais nenhum cão?
– Quer que eu diga?
– Sim, claro.
– Porque tenho medo de morrer qualquer dia... E, se eu morrer, quem vai cuidar do pobre animal?
– Por Deus, velha...

Tinha virado no antigo passeio de Carlos III à procura da rua Infanta. Aquela avenida esplendorosa fora uma das grandes obras do capitão-general Tacón, o mesmo que havia humilhado Heredia com uma degradante autorização de regresso temporário, cheia de condições, e Fernando se convencera de que não tinha escapatória possível: o passado o assaltava em qualquer canto da cidade, em cada rua, em cada cheiro, em cada gesto das pessoas, e só satisfazendo às demandas daquele passado poderia reorientar sua vida ou, pelo menos, acalmar as lamentações de sua consciência e recuperar a possibilidade de começar: não, definitivamente não havia espaço para o esquecimento.

– E o que vai fazer, Fernando?
– O que tenho que fazer: resolver meus problemas com a vida e não me esconder mais.
– O que isso significa?
– Hoje, quando me levantei, escrevi um poema. Fazia mais de dez anos que não me acontecia.
– Fico feliz. Mas esse não é o único problema. Nem o pior. Está mesmo disposto a ir até o fundo e enfrentar o que vier?
– Tenho alternativa?

Ao chegar a seu bairro e ver sua casa, depois de dois dias de ausência, fora assaltado pela sensação de que os regressos eram possíveis. Para Heredia, não tinha sido. Nem para Varela, Del Monte, Saco e tantos outros cubanos, durante quase dois séculos, condenados a vagar eternamente e a deixar seus ossos em lugares distantes. Martí conseguira romper o encantamento: voltara, para morrer, mas havia regressado. Aquela imolação era o preço do regresso? Se voltasse se suicidaria? Restavam apenas dez dias – havia contado de novo – de sua autorização de permanência, e então seria obrigado a se afastar do mundo que em vão quisera sepultar.

– Quis me esquecer de tudo, mas nunca pude. Agora sei que fiz bem em regressar. Sim, tenho que enfrentar o que vier.

– Fico feliz por você, Fernando. Olha, para mim foi importante te ver de novo, mas creio que voltar a Cuba foi mais importante para você.

– Tinha que voltar, velha. Mesmo que fosse para me suicidar.

Escrevi muita poesia naqueles meses frios e terríveis, sentindo erguer-se o muro de minha condenação: meu cárcere, curiosamente, era o mundo amplo, porque, para meu infortúnio, meu espaço de liberdade e vida estava no território da ilha onde havia nascido e à qual era impedido de voltar. A nostalgia do desterrado foi penetrando em mim, marcando cada ato de minha vida e muitos de meus pensamentos, e compreendi a crueldade de um castigo tão repetidamente praticado pelos que funcionam como donos de pátrias e destinos e se arrogam o direito de decidir a vida de quem discorda deles.

Como compensação, a poesia continuou brotando em meio a tantos pesares e, esquecido dos conselhos de Varela, coloquei nela todo o meu ódio e a minha dor, gritei contra o tirano, chorei pelo destino de Cuba e clamei por sua liberdade. E tanto escrevi que naquela primavera de 1825 pude organizar um volume de minhas poesias com a intenção de entregá-lo a um editor.

Como vários anos antes, fui com meus manuscritos debaixo do braço em busca do julgamento do padre Varela e, se possível, de sua aprovação. Dos amigos que naquela cálida e longínqua tarde havanesa me haviam acompanhado ao seminário de San Carlos, quis a sorte que um, o mais fiel e nobre de todos, compartilhasse comigo a nova peregrinação literária. Porque, para meu agrado e minha saúde espiritual, o bom Silvestre viajara aos Estados Unidos e me trouxera a alegria infinita de me sentir perto de um velho camarada dos tempos felizes.

Além de me ter trazido alguns de meus poemas perdidos, tão necessários para completar minha coletânea poética, Silvestre chegou carregado de notícias e surpreendeu-me saber que, ao contrário do que pretendiam as autoridades coloniais ao publicar minha carta e difundir a notícia de minha condenação, minhas poesias patrióticas, entradas de contrabando, faziam-se populares em Cuba, e entre os mais jovens eu ia me tornando uma espécie de ídolo, por minha condição de poeta e franco partidário da emancipação. "La estrella de Cuba", aquele poema desvairado escrito pouco antes da minha partida, era agora uma espécie de hino de confraternização para os jovens liberais, que até já faziam circular cópias manuscritas de minha ode ao "Niágara".

E falamos, é claro, do casamento de Lola Junco e Felipillo Gómez, celebrado na própria catedral de Havana, e da mudança do casal para o engenho Miraflores, onde haviam decidido morar. Falamos da doença repentina de Sanfeliú, por cuja sorte os médicos temiam. Falamos de minha família, que ele visitava cada vez que passava por Matanzas, pois, segundo me confessou, havia além do mais o interesse que lhe despertava minha irmã Ignacia. E falamos muito, como era de esperar, do incansável Domingo, que Silvestre ainda chamava de Segunda-feira, embora ao mesmo tempo o defendesse como bom amigo, apesar de reconhecer que o cheiro do poder e do dinheiro o atraía cada vez mais, até limites que podiam ser perigosos. Assim contou-me o fim infeliz do romance de Domingo com Isabel, cada vez mais bela, cujo desplante obrigou-o a retirar-se por longos meses ao engenho da família, onde, como um Werther tropical, sofreu e chorou em muitas cartas suas penas de amor, como se de amor se tratasse, enquanto seus súditos mais fiéis – com Cintra e Tanco à frente – suplicavam que voltasse para a cidade.

Depois de jantarmos num magnífico restaurante de cubanos na própria rua Broadway – em que nem o leitão assado nem a mandioca regada com molho de laranja atingiam exatamente os sabores que tinham na ilha –, fomos à casa de Varela, que nos recebeu com um café magnífico e com uma notícia desconcertante: dois dias antes, um assassino a serviço do governo colonial tentara matá-lo em plena rua. O homem, vindo de Havana com essa missão, havia falhado em seu intento graças à intervenção de Saco. O aspecto satisfatório do fato, segundo Varela, era ter comprovado que o efeito de seu trabalho se fazia sentir no país, a ponto de se empenharem em tirá-lo do jogo. A parte triste era, no entanto, que o impulso inicial dos personagens que haviam apoiado Varela começava a se retrair, uma vez que suas relações com a Coroa voltavam a melhorar. Ouvindo o padre, dei-me conta de que cada vez mais aquelas composições políticas, cheias de interesses ocultos e espúrios, tendiam a me repugnar e a mostrar a que nível chegara minha ingenuidade ao abraçar de modo romântico e limpo a causa independentista.

Enquanto fazia o possível para desfrutar da presença de Silvestre em Nova York e tomava um respiro de tanto frio invernal, minha saúde não deixara de se deteriorar, pois tinha febres esporádicas, mal-estar no corpo, cansaço e dificuldade para dormir devido a intermináveis acessos de tosse. Minha aparência, comparada à do jovem saído de Cuba apenas dois anos antes, mudara muito, pois, além de ter agora uma barba rala, meu semblante estava abatido pela magreza e visivelmente pálido por causa da falta de sol. Minha imagem era tão lamentável que resolvi adiar a ideia de me fazer retratar, pois minha irmã Ignacia exigia, em todas as cartas, um retrato de seu irmão de alma e eu tinha pensado que mandá-lo por Silvestre seria um presente magnífico. Meu estado de saúde e os conselhos dos médicos traziam novamente à baila a necessidade de buscar um clima mais propício e próximo de minhas preferências, um lugar quente onde meus dedos não se intumescessem quando escrevia e onde me sentisse mais de posse da vida. E agora, já sem esperança de uma possível absolvição, pedi ajuda a meu tio Ignacio para sair daquele país ou, pelo menos, para me estabelecer no sul, porque a ideia de ir para Nova Orleans continuava me tentando, assim como a de embarcar para algum dos novos países hispano-americanos, onde poderia exercer a advocacia e sustentar-me por meus próprios meios.

Algumas semanas depois, com o parecer entusiasta e a aprovação de Varela a meu favor, entrei em contato com os livreiros nova-iorquinos Berh e Kahl, dois imigrantes alemães que aceitaram administrar a impressão de minhas poesias por um preço razoável, do qual assumiam uma porcentagem na qualidade de distribuidores exclusivos. Graças à generosidade sempre alerta de Silvestre e a um envio especial de meu tio Ignacio, pude pagar os custos de uma edição na qual, pensando em sua eventual circulação na ilha, cedi à mais lamentável censura: a de me autocensurar e suprimir do livro todos os poemas que, de maneira mais direta ou menos direta, se referissem à liberdade de Cuba. Ao aceitar aquela castração, tão inevitável quanto definitivamente cruel, eu iniciava – outra vez iniciador – a triste modalidade da censura na literatura cubana, embora pressentisse que meu exemplo teria, ao longo dos anos, muitos seguidores.

A entrega do manuscrito aos editores aconteceu na noite de 18 de maio de 1825, um dia antes do retorno de Silvestre a Cuba, e meu amigo insistiu em comemorar numa excelente *trattoria* italiana localizada no número 87 da Broadway, onde comemos a preço de ouro uns frutos do mar inesquecíveis, regados a muito vinho branco... O que nunca poderia imaginar era que naquela noite feliz estava me despedindo para sempre de um dos homens mais nobres e sinceros que conheci. Porque na manhã seguinte, imobilizado pela dor de cabeça adquirida na farra, fui incapaz de me levantar para acompanhá-lo ao porto e perdi a oportunidade de dar mais um abraço no jovem que, três anos depois, morreria em Havana, deixando-me um vazio irremediável no coração.

No início de julho finalmente concretizou-se o lançamento de minhas *Poesías*. Quando fui à gráfica pegar uma amostra daqueles cadernos ainda cheirando a tinta, tive uma das sensações mais curiosas de minha vida: um tanto de incredulidade, muito de vaidade e até um pouco de medo me surpreenderam quando acariciei a textura agradável do papel e senti o peso sólido do livro, em cujo frontispício aparecia meu nome e em cujo interior estava o melhor de minha vida, em pequenas letras de contornos precisos. A consumação do ato poético estava em minhas mãos, e agora me parecia impossível que fosse eu o criador daqueles versos que, de alguma estranha maneira, ao mesmo tempo deixavam de ser meus para serem eles mesmos, donos de sua sorte e de seu destino.

Grande foi a fortuna daquele livro, capaz de me fazer acreditar que era um grande poeta, merecedor dos elogios do famoso escritor Alberto Lista e do lírico venezuelano Andrés Bello, dois verdadeiros oráculos da poesia de língua castelhana. Em Madri, em Londres, em Caracas, em Paris e nos próprios Estados Unidos exaltaram minha obra, e no México, pouco depois, me qualificariam como "o poeta mais notável deste solo e talvez de toda a América", enquanto alguns de meus textos eram traduzidos para o inglês, o francês, o italiano e até para o rude alemão. Lamentei, todos os dias, ter suprimido meus poemas patrióticos, mas, apesar dessa ausência, tornei-me a partir de então referência da nova poesia do mundo hispânico e passei a ser conhecido como "o cantor do Niágara", catalogado como o primeiro grande intérprete da natureza americana, o mais elevado poeta cívico do idioma, o mais tempestuoso romântico hispânico, e falou-se de mim até como o fundador de uma sensibilidade diversa da espanhola. Não tenho nenhuma vergonha ao lembrar o orgulho provocado por aqueles juízos encomiásticos, pois senti que graças à poesia havia recuperado o nome e o espírito que me quiseram roubar ao me impedirem de regressar a Cuba e ao tentarem silenciar minha fama na ilha. Apesar dos censores, dos tiranos, dos invejosos, e graças a algo tão pequeno, porém invencível, como a poesia, eu voltava a ser Heredia, convencido de que o poeta Heredia era mais importante que o pobre e doente José María Heredia poderia acreditar. Então empacotei cem livros e os enviei para Cuba, disposto a padecer sua possível retenção ou seu desaparecimento, e sem mais pensar embarquei num navio com destino ao México, com o propósito de salvar minha vida e encontrar um espaço de identidade.

Foi duro deixar novamente os amigos com os quais convivera naqueles anos norte-americanos. Embora meu coração decerto estivesse acostumado aos regressos periódicos ao mar e às despedidas que eu nunca sabia se seriam definitivas, sempre me doía abandonar afetos e convergências. Mas meu destino era vagar, eu sabia, e assim disse a Varela, a Gener, a Saco, ao tomarmos o último café preparado para mim por aquele padre, meu mais santo e puro contemporâneo, de fé mais sincera, e que logo também seria censurado em Cuba e, chegada a hora, seria jogado no lixo pelos ricos cubanos. Quando nos despedimos na porta de sua pensão, depois de um breve concerto de violino, Varela confessou-me que o presidente Guadalupe Victoria o convidara a ir para o México e até lhe enviara um passaporte especial. No entanto, embora a ideia o tentasse, preferia continuar seu trabalho sedicioso e religioso nos Estados Unidos, pois todos sabiam da intenção de Victoria de tornar Cuba independente, e ele preferia que isso só acontecesse por proposta dos cubanos.

– Teremos o que formos capazes de ter – disse-me – e o que merecermos ter. Se chegarmos a ser livres, deverá ser por nós mesmos, para que a liberdade tenha seu justo valor e seja apreciada por nós em sua verdadeira medida. Se continuarmos escravos, deveremos sê-lo por nossa própria incapacidade de nos livrarmos dos jugos da tirania. Por isso prefiro ficar aqui, onde ninguém vai me ajudar e onde sei, até, que os políticos não gostam de mim. Enquanto puder, resistirei ao frio e falarei este idioma que me soa a zumbido de moscas. Depois, veremos o que Deus dispõe.

Com as palavras do padre nos ouvidos e o peso de seu abraço nas costas embarquei em 22 de agosto de 1825 na escuna *Chasseur*, com destino ao porto de Alvarado, no México. Então, como se não pudesse faltar à festa, uma tormenta feroz veio ao encontro do barco, que esteve prestes a soçobrar. Embora as manobras do capitão Claudel tivessem conseguido nos tirar do apuro, o rumo precisou ser alterado em muitas milhas com relação à rota programada, e foi por causa dessa circunstância inesperada que certa manhã o senhor Claudel ordenou que me despertassem logo ao amanhecer e pediu que eu subisse ao convés. Obedeci, alarmado, pensando na proximidade de outra tormenta, mesmo sentindo que navegávamos por mares tranquilos, e só ao chegar junto do capitão soube a razão de seu chamado: apontou para estibordo e vi a distância a linha da costa na qual se destacava uma suave elevação.

– É sua pátria, senhor Heredia – disse-me. – A costa norte de Cuba. E aquela montanha é a que vocês chamam de Pan de Matanzas.

Sem falar, aproximei-me da amurada e cravei os olhos naquela terra apenas vislumbrada, difusa como um sonho. Minha nostalgia de Cuba revolveu-se e, sabendo que estávamos nas imediações da cidade em que viviam minha mãe e minhas irmãs, e sobretudo minha inesquecível Lola, senti como uma punhalada o rigor de meu desterro. O que estariam fazendo, lá longe, minha querida Ignacia, minha mãe, meu tio? Já teriam tomado aquele café da manhã cujo sabor eu não conseguia esquecer? E os biscoitos de coco e o leite com chocolate? E Lola?

Estaria abraçando na cama o oportuno Felipillo? Teria ainda entre as pernas o cheiro do ato sexual consumado na noite anterior? Estaria acariciando os mamilos, em busca de prazer, como fazia quando aprendeu a desfrutar do amor comigo? Consentiria em levar à boca o membro de Felipillo como no fim fazia com o meu, depois de muitas súplicas, beijos, carícias? Estaria com o cabelo solto ou preso? Teria me esquecido para sempre ou poderia me amar de novo?

Seria impossível lembrar todas as perguntas que me fiz, as investidas dos ciúmes e os ardores das nostalgias, até perder de vista o perfil da ilha. Desci, então, ao meu camarote, com o ódio à flor da pele, e sentei-me para escrever o "Himno del desterrado", talvez o mais sincero de todos os meus poemas, e do qual gritei, olhando para onde devia estar minha pátria: "Ainda que vis traidores lhe sirvam/ Do tirano é inútil a sanha/ Que não em vão entre Cuba e Espanha/ Estende imenso suas ondas o mar"*.

Álvaro o assumiu como um encargo pessoal e intransferível. Com o dinheiro que Fernando lhe dera, disse, poderiam comprar duas garrafas no mercado, mas, para ele, esse mesmo dinheiro daria para comprar três e ainda sobraria um dólar (trago duas caixas de cigarros?), na licoreira clandestina do Bacán, que vendia o mesmo rum, com a mesma qualidade que no mercado oficial, mas com a absoluta garantia de não ser adulterado.

– O negócio do Bacán é infalível: faz o rum na casa dele e tem uma maquinaria para selar as tampas como na fábrica. Então, com dois ou três contatos, vendem esse rum vagabundo nos shoppings e ele fica com a mesma quantidade de garrafas do rum bom e as vende por conta própria, claro que mais barato. Assim, os do mercado nunca são pegos roubando, porque não faltam garrafas, e o Bacán sempre tem compradores fiéis... Ah, e ele me disse que logo também vai começar a fabricar Coca-Cola...

Álvaro saiu, vestindo a camisa, e deixou Fernando e Conrado frente a frente, olhando-se nos olhos.

– É verdade que fabricam Coca-Cola? – perguntou Fernando, ainda espantado.

– E também café embalado a vácuo e charutos Montecristo e Cohiba, com selos de garantia, e todas as marcas de cigarros cubanos – disse Conrado. – É uma loucura... Quando tapam um buraco, outro se abre, e não tem jeito, nem com

---

* *"Aunque viles traidores le sirvan/ Del tirano es inútil la saña/ Que no en vano entre Cuba y España/ Tiende inmenso sus olas el mar."* (N. T.)

um policial por pessoa... Vendem qualquer coisa, desde alvará de construção até matrícula em escola ou atestado de óbito falso. Qualquer coisa.

Fernando teve a impressão de perceber um tom de tristeza nas palavras de Conrado, mas lembrou que o amigo trocava balas de sua empresa por vinhos; mochilas de propaganda por azeite; chiclete por gasolina; enquanto isso, por baixo do pano, recebia alguns dólares do espanhol dono do negócio. Compreendeu que Conrado fazia parte da mesma engrenagem de sobrevivência e que sua possível tristeza era absoluta hipocrisia.

— Já fiquei sabendo que você conseguiu domar a fera, safado — disse, então, Conrado, buscando um jeito de se afastar de tristezas reais ou fingidas. — Quem diria, hein?

— Nem eu mesmo — admitiu, fixando os olhos de Conrado.

— É verdade o que o Varo disse, que você está escrevendo de novo?

Fernando ergueu os ombros, subestimando a pergunta.

— O que está acontecendo com você, porra? Escuta, velho, não sofra por antecipação.

— É que foi muita paulada, Conrado. E, quando a gente se prepara, dói menos. O foda é quando te pegam desprevenido.

Conrado ia replicar, mas se conteve. Olhou para o amigo e depois baixou a cabeça.

— Eu sei o que está acontecendo... Conversei com o Varo, e ele disse que você continua pensando que um de nós te jogou na fogueira.

— Olha, camponês, essa história com a Delfina trouxe tudo à tona. O que fui, o que sou, o que podia ter sido... E o medo. Os anos que vivi com medo. Lembra a última vez que nos vimos antes de eu ir embora?

Ele nunca conseguira esquecer aquele encontro com Conrado, uns meses antes de sua saída de Cuba. Na época já tinha deixado de esperar a carta que poderia consertar seu destino e estava ganhando a vida como ajudante de um carpinteiro que fazia saltos de madeira para um artesão, por sua vez especializado em fabricar sapatos de plataforma para vender no mercado negro, e todos os dias Fernando padecia o medo de que a polícia invadisse a carpintaria e o acusassem de realizar trabalhos clandestinos. Além disso temia que o presidente da Comissão de Defesa de seu quarteirão pudesse comunicar que ele não tinha vínculo trabalhista, e a ideia de ser fichado como vadio ou antissocial o apavorava, depois de sua vergonhosa saída da revista *TabaCuba*. O temor de enfrentar novos problemas beirava um delírio de perseguição paranoico e chegara a ser tão angustiante que Fernando só saía de casa para se enfiar na oficina de carpintaria e nunca mais tinha ido a uma biblioteca, um teatro, uma sala de conferências. Também deixara de visitar os antigos amigos, convencido de que algum deles o havia delatado, e só Álvaro e Miguel Ángel ousaram desafiar as suspeitas de Fernando e até seus próprios temores, e algumas vezes passaram em sua casa, tomaram um café e deixaram livros, que Fernando quase nunca leu.

Mas naquela tarde de fevereiro de 1980, superando suas apreensões reais e imaginárias, decidira sair à rua. Em sessões consecutivas do cinema La Rampa, onde haviam programado um ciclo de Alfred Hitchcock, naquele dia estavam passando *Vertigo* e *Psicose*, dois de seus filmes preferidos. Fernando havia pedido permissão ao carpinteiro para sair mais cedo e às seis da tarde entrara no cinema. Aquela sala, transformada havia vários anos em cinema de arte, estava entre os lugares agradáveis de sua memória, aonde ele, Víctor, Enrique, o Varo e o resto dos Sabichões acorriam como muçulmanos a Meca, em busca de obras que consideravam complexas e intelectuais, e lá hauriram ciclos completos do expressionismo alemão, da comédia muda estadunidense, do cinema tcheco anterior a 1968, dos filmes de Orson Welles e de Kurosawa e de tanto neorrealismo italiano que acabaram inventando o idioma "neorromano" para falar entre eles, enquanto comiam as pizzas napolitanas insossas e os espaguetes desgrenhados, apocrifamente bolonheses, da vizinha pizzaria Milán.

Às quinze para as onze abandonou a sala, com a imagem nervosa de Anthony Perkins como companheira. A avenida central começava a se despovoar, embora os clubes noturnos devessem estar repletos de casais, no Coppelia certamente estivessem reunidos outros novos poetas e, da altura boêmia do Picio Blanco, lhe chegasse, muito atenuada, a voz rouca e quente de José Antonio Méndez cantando "La gloria eres tú". Uma onda de nostalgia revolvera as entranhas de Fernando, que se sentia um exilado em sua própria terra: aquele território que fora seu já não lhe pertencia, apenas sobrevivia entre suas lembranças maltratadas, e a densa solidão que o acompanhava pela rua O, em busca do Infanta, advertia-o de quanto perdera naqueles anos de marginalização.

Um costume ancestral, não pensado, o fez tomar aquele rumo, e Fernando encontrara a razão quando as poucas letras sobreviventes do anúncio luminoso do cabaré Las Vegas banharam-lhe as pupilas. Então, com um cigarro na boca e vinte centavos na mão, avançou até o balcão de madeira preta da cafeteria para sentir que recuperava parte de sua pessoa.

– Um café duplo para mim, irmão – disse, sem imaginar que estava dizendo, pela última vez na vida, palavras que só adquiriam seu valor insondável naquele lugar preciso, aonde tantas noites ao longo de tantos anos ele e os amigos tinham ido, depois de ver um filme, uma peça de teatro, ao terminar uma tertúlia na casa de Álvaro ou uma agradável bebedeira, tomar o último café da noite, ou o primeiro do dia, se a aurora estivesse mais próxima que a escuridão.

Debruçado no balcão do Las Vegas, tomou seu café duplo e açucarado e, com o cigarro aceso, observou a atividade dos balconistas, um encarregado de servir as xícaras enquanto o outro operava a velha cafeteira National, veterana de mil campanhas. Então ouviu a voz, quase a seu lado.

— Dois cafés duplos para mim, irmão. — E com a alma em suspenso voltou-se procurando o rosto do Sabichão que estava pronunciando a fórmula mágica... O choque com os olhos velozes de Conrado foi frontal, mas os dois permaneceram estáticos, como se não conseguissem entender o que era evidente. Fernando acreditava lembrar que sorriu, mas os nervos começaram a funcionar e um medo diferente, porém mais daninho, o assaltou por todos os flancos: o que faço?, perguntava-se. Cumprimento? Ele vai me cumprimentar? Até que finalmente o camponês estendeu a mão.

— Como vai, Fernando?

— Bem — mentiu, descaradamente.

— Bem, bem — disse o outro. — Agora estou trabalhando aqui em frente, sabe? Sou chefe de turno na Radio Habana Cuba.

— Ouvi dizer.

— Ah, olha — Conrado se moveu, evidentemente nervoso —, este é Fonseca, um colega... É o secretário do Partido. — E Fernando soube que o dizia intencionalmente, enquanto olhava para Fonseca. — Ele estudou comigo... Bem, Fernando, vamos indo, é que estamos trabalhando. Deu uma confusão do caralho, porque tem gente se enfiando na embaixada do Peru... Me telefona qualquer dia, viu? — E apertou-lhe a mão, para imediatamente lhe dar as costas. Só então Fernando percebeu que o camponês astuto deixara o café intacto sobre o balcão de madeira escura.

Três meses depois, quando Fernando decidiu ir embora de Cuba pela porta que se abrira aquela noite na embaixada do Peru, o encontro com Conrado foi uma das espicaçadas que mais o impeliu, e agora, quase vinte anos depois, ainda sentia o ardor daquela experiência capaz de lhe mostrar que não fora o dono exclusivo do medo.

— Também não consegui esquecer aquilo — admitiu Conrado. — Cada vez que me lembro, tenho vontade de que a terra me engula. Mas na época ninguém sabia... Sim, eu tinha medo.

— E por que você quis me ver em Madri?

— Depois as coisas mudaram. Eu mudei. Já não é a mesma coisa...
— Ainda bem – disse Fernando e atacou. – Agora você até pode ser *santero*.
— Já ficou sabendo?
— Você sempre foi um camponês astuto, como dizia Tomás, mas daí à bruxaria...
— Eu me meti num rolo. Iam me arrebentar a vida com uma auditoria que fizeram na empresa. E, quando a água está pelo pescoço, você se agarra a qualquer pedaço de pau. Comecei recorrendo a pós e bruxarias e terminei me fazendo santo... Oxum – disse e enfiou a mão no bolso: de uma bolsinha de pano amarelo tirou um punhado de colares de contas cor de âmbar e os mostrou com satisfação.
— Então não acredita de verdade?
— Sim, sim, acredito. É que vi cada coisa... Os santos me disseram para pôr meu passado em dia... Por isso fui te ver em Madri.
— Ainda bem que nisso os santos nos ajudaram. – E Fernando não pôde deixar de sorrir. – Porque não seria justo acabarmos todos nos odiando para sempre.
— Por isso é bom que você tenha vindo.
— E você e o Negro?
— É mais complicado. Miguel Ángel está coberto de merda dos pés à cabeça e eu tenho um trabalho... Bom, como vou explicar? As coisas mudaram, mas não tanto, e os santos não podem passar a vida resolvendo tuas encrencas. – E pôs os colares de volta na bolsa.
— Então você ainda tem medo?
Conrado levantou a cabeça e seus olhares voltaram a se encontrar.
— O Negro é louco, e eu tenho um trabalho que... – Ele começou e novamente desviou o olhar.
— Sim, você já disse que viaja para o estrangeiro, que tem carro, que conseguiu trabalho para tua mulher num hotel, que troca Chupa-Chups por charutos Cohiba legítimos... Mas ainda tem medo?
— Não enche o saco, Fernando. Você não sabe...?
— Não sei o quê, Conrado? – disse, levantando a voz e inclinando o corpo para a frente. – Como não sei? Tive que engolir vinte anos fora de Cuba e vou ter que passar todos os que me restam vivendo na casa do caralho e não sei mais o quê?...
— Está bem, não fique assim.
— E vou ficar como? Ou você esqueceu que um filho da puta que dizia ser meu amigo me vendeu como um saco de batatas? E que alguns de vocês até se escondiam de mim? Diga, como vou ficar?
Conrado levantou-se lentamente. Com passos inseguros, rodeou a banqueta em que estava sentado e caminhou até o muro da cobertura.

— Não fui eu, Fernando — disse. — Não sei quem foi e não posso acusar ninguém, mas te juro pelo que há de mais sagrado que não fui eu. Se quiser, continue pensando que me comportei como um bundão que se acovardou e te deu as costas, que sou um oportunista que preferiu viajar e ter carro, que me fiz santo porque me convinha... Pense o que quiser, mas escute bem: eu não te dedurei, está ouvindo? Não fui eu. — E Fernando sentiu uma vergonha maligna ao ver desabar aquele homem que outrora fora seu amigo. Conrado tremia, apoiado no muro do terraço, mas sustentava seu olhar e, no fundo de seus olhos, Fernando deu com aquela centelha de alerta com que o camponês, demasiado inteligente, recém-chegado de um pequeno povoado de Las Villas, costumava olhar para um mundo a cujo topo se propusera chegar.

— Acredito em você, Conrado. Perdoe-me por tudo o que te disse. — E se pôs de pé, para abraçar o outro, no instante em que a porta da cobertura se abriu e apareceu a cabeça de Álvaro, carregado de garrafas.

— O quê? Emocionados com o entardecer?

Salvo e feliz me senti ao pisar em terra no México naquele 15 de setembro de 1825. Muito longe de minha imaginação estava a ideia de que passaria quase toda a minha vida adulta neste país e mais distante ainda estava eu de imaginar quantos retalhos de minha carne deixaria nesta terra, como um daqueles condenados pelo fanatismo, sacrificados à ponta de pederneira ao pé do *teocalli* de Cholula. Mas a perspectiva de voltar a um lugar conhecido, onde se falava minha língua, onde o frio não me mataria e onde já tinha afetos e locais com história dava-me uma sensação de pertencimento que jamais tivera nos Estados Unidos.

Por isso, mal me recompus do cansaço da viagem, parti para a alta Jalapa, onde me esperava meu compatriota e xará José María Pérez, que me acolheu como um velho colega. Alojado por aquele amigo de outros amigos, aceitei seu generoso convite para passar alguns dias com ele e ali fiquei sabendo, espantado com a coincidência, que alguma estranha razão me impedira de receber em Nova York um convite e um passaporte semelhantes aos de Varela, expedidos pelo presidente Victoria, com os quais me teriam feito hóspede ilustre do país.

Os dias em Jalapa foram plenos e agradáveis, e só me pôs um pingo de preocupação na mente a notícia de que um grupo excessivamente entusiasta de compatriotas, depois de me nomear membro da Junta Patriótica Cubana no México, fazia-me aparecer como assinante de uma declaração sediciosa, fato com o qual talvez eu inaugurasse outro costume cubano: o de alguém figurar como assinante de uma declaração que jamais viu. No entanto, pouca importância dei ao sucedido e me reconciliei com aquele modo de ser dos cubanos quando ouvi, num café da cidade, toda uma orquestra de conterrâneos, dirigida pelo maestro Marino Cuevas, interpretando as contradanças que tantas vezes ouvira na ilha, com aqueles tons melancólicos capazes de expressar, com a melhor poesia, a alma de meu país.

No fim do mês consegui, afinal, desprender-me da absorvente hospitalidade de meu xará e tomei uma diligência para a capital. Mas no caminho comecei a sentir fraqueza, o corpo queimando, até que pelas manchas escuras que me cobriram dos pés à cabeça ficou evidente que tinha contraído sarampo. Não estou mentindo ao afirmar que nunca como naquela ocasião acreditei que chegara ao fim de meus dias. As febres, dores e náuseas me assolaram durante uma semana, na qual não comi e mal dormi, entre terríveis sobressaltos e alucinações. Nem tenho ideia clara de como me trataram na pousada de Puebla, aonde consegui chegar, e creio que só graças à minha juventude e aos poucos dólares que me restavam saí vivo daquele episódio.

Em 14 de outubro, ainda fraco e abatido, cheguei à Cidade do México. Da pensão em que me alojei enviei uma notificação ao presidente, que me pediu que fosse vê-lo quanto antes. Quando entrei no Palácio do Governo e me pus diante de Guadalupe Victoria, ele me olhou e por um momento duvidou de que fosse eu a pessoa esperada. Até me perguntou duas vezes se era o advogado Heredia e finalmente, quando se convenceu, estreitou-me num abraço... Não sem razão o mítico herói da independência mexicana pediu-me que, antes de tudo, descansasse e me recuperasse e, para isso, ordenou que eu fosse alojado no palácio. Sem dúvida, apesar de meus vinte e dois anos e da pouquíssima barba, meu rosto devastado pelas doenças e pelo cansaço, com olheiras das quais nunca mais me livraria, o fez pensar que aquela ruína humana não podia ser o homem cuja fama de conspirador e de poeta o motivara a convidar para viver em seu país.

A não ser pelo maldito sarampo, minha vida no México começou com os melhores augúrios. Quando finalmente conversei com Victoria, pediu-me que ficasse morando no palácio, me atribuiu um pagamento decente até que me colocasse num cargo adequado a minha capacidade e categoria e me falou, além do mais, do muito que esperava de mim se finalmente o México decidisse promover a independência de Cuba.

Enfim livre da pressão que significava saber-me sustentado por meu tio, dediquei meu ócio a revisar e finalizar as versões da tragédia *Abúfar*, de Ducis, em cuja tradução trabalhei na viagem de Nova York, e *Sila*, do francês Jouy, que adaptei como homenagem a Victoria, mas sem dedicatória, pois, embora fosse meu amigo, eu não ousaria tal ato de genuflexão – em Cuba chamado *guataquería* –, a não ser que fosse um homem comum, despojado dos raios do poder. As duas obras, que imediatamente encontraram patrocinadores entusiastas, estrearam em dezembro, com sucesso de público e crítica, e sedimentaram meu prestígio no país.

No México de 1825, em meio ao inverno benigno da região, tudo parecia voltado para estancar as feridas do meu corpo e do meu ânimo. Era-me especialmente grato comprovar que em poucos anos a nação conseguira estabilizar sua independência e seu sistema republicano e federal, depois da intentona imperial de Iturbide, e agora, com um governo eleito pela vontade popular e uma Constituição democrática, vivia-se um estado de prosperidade que levava a pensar que cinco séculos, não cinco anos, tinham se passado desde minha última estada no país.

Restabelecida a relação com meus velhos amigos Anastasio Zerecero e Blas de Osés – que então vivia a meio caminho entre o México e Cuba –, também travei amizade com muitos personagens do mundo político e cultural da capital. Nomeado afinal como quinto oficial da Secretaria de Estado e do Gabinete de Relações Interiores e Exteriores, e ainda morando no palácio, estava numa situação privilegiada, econômica e social, para me lançar nos mais diversos projetos. Por isso aceitei participar da criação do jornal literário *El Iris*, escrevi o discurso de inauguração do novo Instituto de Ciências, Artes e Literatura, do qual logo fui eleito sócio honorário, publiquei poemas em várias revistas das mais prestigiosas do país e recebi apoio para preparação e redação de um ambicioso ensaio filosófico sobre a *Historia universal*. Ao mesmo tempo me envolvi na vida política do país e assisti a reuniões presidenciais (para algumas das quais redigi as palavras de Victoria), cultivei o afeto de militares, como o general Santa Anna, e de políticos, como Andrés Quintana Roo, e me filiei ao ramo maçônico dos yorquinos, liberais contumazes cujo Grão-Mestre era o próprio Victoria... Tudo isso sem contar que, por minha proeminência, juventude e posição social, pude dormir certas noites em algumas das camas mais cotadas do México, onde fiz companhia a belíssimas damas. Vivi aqueles meses com uma plenitude e uma intensidade que me faziam lembrar muito meus melhores tempos em Cuba, a ponto de em alguns momentos sentir-me curado da eterna nostalgia de minha pátria. Mas, quando o dizia a mim mesmo, bem sabia que estava me enganando, pois não fazia mais que postergar meus verdadeiros anseios: a ausência de minha família e de meus velhos amigos e a mágoa remota, mas ainda ardente, de um amor perdido provocavam em mim uma sensação de vazio que nem os infinitos elogios que me chegavam aos ouvidos puderam preencher. Talvez o sinal maior e mais dramático daquela ausência lacerante seja a pouca poesia que escrevi naqueles dias aparentemente felizes, como se os versos se negassem a compartilhar a sorte de um homem aclamado nos salões da alta sociedade política e literária.

Também foi nessa época que obtive, e gratuitamente, o primeiro retrato que enviei a minha mãe e minhas irmãs. Se então aceitei posar foi devido à insistência do artista em perpetuar a imagem do homem aclamado que eu era e porque meu físico, em poucos meses, sofrera uma transformação benéfica, convenientemente realçada por um pincel que acrescentou um pouco de poesia para que eu parecesse, além de saudável, sério e potente, com uma aura romântica, tal como brilha o jovem Simón Bolívar em algumas imagens.

Em meio a tantos aplausos, meu ânimo sentia um amargo pesar pelo desenrolar dos acontecimentos em Cuba. As cartas de Silvestre, de Domingo e de meus parentes falavam com frequência do estado de desmoralização em que se vivia na ilha, onde as autoridades coloniais tinham aberto as portas a todos os vícios e flagelos – especialmente o proibido tráfico de escravos – como estratégia para prostituir e sujeitar sua população com poder econômico e participação civil. Ao mesmo tempo, a notícia de que Varela tivera que suspender a publicação de *El Habanero* ao deixar de receber apoio financeiro mostrava claramente que a ideia de independência ia por água abaixo diante dos olhos de quem algum dia sonhara com ela, como nós. Por isso comecei a pensar se o fervor dos homens que se haviam imolado pela justa causa não teria sido apenas um sonho vão e jurei desistir de qualquer empenho no sentido de lutar pela independência de um país apanhado na armadilha do destino fatal que seus dirigentes mereciam e desejavam. Pobre Cuba!

Quando pensamentos tão decepcionantes me assaltavam, eu buscava alívio no trabalho. Ao longo de vários meses realizei a versão de *Tiberio* de Chernier, que Domingo tanto me recriminou, insistindo – com alguma razão – em que eu não investisse meu talento em traduções e imitações, ao passo que deveria empregá-lo em obra própria. Por isso empenhei-me em concluir, em longas jornadas de escrita, o romance *Jicoténcal*, sobre cuja paternidade sempre mantive o mais rígido silêncio, pois nunca me satisfez como obra literária. Só Varela, com quem falei da ideia em Nova York, sabia de minhas intenções de escrever o relato romanceado da vida do herói indígena, cuja lenda eu conhecera nos meus primeiros anos mexicanos e que, havia algum tempo, tentara transformar em drama. Depois de começar e abandonar várias vezes a obra, decidi retomá-la, e no fim de 1826 foi impressa na Filadélfia, obra imperfeita, eu sei, mas que se destaca com o mérito de ser o primeiro romance de caráter histórico escrito em castelhano.

Enquanto isso, o êxito de minha versão de *Tiberio*, que intitulei *Cayo Graco*, retumbou no México. A atuação como protagonista do famoso Andrés Prieto foi das mais memoráveis de sua pródiga carreira, e minha ideia de dedicar a obra a Fernando VII, o abominável sátrapa espanhol, um feliz acerto: "Esta é minha primeira e última dedicatória a um monarca", escrevi. "Não creio que me acusem de adulação por dirigir a tragédia de Tibério ao tirano da Espanha, um rei de quem sou inimigo. De fato, a ninguém melhor que a vós convém este obséquio, pelas grandes analogias que existem entre vosso caráter e o do monstro que foi terror e opróbrio de Roma!"

No dia da estreia, enquanto eu recebia felicitações e abraços, produziu-se outro dos fatos que me obrigam a ver aqueles dias como excepcionais. Estava ao lado de meus amigos Blas de Osés e Quintana Roo quando, do meio da multidão de admiradores, saiu um homem, de um pouco mais de cinquenta anos, que me pareceu vagamente conhecido e de quem finalmente consegui me lembrar quando me disse seu nome: Isidro Yáñez, ou magistrado Yáñez, como o chamava meu pai, de quem fora um dos melhores amigos em seus dias finais de alcaide do crime naquela cidade. Orgulhoso de sua antiga relação com minha família, o magistrado somou-se aos elogios e pediu-me, quase como súplica, que por favor cumprimentasse sua esposa e suas filhas, grandes admiradoras de minha poesia. Sem muito entusiasmo, pedi a meus amigos que me esperassem e fui cumprir o inevitável compromisso. Aproximei-me com o magistrado de uma sólida matrona que sorria para mim, enquanto duas mulheres indubitavelmente jovens permaneciam de costas. Ao chegar ao grupo, Yáñez chamou as filhas, alvoroçado.

– Graciela, Jacoba...

No exato instante em que Jacoba, filha mais jovem do magistrado, voltou-se e cravou em mim seus olhos de azeviche, eu soube que aquele olhar destinava-se não ao meu rosto, mas a meu coração. A pele impoluta da jovem de dezessete anos brilhava sob as luminárias do teatro, ao mesmo tempo que seu sorriso e seus lábios vermelhos punham mais luz no mundo. Conversando com as mulheres sobre temas anódinos, fui sentindo que se abria uma porta, a qual eu acreditava fechada para sempre, e que por ela, talvez, pudesse penetrar o amor, talvez sem a intensidade ciclônica de outros dias, mas com o andar seguro dos destinos inapeláveis.

Apenas alguns dias depois, o presidente Victoria deu-me a notícia de que estava me atribuindo a magistratura do distrito de Veracruz, com um salário fabuloso e com a maravilhosa compensação de voltar a morar perto do mar e no clima insuperável do trópico. Estaria tão perto de Cuba que imediatamente comecei a maquinar uma viagem de minha mãe e minhas irmãs àquela cidade, onde poderia abraçá-las outra vez... O céu, valha-me a péssima metáfora, punha-se ao alcance de minhas mãos.

A alegria que me transbordava lançou-me na mesma noite rumo à casa dos Yáñez, da qual me tornara visita habitual. Na ocasião, no entanto, premido por minha próxima partida da capital, ia decidido a sair de lá com uma resposta já esperada, mas que ainda não tinha, e, na primeira oportunidade em que me deixaram a sós com Jacoba, confessei-lhe meu amor e pedi que fosse minha esposa. Minha alma sentiu, então, o calor de uma verdade na qual já não acreditava: aquela mulher não só me amava, como me idolatrava e considerava um prêmio do céu o grande poeta ter reparado nela. Tanta beleza e candura revelaram-me que eu também a amava e que o espírito tenaz de Lola Junco passara a ser um fantasma postergado, condenado a morrer no dia em que tivesse uma conversa necessária com aquela mulher. Um beijo, leve e cálido, selou meu pacto de amor com a doce Jacoba, e fiquei feliz ao pensar que voltaria a oficiar como professor de uma aluna inexperiente na arte do amor.

Na mesma noite, já com todos os Yáñez colocados a par de nossa relação, decidimos marcar a data do casamento, e um pouco mais tarde, no meu luxuoso quarto do palácio do governo, escrevi a Silvestre, contando a boa nova: "Vou me casar em outubro", eu dizia, "pois já é tempo de acabar o romance de minha vida para que comece sua realidade".

> ... adónde iré, cuando se pare el corazón y mis manos se caigan hacia el suelo para abrirse un pedazo de silencio.*
>
> Eugenio Florit

O fim da tarde sempre fora sua hora preferida de tomar banho de mar. A água cálida, o sol despojado da fúria do meio-dia, a areia já despovoada da multidão que nos longos dias de verão se juntava nas praias criavam um ambiente mais tranquilo, e agora Fernando desfrutava daquele agradável interregno entre o dia e a noite, sentindo as ondas acariciarem-lhe o corpo e atenuarem os efeitos da cerveja.

---

* "... aonde irei quando parar o coração e minhas mãos caírem ao chão para abrir-se um pedaço de silêncio." (N. T.)

A excursão tinha sido planejada com Delfina e Miguel Ángel. O Negro disse que aquele dia poderia usar o carro do irmão, sempre depois das três da tarde, e Delfina pagaria a gasolina. Fernando levaria as cervejas, ao passo que Ana Julia, mulher de Miguel Ángel, preparou torradas e croquetes de peixe, e Álvaro – que insistia em continuarem até Varadero – obsequiou-os com sua presença e a promessa de não se embriagar.

Desde que pisou na areia de Santa María e sentiu o pé descalço afundar levemente no pó fino, Fernando começou a recuperar sensações que acreditava perdidas, ou pelo menos esquecidas. Tomou Delfina pela mão, avançou até o mar e, sem tirar a calça, entrou até a água lhe tocar os joelhos. Com o sol à altura dos olhos, desfrutou a carícia de um mar muito diferente das águas sempre frias das praias europeias em que submergira nos últimos anos. Sem poder pronunciar uma palavra, enfiou a mão na água, que pareceu densa e palpável, e molhou o rosto.

– O que você tem, Fernando?

– Nada – disse ele, mas imediatamente decidiu que não devia mentir. – É que agora estou feliz. E tenho medo.

Então virou-se e beijou Delfina, com implacável veemência. A mulher apertou-lhe mais a mão e apoiou a cabeça no ombro de Fernando.

Os gritos de Álvaro, cerveja na mão, tiraram-nos do arrebatamento e, depois de se darem um beijo leve, foram para a areia.

Em épocas mais propícias os Sabichões viajavam com frequência até Santa María, sempre equipados com algumas pizzas, garrafas de rum e até raquetes para jogar *squash* nas quadras agora inexistentes do hotel Atlántico. Lembrou que ele e Tomás eram os promotores mais entusiastas daquelas excursões e, quase com vergonha, evocou os registros visuais que fazia de Delfina, naqueles anos empenhada em usar uns biquínis ousados, demasiado sugestivos e capazes de alvoroçar o resto da tropa poética.

Começava a escurecer quando Álvaro, diante da evidência de que a caixa de cervejas tinha fenecido – como costumava dizer –, finalmente decidiu entrar na água. Miguel Ángel e Ana Julia o seguiram, e Fernando conseguiu convencer Delfina a ir também, pois ela preferia tomar banho de mar enquanto houvesse sol. Com água à altura do peito, formaram um círculo e conversaram, recebendo a luz distante dos holofotes localizados no pátio do hotel.

Falaram dos filhos de Miguel Ángel e Ana Julia, os dois aferrados a estudar medicina, e dos três de Álvaro, disseminados pela esteira de casamentos exauridos que iam deixando para trás, como garrafas de rum. E, sem saber como, Fernando viu-se contando as peripécias de seus longos anos de exílio: os dias incertos de

Miami, quando teve que viver por três meses nos jardins do Orange Bowl, até que uma igreja protestante de Fort Lauderdale assumiu a responsabilidade por sua custódia e seu sustento, e finalmente ele pôde sair às ruas apenas entrevistas de uma cidade que sempre concebera como uma réplica cubana, mas que na realidade não se encaixava em nenhuma das noções existentes em sua lembrança. Durante aquele primeiro ano, trabalhando como pedreiro nas obras do Downtown de Miami, Fernando sentiu na pele o desprezo dos velhos emigrados cubanos que também o consideravam uma escória, e a sua nova condição legal e racial de *hispanic*, com autorização para trabalhar, mas sem residência permanente, somou-se a degradante categoria de *marielito**. Depois, levado a mudar de ares e precisando reencontrar a si mesmo, embarcou para o norte e vieram os três anos passados em Union City, New Jersey, onde também não deixou de ser *hispanic* e *marielito* e, além do mais, teve que suportar o frio que, no inverno, o feria toda manhã ao sair de seu pequeno apartamento para tomar o ônibus que o levava a Manhattan, onde conseguira trabalho como guarda do acervo do museu Guggenheim. Foram tempos vividos à espera, prolongada por quatro anos, de sua autorização oficial de residência nos Estados Unidos, que, assim que chegou, só lhe serviu para empreender uma nova viagem, agora à Espanha, em busca de seu eu perdido ou, pelo menos, de outra atmosfera, outros costumes e da sonoridade enternecedora de sua língua.

Desde então, vivia num sótão do centro de Madri, alugado havia anos, por muito pouco dinheiro. De organizador de livros numa biblioteca, em um ano passou a trabalhar como professor num liceu, dando aulas de espanhol e literatura para jovens mais interessados em rock, baladas e álcool que nas andanças de dom Quixote, na lírica de Lorca e no uso correto do gerúndio. No entanto, Fernando conseguiu centrar sua vida, teve algumas relações amorosas mais ou menos satisfatórias, fez poucas, mas boas, amizades que renderam trocas de livros, idas ao cinema e conversas em cafés, até escreveu poesia e, nos primeiros anos, aproveitou o tempo livre lendo sobre Cuba, sua história, sua literatura, obrigando-se com firmeza militante a não perder seu vocabulário nem suas velozes inflexões havanesas, embora dolorosamente tivesse que perguntar pelo *autobús* e não pela *guagua*, ou comprar *calcetines* em vez de *medias*. Todo dia pensava na ilha, mesmo sabendo que seu regresso estava proibido por sua condição de "emigrante definitivo", uma espécie de exílio perpétuo que só em casos muito específicos era possível revogar, mediante trâmites burocráticos muito

---

* Nome pejorativo dado a emigrados cubanos, por referência ao porto de Mariel, por onde em 1980 saíram grandes levas em busca de asilo nos Estados Unidos. (N. T.)

complexos. Viveu o presente como um prolongamento opressivo do passado, até aquela manhã em que despertou com desejo de ouvir música e colocou, em seu toca-discos pré-histórico, uma antologia de canções cubanas comprada na tarde anterior de um vendedor de discos velhos e ouviu a "Linda cubana", de Eduardo Sánchez de Fuentes, e teve a aflitiva certeza de que, por sua saúde mental, o melhor seria esquecer-se de Cuba e, sobretudo, de seu próprio passado. Fernando lembrava que havia tirado o disco do prato e, olhando-se no espelho do quarto, impusera-se matar sua memória, afastar a tentação de suas leituras questionadoras do século XIX cubano e renunciar a um pertencimento obstinado que só servia para impeli-lo à nostalgia e ao rancor.

Fernando mexeu a mão e segurou forte a de Delfina, como se temesse afundar em areias movediças. Sentia que o peito ainda lhe apertava ao levantar a lápide de suas lembranças e contar pela primeira vez que naquela necessária amputação do passado o que mais o tinha ajudado fora lembrar a conversa que, nos dias de Miami, tivera com o velho Eugenio Florit, autoexilado nos Estados Unidos desde os anos 1950. Aquele poeta, nascido na Espanha, mas que escolhera ser cubano, já mítico embora ao mesmo tempo esquecido em sua pátria de nascença e excomungado em sua pátria de adoção, era uma referência de um passado que remontava aos anos 1920, nos quais dera a conhecer sua poesia de vanguarda, renovadora e pura, de adjetivos primitivos e sonoros. Seus versos, que Fernando descobrira em exemplares decrépitos caçados em sebos, foram uma revelação telúrica para o aprendiz de poeta que, por vias tão alternativas, chegara ao conhecimento de uma das grandes vozes líricas de seu país, poeta raramente mencionado nos cursos universitários, mas dono de belíssimas décimas obcecadas pelo mar, pelo ar e pela luz dos trópicos, pletóricas de uma estranha premonição de nostalgia por um mundo que um dia perderia.

Como em peregrinação, certa manhã de domingo Fernando encaminhou-se à pequena casa de South West onde Florit morava com o irmão Gerardo, apenas alguns anos mais novo que ele. Dois dias antes lhe telefonara e, depois de explicar aos gritos que tinha se graduado na universidade com uma tese sobre Heredia e que conhecia sua poesia, o velho Florit lhe dissera que gostaria muito de conhecê-lo e o convidara para tomar o café da manhã às dez horas, quando voltasse da missa dominical.

Às dez horas e dois minutos, Fernando tocou uma campainha que lhe devolveu um som oco de casa desabitada. Insistiu um par de vezes e, quando já pensava em contornar o jardim, viu chegar um velho Ford dos anos 1960, de um verde forte, do qual certa mão o saudava. Segundo seus cálculos, Florit devia ter uns oitenta e três anos, mas o homem magérrimo que desceu do carro pela porta do copiloto, vestido com uma *guayabera* cubana, branca e imaculada, parecia muito mais jovem.

– É que Gerardo dirige a trinta milhas – explicou, apontando para o outro ancião, que lhe sorriu enquanto terminava de fechar o carro. – Venha comigo, Gerardo vai preparar café da manhã para nós.

Em vez de se dirigir à entrada principal, o poeta enfiou a chave numa porta que Fernando supôs que desse na garagem.

– Venha, entre. – E imediatamente Fernando teve a sensação de atravessar o espelho para o país das maravilhas: o aposento, de uns quatro metros por seis, era abarrotado de livros do chão ao teto, e os poucos espaços vazios eram ocupados por obras de pintores cubanos: um vitral de Amelia Peláez, uma cidade de Portocarrero, uma paisagem de Romañach, uma mulata de Carlos Enríquez, uns camponeses de Abela, uma aquarela de Mijares. Com o teclado aberto, um piano preto vertical exibia no atril uma partitura gasta de Sánchez de Fuentes, e de uma das prateleiras pendia uma bandeira cubana desbotada. Enquanto o ancião punha o ar-condicionado para funcionar, Fernando se aproximou das estantes, lendo títulos e, sobretudo, autores dos livros: Mañach, Ichaso, Lezama, Baquero, Villaverde, muito Martí, Casal, Mariano Brull, Eliseo Diego, Regino Boti, Heredia... Só havia autores cubanos? Só pintores cubanos? Só músicos cubanos? Só a bandeira cubana?

Quando Fernando se virou, Florit já ocupava uma das poltronas de vime colocadas no centro do aposento e parecia mais minúsculo, como se a *guayabera* branca tivesse crescido até se transformar numa espécie de mortalha.

– São todos de escritores cubanos? – perguntou, buscando outra poltrona.

– Como? Ah, desculpe. – E tirou do bolso da *guayabera* um audiofone que levou à orelha. – Estou mais surdo que uma porta. O que você dizia?

– Se todos os livros são de cubanos.

– Não, não é para tanto. Lá estão os espanhóis, aqui, os ingleses e os estadunidenses. Mas a maioria é de cubanos. Trouxe muitos de Cuba, e outros fui comprando, aos poucos. É uma biblioteca de setenta anos.

O ar-condicionado, colocado no máximo, tinha começado a esfriar o quarto. Fernando sentiu um leve tremor, mas quis atribuí-lo ao frio e não à dolorosa certeza de que aquele homem, saído de Cuba havia mais de trinta anos, nunca deixara a ilha. Então percebeu que o recinto não tinha janelas, nem vidraças, nem claraboias: só a luz de duas lâmpadas gélidas iluminava aquela atmosfera irreal, obstinadamente isolada do sufocante mundo exterior ao qual renunciava.

– Porque nunca voltou a Cuba, não é?

— Não, fui embora de uma vez. Algumas vezes pensei em voltar, ver algumas pessoas, mas não penso mais. Lá ninguém me conhece nem se lembra de mim. Todo o mundo morreu. Só falto eu.

— E não continuou escrevendo?

— Passo o dia aqui na biblioteca, leio muito, toco piano, que adoro, ouço óperas e zarzuelas, mas quase não escrevo. Já estou seco.

Gerardo pediu licença e entrou com uma bandeja nas mãos: duas xícaras brancas de café com leite, dois pratinhos com pão torrado com manteiga e duas xícaras pequenas de café, grossas, brancas, com a beirada pintada de verde. Lembrando Eugenio de tomar suas vitaminas e de ter cuidado para não sujar a *guayabera*, acomodou a bandeja sobre a banqueta do piano e a aproximou das poltronas. Seus movimentos eram tão seguros que Fernando supôs que todos os dias repetia aquele ritual.

— Bom apetite – disse, olhando para Fernando, e saiu.

— Obrigado, Gerardo. Sirva-se, Fernando – convidou Florit, que já pegara uma xícara de café com leite e nela molhava a fatia de pão com manteiga. – Este é meu café da manhã de sempre.

Fernando o observava mastigar o pão cuidadosamente. O ancião tinha se inclinado muito para não sujar a *goyabera* impoluta e lembrou-lhe um passarinho indefeso e feio, no meio daquele frio intenso.

— Está vendo estas xícaras de café? Trouxe doze de Cuba e só restam quatro... Adoro essas xícaras. Roubei todas, uma por uma, do café Vista Alegre. – E sorriu com uma picardia resgatada do tempo.

— Mestre, como foram esses anos fora de Cuba? – ousou perguntar, sem saber exatamente o que queria saber.

— Como todos os exílios: muito fodidos. Há muitos anos não vou ver o mar, que era o que mais gostava de fazer em Cuba. Só saio daqui para ir à igreja e à ópera, e nem me importa se a temporada é boa. As igrejas e a ópera sempre apresentam os mesmos espetáculos, não é mesmo? Já quase não escrevo e quase ninguém me lê. Aqui ninguém sabe quem sou nem se importa em saber. O mesmo acontece em Cuba. A maioria acha que morri há anos. E o ruim é que não sei quando vou morrer. Minha pena é ser sempre o mais velho. Já matei Brull, Ballagas, Lezama, Eliseo, que era um menino... Não vai comer?

— Não, obrigado... Bem, o café. – Fernando aceitou e tentou tomar a infusão. Sentia a garganta bloqueada, e nem o assaltou o desejo de fumar. A solidão sideral daquele poeta era como uma espada de muitos gumes, pronta para cortar qualquer esperança.

– Sabe por que estou sempre aqui? O resto da casa é como um curral. A filha de Gerardo nasceu louca, a mãe morreu no parto, e ele nunca quis colocá-la num hospital. A casa é para ela. Gerardo a amarra por um tornozelo para que ela possa caminhar, mas a corda não a deixa chegar à porta. Quando tem crises, grita como um demônio. Mas eu fecho tudo, ligo o ar-condicionado e uma ópera e tiro o audiofone. Agora ela está com quarenta e cinco anos e, se saiu aos Florit, não vai morrer nunca.

Ouvindo a história da sobrinha amarrada como um cão, Fernando sentiu sua angústia crescer. Teve a impressão de que ia se asfixiar. De algum modo, disse a si mesmo, o poeta também vivia amarrado: aos livros, às pinturas, à música, à bandeira, às xícaras de café do país onde vivera e escrevera por tantos anos. Amarrado a uma vida que já não existia, havia anos demais. O exílio de Florit era um cárcere, e seu único consolo fora reproduzir Cuba em outra ilha de quatro metros por seis.

– Acostumei-me a ver o mundo a partir deste canto estranho e distante. Mas não pude matar meu passado... Creio que ninguém pode. Bom, deixe-me tocar alguma coisa para você – disse o velho e ergueu a bandeja para deixá-la sobre a escrivaninha. Aproximou a banqueta do piano. – De tio Eduardo.

– Tio Eduardo?

– Sánchez de Fuentes – esclareceu Florit. – Não sabia que era meu tio?

Fernando negou com a cabeça, mas o ancião já estava de frente para o piano. Tinha dedos pequenos, ossudos: dedos de morto. Com aqueles dedos tirou o audiofone do ouvido e imediatamente começou a procurar as teclas exatas, e Fernando ouviu "Linda cubana".

Sentia a garganta apertada pela angústia enquanto observava, com novos olhos, as fileiras rigorosas das casuarinas centenárias, com suas cascas enrugadas, milhares de vezes tatuadas com iniciais, corações e feridas menos românticas; o piso pavimentado da calçada, escura e suja, que se perdia na distância, até morrer no mar; o pedestal de mármore, ocupado por um busto modesto de Martí que viera substituir a estátua gigantesca de Fernando VII, derrubada em 1900 por alguns jovens, entre os quais estava ele, todos felizes por conspurcar com rancor acumulado os símbolos do passado colonial que com tanta crueldade se aferrou ao já incontrolável e último farrapo de um império perdido. Mas o olhar de José María Heredia, manipulando a seu capricho o de Cristóbal Aquino, acrescentava outros sentidos à redescoberta de um lugar que, até poucos dias antes, Aquino acreditara anódino e familiar, como tantos outros lugares daquela cidade com os quais convivera desde sua já longínqua infância e que agora adquiriam significados reveladores.

Cristóbal Aquino caminhou até o fim da calçada, consciente de ter-se adiantado demais à hora marcada para o encontro, mas movido pela necessidade de reformular muitas noções adquiridas ao longo da vida. Não podia tirar da mente, talvez pelo resto da vida, a confissão crua de José María Heredia, lida com a alma suspensa e que o colocara diante da humanidade nua de um homem que sempre acreditara tratar-se de um ser decidido, genial, inatingível, e pelo qual desde então sentia uma incômoda compaixão. Mas o perseguia com especial ardor a lembrança das sensações descritas pelo desterrado ao evocar, em seu leito de morte, a tarde de 1836 em que, recém-inaugurado o faustoso passeio Nuevo, produto do infame esplendor açucareiro e escravagista de Matanzas, avançara entre aquelas mesmas casuarinas, então jovens e de cascas impolutas, e caminhara pelo pavimento brilhante até se deter diante da imagem do rei espanhol que havia alterado sua existência de homem e de poeta, como se manipula a de uma marionete despojada de vontade: e lá Heredia perguntara-se qual era o verdadeiro sentido de sua vida, destroçada pela traição, pelo desenraizamento e pelo esquecimento, sempre à mercê dos desígnios da política e das tiranias. Mas Cristóbal Aquino também não conseguia livrar-se da lembrança da última conversa de Heredia com Lola Junco, mantida naquela mesma cidade, na manhã de 26 de dezembro de 1836, pois lhe parecia o coroamento de um castigo desproporcional, suscetível de dilacerar o mais insensível dos homens e de matar o ser angelical e hesitante que sempre fora o celebrado cantor do Niágara.

Depois de abrir o envelope em que dormiam os velhos papéis que havia jurado destruir, Cristóbal Aquino começou a viver uma das experiências mais insólitas de sua longa permanência na terra. Durante dezesseis horas, não fez outra coisa a não ser fumar e ler aquelas memórias singulares, amarrado a suas páginas desbotadas, mas vivas, apesar dos quase cem anos transcorridos desde sua escrita. A certeza de presenciar um ato irrepetível, capaz de colocá-lo cruamente diante de um espetáculo privado que, no entanto, estendia seus tentáculos aos quatro ventos da posteridade, abalou suas poucas convicções com respeito ao juramento feito a um morto, mais que a um moribundo.

Os dias seguintes, longe de acalmarem a sensação de conviver com uma responsabilidade que teimava em transbordá-lo, aumentaram suas dúvidas, a ponto de lhe roubar o sono e a habitual tranquilidade de sua vida. Por isso marcara encontro com Carlos Manuel Cernuda e escolhera, justamente, aquele lugar ingrato na memória de Heredia, onde as casuarinas, o mar e a história talvez os ajudassem a tomar a decisão mais correta.

Às dez em ponto, conforme o combinado, Cernuda surgiu na calçada, pela extremidade mais próxima da cidade, e Aquino, do extremo oposto, adiantou-se até ele. A poucos metros do pedestal ocupado por Martí, em cuja homenagem o passeio fora rebatizado ao se instaurar a República, os homens apertaram-se as mãos, acrescentando o toque da identificação maçônica, e ocuparam um dos bancos de granito, de costas para a cidade e de frente para o mar esverdeado da baía.

– Não consigo, Carlos Manuel.

Aquino pegou um charuto e levou-o à boca.

– Leu os papéis?

– Tinha que ler.

– Agora me entende? Está vendo por que me neguei? José de Jesús não teve coragem e Ramiro também não. É que não é justo com Heredia – afirmou Cernuda e acentuou suas palavras com um movimento repetido da cabeça. Os Junco não serão os únicos atingidos. Existem descendentes de Del Monte, de Echevarría, dos Aldama... Alguns são maçons, você sabe?

– Claro que sei.

– E o Cernuda do qual Heredia fala?

– Era meu avô – admitiu o outro.

– Então o que vamos fazer?

– Eu não vou fazer nada. Já disse a José de Jesús...

– Não continue com essa história, Cernuda, você tem que me ajudar.

Aquino já pusera na balança a ordem de José de Jesús e a verdade oculta naqueles papéis, e o ponteiro indicara que a mais elementar fidelidade ao poeta e sua memória exigiam que se preservasse o manuscrito e sua publicação.

– Quer mesmo a minha ajuda? – perguntou Cernuda, sem olhar para o amigo.

– Foi para isso que o chamei aqui.

– Então não faça nada. Se for o caso, procure outra pessoa que decida.

– Em quem está pensando?

– Em Ricardito Junco...

Aquino não pôde evitar um sorriso. Já lhe passara pela cabeça a possibilidade de que os herdeiros de Ramiro Junco, portanto de José María Heredia, tivessem a última palavra quanto ao destino da memória do poeta, mas a simples ideia de que um homem como Ricardo Junco fosse o juiz encarregado de decidir a sorte daqueles papéis provocava-lhe um intenso mal-estar.

– Ricardito não é Ramiro – disse Aquino e, finalmente, acendeu o charuto.

– Sei disso. É um político…

– Melhor dizendo, é um ladrão. Como todos os que vivem à sombra de Machado.

– Mas ele tem um direito que ninguém pode discutir. Esses papéis de Heredia pertencem a ele, porque é o filho mais velho de Ramiro. E porque, além do mais, podem prejudicá-lo.

– Esse está cagando para tudo, Cernuda. É um tubarão e está cada dia mais rico. Essa Estrada Central é o negócio da vida dele.

– Mas isso não é da sua conta. Não tem nada a ver com…

– Tem, sim, e você sabe disso.

– Pois então não lhe dê os papéis e decida. Queime, guarde, publique, faça o que achar melhor…

Cernuda levantou-se, disposto a bater em retirada.

– Mas o que foi…? – começou Aquino e também se levantou. – Escuta, velho, qual é teu problema com esses papéis? É pelo teu avô?

Cernuda deu dois passos e se voltou.

– Não é nada. Ou é muita coisa… Não tenho nada a ver com ninguém nessa história: não sou Junco, nem Del Monte, nem porra nenhuma. E meu avô viveu toda a vida sem me perguntar o que eu achava. A única coisa que acho é que devem ser publicados. E foda-se quem tiver que se foder. Mas não quero ter nada a ver com isso. O problema não é meu.

– Não seja egoísta, o problema é teu, sim, ou também é teu. A história deste país é problema teu, o que Heredia diz das tiranias é problema teu, está entendendo?

– Você parece Del Monte, perguntando se a pessoa entendeu o que não se pode deixar de entender… Só que não quero me envolver. A própria história deste país, essa de que você está falando, mostra que o melhor é não interferir, viver à margem, e, se alguém tem a sorte de fazê-lo decentemente, defender sua decisão. Não estou nem aí para os Junco e os Del Monte e para o que foi meu avô, está ouvindo? Porque esses papéis de Heredia não têm a ver com os Junco, os Del Monte ou os Cernuda, mas com algo muito maior que se chama a verdade, que neste país quase nunca serviu para nada.

Enquanto Carlos Manuel Cernuda se afastava, Cristóbal Aquino voltou a sentir o aperto da angústia. Seu irmão maçom, o único ser na terra que sabia da existência do documento, eximia-se definitivamente de seu futuro e o deixava sozinho com a ingrata decisão. Longe de aplacar suas dúvidas, aquela conversa as multiplicara, embora também lhe indicasse um caminho perigoso para a solução:

o nome de Ricardo Junco, governador da província de Matanzas, era uma peça possível naquele dominó que ameaçava terminar na próxima jogada.

Arrastando um grande cansaço, Aquino voltou à extremidade do passeio Martí que morria no mar. Abandonou a parte pavimentada e avançou pelas pedras laminadas pela água da generosa baía. À direita, observou a desembocadura do Yumurí e, apenas duzentos metros além, a do rio San Juan, por onde agora saía para o mar um luxuoso iate de recreio, com as velas cheias, as madeiras brilhantes, e em cuja popa ondulava uma pequena bandeira cubana. Aquino não sabia quem eram os donos da embarcação; na verdade, não lhe importava identificá-los, mas imaginou-os elegantes, asseados, satisfeitos, com mãos limpas e consciências tranquilas. Certamente haviam esquecido que a origem de tanta beleza mal remontava a cem anos, quando por aquele mesmo rio subiam aos engenhos do vale os lotes de escravos, sobre cujo trabalho e suor se ergueriam as grandes fortunas da cidade, as mesmas incumbidas por anos de retardar o fim da escravidão e da independência de Cuba. Aquino compreendeu que até aquele instante nunca enxergara o fausto e a riqueza de Matanzas com aquele olhar carregado de lucidez e ressentimento e pensou que nunca o teria feito se não tivesse compartilhado com Heredia o romance de sua vida.

De repente, tudo mudou: senti nitidamente o punhal traiçoeiro cravar-se em minhas costas e soube em um instante que a ilusão de ter encontrado no México uma nova pátria não seria mais que isso, uma ilusão, que começou a se desfazer como fumaça diante de meus olhos.

Tudo começou quando o presidente Victoria decidiu que era pouco agraciar-me com a nomeação de juiz do distrito de Veracruz e pediu-me que esperasse na Cidade do México, pois tinha planos mais elevados para mim. Então, aproveitando o compasso de espera, o senador e sacerdote José María Alpuche, porta-voz dos maçons escoceses, ferrenhos conservadores e inimigos de Victoria, apresentou no Senado uma denúncia para me inabilitar como juiz, alegando que eu não era mexicano, conforme exigia a lei, nem sequer tinha os vinte e cinco anos requeridos para ocupar o cargo.

Aborrecido com o ataque, pedi ao presidente que me conferisse a cidadania, enquanto levantava um processo no qual pretendia demonstrar que, em vez dos meus reais vinte e três anos, eu completara vinte e cinco, e até busquei testemunhas para confirmar, ao mesmo tempo que afirmava ter iniciado meus estudos universitários em Santo Domingo em 1812. Metido até os ossos naquela fraude, compreendi que nada do que estava fazendo tinha sentido e, por isso, depois de ouvir o veredicto do Senado de que não cabia o protesto de Alpuche diante de uma designação presidencial, optei por renunciar ao cargo, decidido a permanecer na Cidade do México, ao lado de minha amada Jacoba.

Para me compensar, o presidente insistiu em que eu aceitasse o posto de juiz de direito na cidade de Cuernavaca, muito próxima, e me atribuiu um digno salário de cinco mil pesos. Lá fui eu, contente, e dediquei os dias úteis ao trabalho, e os fins de semana eu passava na Cidade do México, em companhia de minha namorada, com quem só estava esperando me casar para levá-la para viver comigo. Mas, em meio àquela tranquilidade recuperada, eu pressentia a aproximação de novas tormentas, e, talvez por causa dessa certeza, a poesia, quase desaparecida por muito tempo, voltou a me visitar, e naqueles meses escrevi vários poemas dedicados a Jacoba e também algumas de minhas últimas obras de alento patriótico.

Nessa trégua de paz e poesia, chegou setembro de 1827, e me casei com Jacoba, para dar aquele senso de realidade que, eu pensava, estivera ausente de minha vida, cheia de peripécias impostas pelo destino mais que desejadas ou procuradas por mim. Tudo começou a ser definitivamente real quando, nos dias finais do ano, minha esposa avisou-me que estava grávida. Logicamente lembrei-me de Lola naqueles dias, mas agora minha vida estava mais voltada para o futuro que para o passado, pois a sentia avançar pelos caminhos de uma normalidade ansiada, preocupado apenas com a publicação de meus versos e com o zelo em fazer feliz minha jovem e bela esposa, a real, a que todos os dias me alimentava e me premiava com seu amor carnal e espiritual, com quem, nas tardes propícias de Cuernavaca, saía para caminhar, na companhia do cão que Jacoba insistiu em ter e que batizamos de Hatuey, como o cacique assassinado pelos conquistadores espanhóis.

Com frequência recebia cartas de Cuba e chegavam-me os ecos de minha fama crescente na terra natal. Poucas missivas troquei então com Domingo, pois, apesar de meu perdão expresso, nossa amizade já não era a mesma. Para justificar meu desinteresse, cheguei a lhe dizer, elogiando por meio da ofensa, que se não lhe escrevia com mais frequência era para evitar os possíveis prejuízos que poderiam causar a um jovem e brilhante advogado, inclusive doutorado na Espanha, as cartas de um proscrito. Estranhamente ele absorveu o golpe com elegância e mal me censurou o desplante, apenas lamentou que não escrevesse com mais frequência ao velho amigo. Mais centrada em conselhos literários e em projetos artísticos que em notícias pessoais, nossa correspondência manteve por um tempo a baixa temperatura de nossa relação, embora eu não deixasse de gostar dele e presumisse que tudo passaria no dia feliz em que conversássemos frente a frente, tal como sempre acontecera.

Triste, na verdade devastador, foi para mim receber a carta de minha irmã Ignacia em que me falava da doença fulminante do bom Silvestre e me dava a notícia de seu falecimento inacreditável. Sem querer aceitá-lo, passei vários dias num limbo de consciência, pretendendo negar o incontestável, dizendo a mim mesmo que Deus não podia ser tão cruel a ponto de manter vivos tantos seres desprezíveis, mesquinhos, repugnantes que havia na terra e arrebatar-nos aquele jovem no qual jamais palpitaram ambições ardilosas, nem ódio, nem rancor: o mais honesto de todos os seres que me foi dado conhecer unira-se agora ao outro anjo de nossa geração, o inteligente e generoso Cayetano Sanfeliú, morto dois anos antes...

Por sorte veio tirar-me da depressão o nascimento de nossa primeira filha, a quem dei o nome de minha mãe, María de la Merced. Pequenina e viva, como fora minha irmã Ignacia, a menina tornou-se, então, o centro de minhas preocupações, o orgulho da mãe e o delírio dos avós mexicanos, e desejei muito que minha família pudesse ter a felicidade de conhecê-la.

Naqueles dias também pensei em preparar uma nova edição de minhas poesias, dado que a primeira já se havia esgotado. Minha ideia era atualizar a coletânea de poemas do ano 1825 e imprimir à parte meus versos patrióticos e políticos, num volume intitulado *Poesías americanas*. Mas o estado lamentável das gráficas mexicanas e o alto preço cobrado pelas de Nova York obrigaram-me a adiar o projeto, pois, mesmo que meu salário me possibilitasse um sustento com dignidade, não era suficiente para aqueles luxos poéticos nem sequer para enviar uma ajuda regular a minha mãe, eternamente alojada na casa de seu irmão Ignacio.

Ao mesmo tempo que tentava estabilizar minha vida, a paz quase absoluta que se vivia no México durante anos começou a turvar-se com a aproximação das novas eleições. Quase sem querer, vi-me envolvido nas lutas políticas e legais que se desencadearam, pois o presidente Victoria decidira fazer-me deputado na legislatura seguinte. Com horror, descobri até que ponto a alta política do país era decidida nas igrejinhas secretas das lojas maçônicas, que se achavam divididas em duas facções: de um lado a de yorkinos, liberais e republicanos, e do outro a de escoceses, conservadores e monárquicos. Estes últimos, contrários ao presidente Victoria, tinham como candidato Manuel Gómez Pedraza, hábil orador, sem maiores méritos políticos além de sua lábia retórica. Em meio ao ambiente inflamado, em que se cruzavam ataques nos quais costumava-se acusar os "estrangeiros" de dominar a vida econômica e política do país, as Legislaturas dos Estados, em assembleia geral, decidiram entregar a faixa presidencial a Gómez Pedraza, num ato que seria apenas o prólogo de uma longa e amarga guerra civil, que nos dez anos seguintes provocaria uma anarquia interminável, a subida ao poder de treze presidentes e o fim da paz e da prosperidade. Aquele era o início de uma batalha estéril, empenhada em submergir o novo país no caos e na rapina de que não parece conseguir sair.

No dia 16 de setembro de 1828, na Plaza Mayor de Cuernavaca, subi à tribuna para pronunciar um discurso de celebração do aniversário do grito da independência mexicana. Lá eu disse, e vários jornais da República repetiram: "Jamais esqueçamos que a justiça é a base da liberdade; que sem justiça não pode haver paz e sem paz não pode haver confiança, nem prosperidade, nem felicidade", e clamei pelo respeito à Constituição e para que se evitasse a orgia política que nos ameaçava, desde que naquela manhã se soube que em Jalapa o general Santa Anna havia se levantado contra o Senado… A partir daquele instante, os acontecimentos se desenvolveram como um turbilhão, pelo qual fui arrastado quando, na minha nova condição de promotor do Estado do México, precisei empunhar a espada para defender a justiça, pois, com base no pronunciamento militar, um grupo de facínoras que se fazia chamar "o povo" assaltou e saqueou os estabelecimentos comerciais da capital. Ali, a contragosto, precisei participar de uma violenta repressão e vi com meus olhos cenas horríveis de mutilação e morte.

Foi doloroso vislumbrar que a alternativa do México reduzia-se a despotismo ou anarquia. Era evidente que um demônio terrível parecia turvar a razão dos republicanos americanos, fazendo-os enfrentarem-se uns aos outros, em busca do mais desprezível fruto do inferno: o poder. Bem o sabia a Gran Colombia de Bolívar. Agora o México o colocava em prática.

Começou, então, a me rondar a ideia de ir embora do México, onde com frequência era apontado como estrangeiro. Mas ir para onde? Para mim era cada vez mais triste meu interminável desterro, sabendo que em Cuba, embora com despotismo, teria pelo menos um ambiente propício no qual, cada dia mais, era considerado um grande poeta, até mesmo fundador da lírica cubana. Minhas convicções sempre voltavam a se chocar com uma realidade amarga, e a decepção começava a minar meu espírito revolucionário. Para tornar minha situação mais desesperadora e me advertir de que as desgraças podem se esconder, mas sempre retornam, no dia 22 de junho daquele ano 1829 vi morrer de uma terrível disenteria minha filha María de la Merced: Deus começava a me cobrar a felicidade passada, e cada vez com mais furor.

No fim daquele ano, tive que voltar às armas, na estúpida defesa de um governo que, de alguma maneira, parecia ser o legítimo. Derrotada daquela vez nossa facção liberal, em janeiro de 1830 subiu ao poder um governo conservador e estabeleceu-se um período de terror e perseguições, de que eu mesmo fui vítima, quando perdi a promotoria do Estado e tive que voltar ao meu pequeno tribunal de Cuernavaca, agora com salário miserável.

Enquanto isso, outros fatos haviam dado algum alívio a minha vida, pois em 27 de novembro de 1829 uma luz de esperança iluminou Jacoba e eu com o nascimento de nossa filha Loreto, assim chamada em virtude de uma promessa de sua mãe, ainda transida de dor pela morte de nossa primogênita. Felizmente, aquela menina esperta e bonita eu veria crescer ao nosso lado, nos breves anos que a vida me deu, e foi um dos poucos motivos que me mantiveram em pé nos dias mais difíceis.

Um incidente desagradável aconteceu quando os exilados cubanos da Junta Patriótica me pediram apoio para uma nova conspiração independentista que chamavam de El Águila Negra. Embora tenham escolhido o pior momento para buscar ajuda do governo do México, meus compatriotas insistiam que já era tempo de passar à ação. Mas, ao conhecer as características do movimento e saber que seus contatos em Cuba eram por meio de lojas maçônicas fundadas secretamente, lembrei minhas aventuras passadas e as conversas com o padre Varela e os adverti quanto a seu indubitável fracasso. Definitivamente, disse-lhes que não participaria da conspiração, mas que, se em algum momento fosse preciso, poderiam usar meu nome diante das autoridades mexicanas.

Aquela resposta sincera e ingênua me custaria muitos outros dissabores. Primeiro porque os conspiradores se zangaram a ponto de criticarem minha postura e me tacharem de apático e renegado político. Depois porque, tal como eu previra, o movimento foi abortado, pois a espionagem do governo voltou a funcionar às maravilhas. O pior foi que, apesar das críticas que me fizeram, meu nome foi utilizado *ad libitum*, e eu aparecia em vários documentos como um dos chefes sediciosos. Como resultado, pesou sobre mim uma segunda condenação, desta vez à morte, sem possibilidade de me beneficiar de nenhuma anistia futura. Meu delito, agora, era de "correspondência criminosa". Pobre Heredia!, pensei então.

De Havana, entretanto, chegavam-me diversas notícias, algumas satisfatórias, outras inquietantes. Entre as primeiras alegrou-me a leitura de algumas poesias de Domingo, finalmente impressas, concebidas como uma coletânea de romanças em que ele conseguia exibir sua capacidade de versificação, sua inteligência e sua cultura, mas – o que lamentei muito – raramente mostrar que era poeta. O curioso, por me parecer injustificado, era que meu amigo tivesse inventado que aquelas romanças não eram suas, mas cópias feitas por ele de um poeta havanês do século XVIII, que denominou Toribio Sánchez de Almodóvar. Por que esconder-se de novo? Será que sempre precisava de máscara para entrar em cena?... Entre as notícias inquietantes, por sua vez, estava o fato de que, enquanto o próprio Domingo, em sua nova e elegante revista chamada *La Moda o Recreo Semanal del Bello Sexo*, atrevia-se a publicar alguns de meus poemas e até mesmo parte de minha correspondência dos Estados Unidos, o autodenominado cientista espanhol Ramón de la Sagra – o mesmo que Sanfeliú derrubara anos antes ao descobrir que ele plagiava Kant – lançou em seus *Anales de Ciencia, Agricultura, Comercio y Arte* – abrangente o homem – ataques encarniçados contra minha poesia, destinados, sobretudo, a minar minha popularidade crescente. A resposta à agressão, como era de esperar, mais uma vez não foi assumida por Domingo – que novamente foi quem acendeu a faísca e jurou em uma carta que faria o galego atrevido "virar pó" –, mas quem precisou encará-la foi Saco, que agora publicava nos Estados Unidos *El Mensajero Semanal*, réplica atenuada de *El Habanero*, que editara antes com Varela. Aquele artigo de resposta, mais político que literário, carregado de um tom agressivo, não foi puramente uma defesa de minha obra, mas antes uma hábil argumentação da existência de uma literatura cubana independente e própria, da qual eu era a melhor encarnação. Desse modo, Saco empenhava-se em proclamar uma independência artística cubana para atingir seu objetivo: demonstrar que na ilha conviviam duas categorias de pessoas, os peninsulares e os cubanos. Assim, meu nome e minha poesia foram apenas o pretexto necessário ao polemista e foram utilizados de maneira conveniente e demolidora. Por isso, embora tenha agradecido Saquete por seu gesto, eu soube naquele momento – aparentemente de glória – que meus dias como grande poeta cubano, representante dos ideais nacionais, estavam contados: meu compromisso com uma posição independentista, meus ataques ao despotismo, meu confronto com o gosto decadente, logo deixariam de ser úteis a cérebros que forjavam uma literatura e, com ela, um projeto de país nos quais, logo se comprovaria, minha figura seria incongruente e até incômoda.

Em meio a essas reflexões que me tiravam toda esperança no futuro de uma Cuba em que a cada dia havia mais escravos e ignomínia e me faziam ver com horror o presente do México, que se esvaía em sangue numa interminável guerra fratricida, escrevi meu testamento como poeta civil e patriótico. Intitulei-o "Desengaños" e, aos vinte e seis anos, lancei a despedida ("Fechei meus livros, quebrei minha lira"*) das ideias que me envolveram no romântico movimento independentista do qual ninguém mais se lembrava em minha pátria. Renunciava em meus versos à luta por homens que "na vil servidão, com mais profunda cegueira se afundaram"**, tornando-se ricos e poderosos, à sombra da tirania. "Agora para sempre abjuro/ O ouropel caro da glória/ E prefiro viver simples, esquecido,/ De fama e crime e furor protegido..."***, escrevi e chorei sobre minha lira despedaçada...

Da buganvília à areca e da areca à roseira, a calhandra voou em busca do lugar mais florido para entoar seu canto, e o deslocamento branco e cinza da ave distraiu Fernando do arroubo em que mergulhara desde sua chegada ao palácio. A combinação poderosa de madeiras e mármores – brancos de Carrara, vermelhos do Levante, verdes de Veneza, amarelos de Nápoles e pretos da Bélgica –, de grades imperiais que pareciam tecidas com delicadeza feminina mais que lavradas em fornalhas ardentes, de tetos altíssimos gravados com vistosos motivos clássicos, de escadarias largas como calçadas e lâmpadas como candelabros pendentes, agora cegas, mas concebidas para lançar milhares de luzes em dias de saraus imaginados e nunca realizados, conferia um esplendor impressionante a um lugar despojado havia mais de cem anos do luxuoso alarido complementar, capaz de multiplicar sua já sobrecarregada suntuosidade: tapetes persas; pinturas flamengas, toscanas e espanholas; espelhos ingleses; bronzes franceses; alfombras russas; prataria mexicana; cristais italianos; porcelanas alemãs e orientais e candelabros góticos de Praga, aqueles objetos que outrora deram todo o esplendor à mansão que, convicta de sua absoluta supremacia insular, pretendera competir em fausto, conforto, claridade e opulência com os palácios burgueses de Londres e Paris.

Só a conjunção fabulosa da fortuna inaudita do biscainho Aldama, chegado à ilha no início do século XIX apenas com a roupa do corpo, e o amor pela beleza e pelo luxo de seu genro Del Monte, um rábula que nunca pisou num tribunal, podia ter dado origem e forma àquela mansão singular que era um canto à mais trágica ironia: porque o velho Domingo Aldama só pôde desfrutá-la por uns

---

* *"Cerré mis libros, quebré mi lira."* (N. T.)
** *"En la vil servidumbre, con más profunda cegueidad se hundieron."* (N. T.)
*** *"Ya para siempre abjuro/ Al oropel costoso de la gloria,/ Y prefiero vivir simple, olvidado,/ De fama y crimen y furor seguro..."* (N. T.)

anos e morreu longe dela, amargurado e repudiado, tiritando de frio numa cama estranha de desterrado, ao passo que seu genro e xará, depois de planejá-la e construí-la a seu gosto e capricho, nunca pôde vê-la terminada e gastou os últimos dez anos da vida ruminando seu rancor e sonhando, na distância do exílio, com como teria sido viver, comer, dormir, receber naquele palácio deslumbrante, destinado a coroar o êxito de sua existência mundana.

Por vontade própria Fernando jamais teria voltado ao palácio de Aldama que tanto o fascinava e indignava, mas Arcadio, teimosamente, conduzira seus passos até as imediações do edifício, adivinhando que o magnetismo daquele ímã de pedra, com colunas perfeitas e cheiro de tragédia, acabaria por apanhá-los. Quase o impediu, no entanto, a visão do solar vizinho, que se tornara depósito de lixo, e os personagens que se amontoavam à sombra dos frontões e portais do edifício: vendedores de velas, espanadores, figurinhas de santos e bolsas de plástico; indigentes e mendigos, alguns levando cães reais e imagens de São Lázaro destinadas a comover os que passavam; motoristas dispostos a alugar seus carros para qualquer destino de Havana; traficantes de fumo e rum à caça de turista; e até uma cartomante, em pleno trabalho, com seu copo d'água como testemunho da pureza de suas adivinhações.

– Desde quando isso está assim? – perguntou Fernando, espantado com aquele panorama desconcertante.

– Há cinco ou seis anos. Quando as coisas ficaram difíceis – comentou Arcadio. – Parece mentira, não é?

– Já imaginou se Aldama ou Del Monte vissem o que viraram os portais de seu palácio?

– Fizeram bem em morrer há um século. Com o horror que tinham aos negros e à miséria – disse Arcadio e finalmente propôs: – Vamos entrar, vai.

O destino mais recente do palácio de Aldama o transformara num instituto de história administrado pelas Forças Armadas, mas a invocação do nome conhecido do poeta Arcadio Ferret abriu-lhes a porta da fortaleza com uma simples ligação interna. Mergulhado na admiração malsã que sempre lhe provocara aquele lugar construído sobre o sangue e o suor de milhares de escravos, Fernando seguiu Arcadio até o pátio interno do edifício, e só o voo inquieto da calhandra conseguiu devolvê-lo à realidade.

– Para que viemos aqui? – perguntou, acendendo um cigarro.

– Por que queria falar com você sem ninguém junto e acho que este é um bom lugar.

– Não tenho tanta certeza.

— Fernando, isto é pedra morta... Aqui não há poesia.
— Não sei...A cada vez que via este edifício me lembrava de Heredia...
— Foi por isso que eu te trouxe...
— Heredia estava quase morrendo de fome ao mesmo tempo que Del Monte planejava este palácio. Sabe que isto custou mais de setecentos mil pesos de ouro da época?
— Saiu barato – gracejou Arcadio e indicou um banco de mármore cinza ao companheiro.

Fernando viu a calhandra voar de novo até a buganvília, e lá ela começou a trinar, com uma potência capaz de estourar seus pulmões minúsculos. Como aquele pássaro teria chegado dos campos àquele jardim, bem no centro da cidade? Como voltaria para seu lugar, se é que desejava voltar?

— O incrível é que isto tenha sido pago por um homem que trinta anos antes era um morto de fome que começou trabalhando como pedreiro.
— Não sabia que Aldama tinha sido pedreiro – disse Arcadio.
— De pedreiro a balconista de loja e de lá para o grande golpe. E depois traficante de escravos. O safado trouxe tantos escravos para Cuba que chegou a ter quatro engenhos em Matanzas, armazéns no porto, ações na ferrovia, uma companhia de vapores, uma empresa de seguros...
— Em quantos anos?
— Em vinte anos... Tinha tanto dinheiro que quis revestir o chão de seu gabinete com moedas de ouro, mas o rei da Espanha proibiu, pois ninguém podia pisar na cara dele... Se quisesse, podia até revestir o chão de moedas de ouro, mas teria que colocá-las de lado.
— Como você sabe de tudo isso, caralho? Tem obsessão por essa gente.
— Trinta anos depois os voluntários invadiram aqui e levaram até os pregos. O governo lhes confiscou tudo porque acusaram o filho de Aldama de conspirador. Quando lhes devolveram o palácio, foi preciso vendê-lo, porque os Aldama estavam quase na miséria... Imagine que os netos de Del Monte leiloaram sua biblioteca, que era a melhor de Cuba. Tinha até incunábulos e códices originais. Nadar tanto para morrer na praia. Sabe que lá em cima tem um salão que nunca foi usado? Foi o que Del Monte planejou para suas tertúlias.
— Mas ele nunca morou aqui, não é?
— Não, teve que sair fugido em 1843 e a casa ficou pronta em 1844. Ele nunca a viu acabada.
— Acha mesmo que foi ele que denunciou a conspiração dos escravos? Plácido o acusou de estar metido naquilo...

— Miguel Ángel diz que Del Monte se meteu no jogo com os ingleses, mas, quando a coisa ficou séria, deu o fora e cantou toda a jogada – disse e olhou nos olhos de Arcadio.

— E também na época do desterro de Heredia?

— Ninguém sabe, mas acredito que alguma coisa ele teve a ver. Heredia desconfiava...

Arcadio olhou por um momento para os andares superiores do palácio, como se procurasse algo nas alturas, depois observou diretamente Fernando.

— Não sei o que o Varo te disse de mim, mas eu não te denunciei – disse, como se tirasse do flanco a espada da culpa. – Ontem estive falando com Miguel Ángel...

— Não sei o que o Varo tinha que me dizer nem o que o Negro te disse, mas não te acusei de nada. – Fernando tentou se desculpar, surpreendido pela afirmação do outro.

— Nem precisava. Sempre pensou que podia ter sido eu.

— Quem te disse isso?

— Olha, Fernando, talvez eu tenha feito algumas coisas na vida de que possa me envergonhar, como todo o mundo. Mas nunca ferrei ninguém... Sei que Álvaro acha que sou um poeta medíocre e um oportunista que não quer saber de problemas, que Conrado acha que sou um vaidoso, que Tomás não me suporta porque viajo para o estrangeiro e ele não vai nem a Guanabacoa... A única coisa que faço é escrever minha poesia da melhor maneira que posso, como sempre fiz. Mas, se está achando que sou um dedo-duro e que denunciei você e Enrique, está enganado. E, se não o fiz, não foi porque sou mais valente nem melhor que ninguém: foi porque não me perguntaram nada... e eu não sabia nada.

A carga de dolorosa sinceridade transmitida pelas palavras de Arcadio soaram para Fernando como confissão de moribundo, e ele sentiu vergonha por provocar aquelas revelações.

— Miguel Ángel e Conrado juram que não foram eles. Também não foi Enrique. E Víctor escreveu para Delfina antes de morrer e disse que não tinha sido ele...

— Não sei quem foi nem sei se foi alguém. Mas juro que eu não fui.

— E por que devo acreditar em você, Arcadio?

O belo Arcadio sorriu, mas em seu rosto apareceu uma pesada tristeza.

— Porque já fomos muito amigos e você bem sabe que eu nunca faria uma coisa dessas – disse e se pôs em pé. – Acha que eu teria estômago para olhar na sua cara depois de te dedurar? Porra, Fernando... Vai, vamos embora daqui, não estou gostando deste lugar.

A calhandra, absorta em seu canto, olhava para o pedaço de céu azul e límpido que se avistava do pátio interno. Talvez sentisse falta da amplitude do céu que se avistava da copa de uma palmeira, lá no lugar remoto em que nascera. Fernando sentiu pena do pássaro e também de seu amigo.

– Peço que me perdoe, Arcadio...
– Não há o que perdoar. Há que salvar a amizade que algum dia sentimos. Já perdemos tanta coisa que não suporto mais perdas.
– Sim... Agora mesmo estava pensando que talvez nunca na vida eu volte a ver este lugar. Ou esse pedaço de céu...
– Quando vai embora?
– Tenho mais uma semana.
– E Delfina?
– Estou enredado até o pescoço.
– Vai ter que voltar – disse Arcadio. – Tem que voltar... E o romance de Heredia?
– Às vezes já nem penso nisso. Mas cada vez que lembro que ele existe ou existiu e que não tenho a menor ideia do que acabou acontecendo...
– E o que acha que aconteceu?
– Que alguém me disse uma mentira. Ou mais de uma. Tenho a impressão de que Aquino sabe mais do que diz, de que Carmen Junco está escondendo coisas, de que a mulher de Cernuda se fez de idiota...
– Escuta, por que passa a vida achando que o mundo está contra você?
– Não é isso, Arcadio. É que alguém sabe mais do que está dizendo. Tenho certeza.
– E o que vai fazer?
– Creio que vou continuar enchendo o saco. – E olhou de novo para as velhas paredes do edifício maldito. – Acho que Heredia merece.

Por mais que me propusesse a me afastar dela, cortar amarras, virar a cara, a política insistia em bater à minha porta, até se colocar no centro da minha vida, como que obstinada em me arrastar a suas funestas consequências. Creio que foi uma sina trágica para os poetas de meu tempo, uma época turbulenta na qual nos foi impossível deixar de participar. Em diferentes partes do planeta, com diferentes idiomas e circunstâncias, de algum modo todos nós tínhamos proposto lutar pela mesma coisa: criar um mundo novo mais livre, uma sensibilidade e uma poesia nova também beneficiada por liberdades necessárias, para assim dar rosto e palavra a países com consciências novas. E essa pequena guerra foi dramaticamente absorvida por uma guerra maior, da qual não pudemos ou não quisemos escapar, como aconteceu com o mestre Andrés Bello, eternamente desterrado, com o grande Byron, morto num campo de batalha ao lutar pela liberdade de uma terra que não era a sua, com o sublime russo Púchkin, autor daquela "Ode à liberdade", conspirador que, também como eu, sofreria os rigores do desterro, embora os deuses o tivessem premiado com um fim mais afortunado que o meu, pois, se não no campo de batalha, morreu no da honra, com a espada na mão.

Pouco pude fazer no terreno das armas pela liberdade de Cuba. E, embora mais de uma vez tenha empunhado a espada, igualmente pouco pude fazer pela liberdade democrática do México, maculada por caudilhos que pareciam enceguecidos pela droga do poder. Nas costas, contudo, eu carregava uma condenação ao desterro perpétuo e outra à pena de morte, enquanto no México, onde cada vez mais me tachavam de estrangeiro, os novos ditadores colocavam-me nas listas negras por ter pretendido defender o que acreditava necessário e honroso defender: um governo eleito e uma Constituição aprovada pela maioria.

O caminho de minha desgraça política foi lento, mas irrefreável desde aquele 14 de janeiro de 1830, quando o general Bustamante chegou ao poder e instituiu-se algo pior que o despotismo espanhol naquele pobre país. O novo governo, que sabia pesar sobre ele a execração universal, apoiou sua força na soldadesca exaltada e no clero devolvido a seus foros para impor seu terror e sua vontade. As câmaras de governo e os ministérios encheram-se de canalhas que prosperavam a partir de seus postos e se calavam em meio aos desmandos mais inauditos. Os comandantes militares, como novos senhores feudais, exerciam seus poderes locais de modo tão absoluto como se cada um fosse uma réplica grotesca de Fernando VII. A vingança, a delação e a revanche política tornaram-se modo de vida num país que desmoronava diante dos olhos ávidos das potências imperiais.

O grau supremo do horror daqueles dias foi atingido quando, por insistência dos padres, começaram a destruir gráficas, a queimar livros considerados sediciosos ou imorais e a fuzilar gráficos e editores. Foi para chegar a isso que mais de quinze mil mexicanos morreram na guerra contra a Espanha? O caminho da liberdade levava a esse precipício sem fundo de repressão, intolerância, revanche e tirania? O futuro da Cuba livre que eu sonhara também seria pasto de fanáticos embriagados pelo ódio e pelo poder?

Desencantado, quis me afastar de qualquer atividade política, mas tanta infâmia incendiava minha vergonha e decidi que, tudo perdido, era indiferente que eu perdesse a vida: tornei-me então açoite do regime e, nas páginas do jornal

El Conservador, comecei uma campanha contra aqueles disparates e atrocidades. Lembro que, cada vez que entregava um artigo, voltava para casa sentindo meu eterno tremor nas pernas, pois cada escrito podia significar minha prisão ou morte nas mãos de qualquer bando de foragidos fardados, tal como acontecera com meu benfeitor, o ex-presidente Victoria, "julgado e fuzilado" na madrugada de 14 de fevereiro de 1831, sem que contassem para nada os longos serviços prestados ao país. Pobre México!

Embora minha saúde começasse a ressentir-se de seus velhos males e meu ceticismo fosse cada dia maior, uma estranha força obrigava-me a continuar participando, a superar meus medos, e por isso, no meu novo cargo de representante da Comissão de Códigos do Estado do México, lutei por algo tão inútil quanto a legalidade e, dentro de minha escassa medida, me opus aos atos de injustiça. Mais ativa, até, foi minha posição quando me tornei magistrado daquele tribunal, com sede na alta cidade de Toluca, onde morava havia algum tempo.

No meio daquele turbilhão veio ao mundo minha terceira filha, em 21 de julho de 1831, e lhe demos o nome de Jacoba Julia Francisca de Paula. Mas a menina, diferentemente da incansável Loreto, era uma criatura tranquila, calada demais e propensa a doenças, o que sempre nos fez temer o pior. Também naqueles meses, coroando um longo esforço, pude iniciar a publicação dos quatro tomos de minhas *Lecciones de historia universal*, que, longe de cumprir meus ambiciosos propósitos iniciais, não foi mais que uma adaptação americanizada dos *Elementos de história* do inglês Tytler.

Mas nem aqueles nascimentos nem as lutas e decepções sofridas naqueles anos conseguiram despertar o poeta que, pelo visto, havia evaporado de mim. De todas as afirmações, algumas até vergonhosas, que faço ao longo destas linhas, nenhuma é mais dolorosa e terrível que esta: porque, muito antes de morrer o homem que sou, soube que morrera dentro de mim o poeta que eu fora. O processo foi lento e silencioso, mas cada vez tornava-se mais evidente para mim que a fúria e a capacidade que Deus me dera e que me permitia transformar em poesia meus sentimentos reais ou fingidos começava a se esgotar sem esperanças de renovação. Tentei não me render, no entanto, porque, se deixasse de ser poeta, o que poderia ser? Foi desesperador admitir a verdade. O que havia exaurido aquele manancial que acreditei inesgotável? Como era que meus olhos já não viam, em cada ato, em cada sentimento, a origem e a necessidade de um poema? Onde fora parar aquele estado de espírito que me acompanhava, fiel e obsessivo, desde a infância? Hoje me pergunto, sem saber ainda a resposta, mas naqueles dias empenhei-me em continuar sendo a única coisa que sempre fui, e a pouca poesia que consegui escrever foi rude e cerebral, sem uma gota do sangue quente que circulava em cada um dos meus versos juvenis. Contudo, naqueles dias voltei à ideia proposta de fazer uma segunda e definitiva edição de minhas poesias. Com ajuda de minha família e de Domingo, que se ofereceu satisfeito, iniciamos em Cuba uma campanha de assinaturas, enquanto em Nova York era Gener que se encarregava de administrar a edição. A loucura política em que me vi envolvido durante o ano 1831 e os problemas de saúde que comecei a sofrer atrasaram o necessário trabalho de revisão, e só em 1832 pude dar por terminada a tarefa, e assim Domingo anunciou na nova revista que dirigia, chamada *Bimestre Cubana*, na qual me qualificou como "feliz engenho que Cuba conta orgulhosa entre seus filhos". No entanto, foram poucas as assinaturas obtidas e os altos preços dos editores nova-iorquinos obrigaram-me a procurar impressores no México. Finalmente optei por fazer o livro na própria cidade de Toluca para diminuir os custos, com a ajuda de minha boa Jacoba encarreguei-me da composição tipográfica, enquanto ambos revisávamos cuidadosamente as provas, para evitar aquelas erratas desagradáveis, semelhantes a vermes acaçapados dentro de uma maçã apetitosa.

Finalmente, em junho de 1832, pude acariciar os cadernos que comporiam os dois tomos nos quais eu estava dos pés à cabeça. Dediquei o primeiro volume a Jacoba e, o segundo, a quem senão a Domingo, o único de meus velhos amigos dos bons tempos idos que, pelo visto, ainda confiava em minha poesia. Como oferenda à tirania, precisei imprimir toda minha poesia patriótica como caderno final do segundo volume, para excluí-la dos livros que planejava encadernar e enviar a Cuba.

Como naquele momento o ambiente do México não era favorável à literatura, a nova coletânea de meus versos não provocou o alvoroço da mutilada primeira edição. Fora do país, em contrapartida, o livro foi acolhido com entusiasmo, e a meus vaidosos ouvidos chegaram os clamores de aplausos e felicitações, muitos deles devidos a grandes personagens da política e da arte... Mas eu já não era nem sombra do jovem que chegara ao México envolto na aura romântica do jovem poeta conspirador. As penas me haviam transformado num homem prematuramente envelhecido, decepcionado e até acossado no país em que vivera a maior parte dos anos de minha vida.

Porque mais uma vez os acontecimentos políticos, como ferro e ímã, corriam atrás de mim. O ano 1832 abriu-se com um novo pronunciamento de meu velho amigo, o general Santa Anna, que então lançou seu grito de guerra contra o ditador Bustamante. Convocado pelo caudilho, que sabia da minha aversão pelo governo vigente, vi-me envolvido em sua campanha e passei a ser seu secretário pessoal durante a sublevação, razão pela qual em dado momento tive que fugir de Toluca com minha família, quando as tropas do governo chegaram à cidade e, entre outros lugares cercados, saquearam minha casa até deixá-la quase em ruínas. Mas, antes de terminar o ano, Santa Anna venceu Bustamante, e o general vitorioso fez uma de suas jogadas habituais: colocou seu títere Gómez Pedraza à frente do governo e ficou com a vice-presidência, a partir da qual era o verdadeiro artífice dos destinos do país, gozando ao mesmo tempo de maior liberdade para desfrutar de suas duas grandes paixões: as brigas de galo e o latrocínio.

Com o novo governo acabei sendo eleito deputado, dessa vez pelo estado do México. Como era de esperar, algumas vozes se levantaram para lembrar que eu não era nativo da República, mas Santa Anna, como era também de esperar, impôs sua vontade. No entanto, apesar da amizade que nos unia e da filiação política que nos ligava, o general não conseguiu calar minha boca obstinada, que como primeiro ato na função de deputado opôs-se aos processos que tentavam declarar beneméritos da pátria vários cidadãos notáveis – com o próprio Santa Anna à frente –, todos vivos e atuantes, e à não menos perigosa moção que pretendia declarar proscritos e sem direitos constitucionais vários inimigos políticos. Argumentei que só à posteridade cabe o direito de outorgar as glorificações aos homens, pois – como já tínhamos visto e continuaríamos vendo – muitos heróis e benfeitores de hoje acabam sendo os vilões de amanhã. Do mesmo modo, rebati a lei de proscrições por considerar que colocar um cidadão fora da proteção das leis era uma medida absurda e atroz... Não é preciso dizer que as duas moções foram aprovadas e, dias depois, consciente de que estava me suicidando politicamente, mas convencido de que era preferível a imolação a participar da ignomínia, renunciei a meu cargo de deputado, sem cobrar nenhum dos salários que o governo me devia.

Convencia-me a cada dia de que o México estava indo para o abismo. Como todas as ditaduras contra as quais eu tinha jurado lutar, aquela se apropriava sem escrúpulos da lei para oprimir a vontade dos cidadãos, e com isso a dissidência, a inteligência, o ato individual se transformaram em delitos, e o poder esmagou impiedosamente seus opositores. No entanto, armado de uma coragem pessoal que me surpreendia, em meu novo jornal, *El Fanal*, continuei defendendo o que acreditava ser justo e legal, mesmo quando Santa Anna me retirou o apoio econômico que antes me dera para a fundação da revista. Mas não me deixei vender e, mais livre e sem entraves, continuei sua publicação, mais de uma vez obrigado a recorrer a minhas minguadas finanças para publicar alguma edição.

Aquela atitude me valeu todo tipo de consequências funestas e até de ameaças, como a publicada pelo jornal oficial de Toluca, que me acusava de ser um assalariado dos inimigos do povo a serviço de poderes estrangeiros, encarregado da missão de criticar as gestões do governo e desacreditar as autoridades de um país que me havia oferecido pátria, honras e subsistência, para terminar com uma clara advertência: "Cuidado, senhor Heredia. Muito cuidado". O jornalismo agora servia também para ameaçar...

A paz, no entanto, não voltava, e Santa Anna – já conhecido no país como Quinceúñas*, pois perdera uma perna em combate, e dizia-se que, se não roubava mais, era porque só podia afanar o que agarrava com suas quinze unhas – fez-se aclamar presidente diante "do perigo iminente que a pátria vivia", enquanto a repressão endurecia. Por Deus, onde eu tinha caído?

Para culminar, não foram melhores as notícias que recebi de Cuba naquele infausto ano 1833. As cartas me falavam da chegada de um novo capitão-general, um tal Miguel Tacón, também revestido de faculdades oníomodas e conhecido por sua profunda aversão pelos nascidos naquela parte do mundo. Antigo oficial das tropas *realistas* no continente, assim que chegou Tacón advertiu que a história da ilha se dividiria em antes e depois dele e, para consegui-lo, vinha disposto a tudo. Outro tirano, mais um. E eu me sentia tão cansado...

Fernando Terry não podia imaginar que estava vendo pela última vez o doutor Mendoza, mas conservaria pelo resto da vida, como um tesouro querido, a expressão de júbilo do velho professor ao saudar Delfina: ela fora sua aluna modelo naquele curso, a única capaz de responder quem era o autor de *O asno de ouro* e a que dominara com maior facilidade as declinações latinas, o ancião lembrou, como se repreendesse Fernando. Encontrá-la então, vinte e cinco anos depois, senti-la feliz e vê-la ainda bonita foi como um presente inesperado que o professor resolveu desfrutar e, depois de entregar a Fernando uma relação dos maçons presentes à sessão da loja Filhos de Cuba de 11 de abril de 1921, pegou a mulher pela mão e a levou a um dos bancos colocados sob os janelões da biblioteca que davam para o antigo passeio de Carlos III. O doutor Mendoza parecia disposto a recordar tempos passados.

Com a relação de nomes na mão, Fernando ocupou uma das mesas destinadas aos leitores. Teria desejado ter a ajuda de Delfina, mas se resignou à avareza do

---

* Em português, algo como "Quinze Unhas" ou "Quinze Garras". (N. T.)

professor. Numa primeira leitura marcou os nomes de Cristóbal Aquino, Carlos Manuel Cernuda, Ramiro Junco e José de Jesús Heredia, seus velhos conhecidos, e colocou interrogações ao lado de outros três: Ricardo Ramiro Junco, Serafín Del Monte e Cándido Alfonso. O primeiro, obviamente, devia ser o tio Ricardito do qual falara Carmen Junco, ao passo que os outros dois, totalmente desconhecidos para ele, arrastavam sobrenomes sonoros demais naquela história: Del Monte e Alfonso. Teria algum descendente distante de Domingo del Monte ou da família Alfonso, tão ligada aos Aldama e ao próprio Del Monte, pretendido silenciar revelações incômodas do poeta? A ideia parecia viável, até agradável a sua mente, eternamente predisposta contra o homem que Heredia por anos havia considerado seu melhor amigo e do qual receberia a humilhante qualificação de "anjo caído" e o desprezo de considerá-lo renegado. Fernando fechou os olhos, disposto a libertar-se de preconceitos, e, lápis na mão, voltou a rever o papel, tentando encontrar alguma outra revelação menos evidente entre os oitenta sobrenomes que agora passavam sob seus olhos. E de repente sentiu acender-se uma luz vermelha, quase no fim da listagem: Rafael Figarola. Como era possível que lhe tivesse escapado aquele nome que o remetia diretamente ao doutor Domingo Figarola Caneda, diretor da Biblioteca Nacional nas décadas de 1910 e 1920 e autor de um estudo intitulado *El gran poeta José María Heredia*? Sem necessidade de forçar a memória, Fernando lembrou o episódio contado pelo próprio Figarola Caneda sobre uma compra de documentos de Heredia que fizera de José de Jesús, que na ocasião lhe confessou ter destruído a onerosa carta de 1823, na qual o poeta negava sua participação na conjuração dos Rios e Sóis de Bolívar. Embora não conseguisse lembrar a data exata, tinha certeza de que o episódio narrado por Figarola Caneda fora anterior a 1921 e lembrava perfeitamente que o bibliotecário também mencionava sua indagação sobre uns papéis inéditos de Heredia, talvez um romance, dos quais seu filho dissera desconhecer qualquer referência. Aquela pista cega fora, durante anos, uma das poucas menções à possível existência de um romance perdido de Heredia, e encontrar um Figarola entre os maçons sabedores da entrega a uma loja de documentos inéditos do poeta, temperados com o ingrediente atraente de seu misterioso prazo de publicação, só podia apontar para o bibliotecário empedernido, buscador incansável de documentos históricos, que, além de tudo, também havia preparado uma edição da papelada de José Antonio Saco e, para cúmulo das implicações, fora o editor dos primeiros tomos do *Centón epistolario* de Domingo del Monte, no qual o patriarca da vida intelectual cubana de sua época recolhia a correspondência recebida e na qual, por alguma razão, nunca incluíra várias cartas de José María Heredia. Figarola Caneda? Mas, se chegou a ficar com os papéis do poeta, por que não os publicou?

Meditou por alguns instantes, tentando organizar sua ofensiva. Começavam a se abrir possibilidades demais com aquela relação de nomes esquecidos, que só tivera a ideia de revisar seis dias antes de terminar sua permanência em Cuba e que lhe dava a sensação de encontrar-se no início de alguma coisa. De sua mesa perguntou ao doutor Mendoza onde estavam os dicionários, e o ancião indicou uma estante, perto do fichário, e Fernando viu Delfina sorrir. Entre os grossos volumes procurou o *Diccionario de la literatura cubana*, na esperança de encontrar uma entrada para Figarola Caneda, e respirou aliviado ao achá-la. Leu muito por cima, pois buscava apenas um dado: Figarola Caneda morrera em 1925, ou seja, quatro anos depois da entrega dos documentos feita por José de Jesús. Aquela data era promissora, pois mostrava que o bibliotecário tivera quatro anos para conhecer os papéis, se é que tinha chegado a saber de sua localização exata. Se tudo aquilo era possível e se Rafael Figarola havia revelado o segredo a seu suposto parente Domingo Figarola, e, além do mais, se conseguira a maneira de se apossar dos papéis, a única razão para que o bibliotecário não os tivesse publicado era ter respeitado o pedido expresso de José de Jesús, e talvez do próprio Heredia, para que não fossem conhecidos antes de 1939. Mas e depois? Se os documentos não estavam na Biblioteca Nacional, como todos os adquiridos por Figarola, onde foram parar? Quem poderia ter se apossado deles e evitado sua publicação? Ou fora o próprio Figarola quem decretara o desaparecimento de um manuscrito talvez repleto de revelações incômodas, definitivamente inconvenientes?

Aquelas suposições românticas e complicadas eram uma gratificação para o intelecto de Fernando, que voltava a se encher de entusiasmo diante da possibilidade de encontrar o caminho até os malditos papéis. Com a lista no bolso, aproximou-se de Delfina e Mendoza e lhes contou seu achado. Delfina sorria, compartilhando seu alvoroço, mas o doutor Mendoza tentou trazê-lo de volta à realidade.

— Tudo isso é muito interessante, Fernando, mas cada vez me convenço mais de que esses papéis já não existem.

— Mestre...

— Não quero te desanimar nem estou dizendo para desistir de procurar. Mas agora estou convencido de que quem ficou com esses documentos queria justamente que não fossem conhecidos... Se Figarola Canedo os tivesse recuperado, ele os teria publicado, dissessem o que dissessem. Mas, se foi Ricardo Junco, um

Del Monte ou alguém relacionado com a família, a coisa é diferente. Heredia já morreu há cento e sessenta anos e ninguém se importa agora em ser mais ou menos parente de Del Monte ou dos Junco para esconder uma história tão velha... Não acha? Quem os roubou ou comprou fez isso para que nunca fossem conhecidos. Desculpe, Fernando, porém estou mais para crer que esses papéis já não existem. Depois de te fazer vir...

Mas Fernando não se deixou vencer. Estava gozando do ímpeto do otimismo recém-estreado, talvez com origem na mesma sensação de renascimento que Delfina lhe insuflava. Um alerta recôndito dizia-lhe que não podia voltar atrás, que a memória do poeta merecia aquele empenho, que a verdade e a justiça não eram quimeras esquecidas, e pressentia que, se conseguisse resgatar a vida perdida de Heredia, também estava, de várias maneiras, salvando a própria. E assim disse a Delfina enquanto caminhavam rumo à casa das irmãs Junco, e ela deu a opinião de que ele mais precisava:

– Não pare, então, continue até onde puder.

Àquela hora da tarde, no intervalo entre o almoço e o jantar, o *paladar* Palmar de Junco estava em descanso. Fernando apertou a campainha do portão e, em vez da neta de Carmencita, quem veio abrir foi a velha negra que servira o café na primeira visita.

Já na sala, Fernando observou que a instalação surrealista se enriquecera: em cima do piano agora também havia um cão, ao qual Delfina lançou um olhar de espanto, pois permanecia tão estático que parecia empalhado.

– Está vivo, não é? – perguntou ela.

– Veja a barriga. Está respirando – disse ele.

Carmencita Junco, vestindo uma bata de seda com motivos chineses, entrou na sala e os cumprimentou.

– Essa é Rosita. – E apontou para o animal. – É que lhe demos banho e para que não se espoje na terra a deixamos ali até secar. Tem tanto medo de cair que não se mexe enquanto não a descemos.

– E não pode descê-la já? – perguntou Delfina, compadecida pelo terror do animal.

– Deixe ver. – A anciã verificou a possibilidade enfiando os dedos entre os pelos da cadela. – Sim – acrescentou, pegou o animal pelas axilas e o colocou no chão; como que picada por uma vespa, a cadela saiu da sala a toda velocidade. – É uma cadela maluca que sofre de vertigem – completou a informação.

A anfitriã indicou-lhes o sofá e ocupou o que parecia ser seu assento preferido.

– Encontrou algo novo?

Escolhendo com cuidado cada palavra, Fernando contou-lhe suas pesquisas e deu ênfase especial à notícia de que Ricardo Junco também sabia da existência dos papéis perdidos.

— Claro, tio Ricardito foi maçom. Papai não, ele nunca gostou.

— E Ricardo não poderia...? – aventurou-se Fernando.

— Ter roubado os papéis? – interrompeu a anciã. – Claro que sim. Tio Ricardito era um desastre. Como negociante, sempre fazia os piores arranjos e, como político, suicidou-se quando se meteu a trabalhar com Machado. Embora tenha ganhado muitíssimo, também esbanjava dinheiro e várias vezes chegou à beira da miséria. Sempre repetia que era o filho mais velho e herdeiro do avô Ramiro e tinha obsessão doentia pela história dos Junco, pela riqueza dos Junco... e até pelo palácio dos Junco. Não acredito que lhe agradasse a suspeita de que em vez de Junco fôssemos Heredia. E se os papéis contavam essa história...

— Pode tê-los destruído? – perguntou Fernando, com os nervos à flor da pele.

— Espere aí, jovem, espere aí. Estamos supondo, porque na verdade não sei de nada. E estou falando de como tio Ricardito era.

— Porém o que você disse me faz pensar.

— Bem, você queria pensar, não é?

— Sim, ocorrem-me coisas terríveis. Veja, Carmencita, ninguém sabe o que Heredia contava naqueles papéis. Mas devia ser algo muito mais importante que uma história de amor com Lola Junco, pois toda Matanzas sabia que eles tiveram seu caso. Heredia dedicou-lhe vários poemas e parece que mais de uma pessoa comentou que Estéban era filho de Lola e Heredia. Só que a decisão de esperar cem anos significa muito. Heredia devia saber muitas coisas que depois foram sendo esquecidas ou, pior, escondidas. Segredos que poderiam mudar a vida de mais de uma pessoa ou poderiam mudar até algumas verdades da história deste país... Se ele contava sua versão, creio que os papéis eram mais importantes para outras pessoas além da família Junco.

Carmencita acompanhou com atenção o raciocínio de Fernando. Seus olhos, imunes ao passar do tempo, brilhavam com aquela intensidade que a fazia parecer mais jovem. Lentamente, como se sua mente estivesse em outro lugar, a mulher enfiou a mão num dos bolsos da bata e tirou um maço de cigarros, um isqueiro prateado e uma reluzente piteira preta, coroada com um anel de ouro. Com cuidado, colocou o cigarro na extremidade da piteira e o acendeu. Fernando a observou fumar, com elegância sedutora e o mais pleno prazer dos fumantes ocasionais.

— Você pensou muito nesses papéis – disse ela, finalmente, observando o entalhe do isqueiro prateado. – E agora vou fazê-lo pensar um pouco mais. Veja, no ano 1937, quando já morávamos aqui em Havana, tio Ricardito fez uns negócios e ficou quase sem um centavo. Lembro bem a data, porque ele veio falar com meu pai para dizer que, se não saísse do buraco, ia vender o palácio de Junco, e houve uma grande discussão entre eles. Mas em poucos meses tio Ricardito voltou a ter muito dinheiro. Estou falando em muito dinheiro. Meu pai nunca soube de onde o tirou. Foi um mistério e mistério continuou sendo. E lhe pergunto: aqueles papéis de Heredia podiam valer tanto? Não me responda agora. Pense um pouco mais e, se no fim descobrir alguma coisa, não deixe de me dizer, por favor. Olhe que estou cada vez mais convencida de que meu nome é Carmen Heredia.

Doze horas, calculou Cristóbal Aquino, acendendo seu charuto. Se estava certo o aviso que fizeram chegar a ele, às oito da manhã do dia seguinte a polícia especial do tirano invadiria a loja Filhos de Cuba. E, embora os capangas do general Machado soubessem que não encontrariam nenhum indício de sedição, o irmão maçom que lhes passou o recado avisou que se tratava de uma advertência e que fariam uma demonstração de força. Seria uma revista a fundo, pois até sabiam da existência de um nicho na Câmara Secreta dos Mestres maçons. O delator, certamente infiltrado havia algum tempo na fraternidade, dera os detalhes precisos para que a temível polícia especial executasse seu aterrador espetáculo para mostrar até que ponto estava a par dos assuntos de seus opositores e, até, da vida privada das pessoas com opiniões políticas contrárias ao regime. Em seus arquivos estavam registrados os nomes dos maçons que haviam promovido a ideia de pedir a renúncia do ditador e, mais tarde, a de executar sua expulsão da fraternidade. Sem poder evitar, Cristóbal Aquino lembrou que na época de Heredia outra polícia especial, de outro sátrapa, penetrara os segredos da irmandade, a ponto de desmontar a nascente maçonaria cubana. Nada nem ninguém estava a salvo da traição, menos ainda em tempos de ditadura. Estaria seu próprio nome na lista negra dos esbirros? Cristóbal Aquino não tinha nenhuma razão para duvidar disso, pois, em seu último veneralato, sem que ninguém pudesse evitar, a loja se transformara num fórum de debate político e votou-se a favor da expulsão desonrosa de Gerardo Machado, acusado de traição aos princípios maçônicos.

Os muitos anos dedicados ao trabalho na secretaria da loja lhe facilitariam agora a preparação do terreno. Embora nos últimos dois anos seu filho Salvador tivesse assumido aquela responsabilidade, Cristóbal Aquino sabia que até de olhos vendados conseguia separar, selecionar, descartar documentos mais valiosos ou menos valiosos e tirar da loja os que considerava inestimáveis, deixando algum lixo destinado a acalmar o apetite das feras. Já em combinação com o irmão maçom que dirigia a biblioteca Gener y Del Monte, tinham decidido transferir para o sótão da instituição os documentos mais importantes, embora Aquino pressentisse que, do mesmo modo como os capangas conheciam os segredos da loja, poderiam ter-se inteirado do esconderijo provisório dos documentos.

A chegada de seu filho Salvador trouxe-o de volta à realidade. Explicou-lhe exatamente quais papéis deveriam sair do templo e quais deveriam ficar, o que ele deveria salvar primeiro e o que poderia esperar. E explicou que deveria realizar sozinho tanto a seleção dos papéis como seu transporte para a biblioteca, pois nessas horas ninguém é confiável. Enquanto isso, precisaria fazer algumas coisas que só ele mesmo podia fazer.

Naquele instante, Cristóbal Aquino lembrou-se do velho amigo Carlos Manuel Cernuda. Sua morte, havia três anos, livrara o amigo daqueles transes, e ele se tornara o único conhecedor do segredo da vida verdadeira de José María Heredia. Desde então, carregava sozinho o peso de uma responsabilidade incômoda da qual, afinal, resolvera se desvencilhar. Se a loja deixara de ser um lugar seguro para os papéis do poeta, se a biblioteca podia ser invadida com a mesma impunidade e se sua própria casa estava entre os objetivos possíveis da insaciável polícia especial, onde esconder o manuscrito de Heredia e encaminhá-lo para seu destino? A resposta tantas vezes pensada e finalmente aceita por Cristóbal Aquino caiu-lhe na alma como um bálsamo reparador.

Mas antes precisava deixar traços visíveis de seus passos. Enquanto o filho ia colocando documentos em várias caixas de papelão, Cristóbal Aquino procurou o livro de atas do ano de 1921 e marcou a correspondente à sessão do dia 11 de abril. Lá, gravado com tinta preta, estava o resumo do que ocorrera naquela noite, quando se rendeu uma homenagem a José de Jesús Heredia, condecorado com o grau honorífico de Venerável Mestre *ad vitam*, e este retribuiu o gesto entregando à sua loja-mãe os papéis reveladores do pai.

– Depressa, mas com cuidado – disse Cristóbal ao filho e foi para o aposento contíguo da secretaria, onde estava a máquina de escrever. Com habilidade, colocou uma folha no carrinho e começou a teclar: copiava a ata textualmente, mas, à medida que avançava, ia acrescentando detalhes que completavam e davam vida à história daquela noite. Deu ênfase, então, ao juramento convocado por Carlos Manuel Cernuda e expressou com maior clareza a solicitação de José de Jesús de que aqueles documentos não saíssem do templo antes de 1939 e que, quando saíssem, fosse apenas para serem publicados. Hesitou por um instante em incluir ou não a exigência de José de Jesús de que Ramiro Junco fosse consultado antes de se efetuar a publicação do manuscrito, mas resolveu respeitar a vontade do irmão Ramiro de não se ver implicado naquela história. Quando finalizou a transcrição corrigida e aumentada, Cristóbal Aquino voltou ao cubículo onde o filho terminava de encher caixas.

– Não pergunte agora, conto depois. Ponha o livro de atas com os documentos que vão para a biblioteca e deixe este papel entre os que a polícia vai confiscar. Vou ao Quarto dos Mestres.

Com delicadeza, Cristóbal Aquino colocou seu charuto fumegante num cinzeiro de vidro e saiu para o corredor que levava à Câmara Secreta. Quando abriu a porta, o cheiro misterioso de sempre foi para ele, naquela noite, especialmente evocador. Deu dois passos na escuridão e respirou o aroma do recinto até impregnar-se dele e sentir-se transbordar do orgulho de pertencer a uma confraria que tanto havia feito pela liberdade e pela igualdade entre os homens e pela liberdade de seu próprio país, cuja guerra de independência fora forjada numa pequena loja. Naquele instante, Cristóbal Aquino teve, num lampejo, a premonição de que pisava aquele recinto pela última vez, embora o tenha esquecido de imediato, pois nada em sua realidade daquela noite de 25 de outubro de 1932 podia alertá-lo de que não veria a luz do próximo amanhecer. Puxou, então, a correntinha que pendia do teto e, com a tênue iluminação da lâmpada às costas, conseguiu introduzir a chave no nicho e tirou os documentos que lá descansavam: um envelope amarelo, amarrado com uma fita roxa, e uma caixa de madeira, por sua vez fechada a chave, onde eram guardados livros de contabilidade, a escritura de propriedade dos terrenos nos quais se erguia o templo, a lista dos toques secretos utilizados desde 1863 e a ata de fundação da loja Filhos de Cuba, do rito escocês e dependente do Grande Oriente de Cuba e das Antilhas. Para facilitar o trabalho dos policiais, fechou o nicho sem passar a chave. Na realidade, pensou, fazia-o para mostrar aos sabujos que, em questões de espionagem, os maçons também tinham longa experiência.

Quando voltou à secretaria, seu filho Salvador estava acomodando os livros de atas que deveriam ser transportados, e Cristóbal pegou novamente seu charuto. Com o isqueiro dourado, voltou a acendê-lo e lançou para o ar uma grossa coluna de fumaça.

– Tire as caixas uma a uma, pelo fundo. Cándido Alfonso está te esperando na biblioteca. Eu levo isto. – E mostrou ao filho a caixa de madeira e o envelope amarelo. – Quando terminar, feche tudo e vá para casa, sua mulher está sozinha. Ainda vou demorar um pouco.

– E esse envelope? – perguntou seu filho.

— Um encargo do passado do qual vou me livrar — respondeu e sorriu.

Cristóbal Aquino olhou com pesar o espaço da secretaria, onde em poucas horas os cães da polícia meteriam suas garras. Apesar de terem conseguido tirar toda a documentação de valor, a profanação de que a loja seria objeto era como uma violação, indigna e degradante. Martí, Céspedes, Heredia, Maceo, Agramonte, Calixto García, de seus retratos pendurados na parede daquele lugar, veriam a que extremos podia chegar a fúria de um maçom renegado.

Com o charuto na boca, abandonou o templo pela porta do fundo e, com muito esforço, pulou o muro que o separava do armazém do galego Terencio. Por um corredor úmido, entre sacos de víveres e caixas de cerveja, avançou quase tateando em busca da rua e, depois de olhar para os dois lados, saiu para a calçada e caminhou rumo ao centro da cidade. Andou durante vários minutos, sem deixar de se perguntar se sua decisão com respeito às memórias de Heredia era a mais correta. Não encontrou alternativa: o importante era evitar que a polícia ficasse com o manuscrito e talvez até o destruísse, e ao mesmo tempo era a maneira mais justa de tirar da consciência o peso da responsabilidade que arrastara durante os últimos anos.

Embora mal passasse das nove da noite, a cidade estava estranhamente vazia, como que ameaçada por um furacão. As ações da polícia haviam amedrontado a população de Matanzas, e até os bêbados habituais desertaram dos bares do centro. Aquino atravessou a passos rápidos a praça das Armas, deixou para trás o Casino Español e desceu pela rua Contreras, à procura do número 96, onde moravam a viúva e os filhos de Cernuda. Depois de comprovar que ninguém o seguia, tocou a campainha e pediu desculpas a Milagros, esposa de Carlos Manuel, por incomodá-la àquela hora. Ela o convidou a entrar, e ele avisou que estava com pressa. Então pediu que ela guardasse em lugar seguro o pequeno cofre de madeira, pois estavam esperando uma invasão da loja. Explicou que ali havia documentos importantes, mas nenhum politicamente comprometedor. Com o cofre encostado ao peito, Milagros Alcántara disse-lhe que não se preocupasse, e Aquino despediu-se sem dizer que rumo tomaria.

Cristóbal Aquino subiu a ladeira da rua Contreras, cruzou novamente diante do Casino Español, atravessou o parque e, já na rua Milanés, avançou pelo lado da catedral em direção à velha praça da Vigía. Foi naquele momento que seu filho Salvador, que alguns minutos antes saíra da loja Filhos de Cuba com a primeira caixa que levaria para a biblioteca Gener y Del Monte, viu-o desaparecer na rua deserta. Salvador sorriu: o pai, tão maçom em cada ato de sua existência, devia se sentir em seu ambiente, ativo e conspirador, caminhando com aquele envelope amarelo embaixo do braço. O que Salvador Aquino não podia saber naquele momento é que estava vendo pela última vez o homem bom e honrado que lhe ensinara os segredos da vida da maçonaria.

Que espaço físico, em metros, varas, côvados, polegadas, pode ocupar a vida de um homem? O poeta Florit colocou sua existência inteira num quarto de seis metros por quatro; Hemingway, no entanto, precisou de toda a extensão de sua Finca Vigía, com quartos, gabinetes, escritórios e até árvores e mirantes. Heredia não: nem túmulo havia deixado; todo ele era apenas um punhado de poemas, várias centenas de cartas e um manuscrito perdido. Por isso, quando fechou a porta do quarto e, sentado na cama, observou por longos minutos as caixas acomodadas no chão do *closet*, marcadas com uns desbotados números 2 e 3, Fernando Terry pensou que lá estava a maior parte de sua vida e, talvez, a vida inteira de Enrique.

Ainda lembrava com nitidez doentia que gastara vários dias na preparação daqueles pacotes e de um terceiro já inexistente, nos quais colocara, com seu habitual preciosismo, os papéis que julgara suscetíveis de serem salvos. Uma quantidade similar de recortes, escritos, revistas e pastas que um dia acreditara importantes tinham terminado na pira preparada no quintal da casa, tudo transformado em fumaça e cinzas, como uma parte de seu próprio passado.

A primeira caixa havia destinado aos documentos relacionados com Heredia: fichas, uma cópia de sua tese, os rascunhos dos capítulos já redigidos de seu trabalho de doutorado, pastas com alguns artigos e ensaios sobre o poeta, fotocopiados ou recortados. Por uma estrita ordem de prioridade, aqueles eram os únicos documentos que Carmela lhe fora enviando desde sua saída de Cuba. Na segunda havia colocado o que reunira sobre os escritores e o ambiente cultural e político da primeira metade do século XIX, e continuava intacta, tal como a deixara dezoito anos atrás, assim como a caixa número 3, em que Fernando acomodara seus textos e anotações poéticas, os relatos que escrevera em diferentes circunstâncias da vida, e a cópia da *Tragicomedia cubana*, que depois da morte de Enrique lhe fora entregue pelos pais do amigo, com uma breve nota que alarmara definitivamente suas suspeitas dilacerantes: "Isto é para Fernando", dizia o papel, sem mais ordens ou desejos, só assinado com um E muito redondo, quase tanto quanto a roda do caminhão que acabara com a vida do amigo... Aquele meio-dia cada vez mais remoto, no instante em que havia dado por concluída a espécie de enterro do escritor e do homem que tinha sido, Fernando havia ligado para Miguel Ángel pedindo-lhe que fosse à sua casa. Feito o acordo, no dia seguinte o Negro o levara no carro do pai até o antigo bar Cuatro Ruedas, onde estavam abertos os escritórios para que todo aquele que se reconhecesse como escória antissocial desse o salto definitivo para o exílio.

Desde sua volta lutara contra o desejo de abrir aqueles cofres. Sabia que podiam funcionar como uma caixa de Pandora: uma vez aberta, provocaria uma dispersão incontrolável de nostalgias e outros óbices até mais agressivos. Mas a proximidade de sua partida e a sensação de estar mais perto do que nunca dos papéis perdidos de Heredia impeliram-no ao encontro da demorada exumação.

Fernando acendeu um cigarro e pegou a caixa número 3. Colocou-a sobre a cama e, com cuidado, abriu a tampa de papelão. Então verificou que durante anos enganara-se quanto à ordem em que acreditava ter colocado os documentos, pois sempre enxergara na superfície o envelope em que guardara seu livro de poesias truncado, que intitulara de maneira provisória, que cada vez mais lhe parecia definitiva, *El día de mi muerte*, como o poema destinado a abrir o volume, em que executava seu parricídio entusiasmado contra César Vallejo: "Não morrerei em Paris, não haverá aguaceiro/ O dia de minha morte não está em minha lembrança./ Não morrerei em Paris nem em nenhum lugar distante/ muito menos hoje, que é quinta-feira, e está acabando o inverno..."*. Por que se achara capaz de antecipar as circunstâncias do dia impensado de sua morte? Por que a vida o obrigara a negar cada um daqueles versos carregados de otimismo que agora lhe pareciam escritos por outra pessoa, praticamente desconhecida? Como ele, que sempre se sentiu tão poeta, conseguira viver na mais drástica renúncia àquela profissão de fé? Tivera de fato motivos para rir? Agora Fernando descobriu que, flutuando sobre sua poesia, havia uma pasta rotulada como C-Ó-P-I-A-D-E-F-I-N-I-T-I-V-A da *Tragicomedia cubana (romance teatral)* e sentiu que não estava preparado para aquela profanação. No entanto, uma força exterior, empenhada em violar sua vontade, obrigou-o a tirar a pasta. Numa primeira folha, Enrique repetia o título do texto, sem acrescentar seu nome. Como se não quisesse fazê-lo, Fernando virou a folha e defrontou as letras datilografadas, desbotadas pelo tempo, e penetrou num mundo sem fundo no qual começou a cair sem ter o mínimo consolo de um apoio...

"Ouve-se música de violão, alaúde, maracas e bongô. É uma melodia sensual, mulata, com cheiro de mato e sabor de rum, que enganosamente induz a pensar em cálidos prazeres, até que, de tanto ouvi-la, chega-se a perder a consciência de que nos acompanha. O sol começa a nascer, tropical e alegremente, enquanto

---

* "*No moriré en París, no habrá aguacero/ el día de mi muerte no está en mi recuerdo./ No moriré en París, ni en ningún sitio lejano/ mucho menos hoy, que es jueves, y termina el invierno...*" (N. T.)

o céu, negro, vai se pintando de cinza até dar passagem a uma resplandecente cor azul. Com a claridade gradual, começa a desenhar-se o contorno de Ilha Perdida: montanhas ao fundo, entre as quais se estendem vales verdes povoados de palmeiras deliciosas, paineiras, *júcaros*, mognos e *majaguas*. As mangueiras e as ameixeiras estão em flor e, entre seus galhos, voam calhandras, *tomeguines** e discretas *bijiritas***, todos despreocupados e aparentemente felizes, como deve ter ocorrido nos dias anteriores à expulsão definitiva.

"No primeiro plano do espaço cênico veem-se casas, de diferentes arquiteturas e idades, dispostas em ruas estreitas e opressivas. Um certo aspecto de abandono, de povoado fantasma, dá caráter ao lugar, no qual não se percebe nenhuma presença humana, embora por toda parte haja cartazes nos quais aparece a palavra PROIBIDO.

"O proscênio foi inundado por uma água intensamente azul que reverbera: é o mar, sempre agitado, que demarca o ínfimo espaço de Ilha Perdida, cercando-a, oprimindo-a, fechando-a em si mesma. Esse mar é um elemento importante, e se repetirá como um *leimotiv* ao longo da trama, pois complementa a sina dos personagens e determinará até mesmo seu ser histórico, marcado por essa indestrutível cena insular."

Fernando quase deu um salto quando ouviu duas batidas na porta e a voz de sua mãe.

– Tomás e Miguel Ángel estão aqui.

– Peça para esperarem no terraço – conseguiu responder e respirou aliviado, inclusive com consciência de que estava respirando. A interrupção lhe devolvia o juízo necessário para se desprender daquela trama que, como uma doença sutil, mas devastadora, podia introduzir-se no tutano dos ossos. Algo por demais revelador, definitivamente demoníaco, repousara durante vinte anos naqueles papéis que, agora ele sabia, já não poderia deixar de ler. Com delicadeza, ajeitou o livro de Enrique e fechou a caixa, para devolvê-la ao lugar em que deveria esperar outros vinte anos, ou talvez a vida toda.

No corredor, foi envolvido pelo aroma do café que a mãe coava. Avançou até o terraço e na mesma poltrona em que Enrique havia sentado em sua última visita encontrou Tomás, abanando-se com um jornal, enquanto o Negro, no quintal, olhava alguma coisa entre as árvores.

– Compadre, que calor – disse Tomás, ao vê-lo.

---

* *Tiarus canorus*, chamado de *tomeguín del pinar*: pequeno pássaro endêmico em Cuba. (N. T.)
** *Vermivora bachmanii*, pequena ave passeriforme, provavelmente extinta, que vivia no sul dos Estados Unidos e no inverno emigrava para Cuba. (N. T.)

— É o inferno, que é aqui mesmo – comentou Fernando, sem pretender a menor ironia. – O que você perdeu aí em cima, Negro?

— Uma calhandra – disse Miguel Ángel e caminhou até o terraço para cumprimentar Fernando. – Fazia tempo que eu não via uma...

— Como vão suas coisas, Fernando? – perguntou Tomás, sem deixar de mover o jornal.

— Bem e mal. Não sei... Tenho que ir embora em cinco dias.

O café de Carmela marcou uma pausa. Tomaram-no em silêncio, e Fernando pensou se deveria comentar com Tomás e Miguel Ángel o que tinha acabado de fazer, mas se conteve, pois lhe intrigava saber por que Tomás usara o Negro para ir à sua casa, depois de vinte anos sem frequentá-la. Na mente de Fernando, a possibilidade de que Tomás fosse o traidor crescera com os sucessivos descartes de suspeitos, e a raiz da grande diferença entre os compartimentos daquele homem podia estar em sua condição de algoz ou de vítima, de acusador infame ou de acusado sem culpa, de sabedor ou de inocente inadvertido. Entre um extremo e outro, a distância era de um oceano sem fim, que aumentara ainda mais com a leitura de algumas poucas linhas da obra de Enrique.

— O que te trouxe aqui? – quis saber Fernando.

— Sua orientadora. Ontem ela me viu na universidade e continuou com a cantilena de que não é para você ir embora sem vê-la.

— A Santori já não tinha se aposentado?

— Ela se aposentou, mas continua foda. Dirige tudo que é comissão que inventam e até está dando uma pós-graduação. Bom, você sabe como é a velha.

Fernando pensou por um instante.

— Não, não sei como ela é. Pensei que fosse de um jeito, mas depois acho que mostrou ser de outro.

— Não estou entendendo.

— Acho que comigo ela lavou as mãos e deixou que me cortassem o pescoço. Se ela interferisse, não me teriam expulsado.

— Porra, Fernando... – interrompeu Miguel Ángel.

— Vocês sabem muito bem que a Santori era um poder na universidade. E mais para o alto também. Se ela afirmava, tinha que ser ouvida.

— Naquela época... – Tomás hesitou.

— Todo o mundo se safa dizendo que se naquela época... Já imaginou se ficassem sabendo que você aluga o carro para os professores estrangeiros que vêm para a faculdade? Ou, pior ainda, que você é amigo de Miguel Ángel, que vem à minha casa, que fala comigo?

— Saía pelo telhado. – Tomás confirmou e desviou os olhos para as árvores do quintal. Ele suava, e Fernando não sabia se era por causa do calor ou do rumo árido da conversa. Tomás enxugou o suor da testa com um dedo e o sacudiu, molhando o chão. – Você estava liquidado, Fernando, e eu não sou suicida. Se ficassem sabendo que eu vinha te ver, não ia durar um dia na faculdade... Agora já não é a mesma coisa, e você sabe. O difícil era naquele momento. Acabavam com qualquer um... Para mim, ninguém disse nada, ninguém me alertou de nada, mas todo o mundo na universidade sabia que Enrique, você e eu éramos unha e carne, e, se eu levantasse um pé, com certeza me cortariam. Mas, escuta, temos que falar nisso?

Fernando olhou para Miguel Ángel e, em seu olhar avermelhado de sempre, percebeu uma afirmação.

— Creio que sim... porque ainda não sei quem foi que me dedurou.

Tomás sorriu. Parecia um riso sincero, embora nervoso.

— Você ouviu, Negro? – Voltou-se buscando solidariedade, mas Miguel Ángel permaneceu em silêncio. Então olhou para Fernando. – E você acha que eu...?

— Não sei, Tomás. Agora quem sabe é você.

— Na verdade, acho que você está louco, Fernando, caralho. O que eu ia ganhar te dedurando, diga? E do que eu ia te acusar e com quem, porra?

— É o que dizem Miguel Ángel e os outros.

— Pois não fui eu, e não enche mais o saco com isso. O que acha que eu sou, porra?

— Neste momento, não sei...

Tomás não pôde evitar um sorriso e parecia mais confiante.

— Sabe qual é o seu problema? É que você é um trágico e gosta de sentir pena de si mesmo. Adora ver a merda dos outros e não cheira a sua... Olha, nunca te disse isso, mas falei com Enrique e ele me disse que você o chamou de veado. Ou será que esqueceu? Tá, já sei que sua vida se desconjuntou e tudo isso, mas, se tivesse sido um pouco mais inteligente e menos trágico, teria se saído muito melhor. O que eu fiz desde o início? Recebia tudo como vinha sem complicar a vida. Já estamos muito velhos para acreditar que os mortos ressurgem, que a poesia serve para alguma coisa, que Heredia não era um idiota que se meteu numa fria e depois passou a vida se lamentando, igualzinho a você. E o que aprendeu com tudo isso? Picas, Fernando, picas. Você vive amargurado e fodido e se consola vendo e acreditando o que te convém ver e acreditar...

— Do que está falando, porra? O que você sabe da minha vida?

— Eu é que te pergunto – interrompeu Tomás, alterado. – O que você sabe da minha vida? Escuta aqui, meu sócio, já que estamos nos atolando na merda, vamos nos espojar de verdade: sabe o que é ser professor da bicentenária e benemérita Universidade de Havana e ter que tomar café da manhã com uma cocção de folhas de laranjeira? Já comeu picadinho de cascas de banana? Já foi de bicicleta de casa para o trabalho, todos os dias, durante quatro anos? Viu sua mãe contrair neurite ou sei lá que porra e ficar cega em duas semanas? Já teve medo de ver sua filha virar puta? Ou sabe o que é rir das graças e servir de motorista de um estrangeiro imbecil que faz a mesma coisa que você, porém ganha cem vezes mais? Olha, Fernando, eu aguentei tudo e não tenho nada: um carro velho sem gasolina, uma casa sem pintura e alguns livros, porque, quando a coisa apertou, vendi os vendáveis aos próprios professores estrangeiros para comprar óleo e leite em pó e um pouco de carne para meus filhos e minha mãe. Em quarenta anos trabalhei sem parar e fui a mais reuniões que o presidente da ONU. Só que não passo o dia chorando pelos cantos e me lamentando sobre como poderia ter sido minha vida... E você vem me falar de tragédia?

— Mas eu tive que ir embora...

— E a culpa é minha? Ou do Negro, do Varo ou de quem, porra?

— Você não quer entender. — Fernando tentou pôr termo à questão, embora soubesse que trazia cravados os dardos lançados por Tomás: sua autocompaixão transformara-se numa espécie de couraça, e culpar alguém por suas desgraças era um alívio para suas frustrações. Mas Tomás não se deu por vencido.

— Pode ser. Ou pode ser que você não esteja conseguindo entender, porque não sabe ver as coisas pelo outro lado. E, escute aqui, para acabar com essa história de uma vez por todas: eu não denunciei você nem ninguém. Ficou claro? E a próxima vez que me vier com isso, vou lhe dar uns coices na bunda até gastar os sapatos. Agora vou me mandar. A Santori está te esperando amanhã às dez, depois de terminarem as aulas dela. Vê se para de encher o saco... Negro, você fica?

Tomás se levantou, e Fernando não conseguiu articular palavra para detê-lo.

— Quer que eu fique? — perguntou Miguel Ángel, com o cigarro na boca.

— Não, me deixe sozinho...

— Amanhã eu venho. — E foi saindo. — Fernando, agora você está fodido, mas acho que assim é melhor, não é mesmo?

— Você acha, Negro?

A sensação de ter sido injusto por tantos anos, com tantas pessoas, de ter-se acreditado o único cujos problemas importavam revelou a Fernando o egoísmo dos pensamentos e a mesquinharia das acusações entre as quais se havia revolvido. Talvez Tomás tivesse razão e sua frustração pessoal o tivesse tornado incapaz de entender os outros. No entanto, não pôde deixar de pensar que alguém o traíra e que, se também descartasse Tomás, o único traidor visível em seu horizonte era Álvaro. Não pode ser, disse a si mesmo, e sentiu a necessidade desconhecida de se confessar e do consolo de ouvir palavras de absolvição.

Foi então que a ideia de ir embora do México começou a se tornar obsessão. Acordava-me à noite, surpreendia-me ao comer, quase me impedia de respirar. Por mais que ao longo dos anos tivesse tentado tornar meu aquele país, sempre me tentara como um vício perverso o desejo de voltar para Cuba, justamente para Cuba, o único lugar do mundo ao qual eu não podia voltar. Com os anos, Jacoba foi se acostumando àquela espécie de mania incurável, e algumas vezes a ouvi falar em "quando voltássemos para Cuba", como se também ela tivesse algum dia vivido na ilha. Minha filha Loreto, que desde muito pequena falava como um louro, em perfeita consonância com seu nome, logo aprendeu a repetir que era cubana e às vezes especificava que era *matancera*. O cão da casa tinha o nome de um cacique taino, e em nossa mesa, de acordo com as possibilidades econômicas de cada momento, comiam-se pratos cubanos, especialmente mandioca e *tamales en cazuela*, de milho macio, feitos do modo como são preparados pelas negras de Havana e Matanzas, com muita carne de porco, tomate, alho e cebola. Sei que é uma atitude malsã cultivar a nostalgia dessa maneira, mas só aquelas referências me mantinham próximo de um pertencimento ao qual não queria renunciar. Talvez tenha sido esse o grande erro de minha existência, ou talvez tudo tenha sido assim porque eu era incapaz de ser de outro modo e estava predestinado a inventar o desterro de Cuba, a nostalgia de Cuba, o sonho da liberdade de Cuba, mas, seja como for, hoje assumo essa forma de vida como a principal motivação que me manteve na luta e me fez ser o homem que sou, não outro, definitivamente diferente.

O certo é que minha esperança de retornar era alentada pelos comentários sobre um possível indulto geral a todos os condenados políticos do reinado espanhol anterior, porém ao mesmo tempo estava tão farto do que acontecia naquele pobre México, assolado pelas ambições, que naqueles dias comecei inclusive a planejar ir embora para um lugar hostil como os Estados Unidos, até para a Europa, distante e não menos fria, contanto que me evadisse do caos e da devassa política. Cada dia mais me convencia de que, embora aquela terra generosa tivesse me proporcionado uma pátria, honras e subsistência, como diziam com razão meus inimigos, a pátria se despedaçava, as honras me foram retiradas ou diminuídas e a subsistência fazia-se cada dia mais difícil, pois passavam-se meses sem que a pátria pagasse meus salários, o que muitas vezes me obrigava a depender da ajuda da família de Jacoba.

Só aquela situação econômica desesperadora me mantinha amarrado ao país, pois era impossível juntar o dinheiro necessário para passagens, compra de roupas adequadas a outros climas e o acúmulo de algum recurso para me estabelecer. Além do mais, doente como estava, em que mina, plantação ou estrada em construção eu poderia trabalhar? Tinha cabimento sonhar com a possibilidade de viver como advogado em outro país, com suas próprias leis e até com outro idioma? Assim, o horizonte de minha vida era sombrio e tornou-se mais ainda quando eu soube dos novos ventos que o capitão-general Tacón fazia soprar em Havana, ao decretar a expulsão de Saco resultante da publicação de um folheto no qual defendia a abortada Academia Cubana de Literatura – em cujo processo de criação Domingo fora protagonista, embora mais uma vez tenha deixado a Saquete o papel de espadachim defensor... Logo fiquei sabendo que a principal razão da deportação fora o fato de Saco criticar em seu panfleto alguns amigos íntimos do macabro intendente da Fazenda de Havana, o marquês de Villanueva, que, com a autoridade que lhe conferia ser encarregado de enviar à Espanha empobrecida o dinheiro que, partindo da rica Cuba, sustentava ministros e cortesãos, quase exigiu do capitão-general aquela represália contra o escritor. Preso aparatosamente enquanto dava aula no seminário de San Carlos, Saco foi acusado de fazer propaganda sediciosa e condenado à deportação, justamente quando se fazia público o indulto geral ditado pela rainha regente. Então, diante do silêncio de Domingo, que não ousou enfrentar o desafio, foi um dos homens mais lúcidos do país, José de la Luz y Caballero, que assumiu a defesa do novo desterrado, na qual argumentou que nenhum homem, em seu juízo perfeito, era capaz ainda de alentar ideais separatistas, pois "mesmo entre os mais ingênuos desacreditou-se a opinião de independência". Os ingênuos, é claro, éramos o padre Varela, quase esquecido em Nova York, e eu, a cujo respeito o sátrapa Tacón, ao conhecer a nova lei de indulto, disse que não nos beneficiaria porque tínhamos sido ambos ativos sediciosos durante todos aqueles anos.

Não sei se no futuro outros homens sofrerão condenação igual à minha e viverão por anos como desterrados, sempre com saudade da pátria, eternamente estrangeiros, longe da família e dos amigos, com mil histórias inconclusas e perdidas às costas, falando línguas estranhas e morrendo de desejo de voltar: se assim for, de meu leito de morte compadeço-me deles, pois sofrerão o mais cruel dos castigos que podem prodigar aqueles que, do alto do poder, agem como donos da pátria e do destino de seus cidadãos.

Mas, enquanto sonhava com a possibilidade de ir para algum lugar, nem por isso deixei de trabalhar, para ganhar a vida, e de escrever, para viver. Como o Estado mexicano me pagava cada vez menos, precisei aceitar, no fim de 1833, a cátedra de literatura geral e particular do Instituto Literário, onde, além do mais, dava aulas de história antiga e moderna. Tornando-me, pouco depois, ministro interino do Tribunal do Estado do México, mantive vivos meus interesses literários por meio de uma das melhores revistas que elaborei na vida, chamada *Minerva*, da qual consegui publicar até vinte e seis números; ao mesmo tempo, concluí minha tradução do romance *Waverley*, de Walter Scott, escritor escocês com o qual eu compartilhava o interesse por história.

As notícias que de Cuba eram poucas e tristes, e em sua maioria me chegavam contadas por Gener, dos Estados Unidos, pois, tal como geralmente acontece em tempos de terror, os amigos cubanos temiam que sua correspondência, se destinada a meu nome, fosse interceptada. Assim, por aquele caminho oblíquo, eu mandava lembranças para Domingo e os outros amigos, pois negava-me a perder completamente minha velha relação com eles e, ao mesmo tempo, a pôr minhas cartas nas mãos dos diligentes policiais do regime, numerosos e aparentemente eficazes.

Para mim foi duro saber que perdia a conexão com Cuba, representada por Gener, quando, em meados de 1834, ele me comunicou que, valendo-se do indulto, ia regressar. Imediatamente me ocorreram as palavras de Varela, de dez anos atrás, quando me advertira sobre quem era Gener e qual era seu grau de influência em Cuba. E no fim o catalão o exercia, tendo sido justamente ele que, como presidente das cortes em 1823, aceitou a moção que decretava Fernando VII louco e inabilitado e o excluía de toda e qualquer decisão de governo. Mas o rico Gener voltava enquanto o pobre Heredia não era indultado porque sua presença na ilha poderia gerar distúrbios... Que moral existe no mundo para me criticar? Algum dos muitos que enriqueceram nos anos de corrupção e conluios pode levantar a voz contra minhas debilidades?... Gener voltou, e em Matanzas ofereceram-lhe o maior ato de recepção lembrado pela história da cidade, incluindo salvas de artilharia e abraços do governador da praça. Depois, em Havana, estenderam tapetes à sua passagem e realizaram banquetes em sua homenagem. Como conclusão da palhaçada, o catalão foi recepcionado no Palácio do Governo pelo próprio Tacón e, ao fim da noite, despediram-se como velhos amigos, com um abraço ao pé da luxuosa carruagem daquela espécie de herói nacional em que se transformara Tomás Gener...

Naqueles dias chegou uma carta de minha irmã Ignacia contando que, depois de um breve e intenso namoro, Domingo finalmente havia se casado. Com sua habitual habilidade para narrar, minha irmã dava detalhes interessantes sobre o acontecimento. O primeiro era que a agraciada respondia pelo nome de Rosita Aldama, era bonita, jovem e, como de esperar, riquíssima, pois seu pai era nada mais nada menos que o famoso Domingo Aldama, dono de uma das mais potentes fortunas do país. Para culminar, o rico Aldama, com as famílias Mádam e Alfonso – parentes do infeliz Silvestre –, formavam o clã de açucareiros mais forte do país e eram (sabia disso por Varela) quem tinha voz dominante na manipulação dos projetos políticos em gestação em Cuba... O grande Domingo se casara com o melhor rebento daquele jardim – sem nunca me anunciar, a mim, "seu amigo de alma" – para entrar na alta sociedade cubana, enriquecida graças à infame escravidão que, um dia, Domingo ousou criticar. Seu cinismo era tal que ele garantiu que não pegaria um centavo do sogro e rejeitou o dote de trinta mil pesos, embora tenha pedido ao novo papai que o investisse em algo lucrativo e passasse as rendas para a filha, pois ele viveria de seu trabalho de advogado (que nunca exerceria). Em contrapartida, não se negou a aceitar certos presentes, como o palacete da rua Gelabert, em Matanzas, e a casa da capital, situada na rua central de Havana. Definitivamente, Domingo era um homem rico e conseguira algo mais que a luxuosa charrete e a bela biblioteca que se impusera como metas cruciais de sua vida...

Depois de alguns meses de relativa calma, o México voltou a virar de cabeça para baixo, quando Santa Anna impôs um sistema centralista destinado a colocar em suas mãos todo o poder da nação. Teríamos em breve um segundo imperador, êmulo do enlouquecido Iturbide? Assim que soube daqueles planos que revelavam as verdadeiras intenções ditatoriais de Quinceúñas, redigi um manifesto contra o centralismo e coletei as assinaturas dos cidadãos de Toluca, sentindo os punhais de ódio que o ditador dirigia contra mim. Mas assumi o risco de minha atitude e a mantive sempre que possível, em todas as tribunas que tive a meu alcance. Santa Anna, com a magnificência dos tiranos, pelo visto concluiu que eu era um mal necessário, uma velha cicatriz indelével, e, embora não me tenha dado asas, também não as cortou, mantendo-me no posto de obscuro funcionário do tribunal de um estado, para que não morresse de fome.

Graças à inesgotável fertilidade de Jacoba, meu quarto filho nasceu em setembro de 1834, e lhe demos o nome de José Francisco, em homenagem a meu bom pai. Agora éramos cinco na casa, e, enquanto Loreto nos dava alegrias, Julia pouco progredia, vivendo de doença em doença. Com aquela prole nas costas, resolvi aceitar o cargo de diretor do Instituto Literário do Estado, do qual logo fui promovido a reitor, embora o salário mais parecesse de bedel.

No entanto, sair do México era a ideia que me obcecava. Minha mãe iniciara gestões na ilha, ajudada apenas por meu tio Ignacio, pois vários dos velhos amigos negaram-se explícita ou silenciosamente (foi o caso de Domingo, como viria a saber depois) a turvar mais suas relações já problemáticas com o governo lidando com meu retorno. Mas Tacón mantinha-se inflexível, e pedi a minha mãe que parasse com suas ações: àquela altura, não queria que meu eventual retorno parecesse obra magnânima, uma espécie de favor pessoal de um capitão-general que impunha censuras, fechava centros culturais e decretava novos desterros. Minha única opção, se é que havia, era pedir autorização para visitar a ilha por breves dias, sob a proteção de certas veleidosas leis espanholas manejadas a seu bel-prazer pelo onipotente Tacón. De momento, centrei minhas esperanças em que o Estado me pagasse os salários que me devia e, se obtivesse esse dinheiro, sairia depressa para os Estados Unidos, para finalmente me livrar do pesadelo em que se transformara a vida no México.

Parecem suficientes as desgraças de minha vida anotadas até aqui? São poucas ou muitas para uma só pessoa? Porque qualquer julgamento deve incluir os golpes nefastos que, em apenas dois meses, Deus me enviou de seu lugar no céu: em 17 de maio de 1835, depois de uma agonia que quase matou a mim e a sua mãe – agora também acometida de tísica –, morreu a pequena Julia, que finalmente descansou em paz. Mas em 12 de julho, de uma doença fulminante, quem tombava era o bebê José Francisco, e um duro manto de escuridão caiu sobre minha vida.

Como resultado daquelas mortes, às quais devo acrescentar a de meu sogro, o velho magistrado Yáñez, a minha também pareceu iminente. De repente minha tuberculose se aguçou e atravessei uma crise como nunca tivera antes, sofrendo febres terçãs. Em semanas, enfraqueci, perdi cabelo, minhas olheiras escureceram, e ao completar trinta e dois anos eu parecia um homem de cinquenta. E creio que, se não morri então, foi pela força que me deu minha obsessão por voltar a Cuba antes de partir do mundo.

Como presente de aniversário, finalmente me chegou algo que eu tinha pedido e desejado durante tanto tempo: um retrato de minha mãe. Era magnífico, pintado a óleo, e tinha a virtude de me mostrar uma mulher que, em sua idade provecta, mantinha a força do olhar e a força da expressão que a caracterizavam. Chorei muito ao ver aquela imagem de María de la Merced Heredia, depois de doze anos longos e terríveis. E deveria morrer sem voltar a abraçar aquela mulher que me dera a vida e a palavra, que me entregara o primeiro beijo e, numa tarde quente do verão de 1807, aos meus quatro anos, me levara à única loja decente da cidade de Pensacola para comprar aquele maravilhoso volume das fábulas de Esopo, o primeiro livro que tive em minha existência? Jamais voltaria a abraçar minha querida Ignacia e não conheceria os sobrinhos que ela e minhas outras irmãs me haviam dado? Morreria sem voltar a contemplar uma palmeira real?

Passei dias, semanas, meses, com a pena na mão e o papel em branco na minha frente. Durante manhãs, tardes, noites e madrugadas, pensei naquele ato, na irreversibilidade de sua execução, em como era doloroso apenas considerá-lo. Mas sabia que tudo estava centrado na alternativa infernal entre agora ou nunca, pois minha vida se apagava, e Deus, juiz tão severo comigo, teria que me perdoar por tanta fraqueza. E na manhã triste de 1º de abril de 1836 saí de minha casa, levando na mão um envelope fechado, no qual ia minha renúncia a tudo ou quase tudo aquilo em que tinha acreditado e por que tinha lutado e sofrido.

A carta que dirigi ao capitão-general Miguel Tacón é sobejamente conhecida. Tal como era de esperar, desde que teve aquela missiva nas mãos, Tacón acreditou que me vencera, e meus velhos amigos me consideraram traidor. Naquela carta, da qual não me envergonho, pois nela só digo a verdade, pedia autorização ao general para voltar a Cuba por um tempo breve, com o propósito de ver minha velha mãe, talvez pela última vez. Para mostrar que eu já não era o mesmo Heredia aparentemente perigoso que lhe tinham dito, comentei algo de que já estava mais do que convencido: "Afirmam que V. Ex.ª expressou saber que minha viagem teria objeto revolucionário, por isso não duvido que seus informantes me caluniaram cruelmente. É verdade que há doze anos a independência de Cuba era o mais fervoroso de meus votos e que, para consegui-la, teria sacrificado de boa vontade todo o meu sangue. Mas as calamidades e misérias que estou presenciando nos novos países americanos modificaram muito minhas opiniões, e hoje veria como um crime qualquer tentativa de transplantar para Cuba, feliz e opulenta, os males que afligem o continente americano".

É quase milagroso como o fato de enviar aquela carta produziu uma reviravolta em minha vida. Imediatamente senti minha saúde melhorar, meu ânimo mudar e uma esperança voltar a alentar minha existência. Além disso, nasceu meu quinto filho, sadio e robusto, e lhe demos o nome de José de Jesús, e até hoje o vi crescer saudável, para alegria de sua mãe e minha. E não nego que me senti feliz quando, em junho, recebi a missiva de Tacón em que era autorizado a viajar por até dois meses à sempre fiel ilha de Cuba. Naquele dia senti que se abriam para mim as portas do céu, embora sabendo que não fizera mais que transpor o umbral do inferno.

Os preparativos da viagem foram delicados, sobretudo a parte econômica. De algum modo precisava garantir a vida de Jacoba e das crianças e, além disso, dispor de dinheiro suficiente para passagens, alojamento e, também, para a compra de roupa adequada ao clima de Cuba e, claro, mais decente que os largos jaquetões e as calças de lã com os fundilhos desgastados que costumava vestir em Toluca. Alguns bons amigos, como o advogado Quintana Roo e Anastasio Zerecero, ofereceram-me ajuda, mas preferi contrair empréstimos a depender, mais uma vez, da caridade de quem me queria bem.

Toda noite sonhava com a hora de partir, e minha mente só me transmitia a certeza de que viveria momentos felizes. Minha mãe e minhas irmãs me auguravam uma bela estada em Matanzas, meu tio Ignacio adoraria ter-me a seu lado, e ainda acreditava que meus velhos amigos certamente me encheriam de perguntas e, depois de ouvir minhas razões, de abraços e afeto. Além disso, pensava na possibilidade de finalmente ter uma necessária conversa com Lola Junco e ouvir de sua boca o relato dos dias difíceis de nossa separação e as razões de sua última carta, devastadora. E até planejava ter algumas sessões de trabalho com Domingo, que eu pensava encarregar da preparação de uma edição nova e definitiva de minhas poesias.

Foi em meio a essa alegria que se produziu um acontecimento que me revelaria até que ponto minha vida mudara. Foi em 2 de outubro de 1836, quando já estava marcada a data da minha partida para o fim do mês: naquele dia, convidado pelo grande pintor inglês Sonkins, que estava visitando o México, realizei junto com ele e outros amigos a escalada do monte Nevado, muito perto da alta cidade de Toluca. Eu havia planejado aquela aventura várias vezes, e os rigores da vida sempre acabaram por se impor. Mas então sentia-me tão bem que não quis perder a oportunidade. A escalada do pico foi um êxito, e minhas forças minguadas responderam com valentia. Tive então ocasião de ver, da altura, a imensidão do altiplano onde, havia apenas quatro séculos, tinham imperado os poderosos astecas. Fui tomado pela emoção, como geralmente acontece diante da magnificência da natureza e do tempo, e pensei que estava vivendo mais um dia inesquecível, como aquele em que contemplara as prodigiosas cataratas do Niágara.

Pouco mais tarde, começamos a descida e, já de noite, entramos em Toluca. Depois de tomar alguns *pulques* numa cantina da cidade, finalmente fui para casa, onde encontrei Jacoba, que me esperava acordada, meus filhos, que dormiam como anjos, o cão Hatuey, que me lambeu as mãos. Tomei um longo banho, conversando com minha esposa. Comi com avidez, tomei um pouco de vinho e, depois de dar um beijo em Jacoba, fomos para a cama, e, devido ao cansaço do dia, caí adormecido como um bem-aventurado... E à minha mente não se alçou, do poço seco de minha sensibilidade, nem um triste e simples verso que pretendesse refletir a experiência vivida. Se já antes me sabia um poeta morto, ao despertar na manhã seguinte soube-me um poeta enterrado.

E os coturnos? Lá estavam os frisos, que nunca engalanaram nenhum templo, cobertos de pó perpétuo e pretendendo perpetuar histórias épicas de imperadores triunfantes e de suas valentes centúrias. Também as cariátides, que nunca sustentaram um teto e exibiam peitos redondos e pétreos, como levantadores de peso transexuados. Mas frisos e cariátides careciam de brilho próprio, pois sua missão só era engrandecer e lembrar a obra e a vida dos senhores da história, também ali reunidos: Júlio César, Augusto, Adriano, Marco Aurélio, rígidas cabeças de gesso, moldadas segundo a marmórea imagem original, admirada em algum museu do mundo. E os coturnos? Também ocupavam seu lugar as grandes obras: a Vitória de Samotrácia, eternamente decapitada; a Vênus de Milo, mutilada e, talvez por isso, mais sensual; o Discóbolo em sua ação persistente; a estampa guerreira de Apolo e a misteriosa de Afrodite, distribuídas entre um Partenon em miniatura, um Coliseu intacto e pretensas ânforas pré-helênicas, helênicas e pós-helênicas, que nunca levaram em seus ventres estéreis os azeites femininos da Pérsia nem os vinhos viris da Macedônia. E os coturnos? Um cão Cérbero, gravado sobre diminutas peças de cerâmica, mostrava os dentes no mosaico colocado na entrada daquele museu de falsificações onde Fernando Terry procurava, sem encontrar, um simples par de coturnos.

Porque Fernando nunca esqueceria o dia em que a doutora Calderón, para amenizar sua aula sobre a tragédia grega, levara à sala aqueles coturnos, e ele, querendo ser mais inteligente e suspicaz do que os colegas, lançou a pergunta:

– Doutora, e esses coturnos são autênticos?

O olhar fulminante da professora mostrou-lhe que tinha enfiado o pé na lama, profundamente, como que metido num coturno de chumbo.

– Coleguinha – perguntou, então, a doutora Calderón, empunhando um dos sapatos –, você é muito inocente ou é muito sabichão?

Fernando, fazendo a maior cara de sabichão, esquivou-se de enorme ridículo e recebeu o sorriso aprovador dos amigos.

Bastou entrar na faculdade para começar o inevitável processo de confronto entre a realidade e a lembrança. Embora a estrutura do recinto não tivesse mudado, tudo lhe pareceu insípido e frio, até mesmo habitado por maus cheiros insultantes, sem a vitalidade que ele e os amigos lhe imprimiam naqueles tempos que teimavam em ser evocados como se de fato tivessem sido idílicos. Ao chegar ao terceiro andar, Fernando observou o número 19 na porta da sala, e pareceu-lhe um exagero do destino que a doutora Santori estivesse dando suas aulas justamente no local onde ele ministrara sua última conferência na faculdade de letras. Disposto a beber até o fundo sua dose de cicuta, decidiu dar uma respirada antes de entrar na sala e, com um cigarro na boca, debruçou no parapeito do balcão, como tantas vezes fizera nos dias, nas tardes e nas noites que vivera naquele lugar. A seu lado podia estar Enrique, mordaz e divertido, igualmente disposto a contar uma ótima fofoca da qual ficara sabendo ou seu arrebatamento ao descobrir a primorosa literatura de Marguerite Yourcenar; ou o belo Arcadio, obstinado em ser e parecer poeta, lendo nos intervalos, publica e ostensivamente, Roque Dalton e Juan Gelman, Eliot e Pound; ou Tomás, chamando a atenção deles para a bunda daquela novata que, desde então, chamariam de "a Bundudinha do Primeiro Ano"; ou Miguel Ángel, comentando seu trabalho no Comitê de Base da Juventude e os ensaios de Frantz Fanon; ou Conrado, com aquele exemplar nunca lido do *Ulysses* bem visível embaixo do braço; ou o Varo, irônico e despreocupado, pronto a caçoar do primeiro que passasse, como se só isso lhe importasse na vida. No canto do balcão, podiam estar Víctor e Delfina, de mãos dadas, certamente falando de como seria sua vida: filhos, filmes, livros, alegrias compartilhadas... Alguma das namoradas que Fernando teve na época podia passar a seu lado, com seus aromas frescos de casulos em reverberação. Ele e os amigos poderiam conversar sobre muitas, sobre tantas coisas faladas naqueles anos: a conferência de Cortázar à qual assistiram como cronópios peregrinos; a morte de Lezama Lima, abandonado e sozinho, mal mencionada nos jornais da ilha; a prosa primorosa de Carpentier no recém- -publicado *Concierto barroco*; a leitura de uma velha edição de *El negrero*, romance enlouquecido de Novás Calvo excluído dos programas de estudo desde que seu autor se exilara; a impressionante sagacidade de Vargas Llosa e sua *Historia de un deicidio*; o doloroso sentido da vida encontrado no pequeno livro de Eliseo Diego recém-editado; ou a furtiva descoberta da luminosa poesia de Eugenio Florit...

Fernando deixou cair o toco do cigarro no cinzeiro metálico e empurrou a porta da sala 19. Diante do quadro-negro, em pé, estava a doutora Santori, minúscula e frágil. Os anos, nas quantidades excessivas que ela tinha atrás de si, não a tinham mudado demais e ainda era capaz de confrontar uma classe sem usar óculos. Seus olhinhos de serpente brilharam ao encontrar os de Fernando, mas sua voz convincente não mudou de tom, enquanto falava aos alunos sobre o destino ingrato de Juan Clemente Zenea, um dos tantos poetas exilados que tentara o voo inverso do retorno para acabar sendo acusado de espião pelos colonialistas espanhóis e de traidor pelos patriotas cubanos. Quantas vezes na vida a professora tinha narrado aquela história obscura de um poeta apanhado pela turbulência política de seu momento?

Enquanto a doutora Santori rematava seu comentário com o relato do fuzilamento de Zenea, Fernando compreendeu por que tivera medo de voltar à faculdade: mais que a arbitrariedade do julgamento muito sumário feito pelo policial Ramón ou as defenestrações que viveria desde então, o que ele temia ressuscitar era aquela outra existência perdida, anterior ao desastre, na qual abundavam os sorrisos, os risos e as gargalhadas, pois a felicidade era viável mesmo em meio a carências, silêncios e limitações, graças a tantas esperanças puras e projetos reluzentes e a um estado de inocência suscetível de fazê-lo acreditar nos poderes da poesia e na autenticidade de certos coturnos.

— E os coturnos, professora? — perguntou finalmente à Santori, que, terminada a aula, preferira o museu empoeirado de falsas antiguidades clássicas para a conversa com o ex-discípulo.

— Os coturnos? Foram roubados... Alguém deve ter imaginado que fossem autênticos, não é?

— Menos mal — disse Fernando, e a ex-professora olhou para ele, sem entender o comentário.

No fundo do recinto havia um banco de madeira junto do janelão. Apoiando-se no encosto do assento, a doutora Santori deixou-se cair lentamente e sorriu. Do bolso da roupa, tirou o maço de cigarros e o isqueiro.

— Então ainda fuma? — espantou-se Fernando.

— Largar a essa altura?

— Todos os dias penso em largar..., mas nem tento — confessou Fernando.

— Que bom, Fernando. Muitas vezes pensei que ia morrer sem te ver de novo — disse a professora. — Vamos lá, conta alguma coisa da tua vida...

Fernando a observou levar o cigarro à boca e exalar a fumaça. Fumar parecia um ato de extremo prazer para aquela solteirona empedernida, de cujas preferências sexuais seus alunos sempre suspeitaram. No entanto, à medida que suas aulas avançavam, seduzidos pelas leituras surpreendentes dos escritores cubanos que a Santori propunha, os estudantes geralmente esqueciam aqueles detalhes e deixavam-se envolver por uma sabedoria sedimentada sobre uma sensibilidade sempre alerta e anos de pesquisa e docência.

— Aconteceu muita coisa comigo e não aconteceu nada — disse ele, por fim, e tentou sintetizar as vicissitudes de seus últimos anos.

— Então você veio para procurar aquele manuscrito de Heredia?
— Sim, principalmente...
— Fico feliz em ouvir isso. Quer dizer que não se deixou vencer. Sabe de uma coisa? Nunca tive outro aluno como você. Nem Enrique foi tão bom...
— Com tantos rapazes... — Tentou esquivar o intenso elogio.
— Sério. Nem antes nem depois. Por isso eu quis que você ficasse como professor na faculdade. Achava que seria meu melhor substituto.
— Pois, como está vendo, fui embora e a senhora continua aqui.
— E nunca vou me perdoar por isso — exclamou a anciã, como se aquela afirmação a amargurasse. A doutora olhou por um instante para seu cigarro, deu uma última tragada e jogou-o pela janela. Fernando optou por se manter em silêncio, surpreendido por aquela revelação, sem imaginar o que ouviria imediatamente depois. — Eu poderia ter te salvado.
— Mas, professora, se a senhora...
— Seria fácil, Fernando: ou traziam você de volta à faculdade, ou eu também renunciava.
— Não teria acontecido nada, professora.
— Você sabe que teria, claro que sim. Pelo menos eu teria vivido mais tranquila e mais orgulhosa de mim mesma todos esses anos. Mas nem ousei pensar. Protestei, escrevi ao reitor, ao ministro, ao ideológico do Partido, mas não renunciei...
— Não sabia disso. E o que eles respondiam, professora?
— Enrolavam. Diziam que você tinha cometido um erro, que o companheiro da Segurança tinha feito um informe, que depois sua atitude não tinha sido das mais corretas, que era para esperarmos um pouco... Até que perdi a paciência e disse que, se não acertassem as coisas, eu ia falar com quem de direito. E por fim te mandaram aquela carta, mas já era tarde.
— Foi tudo uma estupidez. Alguém disse à polícia que eu sabia que Enrique queria ir embora.
— Sabe de uma coisa? Não tenho tanta certeza disso, para mim foi uma armadilha. Quando fui falar com o pessoal da Segurança que atendia a universidade, me disseram que você mesmo tinha se acusado...
— Mas como é possível?
— Foi o que eu disse, e então me fizeram ouvir uma gravação sua dizendo que tinha acontecido alguma coisa com Enrique, e ele disse que qualquer dia ia subir numa lancha... Eu lhes disse que não era possível que por uma bobagem daquelas te estragassem a carreira... Então me mostraram um informe da revista *TabaCuba*. Acusavam você de desvio ideológico, de atitude inadequada

no trabalho e nas tarefas políticas, todas aquelas coisas de que podem acusar qualquer pessoa inteligente. Eles mesmos disseram que nada daquilo era grave, que em uns dois anos, talvez menos, você poderia voltar à faculdade. E naquele momento não fiz o que deveria ter feito: colocar minha renúncia contra a sua volta... Quando Tomás me disse que você tinha saído pelo Mariel me senti tão culpada que quase fiquei doente. Dei-me conta de que todos nós que podíamos ter feito alguma coisa, mas principalmente eu, éramos culpados por perdê-lo.

Fernando sentiu a garganta secar. A possibilidade, tantas vezes sonhada em seus dias de marginalização, de receber um telefonema pedindo que voltasse à faculdade estivera mais perto do que imaginara e podia ter chegado muito antes daquele mês de maio de 1980, quando embarcou para o exílio. Sua vida, então, teria se reencaminhado e tudo teria sido diferente. Mas uma confissão estúpida, o extremismo implacável de algumas pessoas e a falta de decisão de outras ganharam a batalha, sem necessidade nem mesmo de que alguém o delatasse. O absurdo de seu destino parecia-lhe agora simplesmente ridículo.

— Não, doutora, continuo acreditando que alguém me acusou...

— Quando você se foi, encontrei o reitor e lhe disse que nós tínhamos te expulsado do país. Mas ele respondeu que você mesmo tinha dado razão aos que te acusaram...

— É que eu não aguentava mais, professora.

— Foi isso que eu disse a ele. Perguntei até onde queriam chegar sem que você reagisse. Foi tudo uma estupidez lamentável... Por isso queria te pedir perdão, Fernando, e queria que fosse aqui, na faculdade...

— Não tenho o que lhe perdoar, professora. Pelo contrário, agradeço por ter se preocupado comigo.

— Sim, você tem o que me perdoar, porque não fiz o que devia. E sabe o pior? Não foi por medo. Eu sabia que não iam me demitir por isso... Se fosse por medo, seria mais perdoável. Mas não o fiz porque achava que tudo era tão estúpido que alguém se daria conta...

A velha doutora Santori percorreu com o olhar a arqueologia didática do museu. Em seus cinquenta anos como professora talvez nunca tivesse tido uma conversa tão dolorosa como aquela. Fernando compreendeu, então, a que ponto devia chegar o sentimento de culpa para que aquela mulher, tão segura e rigorosa, reconhecesse sua terrível fraqueza.

— E quando você vai embora?

— Daqui a quatro dias.

— E se não encontrar os manuscritos de Heredia?

— Tenho que ir de qualquer jeito. Embora esteja cada vez mais convencido de que esses papéis já não existem.

— Seria uma pena não os encontrar. E não é possível saber o que aconteceu com eles? Pelo menos isso, não?

— Não tenho certeza, professora — admitiu Fernando e contou sobre sua pesquisa no arquivo da Grande Loja e as suspeitas de Carmencita Junco sobre um dos enriquecimentos cíclicos de seu tio Ricardo.

A doutora Santori o escutou, acendendo outro cigarro. Seus olhinhos de serpente quase se fecharam, irritados pela fumaça.

— Se o tal Ricardo os vendeu, e por bom dinheiro, então a seta aponta para um Del Monte ou um Aldama, ou alguém daquela tribo. Mas descarta os outros maçons, inclusive o Figarola. O que Heredia contava era muito importante. Senão o filho teria vendido e não faria tanto mistério... Olha, fico nervosa de imaginar que esses papéis ainda podem existir — disse a doutora e pegou na mão de Fernando. — Escuta, Fernando, não se renda agora. Sabe de uma coisa? Seria uma vingança preciosa. Contra todos os que te acusaram e contra nós que não te ajudamos. Não pare, quatro dias é muito tempo.

Do terraço superior do palácio de Junco, *don* Ricardo contemplou a vista cativante da velha praça da Vigía e a última ponte que se estendia sobre o rio San Juan, antes que suas águas verdes fossem alimentar o mar impávido da baía. O sol da manhã, sem uma nuvem que pudesse atrapalhar seu trabalho, pintava resplendores lustrosos nas águas, nas árvores e até nas paredes dos vetustos edifícios da praça, como que se esforçando para retocar um panorama já transbordante de beleza.

Desde menino, *don* Ricardo sentia uma amável predileção por aquela paisagem da qual, durante cem anos, naquele mesmo terraço, quatro gerações da família Junco haviam desfrutado. Quando seu tio-avô Vicente erguera o palácio, em 1838, a praça da Vigía era o centro comercial da cidade mais próspera de Cuba, e a família Junco era, por sua vez, tão próspera e poderosa que *don* Vicente, em seu afã de erguer o palácio mais pomposo da cidade, conseguira comprar da prefeitura um pedaço da rua para estender sobre ela parte da construção e conseguir a harmonia arquitetônica sonhada para sua mansão. Muita coisa havia mudado desde aqueles dias gloriosos em que os Junco podiam comprar ruas, engenhos de açúcar, vidas e até silêncios. Agora a praça era diferente, pois o velho forte da Vigía, com o longo teto de telhas vermelhas que *don* Ricardo vira na infância, havia desaparecido, assim como a antiga alfândega do porto e a feitoria de tabacos, que ele nunca vira. Mas também se esfumara a grande fortuna da família, assolada por guerras, crises, fraudes e até dilapidações como as de seu irmão Anselmito, empenhado em patrocinar desastrosas corridas de automóveis, ridículos jogos florais e em realizar concertos no Teatro Sauto, sempre seguidos por saraus intermináveis, que enchiam o teatro de personagens excêntricos e sempre famintos, devotos do pianista polaco piolhento ou da bailarina russa fedorenta da vez. Os trabalhos de seu pai, *don* Ramiro Junco, apenas tinham conseguido escorar a economia desbaratada do clã, e seus próprios esforços, especialmente produtivos nos anos do governo de Machado, encheram uns baús sem fundo que, ao ver cortados seus fáceis fornecimentos depois da queda do general, começavam a mostrar cifras angustiantes. Mas de todas as opções que se apresentavam no horizonte como alternativas econômicas viáveis, a única que *don* Ricardo Junco não iria considerar era a venda do palácio, orgulho da família e testemunho de seu poderio ancestral.

Mas naquela manhã primaveril de 1938 Ricardo Junco se regozijava, pois em apenas uma hora iniciaria uma negociação que, pelo menos, poderia retardar sua debacle econômica. Um milhão? Dois milhões?... Lembrava com júbilo que, se seis anos antes tivesse obedecido a seu primeiro impulso, aqueles papéis dos quais agora poderia vir-lhe a fortuna teriam se transformado num monte de cinzas dispersadas pelo vento.

Estivera prestes a não receber Cristóbal Aquino naquela noite de 1932, quando o velho chegara a sua casa em hora tão inadequada. O certo é que, sabendo que o barco de Machado estava afundando, *don* Ricardo havia renunciado a suas atividades políticas, mas a presença de Aquino em sua casa não poderia ter outro motivo que não a iminente intervenção da polícia na loja, e ele não estava disposto a queimar suas minguadas influências para proteger aqueles obstinados que, tal como seu pai, acreditavam mais na fraternidade que na própria vida. Para ele, a maçonaria fora apenas um meio para a consolidação de sua categoria social, mas precisou enterrá-la quando, no cúmulo do fanatismo, aqueles loucos tinham começado a se meter em política para acabar pedindo a renúncia ao presidente e, depois, expulsá-lo desonrosamente da instituição na qual o general detinha o grau 33, o mais alto escalão da vida maçônica. Afinal, como se Machado tivesse perdido o sono por causa da rejeição de seus patéticos irmãos maçons.

Só uma premonição insondável e salvadora, que jamais conseguira explicar, havia feito com que ele mudasse de opinião e aceitasse receber Aquino no recinto da biblioteca. Ao vê-lo entrar, sentira pena do ancião que tanto lhe fazia lembrar seu pai. Com um charuto maltratado entre os dedos e um sujo pacote amarelo debaixo do braço, Aquino enxugava o suor do rosto. Está suando assim de medo?, perguntara-se, embora logo tivesse entendido seu equívoco. Sem o cumprimentar, Cristóbal Aquino explicara que vinha entregar-lhe algo que talvez lhe pertencesse e, conforme esperava, Ricardo deveria considerar seu justo valor. Deixara cair sobre a escrivaninha de mogno o pacote amarelo, amarrado com uma fita roxa.

– O que é isso que agora me pertence e que vale tanto? – perguntara *don* Ricardo, oferecendo assento ao ancião. – Quer um copo d'água? Café?

Aceita a oferta, Aquino lhe havia lembrado que aquele envelope amarelo era o mesmo que José de Jesús Heredia entregara à loja havia onze anos. À medida que Ricardo Junco ouvia a história contida naqueles papéis dos quais se esquecera havia muito tempo fora se desvendando para ele a relação dramática e alarmante que tinham com a família, com ele mesmo, e começara a compreender a seriedade do assunto. Fora incrível para ele saber da atitude do pai, *don* Ramiro, obstinado em não ter poder nenhum sobre o destino do manuscrito, pois nem quisera lê-lo.

– Agora sou o único, além de você, que sabe onde estão estes papéis – acrescentara Aquino. – Nem meu filho sabe. E também sou a única pessoa viva que os leu…

Nesse ponto Ricardo Junco cometera um erro que poderia ter sido lamentável.

– Não sei quanto dinheiro você quer, mas a verdade…

– Não quero picas, Ricardito. Bem se vê que você não é como seu pai – dissera o maçom, e *don* Ricardo ainda sentia um calafrio desagradável ao lembrar o olhar de desprezo que Aquino lhe lançara. – Estes papéis não têm preço, não podem ser comprados nem vendidos. José de Jesús viveu na miséria durante anos e não os vendeu. Teu pai não quis tocar neles, mas, desde que soube que eles existiam e que José de Jesús não os tinha vendido, passou a lhe dar dinheiro todos os meses para que não morresse de fome. Cernuda negou-se a destruí-los porque sabia que eram muito importantes… São documentos da tua família, mas têm a ver com o que é e o que não é este país… E há coisas que são sagradas, se é que você não sabe.

– Desculpe, é que eu pensei… – *Don* Ricardo tentara consertar o que parecia irreparável.

– Pois me ofendeu, e estou pensando que nunca deveria ter vindo aqui com esses papéis. O que está escrito aí é mais importante que as memórias de um homem, e acho que deve ser publicado, embora prejudique a história dos Junco e de outras pessoas. Mas, se cair nas mãos dos teus amigos delinquentes, sabe Deus o que poderão fazer com isso… E, apesar de achar que você é um ladrão e um politiqueiro de merda que nunca deveria ter posto o pé numa loja, creio que te pertencem. Faça com eles o que achar melhor, mas, se os destruir, pense primeiro no seu pai e lembre-se de que está destruindo sua própria família. Obrigado pelo café.

Na lembrança, *don* Ricardo Junco via o velho Cristóbal Aquino sair ostentando sua dignidade, com sua ética maçônica desfraldada no alto do mastro, e só acalmava seu rancor a satisfação de saber que duas horas depois o velho expirava em sua cama, dobrando-se de dor provocada pelo ataque cardíaco que o mataria.

Naquela mesma noite *don* Ricardo perdera o sono lendo a história que Heredia contava no manuscrito e ao amanhecer decidira que aqueles papéis não podiam ter outro destino a não ser o fogo. Mas um pressentimento salvador fizera-o postergar a ação ao lembrar que era o único que conhecia aquele segredo, embora por longos meses tivesse vivido com a suspeita de que a raiva matara o velho Aquino e de que talvez, antes de morrer, ele tivesse revelado ao filho o paradeiro do manuscrito. Então, prevendo que as circunstâncias pudessem exigir, tinha se preparado para dizer ao jovem Aquino que o pai jamais lhe entregara aqueles papéis, de cuja existência ele nem sequer se lembrava.

Por seis anos o cofre de *don* Ricardo servira de refúgio à memória de José María Heredia. Sempre que o abria, enchia-se de satisfação ao observar o envelope amarelo. Mas o regozijo por ter se apossado de maneira tão fácil daqueles documentos geralmente era superado pela comprovação, dentro do mesmo cofre, de que seus ativos diminuíam a uma velocidade espantosa e pela evidência de que a caixa metálica logo estaria ocupada somente por aqueles papéis infames.

A recente notícia de que seu parente Dominguito Vélez de la Riva estava empenhado em candidatar-se à Presidência da República nas futuras eleições fez com que o ato de abrir o cofre se transformasse para *don* Ricardo num inesperado motivo de alegria. Porque, se o dinheiro minguasse a olhos vistos, aquele envelope amarelo certamente se encarregaria de restabelecer sua economia de modo mais ou menos satisfatório quando propusesse a Dominguito a venda de uns papéis escritos nada menos que por José María Heredia, nos quais, ainda que se revelasse a origem bastarda de meia família Junco, também vinham à tona algumas histórias muito pouco favoráveis de seu tataravô Domingo del Monte, patriarca familiar do qual tanto se orgulhava aquele imbecil com pretensões a presidente. Afinal, para Ricardito Junco reconhecer que era descendente de Heredia podia ser considerado até uma honra, ainda mais agora que se preparava com grande alarde a comemoração do centenário de sua morte e que voltavam a ser publicadas as poesias do cantor do Niágara, exaltando sua figura de patriota e homem civil. No entanto, para um aspirante à Presidência da República, tataraneto de

Del Monte, também descendente dos Alfonso e Aldama enriquecidos com o tráfico de negros e que tanto retardaram a independência da ilha, a divulgação daquelas memórias podia ser um golpe mortal, irreparável, que seus inimigos políticos explorariam à saciedade.

A brisa do mar alvoroçou os cabelos de *don* Ricardo e trouxe-o de volta à realidade. Do alto do seu terraço de cobertura olhou o relógio da prefeitura e confirmou que eram nove e quarenta. Em vinte minutos deveria chegar à sua casa o primo Dominguito, sempre tão pontual, e *don* Ricardo ainda não sabia a quantia exata que pediria pelos papéis. Um milhão? É muito ou pouco? Qual é o preço de ser presidente da República? Quanto se pode roubar em um ano ou em quatro? Dois milhões? Ele calculava, descendo as escadas até a biblioteca do palácio que, graças a Deus e ao avô Heredia, continuaria sendo dos Junco, pelos séculos dos séculos.

E finalmente senti que me tocava a bênção de um oceano propício, feminino e doce como aquela Iemanjá adorada pela inesquecível Betinha. Assim que iniciei a mais ansiada de todas as minhas viagens, compreendi que onze anos longe das volúveis ondas do mar, de sua música solene, são demais para um homem que nasceu à sua beira, que cresceu embalado por seu murmúrio, que tantas vezes o cruzou levado pelos ventos do destino: onze anos e muitas expectativas conseguiram o milagre de fazer meu coração lembrar que um dia fui poeta e escrevi uma ode "Al océano", com as últimas partículas de minha sensibilidade exausta.

Pareceu-me quase interminável aquela travessia de apenas seis dias de Veracruz a Havana, tão prolongada para meus anseios quanto a que Ulisses empreendeu em busca dos dele e de seu destino. Em vigília quase o tempo todo, minha mente tentava antecipar acontecimentos e sensações, impelida por um otimismo invencível que pintava aquele regresso de azul e rosa. Até que, em 4 de novembro, no meio da manhã, finalmente avistamos a silhueta de Havana. E o que vi primeiro não foram palmeiras, mas os molhes das fortalezas, símbolos de um poder empenhado em se perpetuar, e, já com os olhos inundados de lágrimas, perguntei-me naquele instante, e só naquele instante, se meu ato de pedir autorização a um governador estrangeiro para visitar meu próprio país fora na verdade a melhor solução.

Lentamente atracamos na baía, justo no lugar em que estivera ancorado o barco que havia levado Varela de Cuba, e do convés avistei a velha alameda de Paula onde tantos passeios fizera com meus amigos, a praça de Armas, o seminário

San Carlos, o novo passeio do Prado, e então me chegou, como um doce abraço, para me avisar que estava em meu lugar, aquele cheiro mestiço e tão próprio da cidade que, só naquele momento, pude reconhecer em sua inconfundível e dolorosa singularidade.

Ao descer a escada do barco, onde os militares examinavam os passaportes, tive a primeira grande surpresa das muitas que aquele retorno me reservaria: um homem de barba definida, vestido elegantemente com terno de linho branco de três peças, corrente de relógio de ouro e botinas de verniz brilhante, olhava-me a certa distância através de lentes também com aros de ouro. Quando começou a avançar ao meu encontro, encontrei-lhe na boca um sorriso conhecido, enquanto ele abria os braços e dizia:

— Enfim, José María.

Só então descobri que aquele senhor elegante era meu velho amigo Domingo, em cujos braços me joguei, acreditando desfalecer.

Nada consegui dizer, enquanto o pegava pelos braços e tomava distância, para tentar fazer aquela imagem atual encaixar-se na figura remota do homem que não via desde junho de 1823, havia mais de treze anos, em meio a todas as dúvidas e temores daqueles dias difíceis. Mas Domingo não deixava de sorrir e me olhava com satisfação evidente de míope aliviado.

— Você aqui – disse ele.

— Que surpresa. Pensei que não viesse ninguém...

— Eu precisava vê-lo antes de todos. E comprovar que você não está tão mal como dizia nas cartas. Sempre exagerado.

Nesse instante, aproximou-se um oficial de tricórnio e perguntou se eu era José María Heredia, pedindo que o acompanhasse para oficializar minha entrada na ilha.

— Tenho muito o que falar com você. Quando nos vemos?

— Espero lá fora. Está entendendo? Vamos jantar na minha casa. Quero que você conheça a minha Rosita, que veja minha biblioteca, que converse com os escritores que o admiram...

Aquele convite inesperado moveu fibras do meu coração que eu acreditava petrificadas, e senti a absurda ilusão de que era possível voar por cima do tempo e consertar seus efeitos.

— Domingo, quero que você me perdoe se algum dia...

— Vamos, José, não sei do que está falando. Vou esperar lá fora. Está entendendo?

Perguntou, e nos demos outro abraço. Forte, afetuoso, carregado de anos de amizade, disputas, bebedeiras, invejas, poemas e amores cruzados: um abraço que me impedia sequer de conceber que era a última vez que veria o amigo que tantas vezes perdoei e do qual recebi a mais cruel das decepções e a mais infame traição.

Deixaram-me três horas sentado num banco e, cada vez que perguntava, diziam que logo meus papéis estariam prontos. Aqueles militares, decerto avisados de quem eu era, exerciam sobre mim o poder minúsculo, mas terrível, que as circunstâncias lhes ofereciam e me obrigavam a esperar todo o tempo que desejassem, antes de me permitirem entrar na minha pátria. Quando já estava desmaiando de fome, finalmente me fizeram entrar num escritório, onde outro oficial, de categoria mais elevada que a do anterior, fez mil perguntas sobre os motivos de minha viagem e me avisou duas coisas: que minha autorização de entrada era revogável, razão pela qual podiam me tirar do país a qualquer momento se eu participasse de alguma ação inconveniente, e que, cumpridos os dois meses da autorização, se eu permanecesse na ilha, ficaria à disposição dos tribunais espanhóis. E, sem me desejar boa sorte, entregou meus lamentáveis documentos.

Nem júbilo, nem multidões, nem tiros de artilharia me aguardavam quando saí à rua. Aquele tipo de recepção era adequado ao herói Gener, que voltava a seus milhões, mas não ao ínfimo Heredia que retornava doente e derrotado. O mais estranho foi que também não encontrei Domingo, embora, carregando minha bagagem nas costas, eu o tenha procurado por todos os bares do porto, como se fosse possível que o cavalheiro cheirando a lavandas francesas que me recebera ainda frequentasse aqueles velhos lupanares queridos, onde passara tantas noites jogando cartas e tomando vinho ordinário.

Como meu plano era partir para Matanzas na manhã seguinte, resolvi pagar um quarto numa pensão próxima. Lá me lavei, deixei a bagagem e comi avidamente um prato de quiabo com arroz branco que me alvoroçou as papilas da memória, obstinadas em reencontrar o prazer escondido naqueles sabores insubstituíveis. Então saí à rua, em busca de meu amigo. Apesar da enorme quantidade de charretes e tílburis de aluguel que se ofereciam, preferi caminhar um pouco por aquela cidade maravilhosa, cada vez mais caótica e desordenada, e fui diretamente para a casa da rua Habana 62, onde agora Domingo morava. A mansão, conforme eu esperava, era um verdadeiro palácio, com colunatas de mármore na entrada, portão para carruagens e janelões de vidro, protegidos por grades de belíssimas tramas. Assim que bati a aldraba, abriu-me um mordomo, negro e perfeitamente uniformizado, que me perguntou em espanhol castiço o que desejava. Informei, e o criado disse-me que o patrão não estava. Perguntei se sabia onde encontrá-lo, disse-me que não. Perguntei se tinha ideia da hora em que voltaria, também não soube me informar. Pedi que perguntasse à patroa, disse-me que a menina Rosita estava na casa dos pais.

A tarde começava a cair, e, para fazer hora, andei pela cidade, que encontrei muito mudada. Nos últimos tempos, em meio a uma surda competição de poderes, Tacón e o intendente Villanueva tinham começado diversas obras, cujo resultado já se observava nas ruas bem pavimentadas e iluminadas ou nos edifícios e nas praças com belas fontes que, por toda parte, davam bom aspecto e elegância a uma cidade cuja prosperidade era palpável. Com a alma suspensa, fui até a periferia e, justo onde antes se erguia a casa de madame Anne-Marie, encontrei um descampado desolador junto ao que era o início de um amplo passeio em construção, que se chamaria Tacón. Desamparado pela ausência dos últimos vestígios daquele lugar ao qual sempre ia como a um santuário, tomei um rumo qualquer e, a poucas quadras, encontrei a estrutura, já em pé, do novo teatro que o capitão-general havia mandado levantar e que, como o passeio, também receberia seu nome. A cidade que eu conhecia tanto e tão bem começava a escapar de minhas velhas referências, a furtar-me as nostalgias e a me advertir de minha condição de forasteiro, quase estrangeiro em terra própria. Porém seu cheiro invencível veio em minha ajuda, para lembrar-me que há coisas tão verdadeiras que nem o poder dos ditadores consegue mudar.

Cansado pela caminhada e pelo acúmulo de emoções, surpreendeu-me ouvir a carga de artilharia que avisava da chegada das nove da noite e apressei-me até a casa de Domingo, onde o mesmo mordomo me deu as mesmas respostas, insólitas e desalentadoras. Sem entender o que estava acontecendo, fui dormir na pensão e, apesar do cansaço, só consegui conciliar o sono depois de virar milhares de vezes na cama. Na manhã seguinte, depois de um café curto e forte que me devolveu à vida, novamente percorri as quadras que me separavam da casa da rua Habana 62, e pela terceira vez obtive resultado similar e tão estranho. Por isso, enquanto viajava para Matanzas, numa diligência abarrotada de gente e de cheiros desagradáveis, não conseguia tirar da cabeça aquele episódio inexplicável. Onde poderia estar Domingo? Por que não me deixava referências se queria me convidar para ir à sua casa? Seria possível que estivesse me evitando depois de ter ido me receber, ele, o único de todos os meus conhecidos?

Entusiasmado, como sempre, pelas incontáveis palmeiras reais do Yumurí e pela beleza sem par da entrada de Matanzas, lançado na evocação de um mundo de recordações e amores perdidos, de dias de crenças hoje derrotadas, esqueci por um tempo minha estranha aventura com Domingo e entreguei-me à alegria de ver minha família novamente. Minha mãe, forte como um carvalho, chorou ao me ver e perguntou o que tinham feito com seu filho querido ao ver o homem de trinta e dois anos enfraquecido, de cabelo ralo e olhos afundados no meio de duas sombras pretas, que a beijou e lhe pediu a bênção. Minhas irmãs Ignacia, Rafaela, Dolores e a pequena Conchita, somando-se ao coro de pranto, beijos e abraços, pareceram-me pessoas novas, que só agora eu estava conhecendo, e meu tio Ignacio, carinhoso como sempre, mas com uma tristeza que não conseguia ocultar, abriu uma excelente *manzanilla* gaditana para me dar as boas-vindas. Passei longas hora contando-lhes as vicissitudes de minha vida nos últimos treze anos, enquanto minha mãe, sentada a meu lado, não parava de me acariciar as mãos que, segundo ela, haviam escrito os mais belos poemas do mundo... Como desesperados, tentávamos estender pontes sobre a distância e o esquecimento para recuperar com palavras, já que os fatos tinham passado, vidas quebradas pela fúria da política.

No fim da noite, saí com Ignacio para dar um passeio pela cidade, muito mudada e melhorada. Algo na atitude de meu tio me preocupava e, depois de caminhar por um tempo, propus que tomássemos um trago, e ele resolveu me levar à taberna do León de Oro, na moda entre a gente bem e os boêmios da cidade. Lá, depois de alguns vinhos, finalmente fiquei sabendo o que tanto desejava saber: Lola Junco voltara a viver na cidade, sempre casada com Felipillo Gómez, e, embora fizesse Ignacio acreditar que aceitava seu conselho de não remexer as águas turvas do passado, anotei mentalmente o endereço de onde ela estava morando. Só então arrisquei-me a perguntar o motivo de seu visível pesar, e aquele homem bom, a quem eu tanto devia, olhou-me nos olhos e, sem conter-se, começou a chorar. Confuso, até acreditando que fosse eu o motivo daquela estranha reação, pedi que me explicasse, e o bom Ignacio abriu-me seu coração.

– Estou destroçado, filho – começou e me contou a inconcebível história de seus lances de amor, por quase vinte anos, com um tal Carlos Manuel Cernuda, comerciante da cidade, pelo qual sempre fora apaixonado. Sem conseguir acreditar no que ouvia, soube de uma relação carnal oculta e atormentada que, finalmente, me explicou a atitude sempre estranha de meu tio com respeito a mulheres. Cernuda, casado e com filhos, fora seu grande amor desde os dias em que frequentavam juntos a universidade, e o recente falecimento de seu amado deixava Ignacio num estado semelhante à viuvez. Ao contrário do que imaginei, não senti asco nem desprezo ao ouvir aquela tremenda revelação: a história daquele amor invertido, vivida na mais terrível clandestinidade, fez com que finalmente eu entendesse meu pobre tio e imaginasse como havia sofrido e continuava sofrendo por causa de uma inclinação abominada por Deus e pelos homens. No entanto, aquele ser transido de dor era a mesma pessoa bondosa e fiel que por longos anos dera guarida a minha mãe e minhas irmãs e me sustentara com seu dinheiro e sua compreensão nos duros tempos de meu exílio nos Estados Unidos.

Desde a manhã seguinte, talvez alentado pela confissão de meu tio, decidi que por um ou outro caminho precisava propiciar um reencontro com Lola Junco, então, com um recado manuscrito no bolso, comecei a passar em frente à sua casa sempre que saía à rua. Minha esperança era vê-la sair em algum momento ou encontrar-me com sua escrava Teté, nossa antiga confidente, que certamente continuava a seu serviço. Mas os dias se passaram, e da casa onde agora vivia a mulher que eu tanto havia amado não saiu uma só pessoa conhecida.

Algo que me pareceu curioso foi que, dos muitos amigos que antes tinha em Matanzas, nenhum veio me ver nos primeiros dias de minha estada na cidade. Segundo Ignacio, decerto temiam que os vissem encontrar-se comigo, pois eu continuava sendo considerado inimigo do regime, e, em condições como as que se viviam em Cuba, com quase tantos policiais quantos cidadãos, ninguém queria ser visto tendo contato com um sedicioso como eu. Por isso me parecia até mais valente o gesto de Domingo ao me receber no porto e mais inexplicável sua ausência posterior e a prolongada falta de notícias suas.

Curiosamente, pessoas como o senhor José Arango e sua filha Pepilla vieram me dar as boas-vindas e me convidaram para jantar em sua casa. Do mesmo modo, os Alfonso, tios do infeliz Silvestre, ofereceram-me amizade incondicional e me entregaram, conforme disposição do meu amigo, um maço de cartas que lhe enviara durante anos. Também me visitou Orlando Hernández, filho do bom doutor Hernández, e conversamos longas horas sobre os dias finais de seu pai, morto na prisão, e o lamentável destino de nossos ideais desfeitos.

Até que certa manhã, quase no fim de novembro, tive a surpresa de receber a visita de Félix Tanco, o divertido Tanco dos velhos tempos, agora conhecido escritor e jornalista, diretor do escritório de correios da cidade. Ao vê-lo na sala de minha casa, pouco mudado com os anos, aproximei-me e recebi seu abraço. Imediatamente Tanco me pediu desculpas pela demora em me ver, mas desde uma altercação que tivera com os censores do capitão-general, dois anos antes, sentia que cada um de seus passos era vigiado pelos agentes secretos do governo. Na verdade, seu delírio de perseguição pareceu-me desproporcional, pois sabia que, depois de seu choque com a censura, Tanco vivera normalmente e mantivera seu trabalho para o governo. Mas alguma coisa o fazia sentir-se incomodado, e eu lhe disse que não se constrangesse, que, se tivesse algum receio, poderia ir embora. Então surgiu seu riso espasmódico de sempre, e ele me disse para esquecermos tudo e falarmos em paz, apesar de que, mais que conversar, quase me limitei a responder a suas perguntas sobre minha carta para Tacón, e no fim ele me contou das discussões que aquilo havia suscitado entre os que eram favoráveis ou contrários à minha decisão.

— E você foi a favor ou contra? — perguntei, olhando-o nos olhos.

— Sempre disse que era uma decisão pessoal, mas que... Não sei, José María. Não sei se é melhor ou pior para o país. Pelo que você significa.

— O país nunca se preocupou em saber se eu estava mal ou pior, e eu não significo nada: sou um fantasma. Se estou vivo e andando, creio que foi pelo desejo de voltar a Cuba, de ver minha mãe e ver vocês. E pela ajuda que meu tio me deu...

— Por Deus, José María, não fale assim. O destino do país está em jogo, está entendendo?

Naquele momento, com aquela pergunta vazia e conhecida nos ouvidos, senti que entre mim e aquele homem, antes eufórico e divertido, erguia-se uma muralha impenetrável, e não tentei derrubá-la nem a contornar. Como a conversa estava se esgotando, pedi que, quando se comunicasse com Domingo, dissesse que eu ainda estava esperando notícias, embora em breve eu fosse até Havana e estivesse pensando em visitá-lo em sua casa, tal como ele havia pedido à minha chegada.

Uns dias depois, de volta de um passeio infrutífero pelas imediações da casa de Lola, encontrei esperando por mim o jovem poeta José Antonio Echevarría, que alguns diziam representar a nova promessa da lírica nacional. Apresentamo-nos e, enquanto tomávamos o café que Ignacio amavelmente nos serviu, o jovem Echevarría confessou-me quanto me admirava e como achava ridículo que seu pobre talento fosse comparado ao meu. Disse que estava me visitando porque não lhe importava o que se dizia nos círculos intelectuais sobre minha carta a Tacón e minha viagem a Cuba. Aquela sinceridade me agradou, e, por quase duas horas, fui contando a sucessão de acontecimentos e decepções que me tinham levado a escrever a carta que suscitara tantas opiniões, então tive a impressão de perceber, em alguns momentos, um brilho de compreensão em seus olhos. No fim, quando me despedia dele, Echevarría me disse algo que julguei especialmente alarmante:

— Heredia, você vale muito para Cuba, porém sua vida é só sua e você já sofreu demais. Não permita que o machuquem mais do que já machucaram.

Com aquelas palavras ressoando nos ouvidos, resolvi deixar os escrúpulos de lado e escrevi para Domingo, em quem certamente encontraria todas as respostas necessárias. Qualificava-o em minha carta como "amantíssimo amigo" e perguntava o que acontecera depois de minha chegada, ao mesmo tempo que reiterava, mais que meu desejo, a necessidade premente de vê-lo e falar longa e extensamente com ele. Pedia-lhe que, por favor, respondesse à minha carta e mal falei das estranhas visitas de Tanco e Echevarría.

A luz ofuscante que dissipou as trevas da incerteza chegou-me bem ao fim da noite seguinte. Já tínhamos apagado as luzes da casa quando ouvimos batidas nervosas na porta e, quando a abri, entrou Blas de Osés, que, assim que me viu, correu para me abraçar e pedir perdão. Eu tinha que entender, dizia-me atropelando as palavras, tentando explicar que uma espécie de ordem, não emitida, mas claramente difundida, recomendava que os amigos não se relacionassem comigo, que me evitassem, que não ouvissem minhas razões. Aturdido com aquela informação levei Osés a meu quarto e fechei a porta, para ter a conversa privada que sua notícia exigia.

— Consideram você um traidor por ter escrito a Tacón, por ter voltado... Dizem que escolheu o pior momento para voltar.

— Mas quem diz isso, porra? — quase gritei, sem conseguir acreditar no que ouvia, mesmo sabendo que essa era uma das cartas com que podia me deparar naquele jogo perigoso.

— Todos. Tanco, Palma, Cintra...

— Mas Tanco veio me ver.

— E olha o que ele escreveu para Domingo — disse e tirou um papel do bolso da jaqueta. — "Vi e abracei José María Heredia. Abraçava-o e sentia vergonha, sentia indignação, sentia lástima. Via-o como um desertor, como um trânsfuga abatido, humilhado, sem poesia, sem encanto, sem virtude..."

Osés amassou a folha e olhou para mim.

— Tanco fez várias cópias da carta... Isso é demais. Por isso vim te ver.

Uma mescla de indignação e pena nublou-me a mente e da minha consciência alterada só brotou uma pergunta:

— E Domingo?

— Tanco é um desgraçado — disse Osés e fez uma pausa. — Veio te ver para escrever o que Domingo queria ouvir.

A conhecida sensação de que o mundo está se abrindo sob nossos pés, ou que o céu e a terra estão se juntando para nos esmagar sem piedade, envolveu-me naquele instante.

— Creio que estou começando a entender, mas há coisas que me escapam e que você vai me dizer, não é? O que está por trás de tudo isso? Por que estão enfurecidos comigo?

Osés me pediu que fosse buscar uma garrafa de vinho. Com dois copos nas mãos, falamos a madrugada toda, e finalmente conheci a trama terrível da qual, sem saber, agora eu fazia parte.

Meu retorno a Cuba, justo naquele momento, era considerado mais um êxito de Tacón, que, como parte de seu plano de governo, propusera-se não só a apagar qualquer ideia de sedição, se é que havia alguma, como também a minar o poder político e econômico dos cubanos ricos, que até então tinham manipulado à vontade os capitães-generais. Por aqueles dias estava em marcha um plano de destituir Tacón e, para isso, os Alfonso, os Aldama e os Mádam tinham investido grandes quantias, destinadas a comprar influências na metrópole. Pelo visto a estratégia do governante fora eficaz, e, por isso, urgia sua deposição: aliado aos comerciantes peninsulares e aos negreiros catalães e gaditanos, Tacón inundara a ilha de escravos, contra a vontade dos cubanos ricos, que se propunham a deter o fluxo de negros, que, é claro, freava qualquer intento independentista e os amarrava a uma economia cada vez menos vantajosa.

De modo que os potentados propuseram-se a combater em todas as frentes, mas centravam suas expectativas nas novas cortes e na reivindicação de leis especiais para a ilha, pois tinham conseguido colocar seus homens em duas das três vagas de deputados: Saco e o cego Escovedo, escolhido quando Domingo, a verdadeira carta dos ricos, mais uma vez preferiu permanecer na sombra e trabalhar nos bastidores... E o cérebro que manejava toda aquela maquinaria não era outro senão o grande Domingo, sussurrou Osés. Seus patronos e parentes punham o dinheiro, e ele contribuía com a inteligência e as relações necessárias a uma batalha de sutilezas e visão ampla.

— E por que ele foi me receber? – perguntei, quase adivinhando a dura resposta que Blas Osés me deu.

— Queria ver em você a imagem da derrota. Arriscou-se a receber reprimendas, mas não podia evitar. A batalha com você é outra coisa: é a guerra pessoal dele, que queria ver o perdedor. Se não conseguiu te vencer na poesia, pelo menos queria ver como te venceu na vida...

— Não consigo acreditar. O que você está me dizendo é muito mórbido...

— E posso dizer mais. Não foi Tacón que divulgou tua carta: foi Domingo. Para te humilhar, ele é capaz de qualquer coisa, e o que está planejando agora é mais pérfido e perigoso do que tudo o que você possa imaginar. Ele quer te diminuir como poeta, porque se propôs a inventar a literatura cubana e quer fazê-lo sem você.

— O que está dizendo? – perguntei, realmente atordoado.

— O que você ouviu. Se você brilhar sozinho, ninguém poderá ofuscar seu esplendor. Mas, se for envolvido pelas nuvens, já não será como o sol. Domingo planejou tudo de maneira espantosa e, com o dinheiro do sogro, vai conseguir.

— Não estou entendendo picas...

— Ele está usando as tertúlias que faz em casa para se lançar no projeto. Pôs todos para escrever e distribuiu os papéis. Uns vão resgatar os índios cubanos para ter um passado anterior aos espanhóis; outros vão escrever sobre os camponeses para inventar uma tradição; outros, sobre os horrores da escravidão para criar uma moral antiescravagista; outros, sobre os costumes de Havana para criar o espírito de uma cidade; outros, sobre a história, para mostrar que somos distintos da Espanha... Quando tudo isso existir, será possível inventar a imagem de um país e até prescindir dos teus versos... No entanto, tudo isso não é o pior. Porque, além de criar esse país, vão erigi-lo sobre o pedestal da mentira.

E então Osés contou-me algo mais macabro que tudo o que eu já ouvira em minha existência nada tranquila. Havia cinco anos, disse ele, tinham achado na biblioteca da Sociedade Patriótica uma história de Havana escrita por um tal Félix de Arrate no século XVIII. Logo o livro seria publicado, e Domingo e seus acólitos aproveitariam o evento para revelar outra grande descoberta: diriam que recentemente aparecera um poema épico do século XVII, incluído em outro livro, escrito pelo bispo Morell de Santa Cruz havia uns cem anos, o qual, casualmente, também fora encontrado entre a papelada da sociedade.

— De que poema épico você está falando?

— De uma fraude, José María. O livro do padre existe, é uma espécie de história de Cuba, mas é apenas uma cópia de várias oitavas que alguém recitou para ele de um poema de um tal Silvestre de Balboa, em que se contava o resgate de um bispo sequestrado por piratas franceses. Eram alguns poucos versos, mas agora Domingo e Echevarría estão escrevendo o poema completo e vão fazê-lo passar por documento do ano 1600.

— Mas isso é um disparate.

— Nem tanto. Porque, se não colar, tudo ficará sendo um chiste literário, como o das *Romanças* de Domingo assinadas por Sánchez de Almodóvar. Mas e se funcionar? Pois então já teremos uma tradição própria, cristã, com uma épica em que o herói da batalha contra os piratas é nada mais nada menos que um negro bom que é premiado com a liberdade.

Uma das maiores tristezas que sentiria na vida invadiu-me naquele instante. Não pelo que se pensava e se dizia de mim, mas pelo futuro daquele país, por cuja sorte eu sofrera por tão longos anos, um país que nasceria sobre o manto de uma mentira e uma ficção paga por uns velhos traficantes de escravos e um poeta medíocre e maquiavélico, que conseguira o que procurava no mundo graças a um bem-sucedido golpe do baú.

Ao longo da noite, várias garrafas de vinho passaram por meu quarto, e atrás delas foi minha lucidez. Bêbado, não me lembro de como nem de quando Blas de Osés foi embora, mas sim do terrível mal-estar com que acordei, bem depois do meio-dia, com uma espécie de cansaço que atribuí ao excesso de álcool. Com asco de tudo, pensei que meu regresso a Cuba, pelo qual pagara preço tão alto, não passava de um erro enorme, e comecei a desejar voltar ao México, a seu caos, sua anarquia, minha pobreza, para me sentir longe de uma atmosfera que provocava náuseas. Fiquei trancado em casa por mais de uma semana, temendo ser surpreendido por uma crise da minha doença, quando me chegou uma carta de Domingo e fiquei sabendo que toda a história quase incrível contada por Osés era tão verdadeira quanto o nascer diário do sol. Na carta, datada de 28 de novembro, em Havana, ele me chamava de "Meu querido José María" e dizia que pensava logo passar por Matanzas, mas que não teria tempo para me ver, pois, embora seu palacete ficasse a apenas três quadras de minha casa, aqui o esperavam a esposa e a sogra para passar uma temporada em um dos engenhos da família. Também dizia que o momento atual não era o melhor para publicar minhas poesias na Espanha, e com isso se desincumbia do trabalho de edição que antes aceitara. E, sem explicar nada do que acontecera no dia da minha chegada, expressava: "Não são menos veementes os desejos que tenho de lhe falar, pois para isso teremos ampla matéria, ainda que não seja mais que sua malfadada viagem a esta ilha, e os auspícios funestos sob os quais você a fez", e despedia-se de mim cravando-me um punhal no coração: "Anjo caído: sempre te quer, com caridade e carinho sem igual, teu constante amigo, Domingo"... Preciso confessar que chorei, como uma criança, ao receber aquela carta? Nem sequer o piedoso insulto de me chamar anjo caído e a caridade em que se transformara seu carinho foram suficientes para que o ódio se impusesse à dor. Nem sequer seu tom de vencedor ou a vaidade de me esfregar na cara suas férias de rico à sombra da grande riqueza. Porque aquela missiva selava o fim de uma amizade turbulenta, que em tempos melhores ele lutara por manter, que em outros procurei salvar com meus perdões, mas que agora, envolvida numa trama maior era sacrificada pelo potentado Domingo, novo ditador e planejador de destinos, ao deus de mesquinhos interesses políticos ocultos por trás de cifras de seis ou sete zeros. Quem escrevia aquela carta era o mesmo Domingo que sempre escondera seu protagonismo por trás de outros nomes? O mesmo que jogava o dinheiro, a roupa e até a vida numa mesa de baralho, numa rinha de galos, num jogo de dados? O mesmo que repetia as frases de Varela e as fazia passar por suas? O mesmo que estava fundando uma literatura com base num imenso embuste e corrompendo o talento dos que o rodeavam? O mesmo que perseguira minhas mulheres, como um cão sem sorte? O mesmo que acabava de publicar uma diatribe contra o governo Tacón, porém mais uma vez sem sua assinatura? O mesmo que nunca sofrera desterro, nem prisão, nem perseguição, porque nunca tivera coragem de fazer abertamente nada que implicasse um risco? O mesmo que, em memorial dirigido à rainha da Espanha, se referira ao ideal independentista como "esse monstro espantoso"? Era ou não era o mesmo Domingo que vinte anos atrás me cedera lugar na cama de uma prostituta porque não tinha coragem de ser o primeiro nem sequer no amor e o mesmo que num dia remoto perdera o controle das emoções e me beijara nos lábios? Anjo caído: assim me chamava aquele perpétuo habitante do inferno do medo, da intriga e da mediocridade. Então enxuguei as lágrimas, pois sabia que nada podia fazer: era tão terrível minha falta? Já não importava, pois minhas razões não seriam ouvidas e a voz de Domingo era dos donos da história, e minha condenação já estava decretada. Seria preciso que muitos anos se passassem para que as verdades voltassem a sê-lo (se é que tal milagre seria possível) e para que a justiça da história recaísse sobre nossas pobres cabeças. E a essa justiça e à de Deus me reporto agora, confiando em que tal reparação de minha memória algum dia seja possível.

— Verdade que depois vamos mesmo a Varadero? — perguntou Álvaro, em tom de súplica, apoiando a mão no ombro de Fernando.

— Escuta, compadre, eu já disse que sim. Não sei qual é seu problema com Varadero.

— Problema nenhum. A única coisa que eu quero é ver tetas, muitas tetas.

— Eu sabia — disse Delfina e virou-se para olhar Álvaro, que dava um gole no seu copo de rum.

— Fique quieto um pouco, Varo — protestou Miguel Ángel e virou-se um pouco em busca do sono perdido. — Quanto mais velho, mais idiota...

Arcadio tinha se desculpado por não participar da excursão, mas lhes emprestou o carro, ao passo que Conrado lhes tinha fornecido um cartão com o qual poderiam consumir, sem pagar um centavo, toda a gasolina que o motor insaciável do Lada devorasse.

Na noite anterior, depois de contar aos amigos a conversa com a doutora Santori, Fernando concluíra que a única pista possível continuava sendo Salvador Aquino, já que o velho, conforme ele pensava, tinha mentido ou talvez ocultado parte da verdade. Por isso, disposto a amolecer o coração do ancião, Fernando parou num supermercado antes de sair de Havana e comprou dois frangos para lhe dar de presente ao chegar a Colón.

Dirigindo pela rodovia desolada, com Delfina a seu lado e dois Sabichões no assento de trás, Fernando compreendeu que estava cada vez menos preparado para ir embora. A recuperação possível de seu passado, a evidência palpável de que talvez nenhum dos velhos amigos o tivesse traído, o reencontro com sua mãe, sua casa e suas mais remotas lembranças, e a renovação de seus anseios corporais e espirituais conseguida por meio de Delfina, pintavam a volta ao exílio como uma nova ruptura, inesperada e dolorosa. No entanto, a possibilidade complicada de sua repatriação, mediante uma papelada infinita ao fim da qual uma negativa podia estar à espreita, parecia-lhe tão pouco viável que nem sequer tentou levá-la em conta. Além do mais, se voltasse, do que viveria? Aguentaria ter como chefe um diretor como seu velho conhecido da *TabaCuba*? Conseguiria acostumar-se novamente aos rigores econômicos do país, a percorrer a cidade de bicicleta, a inventar maneiras de conseguir leite em pó, café e carne quando acabassem os dólares que trouxesse? Seria confiável para alguma estrutura oficial? As muralhas entre aquele sonho e sua realização eram tão compactas quanto o mal-estar que lhe provocava a ideia do retorno à solidão e ao silêncio, mais alarmantes depois de ter despertado comportamentos e hábitos ancestrais. Só vinha em seu auxílio a esperança de retornos periódicos, cada vez que sua economia permitisse, de levar Delfina com ele quando a vida da mulher superasse suas complicações, de poder novamente abrir seus velhos livros e ouvir seus discos sem que a angústia fosse paralisante.

A monotonia da estrada tinha adormecido Miguel Ángel e aborrecido Álvaro. Delfina, com a janela fechada, olhava os laranjais que corriam a seu lado. Uma sensação de paz envolveu Fernando, e ele achou que voltaria tantas vezes que acabaria ficando porque, na realidade – e agora tinha certeza –, nunca fora embora.

Quando transpuseram a placa que anunciava a chegada a Colón, Fernando comprovou que eram apenas dez da manhã e resolveu ir diretamente à casa de Salvador Aquino, sem contar com a intermediação de seu neto Roberto.

Tal como esperavam, o velho estava em sua cadeira no alpendre da casa. Com o chapéu de sempre na cabeça, abanava o rosto, impondo o ritmo do balanço com os pés. Quantos anos ainda ficaria sentado ali, com os mesmos atributos, à espera de comer seu último arroz com frango? A chegada do carro chamou sua atenção e, com os olhos semicerrados, tentou focalizar os recém-chegados.

— Bom dia, Aquino, lembra-se de nós? — perguntou Álvaro, e o velho sorriu.

— Sim, lembro... Mas quem é o moreno? E a dama? — perguntou, apontando com o leque para Miguel Ángel e Delfina.

— Amigos nossos — disse Fernando, para tentar adiantar-se a Álvaro, em cujo olhar viu a intenção de dizer alguma de suas barbaridades. — Viemos a Matanzas e nos ocorreu visitá-lo. Veja o que eu trouxe. — E levantou a sacola em que carregava os dois frangos.

— Porra, que bom. Lucrecia! — gritou, então, para dentro da casa.

Lucrecia cumprimentou-os com afeto, levou os dois frangos e ajudou-os a levar quatro cadeiras até o alpendre, depois de avisar que seu filho Roberto estava em Havana, numa reunião.

— E daí, encontraram alguma coisa? — perguntou o ancião, depois de tomar o café oferecido pela nora e de acender um de seus fortes charutos.

— Sim e não — começou Fernando. — Não encontramos os papéis, mas sabemos algumas coisas interessantes. — Então contou ao ancião sobre os nomes encontrados na sessão da loja, as suspeitas de Carmen Junco sobre a fortuna de seu tio Ricardo e a evidência, cada vez mais insistente, de que os documentos apresentavam uma história pouco agradável para algumas pessoas.

— É lógico, sim — admitiu o ancião, olhando para Delfina. Pelo visto estava mais interessado no decote da mulher que nos comentários de Fernando.

— E cada dia tenho mais certeza de que alguém tirou os papéis da loja.

— Sim, parece — resmungou Aquino, como se não lhe importasse muito o que estava ouvindo.

Miguel Ángel olhava para Fernando, e Álvaro se mexia, inquieto. Delfina também parecia alheia a uma situação que se atolava e tornava evidente o erro de Fernando em esperar uma revelação salvadora por parte do ancião.

— Vovô — disse Delfina, inclinando-se e acrescentando mais melodia à habitual doçura de sua voz —, não sabe mais nada mesmo?

Aquino olhou com mais ânimo para a mulher e sorriu levemente.

— Por que está perguntando?

Delfina ajeitou o cabelo, que roçou no rosto do ancião.

— Ah, estou perguntando porque nós achamos que sabe, sim... Olha, creio que esses papéis já não existem, mas Fernando não vai embora tranquilo se não tiver certeza de que alguém os tirou da loja e por que tirou... É que Heredia pode ter dito coisas que nenhum de nós imagina, está entendendo?

— Claro, e também estou entendendo que você quer me enrolar.

— Então? — insistiu Delfina, sorrindo.

Salvador Aquino fumou o charuto e uma nuvem de fumaça envolveu-lhe o rosto. O leque e a poltrona permaneceram estáticos, enquanto ele coçava o pescoço com a mão.

— Na noite em que tiramos os documentos da loja, meu pai fez uma cópia da ata do dia em que José de Jesús entregou os papéis — disse, quase sem respirar. — Foi a cópia que apareceu no Arquivo Nacional. Ele não sabia o que poderia acontecer quando a polícia entrasse na loja nem se as coisas que íamos levar para a biblioteca estariam seguras... e ele queria que se soubesse que José de Jesús entregara aqueles papéis do pai.

— Por isso Mendoza estranhou que houvesse uma ata fora do livro e que elas não fossem iguais — comentou Fernando.

— E por que seu pai queria que se soubesse...? — perguntou Miguel Ángel.

— Porque ele sabia que os papéis eram importantes e porque ia tirá-los da loja.

— Seu pai os levou embora? — Fernando sobressaltou-se entusiasmado.

— Eu disse que ele os tirou da loja. Mas não sei para onde os levou. Porque meu pai morreu naquela madrugada.

— Não os levou para casa? — perguntou Delfina.

— Não, minha mãe nunca os viu. Além disso, nossa casa não era naquela direção.

— Em que direção, Aquino?

— Eu estava tirando uma caixa quando vi meu pai atravessar a praça das Armas. Desceu pela Milanés, até a Vigía, e nós morávamos no sentido contrário.

— Então? — Fernando sentia as mãos umedecerem e o coração palpitar furiosamente, tentando imaginar os papéis de Heredia saindo da loja debaixo do braço de Cristóbal Aquino.

— Ele os levou para algum lugar. Mas não sei que lugar pode ter sido.

— Tem certeza de que não os escondeu na biblioteca?

— Tanta certeza quanto a de que eu mesmo enchi, fechei e carreguei as dez caixas que pusemos na biblioteca.

— E ele não deu nenhuma indicação?

— Disse que ia fazer umas coisas importantes, só isso. Tirou os papéis da Câmara Secreta dos Mestres e os levou. Era um envelope amarelo, assim, deste tamanho, amarrado com uma fita meio roxa...

— E você disse que ele morreu naquela mesma noite?

— Sim, a última vez que vi meu pai vivo foi quando ele atravessou a praça e desceu pela rua Milanés...

Fernando sentiu um tremor percorrer-lhe o corpo.

— Aquino, Ricardo Junco morava no palácio Junco, na praça de la Vigía, não é?

— Sim, pensei nisso muitas vezes.

— E era homem de confiança de Machado, não é?

— Também pensei nisso.

— E ainda era maçom?

— Estava adormecido, como dizemos... mas ainda era maçom.

— Acha que seu pai pode ter dado os papéis para ele? Por causa da história de Heredia e Lola Junco...?

— Não sei por que, mas sempre pensei que deu para ele porque era filho de Ramiro Junco. Tanto pensei que lhe perguntei pessoalmente, mas Ricardito me disse que não... E eu não acreditei.

— Por que não acreditou? — Álvaro parecia desesperado e se pôs de pé.

— Por intuição. Por desconfiança. Porque Ricardito Junco era um senhor filho da puta.

— Estranho é que, sendo Ricardo Junco como era, seu pai tenha dado os papéis de Heredia justamente para ele...

— Também pensei muito nisso e por isso nunca tive plena certeza. Mas, se o fez, alguma boa razão devia ter, isso eu digo. Talvez um compromisso com Ramiro Junco ou algo assim... Ramiro e meu pai foram muito amigos.

Fernando acendeu um cigarro e, enquanto se enchia de fumaça, sentiu a convicção definitiva de que todos os caminhos percorridos levavam a nada. Jamais saberia, então, o que contavam aqueles papéis esquivos? Jamais conheceria as verdades de Heredia?

— Aquino, por que não nos contou essa história da outra vez?

O ancião sorriu e voltou a se abanar, movimentando a poltrona.

— Porque não tinha permissão para contar. Vocês chegaram de repente.

— Permissão de quem?

— Do meu neto Roberto... Se alguém deveria encontrar os papéis perdidos de Heredia, seria ele, não é?

— E por que lhe deu permissão agora?

— Porque a estas alturas estamos convencidos de que a pessoa que ficou com os documentos os queimou ou os jogou no mar.

A terrível impressão de ser estrangeiro, que tanto eu havia sentido ao longo da existência, voltou a me assediar com mais ardor desde então. Só naquela pequena e infeliz ilha do Caribe eu me sentira salvo da falta de defesa, do incômodo vazio que me perseguira em outros lugares do mundo desde que eu era menino. Cuba não: Cuba me pertencia, Cuba era meu território natural não pelo imprevisível acaso de ter nascido na cálida Santiago, entre o mar e as montanhas, mas porque só lá percebera que a luz, o ar, as pessoas, os desarraigados, a comida, as paisagens, as esperanças e os cheiros falavam-me ao ouvido, num idioma próprio que eu entendia até nos silêncios. Por isso era minha pátria, e porque assim eu decidira, ainda que, contados os dois meses da que seria minha última estada na ilha, eu só tivesse vivido lá seis anos, três na primeira infância. Seis anos e uma certidão de batismo registrada em Santiago de Cuba bastavam para que fosse cubano? Há relação possível entre pátria, tempo e lugar de nascimento? Não tinha nem tenho respostas a perguntas tão árduas, mas naqueles dias amargos senti-me à beira do último precipício, sem nada sob os pés, como naquela manhã gloriosa diante do Niágara, e novamente vi cair a pedra que me mantinha em equilíbrio, embora agora eu fosse para o abismo atrás dela: e não havia um galho ao qual me segurar para manter meu corpo e minha alma atados àquela ideia de país, que eu forjara, e que agora me era arrancada sem piedade.

Só um assunto, para mim, continuava pendente na ilha e tentei resolvê-lo quanto antes, para quanto antes voltar ao México, de onde me chegavam notícias alarmantes do estado de saúde de minha pobre Jacoba: e pensar que durante treze anos a ansiedade daquele regresso me sustentara. Além do mais, meus achaques, que se contiveram para me dar forças, vinham novamente à tona, pois sabe-se que a tísica tem muito a ver com os estados de ânimo, e o mal-estar de espírito que comecei a sentir despertou meu velho padecimento e me levou à cama por vários dias.

Meu prazo em Cuba expirava em 5 de janeiro e minha estada em Matanzas com o ano 1836, justo no dia em que completaria trinta e três anos. Havia prometido à minha pobre mãe e a minhas irmãs que passaria com elas aquele aniversário, para o qual prepararia um jantar e convidariam alguns amigos. Quais amigos?, quis perguntar, porém não ousei tamanha afronta.

Com as forças um tanto recuperadas, retomei as caminhadas pela cidade e me habituei a ir ao belo passeio Nuevo, construído ao lado do mar no bairro de Versalles. Lá, que era perto, mas, ao mesmo tempo, longe da cidade, sentia algum bem-estar, apesar da estátua lustrosa do miserável Fernando VII com a qual se abria aquela aleia resguardada por jovens casuarinas.

Quis a sorte que uma tarde em que andava por lá topasse com os olhos de um homem que me observava com uma mescla de hesitação e medo.

Precisei forçar a mente, e, por fim, veio a lembrança: tratava-se de Antonio Betancourt, um dos velhos conspiradores que, junto com seus cunhados Juan e Pablo Aranguren, sempre considerei meus delatores. Minha primeira reação foi negar-me a cumprimentá-lo, mas os olhos de Betancourt lançavam uma súplica dolorosa a ponto de me deter. Então ele se aproximou e me disse quanto se alegrava em me ver.

— Gostaria de dizer o mesmo, mas não posso. — Foi minha amarga resposta.

— Sei o que pensa, mas você foi enganado. Nós não o delatamos.

— E por que devo acreditar?

— Isso é com você. Porém quando fomos presos você continuou livre, e depois soubemos que o preço que o delator pediu foi que o deixassem em liberdade.

— Do que está falando? — perguntei, com justificado espanto.

Antonio Betancourt pareceu mais seguro e olhou-me nos olhos.

— Estou falando que alguém que sabia tudo a nosso respeito foi o delator. Alguém que sabia da sua relação com o doutor Hernández e também sabia que meus cunhados e eu nos iniciamos na conspiração graças a você. Essa pessoa sabia tudo sobre nós e nos delatou, mas ao mesmo tempo não queria que você fosse preso. Devia ser alguém que o conhecia muito...

— Não estou entendendo nem consigo acreditar.

— É difícil de entender e de acreditar, mas juro que eles sabiam de tudo quando nos prenderam. Alguém já tinha cantado...

— E quem foi essa pessoa?

— Não sei. Só que você deveria saber.

— Não quero saber nada. — Foram minhas últimas palavras e, ao lado da estátua do criminoso Fernando VII, cuja tirania havia abalado minha vida, deixei plantado aquele homem que me fizera uma revelação tão estranha e incrível.

Naquela noite contei o estranho diálogo para Blas de Osés, que continuava me visitando clandestinamente, pois, por mais absurdo que parecesse o que Betancourt dissera, uma sombra de dúvida começou a cobrir a velha certeza de que ele e os Aranguren tinham sido meus delatores. Mas de repente minhas obsessões mudaram de rumo, quando Osés me confirmou que Lola Junco estava na cidade, pois no engenho de sua família havia se deflagrado um surto de varíola e resolveram cancelar a viagem que todo Natal faziam para lá.

Com mais afinco, investi longas horas na vigilância da mansão. Algo de meu velho espírito de conspirador me sustentava, enquanto eu rondava como um espião. Mas Lola continuava sem pôr o pé na rua, assim como Teté, o que me parecia cada vez mais estranho. Sede, frio, chuva, sol, como o jovem que quinze anos antes vigiava sua amada, o homem de trinta e três voltou a sofrer, mas agora com os pés inflamados pelos maus fluidos que lhe invadiam o corpo e sofrendo uma tosse desenfreada. Só na noite de 25 de dezembro tive a certeza de que finalmente a veria: enquanto celebrávamos em casa a ceia de Natal, lembrei que no dia seguinte era Santo Estêvão e que Lola sempre tivera especial devoção por aquele santo, cujo nome costumava invocar. Perguntei, fiquei sabendo que a primeira missa na catedral era celebrada às sete da manhã e pedi que me acordassem às seis.

Mal clareava quando ocupei meu posto de vigilância. Apesar do frio, minhas mãos suavam e minhas pernas tremiam, como nos velhos tempos. Faltando dez minutos para as sete eu a vi sair de casa, acompanhada de uma escrava desconhecida para mim. Embora só tivesse trinta anos, a senhora que vi andar até a igreja, vestida de preto até a gola fechada, sem enfeites nem joias visíveis, parecia mais velha. Um vinco de amargura marcara sua boca, com uma triste queda das comissuras: aquela boca bonita, que eu tanto havia beijado. O cabelo, rigorosamente preso para trás, mostrava as linhas brancas de um encanecimento prematuro. Uma preocupação angustiante me tocou o peito ao ver o que havia restado da ninfa do Yumurí, a mais bela joia do cofre de Matanzas, a moça suave e bem fornida de carnes com a qual eu vivera os dias mais intensos de meu amor juvenil.

Entrei na igreja e, sem que ela notasse, sentei-me atrás dela. O ofício começou e, numa pausa entre as rezas, pus a mão em seu ombro e deixei cair-lhe no colo meu bilhetinho. Ela não se voltou, pegou o papel e, sem o abrir, segurou-o, junto com o rosário de azeviche. Seu cheiro, inconfundível como o de Havana, mas absolutamente feminino e puro, chegou-me até o fundo do cérebro, para alterar-me todos os sentidos. Não sei quanto tempo durou aquela missa nem que passagem bíblica foi lida. Nem lembro como era o sacerdote que a oficiava: meu mundo limitava-se a um cheiro e à nuca que tinha à minha frente, como se nada mais existisse na Terra.

Terminado o ofício, Lola ajoelhou-se para rezar. Na expectativa, fui para o fundo da capela. Quando terminou suas orações, falou alguma coisa com a escrava, que saiu da igreja, enquanto ela ia para a sacristia. Sem hesitar um instante, fui atrás dela e, ao transpor o umbral, encontrei-me com os olhos inundados de lágrimas daquela que fora minha mulher. Lola tomou-me pela mão e saímos ao pátio interno da igreja, onde laranjeiras carregadas de frutas filtravam a luz ainda tímida do sol. Ocupamos um pequeno banco e deixamos, então, que nossos olhos nos revistassem.

— Nunca pensei que voltaria a vê-lo – disse ela, e eu compreendi que, se os rigores da vida haviam mudado seu físico, sua voz continuava inalterada, imune à ação devastadora de nossa pérfida sorte.

— Vivi todos estes anos para vê-la – confessei e, sem poder me conter, a beijei. Foi um beijo suave, mais doloroso que ardente, tão diferente de nossos beijos febris perdidos no tempo e entre as árvores do vale do Yumurí.

— A vida nos maltratou – disse e acariciou-me o rosto.

— Há dias estou tentando vê-la. Guardava esse bilhete para Teté.

— Teté já não está comigo. Meu marido a mandou para o engenho onde está cortando cana.

— Como é possível?

— Tudo é possível quando há senhores e escravos. Era por isso que você queria lutar, não é?

— Já quase não lembro por que queria lutar.

— Eu, sim... todos os dias.

— Por Deus, Lola.

— Não sabe o que tenho vivido, José María.

Ainda hoje, quando todos os sofrimentos terrenos cedem espaço diante da presença da morte que me espreita, sinto rolar minhas lágrimas ao recordar aquele encontro. Lola tivera, de fato, nosso filho, e ele não morrera conforme me fizeram acreditar. Seus pais, empenhados em salvá-la de uma desonra que ela teria preferido, tiraram-lhe o menino: então o batizaram como filho de seu irmão Rubén e o fizeram crescer com essa crença. Felipe Gómez aceitara casar-se com ela, mas nunca a perdoara: amava os milhões que estabeleceram como dote da jovem impura e desprezava a mulher que havia amado um poeta pobre e sedicioso. Aquele inferno durava treze anos, idade que nosso filho tinha então, já um jovenzinho robusto e que Lola só via quando a família se reunia no engenho de seu irmão Rubén. A dor que sentia ao vê-lo e não poder confessar-lhe que era sua mãe partia-lhe o coração, mas aceitara que, para bem dele, continuasse acreditando ser filho de Rubén Junco e se chamando Esteban Junco.

— E por que me escreveu aquela carta?

— Porque me obrigaram.

— Por que não voltou a me escrever?

— Não era melhor você me esquecer? Viver sua vida sem se ver amarrado a um passado que não poderia mudar, a um filho que não poderia ver? Também achei que o silêncio seria melhor.

— E por que está me dizendo isso agora?
— Porque sei tudo de você. Sei que está muito doente. Que em alguns dias tem que voltar para o México. E porque ainda te amo.

O segundo e último beijo que Lola e eu nos demos naquela manhã, o último que nos daríamos na vida, teve a fúria e a paixão dos velhos tempos. Senti em todo o meu ser o calor de sua língua, bebi-lhe os sucos da boca, mordi-lhe a polpa reverdecida dos lábios e acariciei-lhe os seios, percebendo sobre o tecido a ereção firme de seus mamilos. E compreendi de repente o terrível erro que tinha sido nossa vida quando Lola se pôs em pé e me olhou nos olhos.

— Tenho que ir embora. Por favor, não me procure. Agora sabe o que queria saber: tem um filho chamado Esteban e eu sempre te amei. Mas é impossível voltar no tempo. Não sinta ódio de ninguém. É esta vida que nos cabe, não outra, e já não tem sentido procurar culpados. Talvez o mundo mude, para que outros não sofram o mesmo que nós. Mas você e eu sabemos que isso é impossível. Adeus, José María. — E foi para a igreja sem olhar para trás uma só vez.

Naquele banco, já banhado pelo sol do dia de Santo Estêvão, fiquei várias horas, imobilizado, pensando numa vida que não era a minha e que tanto teria desejado viver: sem glória nem aventura, talvez até sem poesia, longe da política e de suas tormentas, como um simples e obscuro advogado de província desfrutando toda a felicidade do universo no beijo de uma mulher e na carícia de um filho. O que mais se pode pedir?

— É Álvaro — disse Delfina e lhe entregou o telefone, enquanto continuava seu caminho para o banheiro.

— Fala, Varo. Caiu da cama?
— Más notícias, sócio: o doutor Mendoza feneceu.

Fernando soube imediatamente que não era uma das brincadeiras de Álvaro, mas alguma coisa o impedia de acreditar na notícia. Embora tivesse acordado havia apenas meia hora, as duas xícaras de café que tomara já lhe haviam devolvido a lucidez.

— Fernando? — perguntou o outro, diante do silêncio prolongado.
— Sim... É que... O que aconteceu?
— Uma síncope, uma embolia, acho... O filho acabou de me ligar. O enterro vai ser hoje às quatro. Está sendo velado na Grande Loja. Vou telefonar para os outros. O que você vai fazer?
— Espere-me aí, em uma hora estou na sua casa. — E desligou.

Do banheiro chegavam o ruído da água e a voz de Delfina, cantarolando uma canção que ele não conseguiu identificar. Ela tinha deixado a porta aberta, e Fernando aspirou o cheiro limpo do sabonete se desfazendo sobre a pele. Contemplou, sobre a privada fechada, a camisola de dormir e a roupa íntima que ela tinha tirado, e pareceram-lhe evidências claras de uma convivência necessária, tão alheia à morte e que, no entanto, a política, a vida e os homens se empenhavam em tornar impossível.

— Você está aí? — perguntou ela, por trás da cortina.

— Sim.

— O que o Varo queria a esta hora?

— Mendoza morreu — disse ele, de chofre.

Ela abriu a cortina. O espanto dominava o rosto molhado. Fernando contemplou-a por um instante: os mamilos escuros e polpudos, o ventre levemente abaulado, o velo do púbis alisado pela água e como que grisalho com os restos de sabonete, as coxas longas e bronzeadas pelo sol da praia. E ele compreendeu que estava muito longe de ter esgotado o desejo e a necessidade que ela lhe provocava.

— Estou apaixonado por você, Delfina — disse e se aproximou da privada para beijar os lábios molhados daquela que, só naquele momento, sentiu que era sua mulher.

Ao chegar à casa de Álvaro, Fernando teve a sensação de que desde sua volta passara muitíssimo mais tempo que os vinte e seis dias. A quantidade de acontecimentos e recuperações vivida em quatro semanas poderia encher anos de sua existência invertebrada de Madri. E parecia-lhe absurdo que justamente o doutor Mendoza, agora morto, tivesse dado impulso à sua decisão de voltar para procurar a verdade perdida da vida de Heredia e, em contrapartida, encontrar evidências extraviadas da sua.

— Vamos esperar Tomás — disse Álvaro —, ele vem agora para cá.

— Creio que Tomás está zangado comigo.

— Esqueça isso. Ou melhor, esqueça tudo... Delfina não vem?

— Ia passar no trabalho depois preparar o almoço do pai e vai chegar ao velório antes de o enterro sair.

— Quer tomar um porre?

— Já começou?

— Melhor dizendo, não terminei. Mal deitei, o filho do Mendoza me ligou.

— Está se matando, Varo.

— Já disse que estou morto faz um tempo. O que você está vendo é pura inércia, uma clonagem, como dizem agora...

— Por que está fazendo isso?

— Porque tenho vontade, Fernando. Porque gosto e quero. Porque é a única coisa que posso fazer. Satisfeito?

Álvaro entrou na casa e voltou com um copo com álcool pela metade, onde flutuava um pedaço de gelo.

— Afinal – disse ele –, todo mundo morre. É questão de tempo e forma.

— Não está escrevendo, não é?

— Para quê? Escrever serve para alguma coisa?

— Está tão fodido assim?

— O mais fodido aqui é você. Tem mais dois dias. O que vai fazer?

— Vou embora. O que mais posso fazer? Depois vou ver como vai ser essa história. Tenho Delfina enfiada aqui. – E bateu entre as sobrancelhas.

— E Heredia onde está?

— Não sei, mas acho que valeu a pena.

Álvaro mexeu o copo para esfriar a bebida.

— E o traidor? – perguntou.

— Por que insiste em falar nisso?

Fernando olhou-o nos olhos e criou coragem para lançar a ideia que o obcecava.

— Se não foi você, não houve traidor.

Álvaro sorriu.

— Perdoou todos os mortos?

— Creio que sim, inclusive Tomás. Sempre quis que tivesse sido ele.

— Que pena!... E por que acha que posso ter sido eu?

— Porque você sabia a mesma coisa que os outros… porém me doeria muito se tivesse sido você.

— Mas agora está achando que talvez eu…

— Varo, eu te disse desde que cheguei: vamos esquecer isso.

— Depois de tanto encher o saco com a mesma coisa, agora não quer falar… Depois de ficar vinte anos pensando que um amigo te dedurou, agora perdoa todo mundo e pronto. Porra, Fernando, como você é bárbaro. E acha que os outros vão te perdoar por ter acreditado que algum de nós era um dedo-duro que denunciou você e Enrique?

— Não continue, Varo.

— Continuo, porque a única coisa que me resta na vida são meus amigos… Meus filhos, quase não conheço, faz não sei quanto tempo que não escrevo um poema que valha a pena, nenhuma mulher me aguenta mais de uma semana, qualquer dia esta casa me cai na cabeça…

— Para de beber, caralho.

— Não paro, porra! É a única coisa que faço por vontade própria — disse e ergueu o copo. — E, se tiver que morrer amanhã, que seja num tremendo porre. Talvez eu nem perceba...

— O ruim é que você não vai morrer amanhã.

— É verdade, morri ontem, antes de ontem ou há vinte anos. Já nem lembro quando morri.

Fernando viu-o esvaziar o copo e sentiu todas as vísceras estremecerem.

— Sei que não foi você — disse.

— Olha, Fernando, eu também disse quando você chegou: não foi ninguém. E não porque sejamos mais bonitos nem melhores nem nada disso: se nos apertassem, qualquer um de nós poderia dizer o que fosse e te acusar de qualquer coisa. Mas por acaso não nos perguntaram... Fiz o possível para você voltar a ter seus amigos, só que você meteu o dedo na ferida até o fundo. Não sei os outros, mas eu, Álvaro Almazán, não te perdoo tanta veadagem. Está ouvindo?

— Agora o filho da puta sou eu... Deixa disso, vai, você está bêbado.

— Sim, mas nem sempre os bêbados falam merda. Pense bem e vai ver que tenho razão. Quer um trago agora?

Fernando o viu levantar-se e entrar na casa.

— Sim, me dá um pouco de rum.

Havana vivia a festa do ano-novo de 1837, e eu, como um fantasma, passei ao lado da alegria sem ter olhos para ela. Era como se aquele rapaz que vinte anos antes quisera tragar a cidade, respirar cada uma de suas exalações, fosse alguém estranho para o homem que agora passava ao largo da felicidade vazia e condicionada de um povo que, depois de comer o pão, desfrutava do circo. Fiquei na mesma pensão em que me alojara ao chegar e, depois de escrever à minha mãe para dizer que estava bem, tomei uma garrafa inteira de vinho e deixei-me cair na cama.

No dia seguinte, apresentei-me às autoridades para informar que estava disposto a sair da ilha antes de 5 de janeiro, data em que vencia meu passaporte. Lá me explicaram que a escuna *El Carmen* atrasara sua saída em uns dez dias, razão pela qual prolongaram minha autorização de permanência. Então, como um peregrino que se despede de suas crenças e de seus lugares sagrados, dediquei boa parte de meu tempo a percorrer a cidade. Pouco me atraíam suas construções novas e deslumbrantes, suas calçadas amplas e modernas, suas ruas agora mais limpas, e em várias ocasiões optei por tomar um tílburi até o distante bairro Manglar, região de negros e ciganos, para lá comer nas tabernas, ouvir histórias e sentir que estava na mesma cidade da qual saíra, havia milhões de anos.

Meu ânimo pouco melhorava: tinham sido terríveis demais os acontecimentos e as revelações daquela viagem ao passado para que as feridas pudessem cicatrizar. O pior era a certeza de que nada me restava a fazer naquele país que, longe de me devolver saúde, afetos, felicidade, agora me carregava, além do mais, de culpas, esquecimento e desprezos. Para mim tudo já tinha sabor de fim e, diante da partida iminente, escrevi a Domingo. Foi uma carta sem rancor nem recriminações, em que apenas lamentava não ter podido encontrá-lo. Não lhe falava nada de sua carta nem do fato de ele ter-se esquivado de mim e muito menos do que eu ficara sabendo por Blas de Osés. No fim, despedia-me dele para sempre e desejava-lhe toda a sorte do mundo.

Certa noite, ao regressar a meu alojamento, encontrei um bilhete sobre a cama, enviado pelo gabinete do capitão-general. Pressentindo alguma represália por ter ultrapassado minha data de permanência na ilha, abri o envelope e, para minha surpresa, vi-me diante de um convite do próprio Miguel Tacón, que desejava conversar comigo. O dia marcado era 12 de janeiro, às quatro da tarde, no palácio dos capitães-generais, e ele dizia que seria uma honra conversar com tão célebre escritor, e debaixo de sua assinatura apareciam anotados – de acordo com o que era obrigatório – os cargos políticos e honoríficos que ostentava, conforme aquela mania dos tiranos de acompanhar seus nomes com epítetos tão ridículos que apregoam quanto são poderosos: desde visconde de Bayamo, marquês da União de Cuba, cavaleiro da Insigne Ordem do Tosão de Ouro, até o de tenente geral dos Exércitos Nacionais e governador e capitão-general da ilha de Cuba.

Com a aflição que me acompanhara desde que havia recebido a carta, na tarde marcada subi as escadas que levavam ao escritório do sátrapa. A insana curiosidade por conhecer o homem terrível que mantinha em xeque os donos do país, enquanto enchia a cidade de praças e monumentos em que seus simpatizantes se reuniam para dar vivas a seu nome, mesclava-se à repugnância que me provocava encontrar um implacável censor de toda ideia liberal, o executor do poder que se arrogava o direito de regular minha relação com Cuba, o militar impiedoso que expressara seu ódio contra tudo o que era estadunidense. Dele, como geralmente acontece, contavam-se histórias e lendas tão típicas dos personagens de sua espécie que quase não vale a pena registrar: desde que conseguia viver sem dormir, trabalhando noites inteiras, até que tinha uma memória insólita e severa para lembrar cada ordem ou desejo. Falava-se igualmente de sua potência sexual, de suas iras incontroláveis e de sua paranoia de ordem e poder, assim como de seu amor às fardas e aos graus, de que nunca se despojava.

Quando o auxiliar me fez entrar, o capitão-general me esperava, em pé, no meio da sala. Ao fundo, junto de um grande retrato da rainha María Cristina, havia um mastro com uma bandeira espanhola e outro com os símbolos da casa real, além de um velho brasão da Coroa de Castilla e León e os emblemas de vários corpos do Exército. Tacón deu alguns passos a meu encontro, e dessa vez não senti tremor nas pernas. Estendeu-me a mão com gesto marcial e depois indicou-me um assento. Não sorria, e seus olhos de corvo tentavam compor melhor minha figura, que talvez não lhe parecesse adequada à de um inimigo político.

O general, com seus sessenta anos, tinha aparência robusta, cabelo muito preto, e percebi que aumentava sua estatura graças a botas volumosas com solas bem grossas. Afinal, apesar de seu poder onímodo, de sua possibilidade de esmagar vidas e países, não era mais que um homem, tão frágil quanto qualquer ser nascido de ventre de mulher. Depois de me oferecer um café doce demais, o poderoso pediu ao assessor que ninguém nos incomodasse e ocupou outra das altas poltronas de madeira e couro, enquanto cravava a vista num ponto indefinido, à minha direita.

— Tinha sincero desejo de conhecê-lo – disse. – Em todo o mundo hispânico fala-se do cantor do Niágara como de uma lenda viva, e em Cuba é considerado herói.

— Disso não tenho tanta certeza – retruquei, e seus olhos voltaram-se para mim.

— Só porque me escreveu e regressou?

— Também por isso.

— Deve ter sido doloroso.

— Foi. Mais do que pode imaginar.

— Foi maltratado em Cuba? Olhe que dei ordens estritas...

— Não, não, só me lembraram que estou aqui por sua vontade e que sua vontade poderia mudar.

— Nada mais distante de meu desejo. Para mim era muito importante que viesse a Cuba.

— Eu sei... Sou como um troféu de guerra, não é?

— Sempre foi um mau exemplo, e seus poemas... Heredia, o fato de ter claudicado é uma vitória para meu governo, para a Coroa espanhola.

— Minha claudicação, como o senhor diz, tem muito a ver com motivos pessoais.

— Sim, claro. Encontrou bem a senhora sua mãe?

— Felizmente.

— Fico feliz... — E olhou-me diretamente nos olhos. — Mas em sua carta falava-me de outras coisas. Dizia que já não julga que o melhor para esta ilha seja a independência.

— Vi o que aconteceu no México. Sei o que ocorre na Colômbia, e não é alentador.

— Há anos via-se que isso viria. Cheguei à América em 1809, como governador de Popayán, e sabia que tudo acabaria assim. O pai do senhor também o sabia...

Não sei que fibra de meu espírito o general tocou naquele momento ao mencionar meu pai. Mas o fato de comparar-se àquele homem probo, morto na miséria, provocou-me uma estranha revolução no espírito. Minha reação não foi a de um homem valente, pois creio que na verdade nunca o fui: foi antes a revelação de que, acontecesse o que acontecesse, eu estava acima daquele personagem. O poderoso já não podia me destruir, pois a vida se encarregara de fazê-lo. Sabia que meus dias na terra estavam contados, que nunca retornaria a Cuba, e isso me fez sentir livre, como nunca antes na vida, por saber que estava salvo de seus possíveis desmandos. E, sem tremor nas pernas nem na voz, respondi:

— É lamentável que alguns homens, depois de lutarem pela justiça, tornem-se injustos... O que acontece em Cuba, porém, não é exatamente motivo para júbilo. Há prosperidade, certo, mas nada compensa a falta de liberdade. Ou a escravidão, por exemplo...

— Sim, é uma infâmia.

— Que o senhor alenta.

— Sim, por motivos políticos. E o senhor sabe que a política impõe suas condições.

— E a que preço!

Tacón olhou para mim, como se não entendesse. Voltou a dirigir o olhar para um ponto impreciso, além da minha cabeça, e falou quase num sussurro.

— O que pensa de mim? Seja sincero, por favor.

— Não creio que deva dizer. O senhor é meu anfitrião...

— Por favor, diga.

— Não creio que queira ouvir minha verdade, acho que prefere a desses grupos que saem à rua e lhe dão vivas.

— É a verdade da maioria.

— Muitos que num dia receberam vivas foram, no dia seguinte, tirados de suas tumbas e vituperados quando já não podiam exercer o poder. De modo que não confie muito nos que o elogiam e lhe obedecem, menos ainda se tiverem medo.

— Medo? Creio que não entendeu o que acontece em Cuba.

— Creio que sim. Quer mesmo ouvir o que penso do senhor? Pois penso que está cumprindo sua missão, porém impôs o terror, a censura e a delação como forma de vida neste país. Odeia os que nascemos nesta ilha. É inimigo da inteligência, impõe a demagogia e, como todos os ditadores, pede em troca que o amem.

Só naquele instante vi um breve sorriso surgir nos lábios de Tacón. Reclinou-se levemente na cadeira, puxou a barba e, depois de me olhar por um instante, voltou a dirigir os olhos para o vazio, como se seu diálogo tivesse um interlocutor invisível, mais importante que um simples poeta derrotado e doente.

— E não lhe parece que combater o vício, o jogo, a prostituição e a corrupção é uma obra notável de meu governo? Acha que melhorar as ruas, construir calçadas, teatros, edifícios públicos, uma nova prisão onde os presos fiquem como pessoas e não como animais é uma obra desprezível? Trazer o progresso a esta ilha que terá estrada de ferro até antes que a Espanha é um ato despótico? Tem certeza de que censurar dois ou três inteligentes é pior que permitir a indecência, a imoralidade, a constante agressividade que imperava na imprensa? Não acha, senhor Heredia, que impedir o caos em que esta ilha pode mergulhar com uma revolução na qual os primeiros alçados seriam os negros, que acabariam com nossas instituições e nossa religião, é preferível a aceitar a sedição que o senhor mesmo promoveu há alguns anos?

— Nada justifica passar por cima da vontade do povo.

— Mas, senhor Heredia, não seja ingênuo. De que povo está falando? Não me diga que está falando pelos negros delinquentes do Manglar que visitou por esses dias. Ou pelos escravos que nem sequer sabem pronunciar o castelhano. — Fez uma pausa e olhou para mim. — Não, não, certamente está falando por aqueles figurões que enriqueceram com o tráfico e ultimamente tornaram-se filantropos, porque para manter os bolsos cheios precisam agora de outra força de trabalho... Quantos deles apoiaram a independência de Cuba em 1823?... E digo mais: sei que seu amigo Domingo se escondeu, ou melhor, nem sequer o convidou para uma daquelas tertúlias que faz em casa, comportando-se como um paxá. Pois esse mesmo senhor, que não tem coragem de pôr o nome num libelo que escreveu contra meu governo, recebeu ordens de tentar me enrolar e talvez me comprar, e creio que as cumpriu com boa vontade. Fui duas vezes à casa dele: primeiro a um jantar e depois a uma de suas tertúlias... Queria que o senhor visse a biblioteca, com aquelas estantes repletas de livros de todas as partes do mundo, revistas que ontem mesmo saíram na Europa, com aquelas cadeiras de couro e os lustres de cem lâmpadas. E os escravos da casa, por Deus, vestidos como se estivéssemos em Paris. Com senhores como estes pode-se pensar na independência? São eles que se opõem ao tráfico e à escravidão? Não me faça rir...

— É triste demais para dar risada. Mas esses senhores que querem assumir o nome de Cuba não são Cuba. O fato de viverem como vivem não justifica o terror, nem a falta de liberdade, nem a repressão dos que pensam de modo diferente.

— Isso é outra história. Sei que me acusam de reprimir a atividade política na ilha, mas acredite que o faço para evitar males maiores. Este país tem sobre si os olhos dos Estados Unidos e da Inglaterra. E, se abrisse uma brecha, seria o fim. Se para conservar esta ilha como espanhola é preciso acatar as reivindicações políticas de alguns, pois então acatamos. Dos males, o menor. Isso é política e é realismo.

— Também é realidade a vigilância de uma polícia que sabe mais de mim que eu mesmo. E também que a cada dia há mais desterrados.

— É um castigo cruel, e por isso o aplicamos. Só que aplicamos com justiça. Se há leis, as leis se cumprem. E, já que caímos nesse assunto, deixe-me dizer uma coisa: de todos os atos do meu governo, o único do qual me arrependo é ter ordenado o desterro de Saco, porque o fiz compelido pelos interesses do senhor conde de Villanueva, que é cubano como o senhor, mas os odeia e os despreza. No entanto, não expulsei Saco à força, conforme dizem meus inimigos. Nesta mesma sala falei com ele e expliquei o que havia acontecido. Por isso passaram-se meses depois da ordem de desterro até que ele escolhesse o país, o barco, a data que mais lhe convinha para sair da ilha, com um salário no bolso atribuído por seus patrões, os Aldama e os Alfonso. Não sabia disso?... Porém esqueça Saco e olhe a seu redor. O que é mais importante: um homem ou a prosperidade do país?

Naquele instante, talvez pela tensão a que estava exposto, senti minha visão se turvar, mas uma força estranha, decerto gerada pela constatação de quanto minha vida fora alterada por homens como aquele, aguentei e me impeli a continuar.

— O senhor se considera o benfeitor do país?

— O que acha, depois de tudo o que fiz por esta ilha? Hoje em Cuba vive-se como nunca se viveu antes...

— Achei que fosse pelo bom preço do açúcar. Mas esses benefícios não chegam aos barracões dos escravos que o senhor manda trazer para Cuba e pelos quais sempre recebeu uma porcentagem em dinheiro...

— O senhor não quer entender... Parece que estamos falando de dois países diferentes. — E pela primeira vez senti algum ressentimento em sua voz.

— Pelo contrário, é o mesmo país, e cada vez estou entendendo mais. A única coisa indiscutível em tudo isso é que a essência do poder é reprimir e seu fim, conservá-lo.

— Acha que o poder me interessa? Veja, seria um grande favor para mim se outro viesse governar a ilha...

— O poder é como uma droga, e a bebedeira da história pode ser seu pior efeito.

— A história é uma puta, senhor Heredia. Mal-agradecida... – disse ele, como se tivesse perdido uma palavra, e ficou em pé.

— Mas quem a escreve são os que têm o poder. Apesar de que a outra história, a verdadeira, é a que acaba valendo. O terrível é não se aprender com ela, nunca se aprende. Os povos nunca se emendam...

Tacón deteve-se e olhou-me nos olhos.

— Em sua carta o senhor...

— O que o senhor queria? Teria que ser muito tolo para não lhe dizer o que queria ouvir.

— Isso é cinismo.

— Tem razão. Mas um moribundo como eu, que desejava ver a mãe e a família talvez pela última vez na vida, e que precisava respirar de novo o ar desta ilha, tem licença de uso para cinismo e mentira.

— Além do mais é um covarde, senhor Heredia.

— É verdade, e neste instante mesmo estou com medo. O senhor, que proibiu aos meus compatriotas lerem minha poesia e que goza do poder de decidir sobre a vida dos que moram nesta ilha, agora tem a minha nas mãos. Já tem minha renúncia política, e agora lhe ofereço minha cabeça.

Então Tacón sorriu.

— Sua renúncia política é suficiente. Hoje, em Cuba, o senhor não é ninguém. É um inseto, e nem seus amigos o querem. Por que vou matá-lo? Vivo e derrotado é mais útil... Ah, e a propósito, não acredite no que lhe disseram: a poesia é perigosa, mas nem tanto.

— Tem razão. Nenhum poema vai derrubar um tirano. No entanto, deixa-lhes uma marca, que às vezes é indelével. Pois lembre-se de que resta a outra história, a de verdade, que um dia apagará seu nome dos edifícios que construiu e que cuspirá em seu túmulo, já que hoje não posso cuspir-lhe no rosto. E com essa história, se é que serve para alguma coisa, estará minha poesia. Isso nem seu poder todo poderá evitar.

— Eu já lhe disse: é um ingênuo. O senhor me dá pena. Por isso quero lhe contar uma coisa que talvez até me agradeça – disse, começando a andar pela sala, sem me olhar. – Seu amigo Domingo se escondeu, não é? Pois não lamente. Aquele homem nunca foi seu amigo. Foi ele quem o delatou no ano 1823, depois que o senhor lhe contou que estava conspirando...

A estocada de Tacón me partiu o coração. Teria me chamado só para isso?

— Se quiser, posso lhe mostrar umas atas que temos...

— Não, não quero ver nada — murmurei, sentindo-me destroçado, e desejei estar muito longe dali, até mesmo nunca ter estado naquele recinto e ouvido a terrível revelação, que me enchia de espantosa tristeza e me devorava todas as forças.

— Está bem. Só queria que soubesse quem é aquele senhor.

— Posso me retirar?

— Pode, pode, sim. Mas lembre: enquanto eu governar esta ilha, nunca voltará a entrar em Cuba.

— Isso é poder. Aplique-o. Boa tarde.

Quase não consegui me levantar e tive que tomar impulso com os braços. Desci as escadas como um bêbado e, ao chegar ao último patamar, levantei os olhos. Do alto, com sua farda brilhante e cheia de distintivos, carregando todas as honras e os títulos, aquele homem me olhava, aquele homem para o qual eu sabia que a história não teria perdão. E para o delator Domingo? E para mim?

Filtrando-se entre tecidos pretos bordados com caravelas muito brancas, atravessando o cheiro opressivo de flores, cera e incenso, penetrando livremente os invariáveis atributos da fraternidade, agora enlutados, o tempo, mais que se deter, começou a retroceder. Aquele devir invertido parecia buscar essências inalteráveis, fora do avanço progressivo dos relógios, como que empenhado em desmentir a continuidade obstinada da história.

No centro do salão, o ataúde gozava de protagonismo quase excessivo, plenamente assumido pelos homens que, a seu redor, oficiavam a cerimônia de despedida com um sentimento de evidente resignação. Maçons, familiares e assistentes, imbuídos do denso espírito de luto do momento, tinham ouvido em pé a primeira invocação do Venerável Mestre, que expressava toda a filosofia da vida e da morte dos homens iniciados e juramentados nos segredos da fraternidade milenar.

— Grande Arquiteto do Universo — começara o homem, ataviado com as joias do veneralato. — Poder infinito. Ser misericordioso, que se concebe, mas que não se pode definir. Autor imutável das transformações incessantes. Tu, que não vês nada de anormal em nossa morte, como não viste em nosso nascimento, a Ti invoco. Oxalá nosso irmão Gonzalo Mendoza Santiesteban viva contigo como viveu entre nós e o acolhas com bondade, concedendo a recompensa do justo a ele, que foi justo.

Enquanto o Venerável Mestre acendia o incenso, Fernando sentiu no braço a pressão da mão cálida de Delfina, e Miguel Ángel, a seu lado, sussurrou:

— Isso é muito forte. Não imaginava que fosse assim...

— Sentai-vos — ordenou, então, o Venerável.

Junto de Miguel Ángel, tomaram assento Arcadio, Álvaro, Conrado e Tomás, também arrebatados pela cerimônia singular, que agora dava conta da fragilidade das mais concorridas pretensões humanas.

— A esse processo natural ajusta-se a existência terrena dos seres, e não há homem que à sua influência consiga escapar. As glórias, as riquezas, as honras que constituem nosso afã perene nesta vida aqui permanecem, como o corpo inerte, ao redimir-se a alma de seu cárcere, pelo avaro beijo da morte.

No montículo do Oriente, os dois filhos e a esposa do doutor Mendoza ouviam as verdades repetidas pelo Venerável. Talvez, em seus anos de vida maçônica, o professor tivesse aprendido aquelas lições e entendido seu consolo peculiar e cru.

Enquanto o Mestre de Cerimônias começava a pronunciar o que o Venerável chamara de panegírico ao desaparecido, Fernando Terry, que visitava pela primeira vez o interior de um templo maçônico, compreendeu por que para aqueles homens, obstinados em manter uma fraternidade ancestral, o tempo podia correr por canais diferentes dos que, até aquele instante, ele havia entendido como normais: uma ética invariável, alheia aos desmandos do tempo e da época, ligava os maçons a um ideal de perfeição baseado nos princípios invioláveis da fidelidade, da solidariedade e da irmandade, aceitos livre e conscientemente. Então tentou imaginar o que ocorrera na noite de 11 de fevereiro de 1921 quando, numa cerimônia menos fúnebre, mas assumida com a mesma solenidade, sob as mesmas luzes e entre as mesmas espadas, José de Jesús Heredia entregara aos irmãos maçons a custódia da memória de seu pai e ouvira, de oitenta e seis homens iniciados naqueles rituais, o juramento de guardar segredo.

A uma ordem do Venerável, os presentes, novamente em pé, observaram o Segundo Vigilante depositar flores sobre o caixão, ao mesmo tempo que o rodeava várias vezes. Depois, vários maçons repetiram a operação, até que o Venerável Mestre desceu do alto do Oriente e pediu aos irmãos que formassem uma corrente humana ao redor do ataúde coberto de flores. Mas algo estranho aconteceu naquela formação: a corrente de homens, de mãos dadas, ficou aberta entre o Mestre de Cerimônias e o Venerável. Então o Venerável sussurrou algo ao ouvido do homem que estava à sua direita, que por sua vez fez o mesmo com o que estava a seu lado, e a mensagem circulou até chegar ao Mestre de Cerimônias, que finalmente levantou a voz:

— Venerável Mestre, a corrente está rompida.

Ao que o funcionário máximo da loja respondeu:

— Queridos irmãos, a morte do irmão Gonzalo Mendoza rompeu a corrente de união que nos ligava. A queda desse valioso elo interrompeu, ainda que só momentaneamente, a corrente de solidariedade que deve unir todos os maçons... E, embora essa ruptura seja consequência de uma lei natural, única causa capaz de desatar os laços fraternais que nos unem na vida, devemos reconstruí-la, já que esses laços jamais devem afrouxar-se... Convido-os, irmãos, a reafirmar os elos da corrente simbólica: uni o elo – ordenou, e o Mestre de Cerimônias estendeu a mão, até enlaçar a do Venerável. – Irmãos, a corrente está unida. Que este círculo que formamos em torno do túmulo que nos lembra o irmão falecido seja o bálsamo a mitigar nossa pena e consolide nossa união...

Fernando Terry não pôde evitar. Como se cumprisse uma ordem posterior, que já não deveria esperar, enlaçou a mão esquerda com a de Delfina, enquanto com a direita agarrava a do negro Miguel Ángel. Miguel Ángel, com os olhos fixos nos maçons que refaziam sua corrente, deu a mão direita a Arcadio, que pegou a de Álvaro, que, depois de hesitar por um instante, apanhou a mão de Conrado, que por sua vez apertou a de Tomás, justo quando o Venerável reiniciava seu discurso.

— Irmãos, diante desta abóbada fúnebre, mudo testemunho de nossa sincera homenagem, devemos afastar todo pensamento de rancor ou egoísmo. Convido todos os presentes a prestarem comigo o solene juramento de esquecer as injúrias e ofensas que tenham recebido. Nada mais de rixas inúteis: que a paz e a harmonia estejam conosco.

Sem soltar a mão de Conrado, Tomás olhou de frente para Fernando, enquanto avançava ao encontro de Delfina, para segurar a mão livre da mulher e fechar a corrente. Seis homens e uma mulher, acompanhados pela lembrança de dois irmãos mortos, olharam-se nos olhos, como se na realidade o tempo pudesse parar, e até retroceder, e a memória aliviar-se de seus mais intensos rancores.

— Tem que morrer alguém para que os outros saibam que estão vivos – disse Miguel Ángel.

— Sem discursos, porra – interveio Álvaro.

Fernando e Tomás sorriram.

— Pena que o velho tenha morrido, mas isto é preciso celebrar – propôs Arcadio.

— Não seria mal uma tertúlia de Sabichões – propôs Miguel Ángel.

— Tudo bem, mas agora me solte – protestou Álvaro, sorrindo, e esfumou-se a formalidade que ameaçava ancilosar-se.

Fernando e Delfina voltaram a seus assentos. A certeza do que podia significar aquela corrente e a proximidade da partida de Fernando enchia-os de inquietude.

— Há quantos anos estariam casados? – perguntou ela, olhando para o montículo do Oriente onde estava a viúva.

— Sabe Deus. O filho mais velho é como nós.

— E aquele de camisa xadrez é o mais novo, não é?

Fernando procurou com os olhos o caçula dos Mendoza e o encontrou em pé, ao lado de uma coroa de flores, falando com um homem mais velho que ele. O homem, um mulato robusto, embora de cabelo completamente branco, usava uma camiseta que permitia ver as duas grossas correntes de ouro que lhe passavam pela nuca.

— Sim, é o que vende carne de porco no mercado – confirmou Fernando, quando recebeu um choque violento: o homem que conversava com o filho de Mendoza deu meia-volta e, apesar dos cabelos grisalhos, dos anos e das medalhas e crucifixos de ouro que brilhavam em seu peito, reconheceu-o imediatamente. Tantas vezes sua memória vomitara aquela cara, os olhos incisivos, que até no inferno o teria reconhecido. O homem, já com um cigarro entre os dedos cheios de anéis, procurava a porta do templo com andar displicente quando Fernando, com as mãos encharcadas de suor, sentiu que uma força desconhecida o empurrava.

— Volto logo – disse a Delfina e passou na frente dos amigos em busca da porta.

Ao chegar ao vestíbulo, viu-o ao lado de um dos janelões, já com o cigarro aceso. Olhou-o com tal intensidade que o homem sentiu-se observado, voltou os olhos para ele e logo se virou, para jogar a cinza pela janela. Então Fernando Terry foi até ele e parou a seu lado. Pensou em também tirar um cigarro, mas sabia que suas mãos tremeriam incontrolavelmente.

— Não se lembra de mim?

O homem, assustado com a presença do estranho, pôs-se em alerta, mas tentou sorrir, observando-o.

— Rapaz, sua cara me parece conhecida, mas... Do mercado?

— Você é Ramón – disse Fernando, então, e o sorriso desapareceu do rosto do outro.

— Ah... Então me conhece de antes.

— Sou Fernando Terry – disse ele e esperou a reação do policial.

— Ah, porra, sim. – E voltou a sorrir. – O da universidade. Mas faz um monte de anos. Como vai a vida, compadre?

Ramón parecia novamente seguro de si, tranquilo e quase contente por encontrar um velho conhecido.

– Uma merda. Tive que sair de Cuba...
– Não brinca!
– Acha estranho?
– Bem, não muito – admitiu Ramón. – Tanta gente foi embora...
– E você vai bem, pelo que vejo. – E Fernando apontou para as correntes exibidas pelo outro.
– Agora, sim, mas também passei por maus bocados. Fui demitido em 1989. Uma confusão com umas obras de arte... Não provaram nada, só que me denunciaram e fiquei vivendo do que aparecia até que comecei no mercado com Jorgito Mendoza.
– Então você já não é policial?
– Não, faz dez anos. Caralho... quer dizer que Ramón... Quase não me lembrava desse nome. Depois fui Waldo, Omar e no fim me chamava Alexis. E você, por que foi embora?
– Você sabe que me expulsaram da universidade e me puseram na lista negra.
– Era uma época terrível, sim. Por qualquer coisa...
– Passei a vida sonhando com você.
– Porra, sócio...
– Não me chame de sócio.
– Tudo bem, tudo bem.
– E agora você é maçom?
– É, dei para isso.

Fernando percebeu a dose de ironia contida na resposta. Ramón, ou seja lá como se chamasse, podia ser qualquer coisa: policial, maçom, cristão, vendedor de carne de porco e o que a vida o obrigasse a ser.

– Queria te fazer uma pergunta, e, como deixou de ser policial, vai poder me responder.

Ramón sorriu e jogou o toco de cigarro na rua.

– Quem foi que me dedurou e disse que eu sabia que meu amigo ia embora?

Ramón agora parecia divertido e olhava para Fernando como para um ser estranho.

– Quem disse que alguém te dedurou?
– Você deu a entender.
– Ou foi você quem quis entender. Olha, que eu lembre, o que eu fiz foi te jogar um anzol. Sabíamos que vocês se reuniam, que faziam tertúlias e que passavam o tempo fazendo poemas. Tentamos pegar um de vocês, não lembro como se chamava, um negrinho...

— Miguel Ángel?

— Não me lembro do nome. Era um supermilitante. E o homem nos mandou à merda. Então aconteceu aquilo, daquele que quis ir numa lancha e o céu se abriu. Joguei o anzol, para ver se você queria colaborar, mas você não quis e se enroscou. Fiz um informe, para que te dessem um puxão de orelha e te encurtassem as rédeas, mas alguém da universidade se acovardou e resolveram te mandar embora da faculdade.

— É mentira.

— Mentira? Por que eu iria te dizer uma mentira agora? Mentira eu disse naquele dia, e você engoliu. Ninguém falou nada de você. Nem o veadinho que estava preso nem nenhum amigo seu. Você se ferrou sozinho, e os da universidade te aplicaram a pena máxima porque também ficaram com medo.

— Continuo não acreditando. Não consigo acreditar em você.

— Bom, isso é problema seu. Já disse que não sou policial, e já faz mil anos. Olha, graças a você saí da universidade, que era uma confusão do caralho, e me puseram no Ministério da Cultura. Eu não quis te ferrar.

— Mas me ferrou.

— Aqui ferram qualquer um. Veja meu caso.

— Não consigo acreditar que você inventou tudo.

— Pois pode acreditar. Olha, juro pela minha velha. Que ela não saia viva dali se for mentira. — E apontou para o interior do templo.

Fernando percebeu que já podia tirar um cigarro, mas não o acendeu. O cinismo daquele homem o sufocava. Porque não existira medo, nem pressão, nem chantagem na origem daquela história absurda que marcara sua vida e a de seus companheiros: a origem de tudo fora apenas a maligna decisão de um policial em busca de promoção e informantes, o mesmo policial que, anos depois, seria expulso por sabe Deus que delitos, sem dúvida reais e passíveis de punição.

— Então foi por tua culpa que acabaram comigo.

— Ou que você deixou acabarem com você.

— Sim... — disse Fernando e percebeu que já não tinha argumentos, nem conversa, nem vontade de ficar diante daquele homem que em outros tempos poderia ter perseguido maçons e católicos e era capaz, agora, de militar na maçonaria e de ostentar no peito um crucifixo e uma medalha com a efígie da Caridad del Cobre. — Você fez aquilo porque é um filho da puta.

— Olha lá, compadre, pode parar por aí.

— Você é um filho da puta, mas agradeço pelo que me disse — continuou Fernando, enquanto acolhia a satisfação de se reconciliar consigo mesmo e com seu passado. De repente sentia-se completamente limpo, livre dos pesos que aquele mesmo homem, transformado por anos em dono de destinos, se encarregara de amarrar à sua consciência. – Espero não perder teu velório.

Fernando entrou no templo no momento em que seis maçons, com aventais e espadas, faziam a guarda de honra em torno do caixão. Observou Delfina e viu seus amigos, que por baixo do pano faziam circular uma garrafa de rum. Sem se deter, foi até o ataúde e, entre dois guardas, aproximou-se para ver o rosto do doutor Mendoza. Queria agradecer suas aulas de latim e o achado de uma ata maçônica que lhe entregara a possibilidade de se libertar do lado mais obscuro e doloroso de seu passado.

Desde que teve uso da razão, Domingo Vélez de la Riva y del Monte aprendeu a odiar seus pais por lhe terem dado esse nome.

Dominguito nascera na festiva primavera de Paris do ano 1898, enquanto em Cuba vertia-se o derradeiro sangue, queimava-se a última plantação de cana, afundava-se o último navio espanhol e terminava, enfim, a Guerra da Independência, com a intervenção oportunista dos *marines* estadunidenses.

Quatro anos depois, justamente um dia antes do regresso da família à ilha para abrir uma casa em Havana e participar dos festejos pelo nascimento da nova República, a doce avó Flora levara Dominguito a dois lugares que, desde a lembrança de infância, registrada pelas fotografias românticas tiradas naquele dia, tornaram-se rosáceas indeléveis de sua memória. O primeiro foi a torre Eiffel, quase recém-construída, brilhante e infinita na evocação de um menino que nunca voltaria a sentir assombro tão nítido. O segundo foi o túmulo de seu avô Leonardo del Monte, no cemitério de Montparnasse, sombreado pelo mesmo salgueiro que beneficiava a modesta sepultura em que jazia o poeta Baudelaire.

Diante daquele túmulo, em cujo mármore apareciam gravadas uma palmeira-real e uma bandeira cubana, a doce avó lhe contara por que os pais lhe haviam dado o nome do último dia da semana: era o nome de seu tataravô Domingo Aldama, um emigrante biscainho que, à custa de muito trabalho e inteligência, chegara a ser um dos homens mais ricos de Cuba, e também o de seu bisavô, Domingo del Monte, o homem mais culto que já vivera naquela ilha à qual logo voltariam. Por causa daqueles dois homens, prosseguira a avó, seus pais, casados na Igreja do Espírito Santo de Havana uns dias antes de viajarmos todos para Paris, resolveram chamar de Domingo o fruto de seu amor, o menino mais bonito do mundo, que, graças a Deus, é o menino que está agora diante de mim. Por isso você se chama Domingo: para lembrar para sempre os dois velhos avós que deram origem a esta família, que é cubana como as palmeiras e as calhandras... E, justamente porque você e todos nós somos cubanos, amanhã você subirá num barco grande com seu pai e sua mãe e viajará para Cuba, que é nosso país, embora as guerras e as misérias tenham obrigado seus pais a se amarem muito aqui em Paris, e só por isso você nasceu neste lugar, tão longe da nossa ilha maravilhosa. Nunca esqueça, ordenou a avó. Olhe para este túmulo em que repousa seu avô Leonardo del Monte, o homem que foi meu esposo: você só pode ser cubano, porque para que o fosse seus avós Domingo Aldama, Domingo del Monte e meu bom Leonardo sofreram muito e morreram todos longe da ilha que sonharam livre e próspera – sussurrara a doce avó, já com lágrimas naqueles olhos cálidos que ele nunca voltaria a ver, pois a anciã morreria três anos depois, na distante cidade de Nova York, sem ter regressado a Cuba.

Mais que honra familiar e sentimento patriótico, chamar-se Domingo sempre fora uma circunstância incômoda. No colégio de Boston, onde se educara até ingressar em Harvard, Domingo Vélez de la Riva y del Monte fora "Dominga" para os professores, incapazes de chamá-lo corretamente, ao passo que seus colegas ianques costumavam chamá-lo Sunday, quando descobriam o significado daquele nome exótico e difícil de pronunciar. Na mansão de El Vedado, onde tinha sido criado e passara todas as férias entre 1910 e 1919, os pais e os criados o chamavam Dominguito, mas os poucos amigos que chegou a ter no bairro preferiram chamá-lo Mingo, com a agravante de que *ser un mingo* significa ser um imbecil e o *mingo* é a bola branca que, no bilhar, não tem número nem valor positivo, pois só serve para ser golpeada pelas outras bolas, sua única missão no jogo.

Contra o estigma daquele nome ele crescera, se graduara como advogado e estabelecera um escritório em Matanzas, onde conseguira dar mais um dos golpes do baú que tanto tinham beneficiado sua família, e dos quais a avó Flora nunca lhe falara, ao se casar com Ana de las Mercedes Mádam, uma parente distante, feia e desajeitada, mas cuja família, diferentemente dos Aldama e dos Alfonso com os quais os Mádam tinham ligações comerciais havia cem anos, saltara da colônia para a República com os cofres repletos de dinheiro bem investido em bancos fiáveis de Paris, Londres e Nova York.

Foi a imagem da doce avó Flora, iluminada por um tímido raio de sol filtrado através do manto protetor do salgueiro-chorão, no velho cemitério de Montparnasse, que veio à mente de Domingo Vélez de la Riva del Monte quando, em seu escritório particular, chegou à terceira folha daquele manuscrito datilografado por seu parente Ricardito Junco e deu pela primeira vez com a presença de seu nome, Domingo, porém seguido por um breve comentário que o qualificava como "dono de uma voz de anjo e olhos de demônio míope". O que até então lhe parecera um blefe desatinado de Ricardito começou a adquirir sentido, e Domingo Vélez de la Riva y del Monte não pôde deixar de ler o manuscrito – no qual às vezes aparecia o nome de Domingo –, no entanto agora sem conseguir tirar da mente que só oito meses o separavam de 17 de maio de 1939, data em que, segundo seu parente, pretendia entregar aqueles papéis incômodos para que se fizessem públicos.

Quando Domingo Vélez de la Riva virou a última página, sentiu um ódio infinito de sua origem, de sua família, do país em que aquilo tinha acontecido, mas, sobretudo, de seu nome. Já não era o fato de ter o nome de um dia da semana, de o chamarem de Sunday ou Dominga ou, por troça, de o apelidarem Mingo: agora aquelas três sílabas adquiriam um novo sentido suscetível de identificar a traição, o oportunismo, a inveja e a mentira, de um modo tão devastador que, uma vez deflagrado o incêndio, nada poderia evitar que suas chamas também o queimassem, ele e suas aspirações políticas.

Meditou vários dias, voltando a alguns trechos do manuscrito sublinhados na primeira leitura. E, a cada vez que pensava, mais irremediável lhe parecia a necessidade de se dobrar à chantagem. Para um imoral arruinado como Ricardito Junco pouco poderia significar que se soubesse a origem bastarda de uma parte de sua família, mas, para um aspirante a presidente da República, aquelas acusações remotas, falsas ou verdadeiras, lançadas nada mais nada menos que pelo poeta nacional de Cuba, seriam definitivas e irreversíveis.

Depois de pensar por vários dias, Domingo optou por mostrar os papéis à esposa, pois só com anuência dela poderia atender às exigências de Ricardito Junco: meio milhão de dólares, depositados no Chase Manhattan Bank. Ana de las Mercedes, ligeira e curiosa, começou a leitura e, algumas horas depois, entrou no escritório do marido gritando que aquilo era uma infâmia. Então Domingo Vélez de la Riva iniciou as gestões para adquirir as memórias escritas por um homem que, de sua tumba perdida, lançava para o futuro aquela vingança desoladora.

Antes de firmar o trato, Domingo Vélez de la Riva leu o original, em busca de possíveis alterações introduzidas por seu primo desprezível, e comprovou que a cópia lida era de uma espantosa fidelidade. Com sua assinatura e a de Ana de las Mercedes, entregou a Ricardo Junco um cheque a seu favor de quinhentos mil dólares, acompanhado pela promessa de que, se fosse divulgada outra cópia do manuscrito, pagaria toda a sua fortuna a um assassino para que não deixasse vivo um único Junco.

Domingo Vélez de la Riva calculou que aquelas cento e dezoito folhas, quase sem valor no mercado, custaram-lhe quatro mil duzentos e trinta e sete dólares e vinte e oito centavos cada uma, ainda sem a certeza de que o investimento fosse recuperável: outro golpe de Estado, outra revolução, outra intervenção estadunidense poderiam mudar o rumo político do país e matar, num instante, todas as suas aspirações políticas e, com elas, a possibilidade de se ressarcir convenientemente do investimento feito naquelas folhas murchas, que, em 7 de maio de 1939, com alívio crescente, Domingo Vélez de la Riva y del Monte foi jogando no fogo, em estrita ordem numérica, para que se transformassem em fumaça difícil e escura, como se não lhe tivessem custado mais de quatro mil dólares cada uma: tudo para que a história dormisse em paz, novamente resolvida pela vontade e pelo dinheiro de mais um Domingo, que nem sequer chegaria a ser presidente de um país que nunca conseguiu entender nem amar, como outrora exigira sua doce avó Flora.

Depois de tanto imaginar seu regresso, o encontro com pessoas e lugares, a recuperação de sensações e gostos, lembranças e cheiros, de construir até movimentos, palavras e atitudes que diria e assumiria, Fernando Terry estava sem saber como sair de Cuba. De algum modo, nos vinte e oito dias passados em seu país, ele havia curado velhas chagas, mas ao mesmo tempo abrira outras feridas pelas quais – bem sabia – poderia sangrar. Se vinte anos antes escapara como foragido, levando nos ouvidos os gritos da multidão inflamada que o catalogava como escória e, portanto, convencido de que jamais retornaria, agora abria-se diante dele uma incerteza pantanosa, na qual se sentia cada vez mais atolado.

Só quando Carmela lhe propôs fazer um almoço em casa para convidar seus amigos, Fernando encontrou o melhor modo de rematar seus dias em Cuba. Por isso propôs à mãe que almoçassem os dois sozinhos, pois queria passar a tarde com Delfina e a noite com os amigos, para esperar com eles o amanhecer do dia da partida. Depois passaria em casa, pegaria suas coisas e iria para o aeroporto: não se sentia com forças para abraços e despedidas e preferia, nos últimos momentos, estar sozinho, sentir-se sozinho, sem misturar ninguém com aquele instante estranho de seu destino.

Fernando telefonou para Álvaro e pediu-lhe que convocasse os Sabichões para uma tertúlia, naquela mesma noite. Disse que, então, leria algo que nenhum deles, nem sequer ele mesmo, jamais ouvira, e deixou Álvaro com a curiosidade à flor da pele. O almoço com a mãe foi tranquilo e triste, quase no limite de uma falsa cotidianidade. Carmela havia preparado aquele quiabo viscoso que ele adorava, acompanhado com batata-doce frita, arroz branco e carne desfiada, temperada com muito alho e limão crioulo. Prevendo que Delfina talvez ainda estivesse na casa do pai, Fernando recostou na cama de Carmela e, sem necessidade de ler, adormeceu em dez minutos.

Quando a mãe lhe acariciou a testa, despertou sem noção do momento que vivia. Foi uma sensação doce e equívoca, obrigando-o a saber onde e, sobretudo, quando estava acontecendo aquele suave despertar.

– Telefone para você... vamos – dizia Carmela.

Finalmente ele se levantou e recuperou a plena consciência de sua realidade. Caminhou devagar até o telefone, convencido de que se tratava de Delfina.

– Sim, diga...

– É Fernando? – indagou uma voz de mulher.

– Sim... – disse, tentando identificar a pessoa que estava falando.

– É Carmencita Junco.

– Ah, é você... Sim, diga.

– Quando vai embora?

– Amanhã. Vou embora amanhã.

– É que eu gostaria de encontrá-lo.

Uma intensa premonição afastou as últimas sombras do sono, e Fernando sentiu que respirava com dificuldade.

– Pode ser em meia hora?

– Sim, estou esperando na minha casa.

Fernando Terry precisou de apenas vinte e cinco minutos para, debaixo da placa do restaurante Palmar de Junco, começar a apertar a campainha e receber o sorriso da neta de Carmencita Junco.

A velha senhora abriu-lhe a porta e apertou-lhe a mão. Fernando avançou atrás dela até a sala, decorada com novas surpresas nas quais ele nem reparou.

– Como passou? – começou ela, colocando um cigarro na sua delicada piteira.

– Eu não diria que mal, embora não tenha encontrado os papéis de Heredia. A esta altura tenho quase certeza de que seu tio Ricardo foi o último que os teve em mãos depois que os tiraram da loja. E ele os vendeu ou os destruiu.

– Então acha que já não existem... E queria os papéis para publicá-los, não é?

– Não é que eu quisesse publicar. Era exigência do filho de Heredia.

– Sim, tem razão – admitiu a anciã.

– Pelo menos teria sido bom saber o que diziam...

Carmencita Junco sorriu.

– Isso tem remédio.

Fernando sentiu os nervos tensos.

– Não me diga que você...

– Não, nunca nem vi esses papéis... Mas tenho uma carta de Heredia.

– Que carta?

– Uma carta que vou lhe dar para ler, mas que não pode ser publicada. É uma carta muito pessoal. E tem mais, se disser que a leu, vou desmenti-lo. Se as memórias de Heredia tivessem aparecido, seria diferente.

– Mas que carta é essa?

– Parece que foi a última carta que Heredia escreveu. Era para Lola Junco, e ele pediu à esposa, Jacoba Yáñez, que lhe entregasse em mãos. Se alguma coisa acontecesse com Lola, seu filho Esteban deveria ser o destinatário.

– Então é verdade que Heredia e Lola... E por que vai me mostrá-la agora?

– Porque também creio que os papéis de Heredia já não existem, e você pelo menos precisa saber o que eles contavam...

A anciã levantou-se. Em cima do piano estava a pasta da qual tirou duas folhas de papel, cada uma dentro de uma capa de plástico transparente.

– Não tire os papéis dos envelopes. Eles podem se desmanchar.

Fernando recebeu as folhas protegidas e foi até uma cadeira colocada ao lado do janelão de vidro. Havia alguma coisa estranha com aquela carta, pois não era a letra de Heredia que, preta e minúscula, corria sobre os papéis apergaminhados. Com as mãos úmidas de suor, Fernando ajeitou as folhas num ângulo adequado e começou a ler, sentindo que uma dor visceral oprimia-lhe a garganta, fazendo-o beirar a asfixia.

"Senhora Dolores Junco
Matanzas
Ilha de Cuba

México, 3 de maio de 1839

Minha muito querida Lola,

"Não deverá espantar-te que seja minha esposa, minha boa e querida esposa, quem te faça chegar esta carta. Porque, já impossibilitado de escrevê-la de próprio punho, pedi-lhe que escreva o que vou ditar e, além do mais, que se encarregue de fazê-la chegar a tuas mãos ou, se necessário, às de nosso filho Esteban. Ela, que conhece todos os segredos de minha vida, aceitou cumprir essa minha vontade, que ousei pedir-lhe diante da chegada cada vez mais próxima de minha morte.

"Há dois anos, durante minha dolorosa viagem a Cuba, tive algumas satisfações, como a de ver novamente minha mãe, meu tio e minhas irmãs, ou conhecer meus sobrinhos. Mas entre elas lembro de maneira muito especial o breve encontro que tive contigo, no qual me puseste a par dos dissabores que trouxera à tua vida. Felizmente, naquele dia tive a compensação de ouvir, por tua própria voz, que não fomos nós, mas decisões superiores a nossas vontades, ditadas por fados fatais que já pareciam gravados à nossa frente, que se impuseram para decretar o curso de nossas vidas, e recebi a infinita alegria de saber que o fruto da paixão que sentimos um dia não tivera o triste destino que, por longos anos, eu acreditara.

"Salvo essas pequenas reparações, tão valiosas para meu espírito, meus dias em Cuba mostraram-me, com impiedosa crueldade, os extremos a que podem chegar o ódio, a vaidade, a inveja, o afã de poder e a capacidade de vingança guardada no coração dos humanos. Sofri, naquelas poucas semanas, os mais espantosos vexames e desprezos, as mais inconcebíveis decepções, e tomei conhecimento dos mais desfaçados embustes que a mente humana pode conceber. E soube, para cúmulo das desilusões, que a origem de todos os meus grandes pesares fora uma traição, provinda de uma pessoa à qual entregara minha confiança, meu afeto de amigo e, mais de uma vez, meu perdão.

"Carregando toda essa dor, voltei ao México, sabendo que vinha ferido de morte. Meus últimos meses aqui foram uma longa e dolorosa agonia para a qual os médicos não tinham remédio, pois minha doença, embora do corpo, também é da alma. Especialmente penoso para mim foi descobrir que, sendo já incapaz de escrever poesia, também não encontrava nem sequer um amigo a quem enviar uma carta contando minhas angústias. No entanto, com necessidade de fazer a única coisa que soube fazer em meus duros dias na terra, comecei a escrever, talvez dirigindo-me a Deus, e fui derramando no papel as vicissitudes deste estranho e persistente romance que foi minha vida. Despojado de vaidade, com toda a sinceridade que pude extrair de minha mente cansada, fui alinhavando os episódios memoráveis de minha existência, e nessa evocação, é claro, estás tu e toda a felicidade e os dissabores que nossa breve relação trouxe a nossa vida. Mas contam também, porque a justiça e a verdade assim precisam, acontecimentos que só eu conheço ou que outros que também os conhecem silenciarão por medo ou por conveniência e que, considero, um dia deverão ser conhecidos por meu filho Esteban e, se possível, por cada um dos filhos desse infeliz pedaço de terra que, obstinadamente, considerei minha pátria.

"Por isso, embora meu maior desejo seja o de que minha história seja conhecida por todos e a verdade ocupe seu lugar, decidi que entregues estes papéis que Jacoba lhe fará chegar nas mãos de nosso filho, pois, apesar de tua decisão de ocultar-lhe sua origem, creio que não temos direito de escamotear a maior verdade de sua vida, e meu desejo é que ele saiba quem foram seus pais e que motivos impediram que lhe entregássemos o amor que um fruto do amor merece. Depois, deixo a seu critério e vontade o destino final destes papéis: ele deve decidir se serão publicados ou se considera preferível fazê-los desaparecer e cobrir a verdade – que não é só verdade dele e de seu pai – com o manto do silêncio.

"A razão que me moveu a tomar a decisão de colocar nas mãos de Esteban a sorte de minha memória foi, precisamente, ele e tu. Porque nada está mais longe de minha intenção do que prejudicar tua reputação ou trazer a ele os inconvenientes derivados de sua origem. Mas uma profunda fé me faz confiar na honestidade desse filho que nunca pude ver, e irei embora do mundo com a convicção de que algum dia ele tornará publicamente conhecida a realidade de minha vida.

"Sei que muito se falou de mim e de meus atos nestes anos, que me acusam de ter fraquejado em meus princípios e convicções, de me ter dobrado à censura, de ter pactuado com um sátrapa pela esmola de poder regressar a Cuba por dois meses. E é verdade. Só que por trás dessas verdades há outras que meus compatriotas desconhecem, como a razão pela qual escrevi aquela triste carta de desculpas ao juiz instrutor da causa de 1823, pois nunca puderam saber que teu amor e a ilusão de poder viver a teu lado, com nosso filho, me fizeram tramar aquele juramento de inocência do qual hoje nem sequer me arrependo, pois tinha como único propósito deixar aberta uma brecha para voltar a teus braços.

"Mas alguns dos que me acusaram com mais ardor, como nosso velho conhecido Domingo, hoje homem influente que se deleita em noitadas literárias rodeado de efebos complacentes e livros bonitos, enquanto desfruta da fortuna feita a chicotadas e contrabando de escravos por seu riquíssimo sogro, ocuparão seu lugar no dia reparador em que os homens puderem ler esta história. Então, os que quiserem saber, se é que alguém ainda haverá de querer, saberão que alguns dos homens que se apresentaram como a consciência do país não foram mais que traficantes de poder, dispostos a leiloar a alma pelos perfumes da glória e da riqueza. Só nesse dia minha alma estará em paz: contigo, com a verdade, comigo mesmo e com esse filho que jamais pude carregar nos braços, que nunca pude beijar. E então minha alma descansará, no lugar que Deus dispuser. Mas, como fui um homem bom, espero confiante pela misericórdia infinita do Grande Arquiteto do Universo.

"Querida Lola, quando falares com Jacoba, por favor, não lhe perguntes como foram meus últimos dias. Prefiro que te lembres de mim como o jovem que conheceste no embarcadouro do Yumurí e que lá te jurou seu amor. Que te escreveu poemas cheios de sentimentos verdadeiros e que prometeu, sinceramente, ser teu esposo e fazer-te feliz.

"Espero que entendas estas minhas últimas decisões da vida e que um dia, diante da imagem de Santo Estêvão, rezes pela paz de minha alma.
Ama-te e beija-te,

José María

"P. S.: Se puderes, dá tua amizade à minha boa Jacoba. Ela foi, por todos estes anos, meu anjo da guarda e a mais doce e compreensiva das esposas."

Fernando observou a assinatura, que mal lembrava o correr elegante e veloz da pena com que o poeta terminava suas cartas. Voltou a ler a data e pensou que aquela rubrica insegura talvez fosse a última coisa escrita pela mão de um homem capaz de criar tanta beleza. E compreendeu que todos os seus pesares tinham sido mínimos ao vê-los diante do espelho de infortúnios em que pretendera mirar-se.

Quando subi no barco que me devolveria ao desterro e contemplei a cidade, sob o sol limpo de 16 de janeiro de 1837, sabia que me despedia definitivamente de Cuba e senti uma mescla de dor e alívio. Em meu horizonte não estava, como no do padre Varela quando fomos nos despedir dele, a perspectiva de uma batalha nem sequer a proteção de um ideal: pois na mala rasgada de meu futuro já não havia nem poesia, nem amor, nem revolução, mas apenas um pouco de tempo para ruminar meus desenganos e preparar minha saída do mundo, longe do lugar onde nascera e deveria ter vivido.

Enquanto o barco abandonava o porto, da amurada em que me debruçara lancei um último olhar à ilha e, nos recifes da costa, avistei um homem, mais ou menos da minha idade, que acompanhava com os olhos a passagem do barco. Por um longo momento nossos olhares se sustentaram, e acolhi o pesar recôndito que aqueles olhos carregavam, uma tristeza estranhamente idêntica à minha, que atravessava por cima das ondas e do tempo para forjar uma misteriosa harmonia que desde então me tira o sono, pois sei que fomos algo mais que dois homens olhando-se sobre as ondas.

Os três dias que passara na ilha antes de minha partida, depois do encontro com Tacón, talvez tenham sido os melhores de minha amarga estada em Cuba. A descarga do pus e da peçonha que tinha dentro de mim, que soltei no escritório do capitão-general, fora como uma sangria para minha alma e até para meu corpo, que senti até recuperar forças comprometidas pela doença galopante.

Com inesperada tranquilidade de espírito, andei sem norte pelas ruas, tentando impregnar-me de seu alento, já que não podia levar uma conversa ou um abraço de meus velhos camaradas de andanças remotas, alguns perdidos na morte e outros na traição finalmente comprovada. Em memória da amizade que sentira por Domingo, entrei numa rinha de galos e, pela primeira vez na vida, pus meu dinheiro nas patas de um animal; ganhei as três vezes que apostei. Depois, tomei vinho nas tabernas do porto, lembrando os nobres Silvestre e Sanfeliú, e, por insistência de meu velho amigo, o ator Antonio Hermosilla, o mesmo que nos dias de minha glória inicial representara o drama *Arteo* num galpão em Matanzas, assisti à função que ele auspiciava em benefício do trágico Rafael García. Como convidado do organizador, naquela noite ocupei um dos camarotes preferenciais do velho teatro Diorama e desfrutei das interpretações dadas por Hermosilla aos papéis que conferiram brilho e fama a García. Ao terminar a função, no entanto, aconteceu algo totalmente inesperado. Vestido como Otelo, com o rosto ainda enegrecido, Antonio parou no proscênio e anunciou ao público que, entre os assistentes, estava o grande poeta José María Heredia. Um golpe no estômago surpreendeu-me naquele instante, mas não tive tempo de assimilá-lo, pois foi maior minha surpresa ao ouvir que Hermosilla, em meio à sala abarrotada, começou a me cobrir com os mais belos elogios que eu jamais ouvira: talvez tenham me soado assim por virem da boca de um amigo, por ouvi-los em Cuba e porque, quando Antonio terminou, o murmúrio do público transformou-se em aplauso, que fez a plateia se levantar, e as mãos de meus compatriotas produziram a maior ovação que já recebi. Comovido, saudei aquelas pessoas que desafiavam desígnios conhecidos e ocultos e me ofereciam o prêmio de sua admiração. O êxtase da emoção, no entanto, chegou quando Hermosilla pediu silêncio e, diante do público ainda em pé, começou a recitar:

> Dai minha lira, dai-me-a, que sinto
> Em minha alma estremecida e agitada
> Arder a inspiração. Ó! Quanto tempo
> Em trevas passou, sem que minha fronte
> Brilhasse com sua luz…! Niágara undoso,
> Teu sublime terror só poderia
> Devolver-me o dom divino, que enfurecida
> Me roubou da dor a mão ímpia.

Algo extraordinário, que me transbordava, havia naqueles versos, escritos pelo poeta que eu fora e que agora, colocados nos lábios de um cubano, nos ouvidos de dezenas de cubanos, ditos em terra cubana, adquiriam finalmente sua verdadeira dimensão. Só para ouvir aqueles versos, escutar os aplausos que me ensurdeciam, valeria a pena ter voltado a minha pátria? As lágrimas corriam por meu rosto enquanto eu desfrutava daquela maravilhosa coroação, que me revelou, num instante, todo o sentido de minha pobre vida: esse era eu; aquele, o grande triunfo do poeta.

Dispostos a comemorar, Antonio, Rafael e eu atracamos em uma das tabernas do porto, mas no fim da noite Hermosilla resolveu nos convidar a um lugar que certamente não esqueceríamos, conforme tratou de nos avisar, já com a língua adormecida pelo álcool. Vencendo as reticências do velho Rafael e meu esgotamento pela longa jornada, subimos num tílburi que nos levou para além do passeio de la Reina e nos deixou diante de uma edificação que só poderia ser um bordel. O lugar, que de algum modo me lembrava o casarão de madame Anne-Marie, estava com as portas abertas apesar da hora e, ao entrar, vimos uma mulher roliça, de pele cor de canela e uns cinquenta anos, que levantava suas muitas carnes de uma alta poltrona de vime e se aproximava para nos dar as boas-vindas. Mais que tremor nas pernas o que me invadiu foi um verdadeiro desfalecimento ao descobrir que a gorda matrona não era outra senão Betinha, cujos olhos, ao me reconhecer, inundaram-se de lágrimas, antes que, já sem se conter, ela corresse até mim e se agarrasse a meu pescoço.

Não sinto pudor em contar que meus dois últimos dias em Cuba passei fechado com Betinha num quarto do bordel que agora ela gerenciava. Também não sinto pudor em admitir que daquela vez não fizemos amor, como tantas vezes nos velhos tempos. E não foi por falta de desejo: porém tanto Betinha como eu compreendemos que estávamos muito longe de ser os mesmos de então e que há lembranças que não devem ser maculadas por atos incapazes de superá-las ou revivê-las. Assim, muito perto do altar repleto de velas em que ela colocara a imagem de sua mãe Iemanjá, Betinha e eu dedicamos muitas horas a desfiar os acontecimentos da vida, e ela me contou suas vicissitudes, primeiro em Nova Orleans, depois na próspera São Francisco e seu retorno a Cuba, havia dois anos, quando se tornou sócia de um rico produtor de café e conseguiu capital suficiente para montar aquele negócio, o único que conhecia. A parte triste da história foi quando ela me contou a morte de madame Anne-Marie, uns três anos antes, já com mais de setenta anos, mas ainda dotada da clareza invencível de seu belo olhar de espiã: porque, para meu espanto, Betinha confirmou que o agradável bordel da antiga patroa fora na realidade a fachada de um eficaz sistema de espionagem pago pelo governo francês.

Para me convencer de que minha lembrança sempre a acompanhara, Betinha abriu o cofre em que antes guardava sua inseparável efígie da mulher-peixe, mãe de todas as águas, e mostrou-me a velha edição de minhas poesias que eu lhe enviara no ano 1825. Os cadernos do livro, com as páginas quase gastas pela leitura frequente, tinham sido, no dizer daquela mulher franca, o mais belo tesouro que a acompanhara pela vida.

Foi triste o momento da despedida, pois agora sabíamos, de fato, que não haveria reencontros inesperados, como presente de seus deuses ou dos meus, mas ausência infinita. Abraçada a meu peito enfermo, Betinha pediu-me que me cuidasse e, então, pendurou-me no pescoço um fino cordão do qual pendia um caramujo minúsculo, que tiniu ao se chocar com meu crucifixo.

– Isto é para que você sempre sonhe com o mar – disse-me e, sem conseguir conter-se, começou a chorar, pois sabia que estava se despedindo de um morto.

Com o cheiro de minha amiga e de Havana no coração, vi levantarem-se as âncoras do *El Carmen* e despedi-me de Cuba com o olhar daquele desconhecido como último adeus, mas também com dor pelos amigos mortos, com raiva do destino que fora imposto à bela Lola Junco, com pena dos milhares de homens que ali viviam escravizados e com um sentimento de compaixão pelos que se tinham visto obrigados a vender a alma e a inteligência no mercado da vida e também se tornaram escravos. Por isso, assim que pus os pés no México, compreendi como fora necessária para mim aquela viagem à minha pátria: porque, mais que para morrer, eu a necessitava para morrer em paz, agora que só a morte se erguia em meu reduzido horizonte...

Em 2 de fevereiro de 1837, entrei em Toluca e encontrei o quadro terrível de Jacoba, cada vez mais doente, de salários a receber que não chegavam e ruídos do caos e da anarquia que continuavam assolando aquele desgraçado país. Só me salvou da mais profunda depressão a alegria dos meus filhos, a bela e loquaz Loreto e o gorducho José de Jesús – que a irmã insistia em chamar de Bichí –, que me abraçaram ao me ver e depois se sentaram, junto do fogo, para ouvir os recados que lhes trazia da Cuba longínqua, enviados pela avó, pelas tias, pelos primos cubanos que um dia pretendiam reunir-se com eles e dar-lhes nas faces os beijos de que eu era portador.

Foram meus filhos e minha boa Jacoba que me impeliram a sair à rua para lutar pela subsistência. Embora mantivesse meu trabalho como magistrado do Tribunal de Toluca, a situação dos funcionários públicos era cada vez mais insustentável, e procurei lugares para trabalhar como professor, enquanto preparava o concurso que me pediram para a próxima seleção de magistrados, e para isso apresentei ao ministro da Justiça meu escrito "Carrera literaria, méritos y servicios del licenciado José María Heredia", esperando que o vão esplendor de minhas glórias passadas servisse pelo menos para me garantir um emprego. Porém, depois de várias semanas de espera, em meados de julho foi divulgada a composição da nova magistratura do Estado, na qual não aparecia meu nome. Humilhado por um poder distante, mas implacável, que me lembrava meus atos passados de defesa da legalidade e da Constituição, apresentei-me ao Tribunal, para reclamar os salários que me deviam, e, dos dois mil e duzentos pesos que deveria receber, pagaram cinquenta e seis e me mostraram, para se desvencilharem de mim, a nova lei a ser divulgada, que exigia que se fosse mexicano de nascimento para ocupar uma magistratura.

Graças a meus antigos colegas do Tribunal, pude habilitar-me para exercer como advogado, mas pouco trabalho consegui por esse caminho e tive que me contentar com a função de redator de *La Gaceta Oficial*, onde me acomodei por vários meses. Precisamos, então, tomar uma decisão extrema, diante das artimanhas da miséria. Apesar das reticências de Jacoba, que o considerava um ato de suicídio, pus à venda uma parte razoável da biblioteca que, em meus anos de vida no México, conseguira formar. Muitos daqueles livros eram assinados pelos autores com calorosas dedicatórias, outros eram presentes dos editores que esperavam de mim um comentário elogioso e os demais, fruto de minha bibliofilia, que me levava a comprar um livro antes de saber se tinha dinheiro para o jantar. Porém, naquele momento, o que contava era a comida de meus filhos, e, se os livros nos dessem para comer pelo menos por uma vez, diria adeus à minha biblioteca, como tantas vezes na vida tive de me despedir de muitas coisas de estimação. Assim, enquanto Domingo planejava a construção de um palácio faustoso e tomava vinhos franceses com um grupo de efebos esvoaçando entre os milhares de exemplares de sua esplêndida biblioteca, o poeta José María Heredia anunciava uma venda de seus livros para ter, na solidão do desterro, leite para os filhos e algumas *tortillas* para levar à boca.

Com exceção das que troquei com minha mãe, escrevi e recebi poucas cartas naquela temporada. Já não me restavam amigos nem inimigos a quem enviar correspondência, e o esquecimento em que eu caíra parecia ter-me apagado das listas de possíveis destinatários entre todos os que antes me conheceram, me escreveram e até me adularam. Afinal, talvez Tacón tivesse razão e eu não fosse ninguém, não existisse para ninguém, não importasse para ninguém. Só Blas de Osés escreveu-me algumas cartas e por ele fiquei sabendo que, em meados de 1838, ocorrera a destituição de Tacón, graças às manobras dos patrões de Domingo, que se encarregaram de comprar, a preço de ouro, um deputado espanhol, um tal Oliván, que por sua vez encarregou-se de comprar nas cortes outros votos, que apresentaram o general como um perigo para a estabilidade de

Cuba e, finalmente, conseguiram sua deposição, muito festejada pelos antigos lobos negreiros, agora travestidos de ovelhas. Também soube por uma de suas cartas que Domingo finalmente assinara um dos muitos panfletos que escrevera ao longo da vida. Tinha sido um *Projeto de memorial a sua majestade a rainha, em nome do* Ayuntamiento *de Havana, pedindo leis especiais para a ilha de Cuba*, no qual se referia a nossas aspirações libertárias passadas como "aquele espantoso monstro da independência", felizmente extirpado da ilha. A rainha, que antes havia anulado a participação de deputados cubanos nas cortes, respondeu a Domingo e seus chefes com rapidez inabitual, garantindo que era impossível a aplicação de leis especiais para Cuba... Por último, e já sem me surpreender, soube por Osés da publicação de um poema até então extraviado, escrito no início do século XVII por um tal Silvestre de Balboa, escritor real estabelecido na vila de Porto Príncipe. O poema épico narra o sequestro do bispo Juan de la Cabezas Altamirano pelo pirata e huguenote francês Gilberto Girón e seu posterior resgate graças à valentia dos habitantes da cidade de Bayamo. O revelador *Espejo de paciencia*, segundo afirmava José Antonio Echevarría ao trazê-lo à luz, era cópia fiel do manuscrito original – que ninguém jamais viu –, que por sua vez fora copiado do primeiro original pelo bispo de Cuba, Morell de Santa Cruz, que, entusiasmado pela velha crônica, resolveu incluí-la em sua *Historia de la isla y catedral de Cuba*, que, para felicidade da cultura cubana, o mesmo Echevarría encontrara na biblioteca da Sociedade Patriótica de Havana, cem anos depois de se ter pedido... Agora tínhamos atrás de nós, como todos os grandes povos, uma história épica, cristã e remota, com heróis e aparições mitológicas que lhe davam tom e sabor. Triste, triste demais era saber que estávamos fazendo nascer algo tão sagrado como a literatura com base numa mentira. Com asco, quis ignorar tudo aquilo e, por uma vez, alegrei-me de estar longe de Cuba e a salvo de qualquer cumplicidade com tão odioso embuste...

Mas o inabalável costume de escrever cartas, adquirido nos longos anos de exílio, fazia queimarem-me nos dedos palavras que ferviam nos lábios e que reclamavam o exorcismo da escrita. Por isso, numa manhã de domingo, ao voltar da missa com Jacoba e as crianças, senti que o desejo de confiar a alguém certas verdades de minha vida tornava-se um tormento e, armado da pena, sentei-me à mesa. Nunca antes havia contado a ninguém o que sentira ao chegar a Havana, em dezembro de 1817, nem como conhecera Domingo e as primeiras peripécias de nossa amizade. E foi justamente aquilo que me veio à mente. Mas a quem enviaria aquelas evocações?, perguntei-me, alarmado, e então compreendi que o melhor destinatário daquela confissão era um filho que nem sequer me conhecera e que, sem esse exame de minha memória, jamais teria oportunidade de conhecer a verdadeira vida do homem que era seu pai...

Meu filho, neste instante comecei a te escrever e senti que um alívio balsâmico coroava meu esforço enquanto me desnudava diante de ti e, abertamente, apresentava-me tal como fui e sou. Mas depois, à medida que plasmava minha vida nestes papéis, compreendi que, chegado o momento oportuno, também outros homens deveriam lê-los, pois neles se encerra algo mais que a existência de um pobre homem, arrastado pelos ventos da história e pelo infortúnio, apanhado pelas marés do poder...

Já nada notável aconteceria no resto de meus dias e que devesses saber, salvo o nascimento de meu sétimo filho, uma menina bonita a quem demos o nome de Luisa e que, graças a Deus, está crescendo saudável e feliz, junto dos teus outros dois irmãos, Loreto e Bichí.

Estes últimos meses, em que mal pude escrever e às vezes nem ditar, foram de aflição constante e, se não morremos de fome, foi graças à caridade de alguns bons amigos mexicanos. Em março passado tivemos que voltar a esta Cidade do México, onde recebi tantos aplausos e onde, de espada na mão, lutei pela defesa dessa letra inerte chamada Constituição. Graças às influências de meu velho e bom camarada Andrés Quintana Roo, consegui que me aceitassem para cuidar da parte literária do *Diario del Gobierno de la República Mexicana*, mas em poucas semanas meu estado físico impediu-me de continuar a tarefa, e enclausurei-me nesta casa escura e pequena, onde Loreto, Luisa e Bichí tiveram que assistir à minha decadência final, ajudando a mãe a me colocar emplastros no peito e inalando comigo os vapores canforados destinados a me facilitar a respiração.

Jacoba, minha fiel e amada Jacoba, há dias anota meu ditado destas páginas finais do romance de minha vida. Hoje é 3 de maio, amanheci com febre altíssima e por duas vezes vomitei sangue. Sei que é o fim e espero, nesta noite, a presença do padre, para acertar minhas contas com Deus. No entanto, há poucos dias escrevi à minha mãe e, para lhe dar uma última felicidade, falei de meus planos de voltar a Cuba para recuperar a saúde. Alentei-a com a ideia de que o novo capitão-general certamente me autorizaria, pois, mais que um revolucionário, acolheria um homem cansado, de apenas trinta e cinco anos, mas incapaz de se lançar em qualquer aventura. "Aviso para que não se espantem", dizia, como se de fato meu retorno fosse possível, "pois verão em mim apenas minha sombra ou espectro. Talvez com o *ajiaquito**, o inhame e o quiabo eu consiga me

---

* Diminutivo de *ajiaco*, prato da culinária cubana mencionado anteriormente. (N. T.)

restabelecer um pouco, ainda mais com a companhia de sua mercê e de minhas irmãs". Pedi então a Jacoba que me levantasse na cama e, apoiado nela, assinei a carta e escrevi uma breve nota final. Devo dizer-te que lembrei, então, as tardes quentes de Havana, vinte anos antes, quando nas ancas da mulata Betinha escrevi aqueles fátuos e ardentes poemas de amor? Jacoba, que soube perdoar-me todas as veleidades, também soube perdoar tais desvarios, assim como, segundo o padre, Deus perdoou minhas mentiras, luxúrias e vaidades de pecador arrependido.

Ao despertar à tarde, pedi a Jacoba que acendesse mais luzes, e ela atendeu. Mas não recebi mais claridade. Porque é de dentro de mim que sai um manto escuro capaz de me envolver, como também foi desse lugar recôndito que saiu, como uma gota d'água no deserto, a necessidade de realizar um último ato de libertação de meu espírito. Então pedi a Jacoba que escrevesse uma carta que eu ditaria e que, como deverás imaginar, não poderia deixar de enviar: a destinatária é tua mãe, e nela explico minha intenção de enviar-te estas memórias e de suplicar-te que, no devido tempo, tomes as providências para torná-las públicas, se é que pensas que teria alguma utilidade o conhecimento íntimo e verdadeiro de minha vida.

Não sei se foi a proximidade do fim ou o ato de libertação que encerrava a missiva necessária, mas naquele momento despertou em mim o desejo de escrever poesia. A poesia, que me esquecera, voltava para se despedir. Pedi a Jacoba que tomasse a pena novamente e, entre versos, como costumava viver, murmurei minha despedida do mundo e minha solicitação da misericórdia do Criador... "De Deus a entonação soa em meus ouvidos,/ E Deus aos homens não pode enganar."*

O que mais devo te dizer, meu filho? Abraçar-te e beijar-te eu não pude, mas saberás me perdoar. Se leste cada uma destas folhas, conhecerás como ninguém o homem que fui e o que quis ser, pois cruamente, sem mentiras nem silêncios, contei-te desde o mais escabroso até o mais pessoal ou vergonhoso de minha vida, pois entendi que só sem dissimulações seria possível ter este diálogo contigo e com os homens do futuro, aos quais também me dirijo e para os quais, algum dia, farei parte da história...

Esteban, não me ames, se não puderes. Mas me entende e sê justo comigo e com minha vontade.

Teu pai, que como tal te ama,

José María Heredia

---

* *"De Dios el acento suena en mis oídos,/ Y Dios a los hombres no puede engañar."* (N. T.)

"Depois de três dias de delírios e agonia, morreu José María Heredia y Heredia, às dez da manhã da quinta-feira 7 de maio de 1839, na casa da rua do hospício de San Nicolás, número 15. Ao morrer, tinha trinta e cinco anos, quatro meses e sete dias de vida. Foi enterrado naquela mesma tarde, na maior pobreza, com a presença de alguns poucos amigos e sem nenhum reconhecimento oficial, apesar de sua antiga condição de deputado da nação. Seu cadáver repousa no Panteão do Santuário de María Santísima de los Ángeles, no cemitério de Santa Paula. A imprensa mexicana não publicou um único obituário. No dia seguinte à sua morte, o *Diario del Gobierno de la República Mexicana* divulgou uma convocação para ocupar a vaga deixada por ele.

"Sua última vontade foi que estes documentos fossem entregues à senhora Dolores Junco, em Matanzas, ilha de Cuba, para que, quando julgasse oportuno, ela os fizesse chegar ao senhor Esteban Junco.

"Eu testemunho, diante de Deus e da posteridade, que até onde tenho conhecimento esta é a verdadeira história da vida de José María Heredia, homem que desfrutou a glória e morreu no esquecimento. Foi o cantor do Niágara, das palmeiras e das estrelas de Cuba, a pátria que amou cada dia de sua vida e por cuja independência sofreu desterro. Descanse em paz a sua alma.

Jacoba Yáñez, viúva de Heredia,
Cidade do México, 12 de maio de 1839"

Com os olhos fixos na estrela-d'alva, como um navegante perdido, Fernando Terry vê-se obrigado a assistir ao milagre cotidiano de sua diluição. Do preto ao cinza, cada vez mais desbotado, o sol foi perdendo a escuridão, e uma luz avassaladora acaba por engolir aquele ponto luminoso do firmamento: com a chegada da luz, foi-se levantando a cortina que dá início ao dia da partida.

– Quando quiser vamos embora – diz Delfina, e Fernando recebe na nuca o calor da carícia.

– Não sei como ir embora – confessa e volta-se para olhá-la.

Foi uma noite longa, com muitas garrafas e palavras, embora tenha sido Enrique o que falou por mais tempo: como numa sequência de revezamentos, os Sabichões sobreviventes foram instados a ler o manuscrito da *Tragicomedia cubana* e, sem maiores sutilezas, começaram a ouvir uma "música de violão, alaúde, maracas e bongô. É uma melodia sensual, mulata, com cheiro de montanha e gosto de rum, que enganosamente induz a pensar cálidos prazeres", ao passo que a geografia de certa Ilha Perdida ia crescendo a seus pés. As cenas do romance teatral começaram a pintar diante de seus olhos uma fábula premonitória, cheia de ironia e tristeza, dotada do poder clarificador de ir abstraindo anos da pretensa realidade da vida para despejá-los numa realidade de romance na qual voltavam a ter vinte anos, e Enrique, com seus gestos teatrais e suaves, recuperava seu lugar e fazia-se centro da representação, como tantas outras vezes: como no dia em que lhes confessara que era homossexual, ou como na tarde em que um caminhão o destroçara, sem que nenhum dos outros jamais pudesse saber se fora um suicídio aleivoso ou um simples capricho de um acaso fabricado, que pusera o caminhão e o personagem no mesmo momento e lugar.

Com a chegada do amanhecer, o encantamento se desfez, e Fernando pôde sentir que os anos voltavam a ocupar seu lugar irreversível no destino de personagens trágicos que lhes coubera viver: sem vontade própria, sem expectativas nem futuro discernível, carregados com o fardo de um passado avassalador, marcado pelas frustrações, suspeitas, distâncias e mágoas.

O mar – outra vez o mar –, enganosamente tranquilo, começa a dourar-se com a luz do sol e, pelas frestas difíceis deixadas pelos edifícios impertinentes, Fernando contempla sua superfície reluzente. Quantos anos mais será obrigado a viver longe do mar?, pergunta-se e olha para o terraço. Entre garrafas, copos e latas vazias, Álvaro, o negro Miguel Ángel, Tomás e o belo Arcadio tomam em forçado silêncio o café que Conrado se encarregou de preparar, enquanto Delfina, com duas xícaras na mão, aproxima-se dele. Então Fernando deve recordar, como se naquele instante decretassem seu momento de morrer, todos os dias de sua vida em que lhe impuseram a condenação de tomar sozinho o primeiro café da manhã, sem ouvir nem sequer a simples advertência que sua mulher lhe faz agora.

– Cuidado, está quente.

A certeza de que todos eles foram personagens construídos, manipulados em função de um argumento moldado por desígnios alheios, encerrados nas margens de um tempo preciso demais e de um espaço inabalável, tão parecido com uma folha de papel, revela a tragédia irreparável que os oprime: não foram mais que fantoches guiados por vontades superiores, com destino decretado pela veleidade dos senhores do Olimpo, que em sua magnificência outorgaram-lhe apenas o consolo de certas alegrias, poemas trocados e lembranças ainda salváveis.

Fernando olha para os amigos e pensa que talvez o Varo não merecesse ser aquele alcoólico empedernido, já sem capacidade para escrever poesia, ou que o Negro poderia ter sido para sempre um crente eterno e nada problemático, talvez apenas um daqueles personagens que passam levemente pela vida sem olhar para os lados e nem sequer saber a cor de sua pele. O excesso de cinismo de Tomás lhe parece uma irritação com ele, ao passo que o camponês Conrado foi moldado como um astuto evidente demais, despojado – intencionalmente – da inocência tradicional nos sujeitos de sua espécie e origem. Até mesmo a fé de Arcadio na poesia é desproporcional, apesar de viver numa história de poetas, pois ninguém mais pratica aquela mística fora de moda. Entre tantos excessos, só Delfina revela-se como alguém dramaticamente real, palpitante e bonita, estranha no meio daquelas tristes vidas de romance.

Terá sido sempre assim?, pergunta-se, então, ao lembrar as veleidades do destino de José María Heredia, arrastado pelos fluxos e refluxos da história, do poder e da ambição, apanhado num turbilhão tão compacto que o levou a sentir, com apenas vinte anos, o cunho romanesco que marcava sua existência. É possível rebelar-se?, pergunta-se depois, agora por pura retórica, só para abrir mais a ferida, pois sabe que o ato da rebeldia é o primeiro que lhes foi negado, radicalmente extirpado de todas as suas possibilidades e desejos. Só lhe resta cumprir sua moira, como Ulisses enfrentou a dele, mesmo que a contragosto; ou como Heredia assumiu a dele, até o fim.

– Sim... Mas é que agora não sei como ir embora – consegue apenas dizer Fernando e, como tantas outras vezes, é rigorosamente obrigado a tomar o primeiro gole de seu café.

nota histórica

Oito anos depois de sua morte, quando foi fechado o cemitério de Santa Paula e nenhuma reclamação se apresentou, os restos de José María Heredia foram lançados numa vala comum do campo santo de Tepellac. Não há um túmulo com seu nome nem se conhece o destino de sua lápide original, em que foi gravado o seguinte epitáfio: "Seu corpo envolve do sepulcro o véu,/ Mas o fazem a ciência, a poesia/ E a pura virtude que em sua alma ardia/ Imortal na terra e no céu"*.

O presbítero Félix Varela também morreu no exílio. Dele e de Heredia foi dito que "moldaram amplamente a ideologia de um povo colonial que já se negava a ser para sempre feitoria de um regime monárquico distante e caduco e tornava-se nação, apoiado apenas num pequeno número de poesias e no pequeno volume de um jornal publicado no desterro. Assim Heredia e Varela formaram o espírito cubano". Beatificado pela Igreja católica e em processo de canonização, Varela chegou a tornar-se o teólogo católico mais importante dos Estados Unidos em sua época, embora o Vaticano, cedendo às exigências espanholas, lhe tenha recusado o bispado de Nova York, ao passo que em Cuba ele perdia quase toda influência quando a maioria de seus discípulos negou o ideal independentista, optou pelo reformismo e se enriqueceu sob o poder colonial. Suas *Lecciones de filosofía*, que durante anos serviram como método de ensino no seminário e colégio de San Carlos y San Ambrosio, foram praticamente proibidas na ilha. Ele morreu no povoado de San Augustín, na Flórida, na sexta-feira 25 de fevereiro de 1853, às oito e meia da noite. Ao morrer, deixou como pertences várias Bíblias, alguns

---

* "*Su cuerpo envuelve del sepulcro velo/ Pero le hacen la ciencia, la poesía/ Y la pura virtud que en su alma ardía/ Inmortal en la tierra y en el cielo*". (N. T.)

tomos de suas obras filosóficas e um velho violino, ao qual faltava uma corda. Desde 1911, seus restos descansam na sala magna da Universidade de Havana.

José Antonio Saco dedicou vários anos de sua vida a escrever uma impressionante *Historia de la esclavitud*, depois de publicar artigos e panfletos contra as tendências anexionistas que estavam no auge em Cuba durante as décadas de 1840 e 1850. Desterrado em 1835, só voltou à ilha em 1860, para novamente vincular-se à última tentativa reformista, também fracassada. No exílio, escreveu: "Há quinze anos suspiro por ela [a pátria]: resignado estou a não a ver nunca mais, porém menos ainda me parece que a veria se tremulasse sobre seus castelos e suas torres o pavilhão americano. Creio que não inclinaria a fronte diante de suas estrelas rutilantes, porque se pude suportar a existência sendo estrangeiro no estrangeiro, viver estrangeiro em minha própria terra seria para mim o mais terrível sacrifício". Saco passou seus últimos dias numa pequena casa no passeio de Gracia, em Barcelona, sendo novamente deputado nas cortes, onde ainda pensava conseguir reformas políticas para o governo da ilha de Cuba. Morreu em 1879, aos oitenta e dois anos, no momento em que, com o Pacto de Zanjón, chegavam ao fim dez anos de uma guerra entre Cuba e Espanha com a qual ele nunca concordou.

Félix Tanco, que morreu nos Estados Unidos em 1871, não pôde ver impresso seu romance abolicionista *Petrona y Rosalia*, que escrevera estimulado por Domingo del Monte. José Antonio Echevarría, por sua vez, vinculado a atividades separatistas, também morreu nos Estados Unidos, em 1885. Além de publicar e comentar *Espejo de paciencia* – cuja autenticidade foi aceita pela maioria dos especialistas, ainda que nunca tenham conseguido explicar satisfatoriamente a estranha aparição do manuscrito e a diversidade estilística que se nota em algumas de suas estrofes –, Echevarría escreveu o romance histórico *Antonelli*, ambientado na Havana do século XVI, igualmente escrito por recomendação de Del Monte. Tanco e Echevarría são considerados autores menores, lidos apenas pelos estudiosos.

Em 17 de junho de 1844, quatro dias depois de chegar a Cuba, morreu em Matanzas, aos trinta e três anos, Jacoba Yáñez, viúva de Heredia. Seus três filhos – Loreto, José de Jesús e Luisa –, assim como os documentos e manuscritos do poeta, ficaram aos cuidados de María de la Merced Heredia y Campuzano, mãe de José María, que sobreviveu ao filho em dezessete anos. Dolores Junco y Morejón, a jovem pela qual também fora apaixonado Silvestre Alfonso, morreu perto de Matanzas em 1863, casada em segundas núpcias com o espanhol Ángel Zapatín. Por sua vez, Domingo del Monte saiu de Cuba em 1843, temendo as represálias por seu possível vínculo com os planos ingleses de favorecer uma sublevação de escravos na ilha para depois obter sua independência ou possível anexação à Inglaterra. Acusado pelo poeta Plácido – Gabriel de la Concepción Valdés, fuzilado em 1844 – de participar da conspiração, seu maior defensor foi o poeta Francisco Manzano, antigo escravo que devia a liberdade a gestões e coletas organizadas por Del Monte. Manzano negou obstinadamente qualquer ligação de seu benfeitor com os supostos conspiradores. Del Monte, nunca formalmente acusado, foi exonerado de todos os cargos, mas não voltou a Cuba. Viveu o resto da vida entre Paris e Madri, em casas montadas com todo luxo, onde realizou reuniões e tertúlias que imitavam as que realizara em Matanzas e Havana. Naquelas tertúlias, segundo Nicolás Azcarate, "Del Monte me falava de Heredia como sendo um delirante, e creio que chegou a ignorar convites do conspirador e até procurou dissuadi-lo de alguns de seus planos"... Sem que jamais se soubesse definitivamente qual seu papel na chamada Conspiración de la Escalera, Domingo del Monte morreu em Madri, em 1853.

Nas cataratas do Niágara, em homenagem a seu grande cantor, foi colocada uma placa de bronze com os versos da famosa ode. Em Toluca, há uma estátua de José María Heredia. Em 1902, ao ser proclamada a independência da ilha, a rua de Santiago de Cuba, em que Heredia nasceu, foi definitivamente batizada com seu nome, e muitos o consideraram o Poeta Nacional. A dois séculos de seu nascimento, sua poesia continua considerada o primeiro grande toque de clarim da *cubanía* literária e do romantismo hispano-americano, e poemas seus, como a ode ao "Niágara", "En el teocalli de Cholula", "Himno del desterrado" e "La estrella de Cuba" são estudados como os maiores exemplos da nascente lírica do país e citados por especialistas e leitores. Seus versos patrióticos fazem de José María Heredia o primeiro grande poeta civil de Cuba e o grande romântico da América, como reconheceu José Martí, ao evocar a memória do poeta morto na miséria e no esquecimento.

Mantilla, de 1º de janeiro de 1999 a 23 de junho de 2001

José María Heredia (1803-1839),
por Escamilla Guzmán.

Este livro foi publicado no fim de 2019, cento e oitenta anos após a morte do poeta José María Heredia, figura de destaque na literatura latino-americana e cuja trajetória podemos acompanhar nas idas e vindas deste romance. Foi composto em Adobe Garamond Pro, corpo 11/14,3, e impresso em papel Avena 80 g/m², pela gráfica Rettec para a Boitempo, com tiragem de 10 mil exemplares.